Rob Alef
Kleine Biester

metro wurde
begründet von
Thomas Wörtche

Zu diesem Buch

Der Frühlingsanfang wird für die Schüler einer Grundschule in Berlin-Kreuzberg zum Albtraum. Erst wird ein Mädchen auf einem Spielplatz durch einen Erdrutsch in die Tiefe gerissen, dann verunglückt im Chemielabor einer ihrer Mitschüler tödlich. Oder war es Mord? Hauptkommissar Pachulke und sein Team finden sich zwischen Familien wieder, die alle nur ein Ziel verfolgen: Ihr Kind soll einen Platz auf dem nächstgelegenen Gymnasium erhalten. Dafür ist manchen von ihnen fast jedes Mittel recht. Zu spät begreifen die Ermittler, dass die kleinen Biester außer Kontrolle sind.
Rob Alefs feinsinniger Kriminalroman führt in die Welt von Schulsponsoring und Schülermobbing, Elternwahn und Ehrgeiz, wo der Traum von der bestmöglichen Bildung lebensbedrohliche Gefahren erzeugt.

»Ein kühnes Buch!« *Thomas Wörtche, Deutschlandradio Kultur*

»Man fühlt sich an Stephen King zu seinen besten Zeiten erinnert.«
Krimi-Couch.de

Der Autor

Rob Alef, 1965 in Nürnberg geboren, arbeitet als freier Rechtshistoriker und schreibt Satirisches für das Magazin *Eulenspiegel* und die *taz*. Rob Alef ist in Berlin-Schöneberg polizeilich gemeldet, wo er schläft, kocht und Figuren ersinnt, die manchmal sterben müssen.

Mehr über Buch und Autor im Anhang
und auf *www.unionsverlag.com*

Rob Alef

Kleine Biester

Kriminalroman

Unionsverlag

Die Originalausgabe erschien 2011
im Rotbuch Verlag, Berlin.

Im Internet
Aktuelle Informationen,
Dokumente, Materialien
www.unionsverlag.com

Unionsverlag Taschenbuch 621
Mit freundlicher Genehmigung des Rotbuch Verlags, Berlin

Rieterstrasse 18, CH-8027 Zürich
Telefon +41 44 283 20 00, Fax +41 44 283 20 01
mail@unionsverlag.ch

Reihengestaltung: Heinz Unternährer
Umschlaggestaltung: Martina Heuer, Zürich
Umschlagfoto: Benjamin Schmidt
Druck und Bindung: CPI – Clausen & Bosse, Leck
ISBN 978-3-293-20621-2

1

Kinder haben ist wie Krieg, dachte Corinna Velbisch. *Du weißt nie, was als Nächstes passiert, und immerzu bist du unausgeschlafen. Die Müdigkeit im Hirn ist wie der Fettfilm auf der Dunstabzugshaube, wenn du sie einen Monat lang nicht sauber gemacht hast. Und beim Putzen geht jedes Mal ein Küchenschwamm drauf.* So fühlte sich das Glück an, Kinder zu haben. Manchmal wie ein alter Schwamm, schwarz und verklebt mit einem zähen Film aus Fett, Staub und Essensresten.

Corinna nahm ihre Lesebrille ab und rieb sich die Nasenwurzel. Hinter ihrem Rücken konnte sie das Klack-Klack von den Tischtennisplatten hören. Auf der Schaukel bei der Buddelkiste saß die jüngste Ausgabe des Glücks, Lina, neben ihrem besten Freund Tim.

Linas Beine waren zu kurz, um die Schaukel in Schwung zu bringen, also wackelte sie mit ihrem kleinen Hintern hin und her, um das Brett an den Ketten in Bewegung zu versetzen. Corinna blickte starr nach unten in das Lehrbuch von Melanie Klein, das aufgeschlagen auf ihren Knien lag. Lina hatte gerade zu ihr rübergesehen. Bei Augenkontakt wäre die kleine Atempause zu Ende. Lina und Tim hielten Ausschau nach Erwachsenen, die sie in Schwung versetzten. Bestimmt fand sich bald einer, da musste Corinna nicht extra aufstehen.

Der Spielplatz im Siegespark war hoffnungslos überfüllt. Es war das erste schöne Wochenende im neuen Jahr. Am Donnerstag noch graue Wolken und Nieselregen, aber am Freitag und Samstag hatte die Natur tief Luft geholt und am Sonntag der Stadt einen vollkommenen Frühlingstag geschenkt, vier Tage vor dem kalendarischen Ende des Winters. Die Blätter der Birken waren hellgrün, der Himmel blau, irgendwo im Park klimperte der Eisverkäufer auf seinem Wägelchen umher und fand sicher bald den Weg zum Sandkasten. Über allem lag das Gejohle von Hunderten von Kindern, die nach Süßigkeiten quengelten, Ball spielten, miteinander rauften, sinnlos mit ihren Handys durch die Gegend fotografierten und die Fotos an den besten Freund schickten, der neben ihnen saß. Corinna rieb ihren Rücken an der Lehne der Bank. Sie legte den Kopf in den Nacken und spürte den Muskelkater in den Schultern. Es war warm. Alle waren ausgehungert: nach Sonne, nach Eis mit Sahne, nach Bewegung ohne den dicken Panzer aus Mantel, Mütze und Handschuhen, in dem sie schwerfällig durch die Straßen geschlichen waren.

Lina hatte einen Erwachsenen gefunden. Richard Pollinger, der Vater von Cem, kam vorbei und setzte ihre Schaukel in Schwung. Lina quietschte. Von seinem Vater hatte Cem die vorbildlichen Manieren, von Almut, seiner Mutter, die abstehenden Ohren. Es war zwar etwas aufgesetzt, einen Elfjährigen als Gentleman zu bezeichnen, aber Almut konnte sich glücklich schätzen mit ihren beiden Männern, die ihr nicht nur mit der kleinen Marie stets zur Hand gingen.

Ein bisschen besser entwickelte Umgangsformen hätte sich Corinna bei ihrer älteren Tochter manchmal auch gewünscht. Fred war elf, ein knappes Jahr jünger als Cem, und gerade nirgends zu sehen. Vermutlich saß sie ganz oben auf der Kletterspinne, ihrem Lieblingsplatz, aber die stand hinter den Birken, Corinnas Blick entzogen.

Fred Velbisch flog durch die Luft, das Trampolin schleuderte sie in die Höhe. Dem Himmel entgegen sprang sie, flog unwiderstehlich, höher als die frisch gesetzten Bäumchen vom letzten Jahr. Die Spitze der Siegesnadel, die dem Park seinen Namen gegeben hatte, tauchte auf. Bei ihrem nächsten Sprung machte Fred eine Vierteldrehung nach links. Da war die Pumpstation, die eingebettet in die imposanten Altbauten der Obentrautstraße in Richtung des Mehringdamms, der großen Einkaufsstraße im Osten, lag. Wieder eine Vierteldrehung weiter erhaschte sie einen Blick auf das Genossenschaftshäuschen mit dem hellblauen Anstrich, wo sie, ihre Mama und Lina lebten. Im Westen grüßte der Turm von St. Hypokrit, errichtet aus dunklen Backsteinen. Hinter ihm fuhr eine S-Bahn nach Norden.

Fred fuhr sich durch die raspelkurzen bonbonrosafarbenen Haare. In ihrer Geburtsurkunde stand Frederike, aber vor ein paar Jahren war sie frühmorgens in die Küche spaziert und hatte verkündet: »Ich heiße jetzt Fred.«

»Guten Morgen, Fred«, hatte Mama gesagt, und jetzt nannte Mama sie nur dann Frederike, wenn sie streng sein wollte, was gelegentlich vorkam.

Freds beste Freundin, Anna Winter, schwebte an ihr vorbei. Wenn es nur nach der Kleidung gegangen wäre, dann hätten die beiden Mädchen sich nichts zu sagen gehabt. Fred trug eine Jeans mit einem Loch über dem Knie und ein St.-Pauli-T-Shirt, obwohl sie sich gar nicht für Fußball interessierte. Nur der Totenkopf gefiel ihr. Sie war barfuß, ihre Turnschuhe, bei denen die Kappen schon halb weggerissen waren, standen neben dem Trampolin.

Anna dagegen sah aus, als sei sie einem Katalog für Jugendmode entsprungen. Ein blauer Haarreif aus Kunstlack hielt ihre blonden Locken zusammen. Auch jetzt trug sie einen breiten Gürtel mit einer schweren Schnalle, die bei jeder Berührung mit dem Trampolin gegen ihren Bauch schlug. Dazu war sie mit einer blau in blau karierten Röhrenhose und einem Sweatshirt ausgestattet, auf dem Pailletten die Aussage *I'm so cute* formten. Wahrscheinlich trug sie auch noch blaue Nylons drunter. Die Blautöne passten zu Annas Augenfarbe. Annas Vater arbeitete als Schaufensterdekorateur in einem Klamottenladen am Potsdamer Platz, da fiel manches schöne Stück ab. Annas Eltern mussten beide arbeiten heute. Andreas schmückte Schaufenster, Jeanette kochte im Krankenhaus. Selbst mitten in Spiel und Getümmel, mit gerötetem Gesicht auf dem Trampolin, wirkte Anna schon sehr erwachsen. Das mit dem *cute* stimmte nicht. Anna war nicht *süß*, sondern kräftig gebaut. Sie hatte ein langgezogenes Gesicht und war fast einen Kopf größer als die zierliche Fred, die jeden Tag darauf hoffte, dass bei ihr endlich der nächste Wachstumsschub einsetzte. Während man Fred zu ihrem Ärger häufiger auf neun Jahre schätzte, ging Anna locker als dreizehn durch, wenn es darauf ankam, zum Beispiel an der Kinokasse.

Eigentlich wäre heute auch Kino angesagt gewesen, aber bei dem schönen Wetter wollten sie doch auf den Spielplatz, um die alten Zeiten noch einmal aufleben zu lassen. Es war ihr letzter Frühling als Grundschülerinnen. Nur Helene konnte leider nicht dabei sein, die Dritte im Bunde. Der war vorgestern das Fahrrad gestohlen worden. Sie war unterwegs und klebte kleine Zettel an Laternenpfähle, obwohl sie schon geunkt hatte: *Bringt eh nichts.*

»Spürst du schon etwas?« Fred deutete auf die frischen Birkenknospen und hielt sich die Nase zu.

Anna lachte. »Dieses Jahr kann mir das hoffentlich egal sein. Ich habe vorgestern eine Spritze mit einem Langzeitwirkstoff bekommen. Vier Monate soll die vorhalten, bis dahin zieht jeder Pollen bei mir den Kürzeren.«

Fred tauschte einen kurzen Blick mit Anna. Mit gerümpfter Nase deutete sie zu einem Jungen, der in der Spitze der Kletterspinne saß und sich mit den Fäusten auf die Brust trommelte. »King Kong sucht jemand, den er wegscheuchen kann.«

»Wenn niemand Lust hat, sich verprügeln zu lassen, ist ihm der Sonntag versaut«, stieß Anna zwischen zwei Hopsern hervor. Die Mädchen grinsten. Bei der nächsten Berührung mit dem Trampolin ging Fred in die Knie, schleuderte sich so hoch hinaus, wie sie konnte, und vollführte einen perfekten Salto. Im Moment wollte sie nur springen, bis sie vollkommen außer Atem war. Aber auf ihrer Abschiedstour über den Spielplatz wollte sie noch auf das Karussell, die Seilbahn und auf die Kletterspinne, sobald diese Pestbeule namens Robert sich dort nicht mehr breitmachte. Und ein Eis wollte sie auch.

Das T-Shirt mit dem Hulk spannte sich über Robert Bittners Brust. Es war ein Geschenk seines Vaters zu seinem zwölften Geburtstag vor drei Wochen. Sein Vater hatte dem Hulk Roberts Gesichtszüge verliehen, der konnte so etwas, denn er war Grafikdesigner. Robert schlug sich mit den Fäusten auf die Brust und stieß Affengeräusche aus. Jeder sollte sehen und hören, dass er ganz oben war, ganz oben auf der Kletterspinne. Leider war er da oben auch ganz allein. Offenbar hatten es sich die anderen Kinder über den Winter hinweg gemerkt, dass mit Robert nicht gut Kirschen essen war. Das war doppelt schade. So konnte er niemandem das tolle T-Shirt zeigen, und es gab auch keinen, dem er beibiegen konnte, dass er der unumschränkte Herr dieser Kletterspinne war. Robert hatte schon viele dieser roten Geflechte erklommen, aber das hier war das höchste. Er saß ganz oben in dem wippenden Netz aus Drahtseilen, die kunstvoll und bruchsicher miteinander verklammert waren. Nördlich vom Park konnte er das Gelände der alten Brauerei sehen. Dieses lag in der Nähe der James-Hobrecht-Grundschule, deren sechste Klasse Robert besuchte. Wenn alles nach Plan ging, marschierte er im nächsten Schuljahr einfach nur quer über den Schulhof, weil er dann das benachbarte Rosenhof-Gymnasium besuchen würde. Drei Etagen unter ihm hangelten sich andere Kinder vorsichtig voran, die Kletterspinne pulsierte unter den vielen kleinen Bewegungen, als stünde sie unter Strom.

Nun gut, wenn es niemand mit ihm aufnehmen wollte ... Er war wohl schon zu alt, um einfach nur König der Kletterspinne zu sein. Vielleicht konnte er stattdessen jemanden aus seiner Klasse in einem peinlichen Moment fotografieren. Wenn einer in ein Brötchen mit Eiersalat biss, zum Beispiel, und ihm dann die Mayonnaise an der Nase hing wie eitrige Rotze. Oder wenn ein Geschwisterchen eine neue Windel bekam und eingekackt bis zum Bauchnabel auf einer Bank lag. Ein paar richtig gute Lacher hatte er dadurch schon erhalten, auf seiner Facebook-Seite. Er holte die Kamera aus seiner Hosentasche und spähte umher. Da war Cem, dieser unentwegte Weltverbesserer, und suchte nach Müll. Dieser arme Irre. Hoffentlich sah er den im neuen Schuljahr nicht wieder.

Cem Pollinger spazierte an den Bänken vorbei, den Blick fest auf den Boden geheftet. Er trug rote Chucks, hellblaue Jeans und ein weißes Button-down-Hemd, dessen Kragenknopf geschlossen war. Seine Ohren standen vom Kopf ab wie zwei kleine rosa Seitenruder. In der rechten Hand hielt er einen Eimer, in der linken einen jener Greifarme, mit denen Parkwächter oder alte Leute Sachen aufheben, ohne sich bücken zu müssen. Regelmäßig pflückte Cem damit etwas von der Erde und ließ es mit einer geschickten Bewegung in den Eimer fallen: Zigarettenkippen, Metallteilchen, ab und zu eine Münze. Wenn er ein Stückchen Plastik erwischte, streifte er den Greifarm am Rand des Eimers ab. Für einen Müllsammler war das Feld auch heute reich bestellt. Bei nächster Gelegenheit würde Cem seine Funde im Jugendlabor auf der anderen Seite der S-Bahn-Trasse eigenhändig analysieren.

Er spazierte an den Tischtennisplatten vorbei. Sie waren schwer und grau und mit einem Netz aus Metall, das aussah wie der Zaun von einem Miniaturgefängnis. Als ein Ballwechsel zu Ende war, hob Cem seinen Greifer und zwickte David, der mit dem Rücken zu ihm an der Platte stand, in den Hintern. David war Cems Banknachbar und sein bester Freund. David fuhr herum, den Mund mit dem schiefen Schneidezahn und die hellen Augen hatte er weit aufgerissen. Als er Cem erblickte, lachte er, warf einen Blick in den kleinen Eimer und nickte, als hätte Cem einen veritablen Barsch gefangen.

David Armbruster wandte sich wieder seinem Mitspieler zu, einem Mann, dessen Ähnlichkeit mit dem Jungen unverkennbar war. Sein Vater trug ein T-Shirt, auf dem Frank Zappa zu sehen war, der eine rotstichige E-Gitarre spielte.

»Ich will aufs Trampolin, Papa«, sagte David.

Aber Martin Armbruster schüttelte den Kopf. »Noch nicht, David. Erst wenn es dir wirklich besser geht. Komm, den Satz spielen wir noch zu Ende, dann essen wir mit Almut und Richard. Ich habe einen Bärenhunger.« Er hob die Hand, und von den Bänken an der Buddelkiste winkte Almut Pollinger zurück.

Almuts Gesicht war von den glatten blonden Haaren halb verdeckt. Neben ihr saß ihr Mann Richard, der sie um einen Kopf überragte. Er hatte die kleine Marie auf dem Schoß und einen Löffel in der Hand. Maries beste Freundin, Davids Schwester Nele, hatte in der letzten Nacht erbrochen und war deswegen mit ihrer Mutter Sabine zu Hause geblieben. Marie schmierte sich ein Löffelchen Brei in ihre dunklen Locken.

Martin Armbruster warf den Tischtennisball in die Luft und spielte ihn leicht unterschnitten über das Netz, aber anstatt die kleine weiße Kugel mit der Vorhand zurückzuspielen, starrte David ins Nichts. Der Ball traf ihn an der Nase, sein Schläger wischte vorbei. Ehe sich David wieder auf das Spiel konzentrieren konnte, war Martin schon seinem Blick gefolgt. Ein blondes Mädchen in Davids Alter schlenderte scheinbar unschlüssig durch den Sandkasten und sah sich dabei um, als sei es auf der Durchreise. Das lange Haar hatte sie zu zwei Zöpfen geflochten.

David merkte, dass sein Vater den Grund seiner Ablenkung erspäht hatte. Er seufzte und bückte sich nach dem Ball, der unter die Platte gerollt war. Er ließ sich Zeit dabei, und als er unter der Platte wieder zum Vorschein kam, balancierte er den Ball auf dem Schläger, als habe er nur einen Moment nicht aufgepasst.

»Vielleicht solltest du Sophie mal zu einem Eis einladen«, sagte Martin. »Wenn sie nie erfährt, dass du sie magst, kann sie sich auch nicht darüber klar werden, ob sie dich mag.«

David lief dunkelrot an, und seine Sommersprossen wurden bleich. Sein Vater meinte es nur gut, aber er wusste nicht, wie aussichtslos ein derartiges Unterfangen war. Keine Chance.

»Lenk nicht ab, Alter.« Er hustete zweimal. »Es steht neun zu sieben, und meinen nächsten Ball siehst du erst in Zeitlupe auf YouTube wieder.«

Sophie Bürger wickelte sich einen Zopf um den Zeigefinger, während sie den Sandkasten abschritt. Sie wusste nicht, ob sie lachen oder weinen sollte. In den Arkaden war heute Sonntagsshopping, und Torgau Hostel gaben bei Media Markt eine Autogrammstunde. Chill, der Sänger, war so süß. Wahrscheinlich standen sie alle bis auf die Straße. Also hätte sie genauso gut dort an der Luft sein können, wie ihre Mutter das vorgeschlagen hatte. Es sei doch so ein schöner Tag. Und weil Sophie noch zu jung war, um sich allein ein Autogramm der wahnsinnigsten Band des Universums zu holen, ging sie auf den Spielplatz, der ganz in der Nähe ihrer Wohnung lag. Jetzt kam sie sich vollkommen deplatziert vor, nicht nur wegen der Reitstiefel, die sie trug.

Sie erinnerte sich an den Tag, an dem sie zum ersten Mal allein die Treppe zur Rutsche hochgestiegen und dann heruntergerutscht war. Eine Weltreise war das gewesen. Heute kam sie kaum noch durch die Luke. Am Rand der Buddelkiste standen die drei Holztiere auf Sprungfedern: ein Elefant mit abgewetztem Rüssel, eine Maus, der ein Ohr fehlte, und ein schwarzes Pferd, ihr Liebling. Das knarzende Geräusch, wenn sie sich darauf mit aller Kraft nach vorn und hinten geworfen hatte, war ihr immer noch im Ohr. Wenigstens war sie der Vorliebe für die Pferde treu geblieben, nur hatten die keine Sprungfedern mehr, sondern einen Sattel, Zügel und Zaumzeug. Die Reitanlage wurde an diesem Wochenende auf die Freiluftsaison vorbereitet. Aber spätestens am Dienstag war sie wieder drüben. Sie bemerkte, wie David von der Tischtennisplatte herüberstarrte. Meinte der sie? Ach, du Schreck. Der war ja eigentlich sehr nett, nur so schüchtern. Schade, dass er nicht reiten durfte. Und zu Bällen jeder Größe hatte sie ein gestörtes Verhältnis.

Jemand legte ihr die Hände auf die Schultern, und sie fuhr herum. Es war Fred, die übers ganze Gesicht strahlte. Sophie beneidete Fred um die Gabe, jeden Moment zu nehmen, wie er geschah. Ihr Leben schien einfach mitzuwachsen.

»Hallo Sophie, kommst du mit ein Eis holen? Anna ist hier auch irgendwo.«

»Ein Eis? Ich weiß nicht. Ich bin so fett, dass ich kaum in meine Breeches komme.« Sophie deutete auf ihre nicht vorhandenen Speckröllchen.

»Ach, so ein Blödsinn. Eis ist ein Grundnahrungsmittel, das solltest du langsam wissen.« Fred zog ihre Klassenkameradin mit sich. »Du kannst mir beim Tragen helfen. Viermal Eis: für Anna, Lina, Mama und für mich. Du darfst einmal daran riechen, mein Pummelchen.«

Corinna machte sich eine Notiz und klappte ihr Buch zu. In dieser Stadt hatte Melanie Klein ihre ersten Feldstudien gemacht. Ob sie auch auf Kinderspielplätzen unterwegs gewesen war? Aber die hatte es damals vermutlich noch nicht gegeben. Seit wann gab es eigentlich öffentliche Spielgeräte? Die Wippe war wahrscheinlich das älteste von allen. Im alten Ägypten waren es ein Steinklotz und eine Rolle gewesen. Während die Eltern beim Bau der Cheops-Pyramide schufteten, amüsierten sich die Sklavenkinder, wenn es beim Auf und Ab im Bauch kribbelte. Die Seilbahn, an der gerade zwei Jungs mit schrillem Geheul nach unten sausten, war wesentlich jünger. Die hatte es zu Corinnas Spielplatzzeit noch nicht gegeben. Buddelkisten dagegen gab es vermutlich schon seit zwanzigtausend Jahren. Seid schön brav, Mama geht nur schnell das Mammut ausweiden, hatten die Steinzeitmütter vermutlich gesagt, und ihre Brut eine Runde graben lassen.

Was Melanie Klein wohl zu Spielplätzen gesagt hätte? Ein paar Bänke weiter stillte eine Frau ihr runzliges, nagelneues Kind. Elterliche *Neins* mischten sich mit kindlichen *Dochs*, Anfeuerungsrufe mit bitteren Tränen. Die Lärmkulisse erzeugte eine merkwürdige Privatheit. Obwohl alle dicht an dicht saßen, konnte man kein Wort von dem verstehen, was nebenan gesprochen wurde. Obwohl es um intime Dinge ging, Familienplanung, erste Lieben, Krankheitsbilder, war man für sich.

Von Fred war nichts zu sehen. Aber seit Lina da war, hatte Corinna aufgehört, sich Sorgen zu machen. Es blieb einfach keine Zeit dafür. Kinder verschwanden manchmal einfach. Natürlich gab es auch für Corinna den Moment, an dem die Alarmglocken läuteten. Aber eigentlich waren Kinder so: Sie fingen nicht an zu laufen, sie fingen an *wegzulaufen*. Lina stakste immer noch recht unbeholfen durch die Gegend, war aber auch schon einmal abgehauen. Nele und Marie von den Armbrusters und den Pollingers konnten noch kaum richtig sitzen, im Vergleich zu ihnen war Lina eine mit überirdischen Kräften ausgestattete Gottheit, die ihrerseits zu ihrer älteren Schwester mit großen Augen aufblickte. Lina und Fred waren neun Jahre auseinander und hatten zwei verschiedene Väter.

»Warum habe ich keinen Papa?«, fragte Fred ab und zu.

Weil ich es allein besser kann, dachte Corinna. Und Fred erzählte sie dann etwas von den Streitereien, die es vor und nach Freds Geburt gegeben hatte. Linas Vater hatte sich schon lange vor der Entbindung vom Acker gemacht, das war absehbar gewesen. Aber Corinna hatte noch ein zweites Kind gewollt und keine Sekunde lang falsche Erwartungen gehegt. Schwanger direkt vom Erzeuger. Mehr hatte sie nicht erwartet, und genau das hatte sie bekommen.

Lina war prachtvoll geraten. Wesentlich stämmiger als Fred im gleichen Alter hockte sie jetzt in der Buddelkiste. Von irgendwem hatte sie eine Schaufel stibitzt und grub ein Loch in den Sand. Neben ihr stand Anna und sang ihr etwas vor. Groß war sie geworden, ihre zweijährige Tochter, die der noch nicht zwölfjährigen Anna im Sitzen schon fast bis an die Hüften reichte … Nein, Irrtum. Corinna musste grinsen. Lina war doch keine Sitzriesin, sondern Anna hatte sich eingegraben, der Sand reichte ihr bis an die Knöchel.

Fred und Anna hatten schon öfter zusammen auf Lina aufgepasst, wenn Corinna abends ausgehen wollte. Zu einem Vortrag oder ins Kino oder mit einer Freundin ein Glas Wein trinken. Anna hatte ein gutes Händchen, aber singen konnte sie überhaupt nicht. Als Lina ihr jetzt den Mund zuhielt, hörte sie auf mit dem kieksigen Gejaule. Als sie Corinnas Blick bemerkte, winkte sie herüber, dann betrachtete sie Linas gesenktes Köpfchen.

»Ja, Lina, grab ein großes Loch«, feuerte Anna ihre kleine Freundin an. »Du gräbst bis nach Afrika.«

»Affika«, wiederholte Lina und lud eine Schaufel Sand neben sich ab.

»Oder noch besser Australien, dann können wir die Koalas streicheln.«

»Aussalien«, rief Lina und patschte mit der Schaufel in den Sand, dass es spritzte.

Annas blaue Espadrilles waren im Sand verschwunden. Sie kannte das vom Sommerurlaub. Auf der Stelle stehen, mit den Zehen wackeln und langsam grub man sich in den Sand. Wie von selbst. Aber hier hatte sie nicht mit den Zehen gewackelt, sie hatte ja ihre Schuhe noch an. Einen Moment dachte sie an Treibsand, aber Treibsand gab es nur in Abenteuerserien auf Nick, nicht auf dem Spielplatz im Siegespark.

Der Boden sackte ab, und Anna sank bis zu den Knien in den Sand ein.

Lina blickte von ihrer Buddelarbeit auf und sagte: »Anna klein.«

Anna zuckte mit den Schultern. »Ja, ich werde kleiner, aber ich grabe mich hier gleich wieder raus.«

In diesem Moment rutschte der Sand über die Breite der ganzen Buddelkiste nach unten weg. Kinder und Erwachsene schrien auf und krabbelten oder hechteten an den Rand, wo es eine Holzleiste gab, auf der man eine Wasserflasche abstellen oder sich setzen konnte, ohne dass alles im Sand ertrank. Zwei gegenläufige Bewegungen beherrschten das Bild. Die Kinder, die aus der riesigen Absenkung flohen, die sich in der Buddelkiste aufgetan hatte, und die Schaulustigen und Helfer, die zur Buddelkiste geeilt kamen.

»Ein Seil, ein Seil!«, brüllte jemand.

»Nicht zu nah an den Krater, sonst sackt er weiter ab! Raus aus dem Sand!«, schrie jemand anderes.

Lina, dachte Corinna, und rannte mit Gummi in den Knien zum Sandkasten. Binnen eines Wimpernschlags waren eine Handvoll Kinder verschwunden, abgestürzt in das große Loch.

Sie bahnte sich einen Weg durch die Reihen. Corinna hasste Schaulustige, aber diesmal hatte sie Verständnis. Jeder wollte wissen, ob eines seiner Kinder da unten lag. Wo war Fred? Jedenfalls nicht auf der Kletterspinne. Dort hockte immer noch der Rüpel aus Freds Klasse und spielte mit seinem Was-weiß-ich-Phone herum. Überall waren jetzt Handys und Filmkameras zu sehen. Die hatte man sowieso dabei, um Bilder vom Sprössling an die Großeltern in Königswinter oder Izmir zu schicken. Jetzt war jeder sein eigener Exklusivberichterstatter.

Robert wäre beinahe aus der Kletterspinne gestürzt, als der Boden in der Buddelkiste wegbrach. Es war unglaublich, was sich da unten abspielte. Und er hatte den besten Platz von allen. Die Buddelkiste war ungefähr dreißig Meter lang und fünfzehn Meter breit, im Seitenverhältnis ein bisschen schmaler als ein DIN-A4-Blatt. Der Durchmesser des Kraters war so breit wie die Buddelkiste. Viele Väter und Mütter sammelten ihre Kinder ein und wandten sich vom Ort des Zwischenfalls ab. In den Ecken, in denen der Sand noch nicht abgerutscht war, und um die Holzbegrenzung herum standen die Menschen dicht an dicht und starrten in den Krater. Robert hakte sich mit einem Arm in eines der roten Metallbänder ein und spähte durch den Sucher seines Handys. Auf den steilen Wänden des Kraters saßen, lagen und kauerten drei Kinder. Eines war die große Anna aus Roberts Klasse, die immer so ausstaffiert daherkam. Sie schaute nach oben zum Rand des Kraters, und in Roberts Dreifach-Zoom sah ihr Gesicht noch länger aus als sonst. Etwas oberhalb von Anna saß ein kleineres Mädchen und heulte aus Leibeskräften. Gegenüber lag ein kleiner Junge flach auf dem Bauch. Alle drei rutschten in Zeitlupengeschwindigkeit nach unten.

Als Cem die Schreie hörte, stellte er seinen Teller mit Hühnersalat auf die Bank und schlängelte sich zum Rand des Kraters.

»Darf ich mal vorbei, bitte?« Seinen Greifer hielt er eng an die Brust gepresst.

Nachdem er die Umrandung der Buddelkiste erreicht hatte, legte er sich flach auf den Boden an den Rand des Kraters. Die Menschen traten zur Seite. Das kleine Mädchen schrie immer noch wie am Spieß. Sie lag auf dem Bauch und spuckte Sand. Cem streckte den Arm mit dem Greifer aus und steuerte den Punkt an, an dem sich die beiden Träger der Latzhose auf dem Rücken des Kindes kreuzten. Die Greifarme schnappten zu. Ein Raunen kam hinter ihm auf. Der Junge auf der anderen Seite des Kraters hielt sich an einer Kette von zusammengeknoteten Jacken fest und wurde langsam nach oben gezogen.

»Hab keine Angst«, rief Cem dem Mädchen zu. Er zog an der Latzhose. Der Greifer hielt. Langsam brachte er die Kleine nach oben, ganz vorsichtig, wie an einer Schnur. Sie sah Cem an und hörte gleich auf zu brüllen. Es war die kleine Schwester von Fred. Weder Fred noch ihre Mutter waren irgendwo zu sehen.

Cem fing Annas Blick auf. »Warte, ich hole dich auch gleich«, keuchte er. Er wusste nicht, ob sie ihn gehört hatte, es sollte aufmunternd klingen. Jetzt war es so weit, er griff nach dem Patschhändchen des Mädchens und zog sie zu sich heran. Als sie ihm jemand abnahm, hatte er das Gefühl, dass sich ganz unten die Spitze des Trichters bewegte. Wurde ihm schwindelig? Sein Herz klopfte, dass es schmerzte.

Er fragte einen Mann, der neben ihm stand: »Können Sie bitte meine Beine festhalten?«

Zwei kräftige Hände packten seine Knöchel, und Cem ließ sich bäuchlings in den Krater hinab.

Anna lächelte ihn an. »Mein Held«, kicherte sie. Sie streckte ihm die Arme entgegen. Ihre Fingerspitzen berührten sich.

Eine Sandsalve traf Cem mitten ins Gesicht. Es war, als hätte ihm jemand mit Schleifpapier einmal quer über Augen und Nase gezogen. Überall war Sand. Cem konnte nur noch blinzeln. Es musste Anna sein, die wild um sich schlug, aber warum? Kaum konnte Cem die Augen wieder öffnen, traf ihn die nächste Sandsalve, diesmal mitten in den Mund. Er spuckte aus, aber er bekam keine Luft mehr. Sein Herz stockte. Der Sand brachte die Wände des Kraters in Bewegung. Anna rutschte langsam nach unten, tiefer in den Trichter hinein.

»Cem! Hilfe!«, brüllte sie. »Hilfe! Mama! Papa!«

Wieder prasselte Sand auf Cems Kopf, diesmal waren es richtige Steinchen, viel gröber als die Salve zuvor. Einer traf Cem ins Auge. Er sah Sternchen und würgte Sand.

»Neiiin!«, schrie Anna. Dann rutschte sie in die Spitze des Trichters hinein und war weg.

Corinna hatte sich bis an die Holzbarriere am Rand der Buddelkiste vorgedrängelt. Auf der anderen Seite wurde ein Junge aus dem Trichter herausgezogen und umarmt. Jemand drückte ihr Lina in den Arm. Fest umschlang sie den Hals ihrer Tochter, die mit Tränen, Rotze und Sand verschmiert war, und sprach beruhigende Worte. In diesem Moment verschwand Anna mit schrecklich weit aufgerissenen Augen im Erdreich. Ein Schrei stieg von der Menge auf wie ein Taubenschwarm, dann war es ganz still. Auch Lina schwieg.

Vorsichtig stakste Corinna zurück zu ihrer Bank und hielt sich an der Lehne fest. Als Fred um die Ecke gebogen kam, brach es aus ihr heraus: »Frederike, wo warst du denn die ganze Zeit?«

»Sophie und ich haben Eis geholt. Wo ist Anna? Stracciatella gab es nicht, deshalb kriegt sie Schokolade.«

Sophie hielt Corinna eine Waffel mit zwei Kugeln Vanille hin. Doch Corinna kamen die Tränen.

2

Kurze Zeit später wimmelte es auf dem Spielplatz im Siegespark von Polizisten in neuen blauen Uniformen. Sie drängten die Schaulustigen vom Rand der Buddelkiste zurück, damit nicht noch jemand in den Krater stürzte, beruhigten heulende Kinder und totenblasse Erwachsene und sperrten das Gelände weiträumig ab. Zwei Sanitäter schenkten heißen Tee aus.

Der polizeiliche Einsatzleiter hieß Norbert Bleckmann. Er hatte entschieden, den Spielplatz nicht zu räumen, um bürgerkriegsähnliche Unruhen zu vermeiden. Allein für die Räumung der Kletterspinne, in der jetzt Dutzende von Kindern hockten, wäre eine Hundertschaft nötig gewesen.

Die Menschen auf dem Spielplatz waren an einem schönen Frühlingssonntag in einen realen Alptraum hineingeraten und brauchten Zeit. Sie wollten wissen, was aus dem Mädchen geworden war. Sehr langsam nur wurde die Menschenmenge kleiner. Über allem hing die Anspannung leise gemurmelter Gespräche und Mutmaßungen.

Schließlich traf das Technische Hilfswerk mit einem dreiköpfigen Notfallteam ein. Dieter Wieczorek, dem Fahrer, gelang es, das blau lackierte Allzweckmobil über den Parkweg und zwischen der üppig austreibenden Frühlingsvegetation hindurch bis an den Rand der Buddelkiste zu manövrieren.

Guntram Eyth, der Leiter des Teams, ein drahtiger Ingenieur mit Auslandserfahrung, sprang aus dem Wagen und salutierte mit der Hand an der rasierten Glatze. »Einer meiner Männer wird sich jetzt auf den Boden des Kraters begeben und nach dem Mädchen suchen.«

Bleckmann nickte. »Wir dürfen keine Zeit verlieren. Vermutlich wird da unten die Luft schon knapp.«

Eyth hob den Daumen Richtung Wieczorek, und vier Stabilisierungsbeine fuhren aus dem Allzweckmobil heraus und gruben sich in den Rindenmulch.

Kurz darauf hing Kurt Altus, der Draufgänger der Truppe, in einer Trapezhose am Schwenkarm und wurde an einem Drahtseil in den Krater hinabgelassen. Er trug einen wasser- und säurebeständigen Schutzanzug, schwere Stiefel und einen Helm mit einer Lampe.

Über das Singen des Elektromotors hinweg brüllte Eyth zu Bleckmann: »Wir können es nur aus der Luft versuchen, weil sonst der ganze Sand nachrutscht.«

Bleckmann nickte. Immer wieder löste sich Sand von den schrägen Wänden und rutschte in Kaskaden nach unten.

Altus landete auf dem Boden, Bleckmann und Eyth traten an den Rand des Kraters.

»Da ist ein Loch.« Altus bückte sich. »Und einen Gang gibt es auch«, rief er, als er wieder aufrecht stand. »Mehr als einen halben Meter im Durchmesser. Ich gehe jetzt rein.« Seine sonore Stimme war bis in den letzten Winkel des Spielplatzes zu hören, unbezahlbar, wenn es darum ging, Menschenmengen zu beruhigen und zu steuern. Er stieg aus der Trapezhose und zwängte sich mit dem Kopf voran in den Gang hinein.

»Ein unterirdischer Gang?«, echote David. »Wer gräbt denn einen Tunnel unter einer Buddelkiste?« Er hielt Cem eine Tüte mit Chips hin.

Cem stopfte sich eine Handvoll in den Mund. »Vielleicht soll die halbfertige U-Bahn doch noch weitergebaut werden und man hat eine Probebohrung zu flach angesetzt.« Die beiden Jungen saßen auf einer Tischtennisplatte, gleich daneben standen Martin Armbruster und die Pollingers. Die kleine Marie schlief in ihrem Buggy.

Jemand tippte Cem auf die Schulter. Als er sich umdrehte, streckte Lina Velbisch ihren Arm nach ihm aus.

»Da will sich jemand bedanken«, sagte Corinna Velbisch mit zitternder Stimme.

Cem nahm Linas kleine Hand und schüttelte sie behutsam. Fred stand Arm in Arm mit Sophie und gerunzelter Stirn neben ihrer Mutter. Sophie wechselte einen langen Blick mit David, und als dieser ein Lächeln mit einem schiefen Schneidezahn zustande brachte, wurde ihr Gesicht so rot wie das Himbeereis, das sie eben verputzt hatte.

»Mein Vater versucht schon die ganze Zeit, Jeanette und Andreas zu erreichen.« Richard Pollinger hielt auch jetzt sein Handy ans Ohr, aber Annas Eltern hatten sich bisher noch nicht gemeldet.

»Es tut mir so leid wegen Anna. Unsere Finger hatten sich schon berührt«, sagte Cem leise zu Fred. Er nestelte an seinem Hemdkragen herum, der nach wie vor bis oben zugeknöpft war.

»Du hast Freds Schwester gerettet«, sagte Corinna zu Cem. »Sie wird dir deswegen ewig dankbar sein.«

Fred warf einen Blick auf die verrotzte und verheulte Lina, und die Falten auf ihrer Stirn vertieften sich. »Um Anna mache ich mir keine Sorgen«, sagte sie. »Die Knilche da drüben werden sie bestimmt finden, mit der ganzen schicken Ausrüstung.«

Mit leichten Nackenbewegungen leuchtete Kurt Altus den Gang systematisch ab. Der Strahl der Helmlampe glitt über feuchtes dunkelbraunes Erdreich. Abgerissene Wurzeln ragten wie Bartstoppeln daraus hervor. Die Schnittkanten waren frisch, aber es waren keine geraden Kanten. Sie waren gezackt und ausgefranst, als hätte sie jemand mit einem Stock geschlagen. Er hockte auch nicht auf einem Untergrund aus Erdreich, sondern das war Sand. Der Sand aus der Buddelkiste, der hier in einem riesigen Hohlraum gelandet war. Altus wühlte probehalber darin herum, aber auch als sein Arm bis zum Ellbogen eingegraben war, war da immer nur Sand. Der Lichtkegel der Lampe fiel auf einen großen Stein, der die Form einer unregelmäßig geformten Kugel hatte und den Gang zur anderen Seite hin fast ausfüllte.

Altus leuchtete an dem Stein vorbei, aber da war Ende der Ausbaustrecke. Er pfiff durch die Zähne. Da war nichts abgesackt, das war kein Grundwasserhohlraum, in dem der Sand verschwunden war. Das hier war eine ausgeklügelte Falle. Der Stein hatte zunächst unter der Spitze des späteren Trichters gelegen. In dem Moment, als man ihn in das blinddarmartige Stück hineingeschoben hatte, war der ganze Sand in den Hohlraum gerutscht. Ein Ventil. Auch das Auffangbecken für den Sand, auf dem Altus jetzt saß, musste planmäßig gegraben worden sein. Auf allen vieren folgte er dem Gang in der anderen Richtung. Nach einigen Metern senkte er sich steil wie eine Sprungschanze nach unten.

»Anna! Kannst du mich hören?«, rief Altus aus Leibeskräften, aber das dicke Erdreich machte daraus eine in Zimmerlautstärke hingeworfene Bemerkung. *Hier unten hört dich niemand schreien.* Altus steckte den Kopf in die schräg abfallende Röhre. Dort gab es noch mehr Wurzeln. Einige waren so dünn wie Suppennudeln. Ab und zu ragte ein Stein in den Gang hinein. Welches Werkzeug war hier wohl verwendet worden? Und merkwürdig, kein einziges Tier gab es hier. Keine Kellerassel, keinen Regenwurm, keinen Käfer.

Altus stieß ein ratloses Schnauben aus, und die kleinen Wurzeln bewegten sich in seiner Atemluft. Im Schein seiner Lampe blinkte dabei etwas auf. An einer Wurzel hing ein Gegenstand, der nicht zu dieser unterirdischen Welt gehörte. Altus schob sich, so weit es ging, in die Röhre hinein. Zwischen Daumen und Zeigefinger barg er ein dunkelblaues rundes Plättchen. Es war eine Paillette. Seine Frau hatte solche Dinger auf ihrer Handtasche, nur in Grün.

Wieder brüllte er »Anna!!« in das Erdreich hinein. Aber alles blieb still, nur vom Ende der steilen Röhre schien ein leises Zischen zu kommen. Aber das konnte er sich auch eingebildet haben. Selbst seine eigene Stimme klang fremd hier unten.

Als Kurt Altus ohne das Mädchen an die Erdoberfläche zurückkehrte, wurde allen klar, dass mit einer wundersamen Rettung von Anna hier und jetzt nicht zu rechnen war. Der Spielplatz leerte sich rasch. Kinder trösteten sich mit leisen Stimmen, Erwachsene gingen mit gesenkten Köpfen von dannen. Robert Bittner, der als einer der Letzten von der Kletterspinne gestiegen war, war vielleicht der Einzige, der sich auf dem Nachhauseweg ein Grinsen verbeißen musste. Jetzt musste er die Fotos in seinem Handy nur noch den richtigen Leuten anbieten.

3

Eigentlich war jeder Sonntag ein kleiner Festtag im Hause Pachulke, wenn nicht gerade jemand ermordet worden war. Der Kriminalhauptkommissar stand sehr früh auf. Wenn es warm genug war, verfügte er seine Leibesfülle auf einen Klappstuhl auf dem Balkon und lauschte in die Stadt hinein, die zwischen drei und fünf Uhr fast vollkommen still war.

Eine Hummel brummte um die Balkonblumen in der vierten Etage zwei Häuser weiter und klang lauter als die Stadtreinigung, die immer am Dienstag ihren Müllwagen durch die enge Straße am Lietzensee wuchtete.

Heute war es mit dem Idyll schnell vorbei. Irgendwo liebte sich ein Paar, bis es durch das hemmungslose Brüllen seines Nachwuchses unterbrochen wurde. Selbst schuld, sie hatten das Kind mit ihren Anfeuerungsrufen geweckt. Wahrscheinlich war es die junge Familie, die in den Wintermonaten fleißig um den Lietzensee spaziert war, den Nachwuchs dick eingepackt und stumm im Designer-Buggy, der aussah wie ein Mondauto mit Überrollbügel.

Pachulke hatte einmal gelesen, dass ein schreiendes Baby es locker auf hundertzwanzig Dezibel brachte, lauter als ein startender Jumbojet. Er war erstaunt, wie durch oberflächliche Recherchen schwerste Umweltbelastungen bagatellisiert wurden. Zweihundert Dezibel mindestens musste dieses brüllende Baby heute Morgen zustande gebracht haben.

Die neue Woche würde nicht gut werden, das spürte Pachulke schon jetzt. Bereits morgen, genauer gesagt in weniger als vierundzwanzig Stunden, musste er einen Vortrag halten. Lieber hätte er einer Leichenschau beigewohnt. Träge hob Pachulke einen der Papierstapel hoch, die er auf dem Couchtisch verteilt hatte. Wo er sonst genüsslich seine Jagdergebnisse von den Musikflohmärkten ausbreitete, lag heute eine PowerPoint-Präsentation in verschiedenen Entwurfsstadien. Folie 7 war mit *Die Rücktrittbremse* überschrieben. Allerdings war die Zahl 7 auf dem Ausdruck durchgestrichen und Pachulke hatte sie mit *11* ersetzt. Die 11 hatte er mit einem Fragezeichen versehen und *besser zur Handbremse* notiert. Aber die Folie zur Handbremse gab es bisher nur in seinem Kopf. Und sein Kopf war leer.

Es war Wahlkampf in der Stadt, und der Innensenator hatte das Zauberwort Bürgernähe entdeckt. Für einen Politiker, der um jede Stimme kämpfen musste, war Bürgernähe Wünschelrute und Trüffelschwein, Nektar und Ambrosia, Rettungsring und Mantra. Bürgernähe sollte das Balkendiagramm am Wahlabend um zwei oder wenigstens 0,2 Prozent nach oben drücken, und zu diesem Zweck wurde die gesamte Innenverwaltung zu halsbrecherischen Missionen ausgesandt. Ja, es gab diesen Passus in Pachulkes steinaltem Vertrag, der es ermöglichte, auch Kriminalbeamte in begrenztem Rahmen zu Zwecken der Öffentlichkeitsarbeit einzusetzen. Was das bedeutete, wussten nicht einmal die Gewerkschaftsjuristen. Jedenfalls waren Pachulke und seine Kollegen in den kommenden Wochen zu Fortbildungsmaßnahmen an verschiedenen Schulen eingeteilt: Verkehrssicherheit, Umgang mit Polizisten, wie erstatte ich eine Anzeige, das ganze Programm.

Pachulkes Thema war *Zeitgemäßes Fahrradfahren dank Sicherheit und Gesetzestreue*. Der Polizeipräsident, Stimme seines Herrn aus dem Senat, war begeistert gewesen.

»Da können Sie unseren jungen Mitbürgern auch gleich mal erklären, wie folgenschwer ein unerlaubtes Entfernen vom Unfallort ist«, hatte er Pachulke bei der abschließenden Dienstbesprechung mit auf den Weg gegeben. »Auf diese jungen Leute macht es Eindruck, wenn da ein echter Kommissar steht, der ihnen erklärt, dass sie eine Luftpumpe dabeihaben müssen.«

Die Luftpumpe musste auch noch irgendwie untergebracht werden. Eine Doppelstunde, eine öde, sich steppenartig in die Unendlichkeit ausdehnende Doppelstunde. Länger als der erste Akt von *Tristan und Isolde*. *Impulsreferat mit Fragerunde* stand auf dem Konzeptzettel, der unter den Stapeln hervorlugte. Die jungen Leute würden ihn mit kalten Knopfaugen fixieren, während er sich abmühte, würden sie auf ihre Pulte starren und Kaugummi mümmeln, als wäre er ein Taubstummer, der eine Pantomime aufführte.

Pachulke griff sich seine provisorische Gliederung. Es ging los mit der Geschichte des Fahrrads und einem Überblick zur Stellung des Fahrrads in der aktuellen Gesetzgebung. Zumindest diese Teile konnte er ruckzuck runterbeten. So schnell, dass niemand auch nur die Chance hatte, sich eine Frage auszudenken. Und dann ging es Schlag auf Schlag. Folie 4: *Das verkehrssichere Fahrrad*, Folie 5: *Das Vorderlicht*, Folie 6: *Das Rücklicht*. Folien 13–16: *Tückische und tödliche Fehler*.

Pachulke hatte lange mit sich gerungen, doch schließlich auf die schrecklichen Fotos von verschiedenen Unfällen verzichtet, die ihm in beliebig großer Zahl zur Verfügung standen. Eigentlich hätte es genügt, eine Slideshow mit diesen Bildern auf dem Laptop zu installieren und als letzte Folie: *Gehen Sie lieber zu Fuß!*, einzublenden. Aber Pachulke wusste nicht, wie man das machte, so eine Slideshow auf dem Laptop. Außerdem wurden die Veranstaltungen evaluiert. Er wollte nicht, dass in den Evaluierungsbogen stand: *Der Kommissar hatte schlechte Laune und hat uns mit seinen Horrorbildern pausenlos Angst gemacht.* Das war schwarze Pädagogik, Überwältigungsstrategie. Er durfte die jungen Menschen nicht überrumpeln, er musste sie dort abholen, wo sie herumlungerten: vor der Starkbierhalle, in der Spielothek oder im Park, im Kreise ihrer Dealer.

Am Schluss seiner Vorträge gab es immer diesen Moment betretenen Schweigens. Natürlich rechnete Pachulke nicht mit Jubelstürmen, aber er hatte dabei immer das Gefühl, alles sei so schrecklich gewesen, dass niemand wagte, auch nur mit einem Blinzeln Kritik zu üben.

Zabriskie dagegen konnte reden, als würde sie nach Feierabend in der Fußgängerzone Spargelschäler verkaufen. Ihr flogen die Herzen nur so zu. Seine Kollegin schwebte heute aus dem kalifornischen Heimaturlaub ein, gut gelaunt und gut erholt. Sie würde sich den Jetlag aus den Knochen schlafen und morgen elastisch und munter ihren Dienst antreten. Wenn sie einen Vortrag in einer Schule halten musste, würzte sie ihn bestimmt mit ein paar Anekdoten vom Radfahren in Kalifornien. Eine ewig gut gelaunte Gefahr für den gepflegten Fatalismus Pachulkes, diese Zabriskie, und die beste Kollegin, die er sich wünschen konnte.

Bei Dorfner, seinem Assistenten, lag der Fall anders. Dorfner wurde schnell gemeingefährlich, wenn man ihn nicht mit Routinearbeiten an den Bürotrakt fesselte. War er erst einmal draußen unterwegs, wurde jeder einfache Ladendiebstahl zum Ausläufer einer gigantischen terroristischen Verschwörung, die Dorfner im Alleingang aufklären und zerstören musste. Dorfner war daher freigestellt worden, als die bürgernahe Öffentlichkeitsarbeit verteilt worden war. Im Moment war er durch Arbeit bei einer Spezialeinheit stark eingebunden, obwohl sich Pachulke sicher war, dass Dorfner nicht wirklich glücklich war mit seiner neuen Aufgabe.

Dankwart Stiesel, der rothaarige Kollege, der aussah, als sei er fünfzehn, aber tatsächlich äußerst fähig war und nie die Ruhe verlor, sprach an einer Grundschule über Gewaltprävention.

Pachulke suchte seinen Einsatzplan. Wo musste er eigentlich morgen hin? In das Rosenhof-Gymnasium in Kreuzberg, gleich in der Nähe des Siegesparks. Rosenhof klang ja eigentlich ganz nett, fast romantisch. Die Klassenlehrerin hieß Angelika Kellinghusen und unterrichtete Biologie. Pachulke stand auf, ging zum Plattenregal und legte eine CD mit Flotows *Martha* in den Schlitten. Während die ersten Töne dank eines ausgeklügelten Systems den Raum gleichmäßig und wohltemperiert mit Klang ausfüllten, schleppte Pachulke sich in die Küche und setzte Teewasser auf. Er hatte wieder zugenommen, nicht viel, aber die letzte Diele im Wohnzimmer knarzte wieder. Die war jetzt fast ein halbes Jahr ruhig geblieben. Vielleicht hatte sich das ganze Haus um ein paar Millimeter gerichtet. Man musste nicht immer gleich mit dem Schlimmsten rechnen, man konnte sich auch den Schritt zur Waage sparen und die Wahrheit im Ungefähren lassen. *Gefahrenstellen in Kreuzberg*, das ergäbe bestimmt auch noch eine gute Folie. Dazu müsste er sich nur ins Intranet einloggen und ein paar Unfallstatistiken ansehen. Letztendlich kam fast jede große Kreuzung in Betracht, aber vielleicht gefiel es seinem Publikum, wenn er einige Insiderinformationen einstreute, direkt aus dem Polizeicomputer. Also vielleicht doch ein Unfallfoto? Ein nicht ganz so Schlimmes? Fünfzehnjährige hatten schon Hunderte von gepfählten Vampiren und Tausende von explodierenden Autos gesehen. Da konnte man ihnen ein zermalmtes Fahrrad eigentlich zumuten.

4 Abends, als Lina und Fred schliefen, wählte Corinna die Nummer der Pollingers. Cems Eltern waren aus dem Süden hierhergekommen, weil sein Vater in Adlershof etwas mit Photovoltaik machte. Es tat gut, Almuts Stimme zu hören. Sie war weich und rund, nicht so zackig wie der hiesige Tonfall.

»Wie geht's Jeanette?«, fragte Corinna. Während ihrer abendlichen Routine hatte sie dauernd an Annas Mutter denken müssen.

»Den Umständen entsprechend beschissen. Die haben ihr im Urban-Krankenhaus gleich eine Beruhigungsspritze gegeben und sie mit dem Sanka nach Hause gebracht. Jeanettes Vater ist gekommen und passt auf Lisa auf.«

»Und was ist mit Andreas?«

»Der hat Richard eine SMS geschickt und ist auch längst zu Hause.« Almut räusperte sich. »Wie geht's denn deinen Kindern?«

Corinna dachte über die Frage nach. Fred war wortkarg gewesen wie selten und ohne Essen ins Bett gegangen. Das Einzige, was ihr zu entlocken gewesen war, war der stur wiederholte Satz: »Anna kommt wieder.«

Lina war ein Bündel heißer Tränen. Sie heulte in der Badewanne – als könnte man die alptraumhaften Bilder wegduschen, abspülen mit ein bisschen heißem Wasser und Kindershampoo. Sie schluchzte zwischen den Löffeln vom Milchreis, ihrem Lieblingsessen, das es jetzt außerplanmäßig diese Woche noch ein zweites Mal gab, und sie schniefte, bis sie im Schlaf Schluckauf bekam, mit ihrem Lieblingskuscheltier, einer Stoffmöhre, im Arm.

Zu dieser Möhre gab es sehr unterschiedliche Meinungen im Haushalt Velbisch. Für Lina war Herr Möhre ein Mitbewohner mit ausgeprägten Vorlieben und Abneigungen. Fred fand das kindisch, gab sich erwachsen und biss echten Möhren mit betont gefletschten Zähnen den Kopf ab, um zu beweisen, dass es sich um Gemüse handelte. Aber auch Corinna fand, dass Herr Möhre ein Lebewesen und ein wunderbares Kuscheltier war.

»Sie waren beide sehr mitgenommen. Lina hat viel geheult. Bei Fred habe ich das Gefühl, sie will Anna mit ihrem Dickkopf an die Oberfläche zurückzwingen. Ich hoffe, sie kann es verkraften, wenn … wenn es anders kommt.«

»Wir wollen nicht gleich das Schlimmste vermuten.«

Bevor das Schweigen zu lang wurde, fragte Corinna: »Und wie geht's Cem? Ist er schon im Bett?«

Almut räusperte sich. »Cem ist auch schon im Bett. Er ist ja nicht so eng mit Anna wie Fred.« Almut schien den Hörer ans andere Ohr zu wechseln. Corinna war froh, dass Cems Mutter das Präsens benutzte. »Aber er war käsebleich, als wir nach Hause gekommen sind. Als es ihm wieder besser ging, hat er sich tausend Gründe überlegt, warum der Sand eingesackt ist. Ein Mini-Erdbeben, eine Kaverne, ein mittelalterlicher Keller.«

»Und glaubt er, dass Anna noch … dass sie zurückkommt?«

»Cem hat eine sehr realistische Haltung zum Tod, seit sein Opa letzten Herbst gestorben ist.«

Corinna nickte wortlos. Eine realistische Haltung zum Tod. Ihre Mutter lag in einem Leipziger Altenheim im Sterben. Corinna rechnete stündlich damit, dass ihre Schwester Heidi ihr die Todesnachricht brachte. »Weißt du, was ich am grauenhaftesten finde?« Sie wartete nicht auf eine Antwort. »Wenn wirklich etwas passiert ist, wenn Anna wirklich nicht mehr wiederkommt. Scheiße, wenn sie tot ist, dann rutscht Fred in der Warteliste für das Rosenhof einen Platz nach oben. Ist das nicht scheußlich? Die beiden sind doch wie Pech und Schwefel.«

Es rauschte in der Leitung.

»Hallo, Almut, bist du noch dran?«

»Ja, bin ich. Aber darüber musst du dir wirklich keinen Kopf machen. Die Wartelisten sind vollkommen willkürlich, Kopfnoten, Sozialkompetenzen und dieser ganze Quark. Und der Ausschuss trifft die Auswahl ja erst in einer Woche. Fred könnte ebenso gut vor Anna stehen. Außerdem kannst du dich immer noch einklagen. Ihr wohnt schließlich beim Rosenhof gleich um die Ecke.«

»Dieser Kevin aus Freds Klasse wohnt seit einem halben Jahr

angeblich genau gegenüber vom Rosenhof. Wenn das mit rechten Dingen zugeht, fress ich einen Besen. Und Cem steht auf Platz 4 der Warteliste. Der passt genau ins ...« Um ein Haar hätte Corinna *Beuteschema* gesagt. »... Anforderungsprofil der Schule. Du hast gut reden.« Sie biss sich auf die Unterlippe. Der Satz war ihr schärfer rausgerutscht, als er gemeint war.

Aber Almuts bärenhaft tiefes Lachen erklang am anderen Ende der Leitung. »Ja, Cemmi passt wie die Faust aufs Auge. Der kleine Naturforscher. So jemanden sehen sie gerne im Rosenhof. Der designierte Leiter der Recycling-AG.« Sie kicherte.

Jetzt musste auch Corinna lachen. »Fred kann ja das Jahrbuch gestalten.« Im offiziell klingenden Ton setzte sie hinzu: »Im vergangenen Schuljahr wurden mehr als fünf Tonnen Altpapier gesammelt, gesäubert und verkauft, glücklicherweise waren auch zweihundert Mathematikbücher vom Schwarzmarkt darunter.«

Jetzt lachten sie beide. Gleich darauf sackte Corinna auf dem Sofa in sich zusammen. Wie bei einem Zuckerschock überrumpelte sie die Müdigkeit. Bei dem Gedanken an Zucker fielen ihr die beiden Eiswaffeln ein, die Fred heute Nachmittag mitgebracht hatte, in der rechten Hand Schokolade für Anna, in der linken Hand hellgrün Pistazie für sich selbst. Sie hatte tatsächlich beide verschlungen und hinterher sachlich festgestellt, sie schulde Anna jetzt ein Eis. Hoffentlich bekam Fred die Chance, diese Schuld zu begleichen. Corinna gähnte. »Ich muss ins Bett, selbst wenn ich kein Auge zutun kann.«

»Du wirst bestimmt schlafen können«, erwiderte Almut. »Erst knipst du das Licht aus, dann die Gedanken. Gute Nacht, Corinna.«

»Gute Nacht, Almut. Das war nicht böse gemeint mit der Warteliste eben. Aber ich hätte es so gerne, wenn Fred in den Rosenhof kommt. Der Bezirk ist sonst eine Wüste. Und es müssen ja nicht gerade die Halbdebilen sein, mit denen meine Tochter die nächsten Jahre verbringt.«

»Weiß ich doch. Aber du wirst sehen, das klappt schon mit dem Rosenhof, so oder so. Gute Nacht, Corinna.«

Wie immer fühlte Corinna sich besser, nachdem sie mit Almut geredet hatte. Fred hatte viel mehr mit sich herumzutragen. Die Bewerbung für das Gymnasium schwebte seit Monaten über ihr. Bis Ende März wurden die Kinder im Ungewissen gehalten. Und Fred wusste, dass ihre Großmutter Krebs hatte und dass es ihr in den letzten vier Wochen immer schlechter ging. Corinnas Mutter unterhielt sich mit ihrer Enkeltochter lang und breit über die Chemotherapie und die Schmerzen. Aber schon bald würde ihre Mutter für immer schweigen, und Corinna und Fred würden nach Leipzig fahren. Sie kratzte sich am Kopf. Eigentlich kam sie gut allein zurecht. Doch an einem Tag wie diesem hätte sie gern mit jemandem gesprochen, der sie dabei im Arm hielt.

Fred hatte während des Telefonats wach gelegen und an ihren Haaren gezogen. Das tat sie immer, wenn sie nachdachte. Sie hatte nicht alles verstanden, aber natürlich war es um Anna gegangen. Und natürlich war Almut am anderen Ende der Leitung gewesen. Ihre Mutter fand Almut ganz toll, aber Fred hatte gemischte Gefühle. Vielleicht gerade, weil alles so toll an Almut war. Die Mutter von Cem hatte dieses Aufleuchten in den Augen, wenn ihr etwas gefiel. Freds Mutter senkte nur den Blick, wenn sie an einem Schuhgeschäft vorbeikam, um den Gedanken an Luxus gleich im Keim zu ersticken. Wenn Fred doch nur einmal so ein Leuchten in den Augen ihrer Mutter erzeugen könnte. Mit einer Zusage vom Rosenhof-Gymnasium würde sie es schaffen. Fred würde alles dafür tun, beinahe alles. Cem, der immer alles richtig machte und der sogar heute der Held des traurigen Tages geworden war, den hätte jede Schule in der Stadt mit Handkuss genommen.

Wo Anna jetzt wohl war? »Wir sehen uns wieder. Schlaf gut, Schnepfe«, murmelte Fred. Anna war Schnepfe, und Fred hieß Schlampe. Und niemand sonst durfte sie so nennen. Fred lauschte zu Linas Bett hinüber. Der Atem ihrer Schwester rasselte noch ein bisschen, aber sie schien tief und fest zu schlafen. Fred kroch aus ihrem Bett und beugte sich über die schlafende

Lina. Vorsichtig zog Fred Herrn Möhre an seinem grünen Schopf aus Linas Armbeuge. *Du gehörst mir*, dachte sie. *Und heute Nacht brauche ich dich.* Wer hatte eigentlich bestimmt, dass große Geschwister ihre Schlafkumpanen aus grauer Vorzeit abgeben mussten, nur weil sie Poster von Katy Perry an der Wand hängen hatten?

5

Draußen war es noch dunkel. Die Unbedarften und Ahnungslosen lagen in ihren Betten und schliefen dem Morgenrot entgegen. Aber das S.W.A.T.-Team war schon unterwegs. Als er die Polizeilaufbahn eingeschlagen hatte, damals vor mehr als zehn Jahren, hatte Kriminalassistent Dorfner sich andere Dinge erträumt als diesen Job. Er konnte den Gesichtsausdruck seines Vorgesetzten Pachulke nicht vergessen, als der ihm gesagt hatte: »Wenn Sie nichts anderes im Kopf haben als Spezialeinsätze, lieber Dorfner, dann habe ich ein Betätigungsfeld, das keinen Wunsch für Sie offen lassen wird. Sie werden Teil eines Teams von Spezialisten, die an vorderster Front gegen den systematischen Rechtsbruch kämpfen. Gefragt sind Nervenstärke, limitierte Kommunikationsfähigkeit, eine Neigung für martialische Auftritte und die Sehnsucht, etwas Besonderes zu sein. Ich würde sagen, das fällt alles in Ihre Kernkompetenz. Sie dürfen zwar auch weiterhin nicht foltern, selbst wenn Sie mittlerweile ein weltweit gesuchter Spezialist auf diesem Gebiet sein sollten. Aber wenn Sie regelmäßig darüber nachdenken, wie Sie Ihren Zielpersonen Schmerzen zufügen können, ist das in Ihrem neuen Aufgabenbereich sicherlich nicht von Nachteil.«

Tag für Tag ging Dorfner diese kleine Ansprache durch den Kopf, wenn er sein Krafttraining im Wohnzimmer in der zehnten Etage eines Wohnblocks in Lichtenberg absolvierte, sich rasierte und duschte, seine S.W.A.T.-Montur für den Frühdienst anlegte und seine Waffen, das Nunchaku, die Walther, den Elektroschocker und all die anderen Accessoires, zu Hause ließ, zu Hause lassen musste, weil er sie beim S.W.A.T.-Einsatz nicht brauchte.

Er wusste nicht, was ihn mehr geärgert hatte: die Bezeichnung »lieber Dorfner« oder der Seitenhieb gegen seine ausdifferenzierten Vernehmungsmethoden. Na gut, dass dieser Typ im vergangenen November taubstumm war, dass er nicht reden *konnte*, anstatt nicht reden zu wollen, das war natürlich einigermaßen panne gewesen, aber so etwas passierte auch den Besten. Es waren schwere Wochen gewesen, als ihn Zabriskie jeden Morgen mit zusammengepressten Lippen und Geräuschen, die so klangen, als riefe ein Geknebelter um Hilfe, im Büro begrüßt hatte. So hatte dieser Typ sich auch angehört, als Dorfner einen simplen Genickdrehhebel angesetzt hatte. Leider war der Typ von so einer Menschenrechtsgeschwafelorganisation gewesen, der für so eine Konferenz in der Stadt gewesen war. Ein hohes Tier aus Pakistan. Keiner, den man mit zusammengezogenen Augenbrauen so vom Hof jagen konnte. Er hatte ausgesehen, wie Drogenkuriere und Zuhälter aus dem asiatischen Raum halt so aussehen. Und taubstumm hießen die auch nicht, sondern Gehörlose. Ein paar auf die Ohren hätte der kriegen sollen, damit er sich nicht so wichtig machte. Konferenz für Gehörlosenrechte, und hinterher ein Schweigemarsch durchs Brandenburger Tor. Für Dorfner gab es in der Folge eine Dienstaufsichtsbeschwerde, Anwälte, Journalisten, vier Doppelstunden bei der hausinternen Psychotante und zum Schluss die »vorläufige Abordnung in einen der Persönlichkeitsstruktur entsprechenden Tätigkeitsbereich«, wie das im Dienstchinesisch hieß.

Also war der liebe Dorfner bei S.W.A.T. gelandet. Der liebe Dorfner. Dabei war er doch der böse Dorfner. Big Bad Dorfner, Mean Old Dorfner, Motherfucker Dorfner, *The Dorfner*. Ein Knacken seiner Fingerknöchel zum richtigen Zeitpunkt hatte schon ganze arabische Großfamilien zu unvermuteter Gesprächigkeit veranlasst.

Bei S.W.A.T. war es wie immer im Leben. Es gab Typen, die wollten sich nicht an die Regeln halten, und es gab Leute wie Dorfner in der vordersten Front im Kampf gegen das Verbrechen, die mussten diese Typen ständig daran erinnern, was Recht und Gesetz war.

Die Wohnung, an die sie sich jetzt trotz knarrender Altbaustufen bis in den dritten Stock heranpirschten, hatten sie vorher observiert. Sehr schnell war klar geworden, dass hier einiges nicht mit rechten Dingen zuging. Und dass hier Stümper am Werk waren. Dorfner war kein Stümper, er war ein Profi. Und jetzt wartete er mit angehaltenem Atem darauf, dass der Kommandeur von S.W.A.T. das Zeichen zum Losschlagen gab.

Maik Bullerjahn blickte auf die Leuchtdioden seiner echten Lolex aus einem Industriegebiet in der Nähe von Harbin und deutete dann mit dem Zeigefinger auf Dorfner. Das Adrenalin durchflutete Dorfner bis in die Haarspitzen, er bekam rote Backen und drückte auf die Klingel.

Erst war es still, dann hörten sie ein Schlurfen. Dorfner nickte Bullerjahn und seinen drei Kollegen zu.

»Hallo?«, fragte eine weibliche Stimme hinter der Tür. Sie klang brüchig und alt.

»Schönen Guten Morgen, Postzustellung für Dominik Zelter. Der Chemiebaukasten ist da.«

Schweigen, ein Kleidungsstück raschelte, ein Räuspern. »Wir wissen nichts von einem Chemiebaukasten.«

»Für Zelter. Der wohnt doch hier, nicht wahr? Steht doch auch unten am Briefkasten, nicht wahr?«

»Verfluchte Scheiße!«, entfuhr es der Frau hinter der Tür.

Jetzt trat Bullerjahn heran und klopfte laut und durchdringend: »Hier spricht Maik Bullerjahn. Ich bin der Kommandeur von *Sechstklässler wechseln die Adresse zur Täuschung der Behörden*. Im Namen des Gesetzes: Öffnen Sie diese Tür.«

Wieder raschelte ein Stück Stoff, dann klapperte ein Schlüsselbund. Als der Riegel zurückschnappte, drückten Bullerjahn und Dorfner die Tür auf. Vor ihnen stand eine Frau in Kittelschürze, die Dorfner nicht einmal bis zur Brust reichte.

Bullerjahn wedelte mit einem Durchsuchungsbefehl und sagte mit seiner Megafonstimme: »Sie sind Frau Petra Farck, ist das richtig?«

Dorfner und die anderen schwärmten schon aus und durchsuchten die Wohnung. Der kleinen Frau fiel eine weiße Strähne aus dem Dutt in den Kragen.

Bullerjahn ließ ihr keine Pause. »Frau Farck, Sie stehen unter dem Verdacht, dem elfjährigen Dominik Zelter und acht weiteren Kindern zwischen zehn und zwölf Jahren zum Zwecke der Täuschung hier in Ihrer Wohnung die Anmeldung gestattet zu haben, damit sie ihren Wohnsitz im Einzugsbereich des Harald-Juhnke-Gymnasiums anmelden konnten. Die Kinder beabsichtigten auf diese Weise, die Zulassung für diese weiterführende Schule zu erschleichen. Ist das richtig?«

Von Frau Farck kam ein unmerkliches Nicken.

Bullerjahn fragte weiter: »Und Sie haben von den Eltern Geld erhalten, nicht wahr? Sie haben sich die Namen am Briefkasten teuer bezahlen lassen.«

»Von dem bisschen Rente kann ich doch die Wohnung nich halten.« Kaum hörbar kam diese Entgegnung.

»Wenn Sie meinen, dass Ihnen die Rente mit siebzig schon reicht, müssen Sie eben einige Abstriche in Kauf nehmen. Und jetzt wollen wir Namen hören: Hinterfrauen, Paten, Väter, Tanten. Aber dalli.«

Dorfner kam in die Diele gestürzt. »Chef, das sollten Sie sich ansehen.«

Bullerjahn folgte seinem Untergebenen. Die beiden Beamten traten in das hintere Zimmer. »Auf den ersten Blick sieht alles so echt aus«, stieß Dorfner hervor.

Bullerjahn schüttelte den Kopf. »Aber nur auf den ersten Blick.«

An der Wand des kleinen Zimmers hing ein Poster von Justin Bieber. In einer Ecke waren eine Jeans, T-Shirts und zusammengeknüllte Socken auf einen Haufen geworfen. Auf einem kleinen Schreibtisch lagen Schulbücher. Dorfner hielt eines von ihnen triumphierend hoch. »Mathe, dritte Klasse. Ausrangiert, wie immer. So primitiv.« Er öffnete den Kleiderschrank, dessen Tür mit Hanuta-Aufklebern bedeckt war: Bonhof, Höttges, Overath. Der Schrank war leer.

Bullerjahn schüttelte den Kopf. »Und das hat gereicht, das Jugendamt hinters Licht zu führen. Unglaublich.«

Dieser Fall von S.W.A.T. hatte begonnen, wie so viele Fälle beginnen. Die Schulleitung des Harald-Juhnke-Gymnasiums hatte das Jugendamt informiert, als eine ungewöhnliche Häufung von gleichen Adressen auf den Anmeldelisten der Bewerber entdeckt worden war. Die Schulen waren angehalten, bereits bei zwei gleichen Adressen Meldung zu erstatten, aber im selben Haus neun Kinder, die alle auf das Harald-Juhnke-Gymnasium wollten, das musste selbst dem Arglosesten auffallen. Die verdächtigen Adressen wurden dann zunächst an das Jugendamt weitergeleitet, das einen Inspektionsbesuch durchführte. Aber der fand immer mit Anmeldung statt. Und stets waren die Kinder anwesend, saßen an ihren Schreibtischen und gaben bereitwillig und detailliert Auskunft über ihr Leben bei ihrer Gastgeberin. Tages-und-Nacht-Mütter nannten sich die alleinstehenden Frauen mit den großen Wohnungen. Auch Zahnbürsten gab es, Haken im Bad mit Namen, Hausschuhe, manchmal sogar Haustiere. »Schnappschüsse« aus dem Leben der Lerngemeinschaft wurden an strategischen Punkten in der Küche oder der Diele platziert. Eltern, die ihr Kind gern in einer bestimmten Schule unterbringen wollten, setzten Maklerbüros ein, die systematisch nach geeigneten Wohnungen in Schulnähe suchten. Waren die Frauen interessiert, konnte man über alles reden. Ein neues Hüftgelenk, ein Besuch bei den Enkeln in Australien, meistens wurde man sich handelseinig. Wenn die Zimmer eingerichtet waren, ausstaffiert mit ein paar alten Kleidern und Möbeln vom Sperrmüll, wurde das Kind umgemeldet und rückte dadurch die entscheidenden Plätze in der Warteliste nach oben. Irgendwann war eine dieser Pseudo-LGs aufgeflogen. Eines der Kinder hatte gepetzt, um die anderen Konkurrenten im allerletzten Moment noch auszustechen. Über die Kronzeugenregelung hatte der Junge seinen Wunschplatz anschließend bekommen, der Bildungsweg wurde zum Königsweg. Damals war das S.W.A.T.-Team ins Leben gerufen worden.

Petra Farck saß mit Dorfner in der Küche. Ein in Speckstoff eingeschlagenes Haushaltsbuch lag vor ihr auf dem Tisch. Mit monotoner Stimme diktierte sie die Namen und Anschriften der Kinder und deren Eltern, während sie eine Zigarette rauchte. »Gärtner, Willi. Wohnt drei Kilometer weit weg, hätte keine Chance gehabt. Ein verhaltensgestörtes Aas. Vater Apotheker. Keine Schule würde den nehmen. Aber weil er hier gemeldet war, hätten die ihn nehmen müssen.« Sie lachte kurz auf. Vor dem Fenster gewannen die roten Giebel des Harald-Juhnke-Gymnasiums in der Morgendämmerung allmählich an Konturen.

»Und was hat er bezahlt, der Herr Papa?«

Frau Farck knetete ihre Hände. »Dreihundert Euro im Monat. Und meine Rheumamedizin habe ich unter der Hand gekriegt.« Sie drückte ihre Zigarette aus. »Was passiert denn jetzt mit den Kindern?«

Dorfner knackte seine Finger, Frau Farck fuhr zusammen. Dorfners Mundwinkel zuckte. »Leider nicht viel. Die sind ja schulpflichtig. Für die Eltern gibt es eine symbolische Geldstrafe, da lachen die nur drüber.«

»Und was passiert mit mir?«

»Sofern von dem Geld, das Sie zusammengehortet haben, noch etwas vorhanden ist, wird es eingezogen. Und eine Geldstrafe ist auch fällig.«

»Aber dann verliere ich doch die Wohnung. Ich wohne seit mehr als dreißig Jahren hier.«

Dorfner bleckte die Zähne. »Ich bin sicher, es gibt genug Familien, die sich hier sehr wohlfühlen werden. Der Rechtsstaat kann diese Schattenwirtschaft nicht dulden, die Folgen haben Sie sich selbst zuzuschreiben.«

Petra Farck starrte auf den Aschenbecher, wo die Glut ihrer Zigarette in den Filter hineinbrannte. *Wenn ich einmal Kinder habe, werden andere Zustände herrschen*, dachte Dorfner. Man muss immer wissen, wofür man kämpft.

6

Eva Winter, Annas jüngere Schwester, hatte seit gestern Nachmittag ungefähr hundert Mal gefragt, wann Anna zurückkommen würde. Weder Papa noch Mama, weder Andreas noch Jeanette, hatten eine Antwort geben können, die sie selbst überzeugt hätte. *Klar kommt deine Schwester wieder. Sie wird aus diesem Gang einen Weg ins Freie finden und bald wieder hier sein.* Oder: *Die finden sie bestimmt bald, die haben sogar einen Kran.* Oder: *Nein, Anna ist tot. Es ist schrecklich, für dich, für uns, aber wir müssen den Tatsachen ins Auge sehen.*

Tatsachen? Es war wie in einem Alptraum, den man wieder und wieder träumte. Man wusste, was als Nächstes geschehen würde, und das, was kam, vollzog sich so leblos, dass man umso mehr das Gefühl hatte, tot zu sein, je länger der Alptraum dauerte. Jeanette und Andreas Winter hatten versucht, noch am Sonntagabend darüber zu reden, aber immer wieder wurden sie von Heulattacken überwältigt. Lautlos, um Eva nicht zu wecken, kämpften sie die Tränen nieder. Und fanden keine Worte. Das fing schon mit dem Ort des Geschehens an. War es ein Krater oder ein Trichter, der ihre Tochter verschlungen hatte? War Anna nach unten gerutscht, weil sie den Halt verloren hatte, oder war sie von dem Schlund angesaugt worden? Wenn ein Kind von einem Auto angefahren wurde, gab es erprobte Wortfolgen, die man nachsprechen konnte: Noch mal Glück gehabt. Schädel-Hirn-Trauma. Zwei Rippen gebrochen. *Der Roller ist Schrott, aber er darf morgen aus dem Krankenhaus zurück nach Hause.* Alles, auch das Schlimmste – *Sie war auf der Stelle tot* – war benennbar. Aber das hier? *Unsere Tochter wurde im Sandkasten unseres Familienspielplatzes von der Erde verschlungen und ist seitdem verschwunden.* Dieser Satz klang so irre, dass man ihn sich nicht einmal selbst vorsprechen konnte. Das Wort »Spielplatz«, das tausendmal gefallen war, seit Anna auf die Welt gekommen war, hatte jeglichen Sinn verloren.

Andreas und Jeanette hatten gehofft, der Alltag würde ihnen Halt geben, doch das hatte sich als Irrtum erwiesen. Zusammen mit Eva würgten sie sich durch den Montagmorgen wie ein

Streichquartett, das zu dritt spielen musste. Schon die Badezimmerroutine, die sich so gut eingespielt hatte im letzten halben Jahr, wurde zu einem Geisterballett. Weil Anna mittlerweile ein bisschen mehr Zeit brauchte, stand ihr Vater jetzt immer zehn Minuten früher auf. »Mach dich schön«, murmelte er Anna jedes Mal zu, wenn sie schon vor dem Bad wartete und ihn verschlafen anblinzelte.

Jetzt trat Andreas vor dem leeren Bad von einem Bein aufs andere und wusste nicht, wie lange er sich Zeit lassen durfte. War es das schon, das Eingeständnis, dass Anna nicht mehr wiederkommen würde, wenn er jetzt länger in der Dusche blieb als gewöhnlich? Oder wenn er sich die Nasenhaare auszupfte, was er sonst am Sonntagabend zu tun pflegte? Gestern hatte er es vergessen.

Und am Frühstückstisch fragte sich Jeanette, ob sie für Anna mit aufdecken sollte. Aber das hätte eine furchtbar morbide Symbolik gehabt, der leere Platz, der leere Teller. Wenn Anna auf Schulfreizeit war, wurde auch nicht für sie gedeckt, basta.

Eva hatte sich wie immer von ihrem Vater zur Schule bringen lassen und keinen Ton dabei gesagt. Anna fuhr jeden Tag mit dem Rad und mied ihre kleine Schwester, die in die erste Klasse ging, auch in den Pausen. Zu Beginn dieses Schuljahrs hatte sie gegenüber ihren Klassenkameraden Eva sogar verleugnet, als diese nach ihr gesucht hatte. »Tut mir leid, ich kann dir nicht helfen, fremdes Mädchen, ich bin nicht deine Schwester. Ich kenne dich nicht.« Eine heulende Eva und eine schreiende Mutter hatten Anna dazu gebracht, zumindest die Existenz der Schwester gegenüber ihren Mitschülern einzuräumen.

Sie lebt, dachte Jeanette, als sie mit Durchfall auf der Toilette saß. Kein Wunder, diese Überdosis Stress hatte sämtliche inneren Organe so durcheinandergebracht, dass sich ihr Körper für brachiale Entgiftung entschied. Jeanette hatte der einen Stunde, die sie für sich allein hatte, nachdem alle das Haus verlassen hatten, bang entgegengesehen. Sonst genoss sie diese Verschnaufpause. Ihr Fenster zu sich selbst, so nannte sie dieses Innehalten bei einer Tasse Grünen Tees, bevor sie Richtung Urban-Krankenhaus aufbrach. Jetzt auf dem Klo fiel ihr Helene ein, die hatte Annas Fahrrad noch ausgeliehen. Was sollte sie Helene jetzt sagen? *Das hat keine Eile.* Oder: *Wenn Anna da wäre, müsstest du das Fahrrad auch sofort zurückgeben, also her damit.*

Sie lebt, dachte Jeanette, als ihr der Bus vor der Nase wegfuhr. *Heute ist ein Scheißtag, aber meine Tochter lebt.*

7

Viel zu früh betrat Pachulke den Schulhof des Rosenhof-Gymnasiums. Unter dem Arm trug er die Tasche mit seinen Unterlagen. Er ging in den hinteren Teil des Geländes und stieß auf zwei große Rosenbeete. Die hüfthohen Büsche trugen noch keine Blüten. Pachulke studierte die Namensschilder aus Metall. Da gab es Mireille Mathieu und Claudia Schiffer, Konrad Adenauer und Helmut Kohl. Wie es wohl war, wenn eine Rose nach einem benannt wurde? Nach Zabriskie würde man einmal einen Drink benennen: zwei Teile Single Malt, dazu noch einmal zwei Teile Single Malt. Nach Pachulke würde man vielleicht einen Wurm benennen, einen seltenen Tiefseewurm.

Er umrundete die beiden Beete und zählte die verschiedenen Sorten. Er hatte die zwanzig schon überschritten, da läutete sein Handy. Es war Jens Bördensen, Pachulkes Mitarbeiter, der an diesem Morgen als Erster im Büro war. Bördensen liebte die Büroarbeit nicht, war aber wegen seiner Akribie bei kleinteiligen Recherchen zu seinem Leidwesen die Idealbesetzung. »Wir haben eine Vermisstenmeldung reingekriegt. Ein elfjähriges Mädchen, gestern Nachmittag im Siegespark, Anna Winter aus Kreuzberg.«

Eine Stelle im Beet war nicht bepflanzt, und Pachulke entzifferte das Schild. Astrid Lindgren. Zu Bördensen sagte er: »Warum landet das bei uns? Es gibt doch eine Vermisstenstelle.«

»Der Sandkasten auf dem Spielplatz ist eingestürzt. Die Beamten vor Ort meinen, das Mädchen sei vielleicht entführt worden. Es gibt da einen unterirdischen Gang.«

»Unterirdischer Gang? Bördensen, was erzählst du da?«

»Das, was in dem Bericht vom Technischen Hilfswerk steht. Die sind immer noch vor Ort und suchen nach dem Kind.«

»Dann leg Kollegin Zabriskie den Bericht ins Fach. Die soll sich den Spielplatz ansehen. Ich muss jetzt gleich Fahrradkunde unterrichten.«

Die Angst befiel Pachulke, als er das Schulgebäude betrat. Natürlich war das völlig irrational. Eine Geruchserinnerung aus seiner Grundschulzeit, zusammen mit diesem kirchlichen Dämmerlicht, das durch Fenster, klein wie Schießscharten, in die Eingangshalle sickerte. Statt Weihrauch gab es Bohnerwachs, eins wie das andere ein olfaktorischer Schlag in die Magengrube. Damals, ach. Auf den ausgetretenen Steinstufen waren sie in ihre Klassenzimmer geströmt. Korrekt abgepackt wie Eier im Karton hatten sie ihren Platz eingenommen. Erst viel später hatte Pachulke begriffen, dass auch hinter dem Pult des Lehrers die Angst hockte. Nicht nur die Mägen von so und so vielen Schülern krampften sich zusammen, wenn es läutete. Auch der Kreislauf bei verschiedenen Angehörigen des Lehrkörpers lief Amok, wenn die Schulglocke zum Ernst des Lebens rief.

Der Altbau wirkte völlig unbeteiligt, wie eine voll gefressene Katze, die den vielen kleinen Mäusen, die vor ihrer Nase herumzappelten, nicht mal ein Blinzeln schenkte. Neubauten hatten immer so etwas Eilfertiges, Herausgeputztes. Seht her, ich bin ein Polizeipräsidium. Schaut mal, ich habe einen Architekturwettbewerb gewonnen. Altbauten sahen ihre Rolle mit größerem Abstand. Die Tatsache, dass sie im Krieg nicht ratzekahl weggebombt worden waren, gab ihnen siebzig Jahre später eine entspannte Lässigkeit. Auch ein Polizeihauptkommissar, der einen Vortrag über das verkehrssichere Fahrrad halten musste, konnte die nicht erschüttern.

Umgeben von Schülergruppen, die zielsicher ihren Bestimmungsort ansteuerten und Pachulke keines Blickes würdigten, suchte er das Klassenzimmer. Überall hingen kleine Tafeln, die die Sponsoren der Schulausstattung würdigten. In der ersten

Etage gab es eine Sitzecke mit einem Kaffeeautomaten. Auf der dazugehörigen Tafel stand: *Dieser Getränkeautomat ist eine Spende von Martha und Theodor Renning, die jeden Becher Gemüsebrühe mit 10 Cent subventionieren.* Auf der Tafel neben dem großen Ecksofa und den drei Sesseln hieß es: *Diese Sofagarnitur ist eine Spende von Christine und Oliver Stegmann und dem Wellness Luftotel® Tempelhof.*

Anders als zu Pachulkes Zeit waren überall Bildschirme installiert, die schulinterne Mitteilungen anzeigten. Am Samstag veranstaltete die benachbarte James-Hobrecht-Grundschule ihren traditionellen Benefizspendenlauf »1 000 Schritte – 1 000 Cent« und lud herzlich dazu ein. Zum Mittagessen gab es an diesem Montag Sojabratling mit Erbsen und Möhren. Die Schulmediathek hatte *Serengeti darf nicht sterben* neu erworben. Dazwischen gab es Quizfragen aus allen Wissensgebieten und für alle Altersstufen. Die Antworten wurden kurz danach eingeblendet.

Pachulke stand gebannt vor einem Bildschirm. Bei der Quizfrage zur Mathematik für die siebte Klasse verstand er nicht einmal die Aufgabenstellung. Er war erleichtert, kein Schüler mehr zu sein.

In der zweiten Etage hockte auf einem Schrank eine riesige Vogelspinne, ein Modell, kunstvoll aus Holz gearbeitet und lebensecht angemalt. Gleich daneben war der Raum, den er gesucht hatte.

Nach der kurzen Vorstellung durch die Klassenlehrerin Angelika Kellinghusen hatte Pachulke sich ins Unvermeidliche gefügt. Das nölige »Guten Morgen« der Schüler hatte er weggesteckt, jetzt spulte er seinen Vortrag herunter. Wenn der sich doch abgespult hätte wie eine dünne, surrende Angelschnur.

Jedes Mal, wenn ein *Äh* seinem Mund entsprang, wollte Pachulke es wieder einfangen. Einer der Schüler hatte bestimmt nach den ersten Minuten seines Vortrags eine Strichliste angefangen und führte Protokoll über Pachulkes Versprecher. Während er die PowerPoint-Folien mit der Tastatur des Laptops so inbrünstig hin- und herschob, als könnte er mit *Up* oder *Down* die ganze Klasse zum Verschwinden bringen, musterte Pachulke verstohlen erst den Ort des Geschehens und dann sein Publikum.

Da standen drei Bankreihen, eine an der Tür, eine in der Mitte, eine am Fenster, jeweils mit vier Bänken zu zwei Plätzen. Hinten rechts an der Fensterseite war ein Platz leer. Von der Decke hing ein Mobile mit stilisierten Fliegen aus Metall. Die hintere Wand zierten Poster, von denen eines das zoologische Klassifizierungssystem erläuterte. Ein anderes zeigte den Querschnitt eines Ameisenhaufens.

In den Bänken saßen dreiundzwanzig abgebrühte, spaßkulturerprobte, mit allen Wassern gewaschene Konsumenten. Jugendliche. Kinder. Junge Erwachsene. Pachulke suchte nach einem passenden Begriff für die Menschen, die er mit Hilfe einiger mehrfarbiger Grafiken und seines nicht vorhandenen rhetorischen Talents fit für den Straßenverkehr einer Großstadt machen sollte. Zur Wiederholung und Vertiefung.

In der dritten Bank auf der Türseite saß ein blonder Junge, der einen Apfelrest in den Papierkorb geworfen hatte, als Pachulke das Klassenzimmer betrat. Es waren nicht die breiten Schultern, die konnte man sich in einigen Monaten antrainieren, es war die Geschmeidigkeit seiner Bewegungen, die ihn als Athleten auswiesen. Quer durch den ganzen Raum mit einer einzigen lässigen Bewegung aus dem Handgelenk hatte er den Strunk versenkt. Pachulke linste auf den Klassenplan. Hektor Krug. Soeben hatte dieser Hektor mit einem schnellen Griff etwas aus seiner Schultasche geholt. Jetzt bewegten sich seine Finger unter dem Pult. Pachulke war beruhigt, das war ein Game Boy oder so etwas. Hektor würde seine begnadete Hand-Augen-Koordination bis zum Ende der Stunde darauf verwenden, Kolonnen von Orks oder Aliens zu pulverisieren.

Im Grunde war es genau das, worauf Pachulke hinarbeitete. Am Ende seines Vortrags, wenn die eifrige Frau Kellinghusen insistierend fragen würde, ob jemand eine Frage habe, genauso wie sie zu Beginn der Stunde insistierend angekündigt hatte, dass jeder Fragen stellen könne und Herr Kriminalhauptkommissar Pachulke sich darüber freuen würde, wenn es möglichst viele Nachfragen gab – am Ende seines Vortrags hoffte Pachulke, die Gruppe Heranwachsender so vollkommen sediert zu haben, dass außer dreiundzwanzig starren Augenpaaren nichts mehr von ihnen übrig war, was eine Frage hätte stellen wollen. Aber das wusste Frau Kellinghusen nicht, die schräg hinter ihm am Lehrerpult saß und sich Notizen machte. Verdammt. Natürlich würde *sie* ein paar Fragen stellen. Erst etwas, um die Stimmung aufzulockern und die Klasse einzubeziehen, um die Meute, die Pachulke so vortrefflich zum Dösen gebracht hatte, wieder auf seine Spur zu setzen. Und dann, nach einem kleinen, persönlich gehaltenen Kompliment an Pachulke, mit dem sie bewies, dass sie wie ein Luchs zugehört hatte, würde sie weitere Fragen auf ihn abfeuern. Wer sich Notizen machte, der wollte Fragen stellen. Deshalb machte sich Pachulke nie Notizen, wenn er sich einen Vortrag anhören musste.

In der letzten Bank der Reihe, in der auch der fingerflinke Hektor saß, flüsterten zwei Mädchen miteinander. Oder waren es junge Frauen? Pubertät war wie eine Drehtür. Binnen Sekundenbruchteilen wechselten die jungen Menschen – Menschen waren es doch wohl? – von einem Daseinszustand in den anderen. Der Unterschied zwischen einer beleidigten Dreijährigen und einer aufstrebenden Nachwuchsintellektuellen betrug nur einen Wimpernschlag. Iris Schmitt und Philomena Morgenitz hießen die beiden. Sie trugen ärmellose T-Shirts, die ihre schmalen Schultern sehen ließen. Das von Philomena war schwarz und zeigte eine E-Gitarre, das ihrer Nachbarin war hellgrün mit einer dunkelgrünen Heuschrecke. Beide benutzten zu viel Kajal und schwätzten pausenlos. Sie pflegten keine durchgehende Konversation, in der man vielleicht einmal zusammen lachte und dann bestätigend *Jaja, genau so war es* sagte. Aber wann immer Pachulke in ihre Richtung sah, bewegten sich die Münder der beiden. Und immer wenn er nicht hinsah, kamen aus dieser Ecke winzige Zischlaute, wie von einer alten, undichten Heizungsanlage. Worüber sie wohl redeten? Sicherlich nicht über ihn. Wenn man sie heute Nachmittag fragen würde, wie der Vortrag von dem Polizisten gewesen war, würden sie große Augen machen und fragen: *Ein Polizist? Bei uns in der Klasse? Hat jemand etwas angestellt?*

Pachulke hob die Stimme eine Nuance, um anzudeuten, dass er gleich eine lebenswichtige Kernaussage machen würde. »Die Kette muss nachgespannt werden. Mit etwas Geschick könnt ihr das selbst erledigen. Oder der Fahrradladen eures Vertrauens wird sich darum kümmern.«

Nichts. Keine Miene verzog sich. Bis auf drei hatten sich alle gemeldet, als er am Anfang gefragt hatte, wer ein Fahrrad besaß. Pachulkes Blick wanderte zur Mittelreihe, während er den Wartungscheck im Frühjahr Punkt für Punkt durchsprach. Er wusste nicht, ob er lachen oder weinen sollte. In der ersten Reihe, direkt vor ihm, las ein Junge in einem Buch. Er machte sich Notizen, jedoch vermutlich nicht zu Pachulkes Vortrag. Seine Nase war spitz, als wollte er sich die Bedeutung des Textes Wort für Wort erschnüffeln. Es war ein kleines altes Taschenbuch. Vermutlich hatte dieser, Pachulke suchte den Namen, dieser Jason Hark es gebraucht gekauft.

Pachulke räusperte sich. »Darf ich fragen, was du da liest?«

Hark musterte Pachulke von oben bis unten, als sei dieser gerade dem Fußboden entstiegen. »Bartolini, *Fahrraddiebe*.«

Einige in der Klasse lachten.

»*Fahrraddiebe*? Aber zu den Bügelschlössern komme ich erst noch.«

»Bartolini-Buch, de-Sica-Film. 1946. Ich zieh mir gerade den ganzen Neorealismus rein. So bin ich darauf gekommen.« Jason Hark wedelte mit dem Buch.

»Na, hast du wenigstens schon Viscontis *Tod in Venedig* gesehen?« Wenn dieser Bastard von einem kulturwissenschaftlichen Distinktionsgewinnler Krieg haben wollte, er konnte ihn haben.

»Mannomann, Visconti. Ja, klar, reifes Alterswerk. Aber über *Rocco und seine Brüder* geht nix.« In der Stimme von Jason lag freundliches Interesse, wahrscheinlich gab es nicht sehr viele Menschen in seinem Leben, die wussten, wer Visconti war.

Pachulke nickte gedankenverloren. Er hatte völlig den Faden verloren.

Jason sprach weiter: »Sie machen das übrigens sehr gut hier. Sie modulieren deutlich und reden so langsam, dass man immer schon vorher weiß, was Sie als Nächstes sagen wollen. Die zahlreich eingeworfenen Verlegenheitssilben geben uns die Gewissheit, dass es sich bei Ihnen weder um ein Hörbuch noch um einen Sprechautomaten handelt. Machen Sie bitte weiter. Die Kette muss gespannt werden, war, glaube ich, der letzte wesentliche Gedanke Ihres Vortrags.«

Pachulke sog die Luft ein und setzte den Vortrag an der Stelle fort, an dem er etwas zur vorschriftsmäßigen Beleuchtung sagte. Tatsächlich erschien jetzt im einen oder anderen Gesicht so etwas wie Interesse. Die Ermunterung durch den Klassenintellektuellen hatte Pachulkes Glaubwürdigkeit gestärkt.

In der letzten Reihe am Fenster saß ein Junge als Einziger allein in seiner Bank. Er trug ein grob kariertes Flanellhemd in Brauntönen, eine dunkelbraune Cordhose und braune Halbschuhe, die wie neu aussahen. Obwohl er nicht fett war, wirkte er dicklich. Vielleicht lag das auch an dem runden Kinn mit der kleinen Kerbe, das sein Gesicht weich aussehen ließ. Bisher hatte er Pachulke keines Blickes gewürdigt, stattdessen unablässig auf seiner Unterlippe herumgekaut und aus dem Fenster gesehen. Schon als Pachulke ins Klassenzimmer gekommen war und alle anderen miteinander redeten, hatte der Junge aus dem Fenster gesehen.

Oder hatte er die Fensterbretter gemustert? Dort, vor den vier hohen, zweiflügeligen Fenstern, stand eine Reihe von Glaskästen. Aus den Augenwinkeln hatte Pachulke bemerkt, dass sich darin etwas bewegte. Den Boden, der aus Blättern oder Gras bestand, durchliefen kleine Wellen, und diese Bewegungen ließ – Pachulke warf einen schnellen Blick auf die Sitzordnung – Boris Köhler, der am Fenster allein saß, nicht aus den Augen. Die Bank hinten in der Ecke hatte etwas von einer Quarantänestation. Was hatte der Junge getan, dass der Rest der Klasse nichts mit ihm zu tun haben wollte?

Ein lautes Schnipsen ließ Pachulke innerlich zusammenzucken. Eine Frage mitten im Vortrag. So ein Mist!

Ein Mädchen zeigte auf. Ihre hellbraunen Haare waren mit einem Gummi straff zu einem Pferdeschwanz festgezurrt. Sie hatte eine hohe Stirn, dünne gezupfte Augenbrauen und ein Paar durchdringender grüner Augen, die Pachulke jetzt ins Visier nahmen.

»Oh, eine Frage, sehr schön. Bitte, Daphne«, ließ sich Frau Kellinghusen vernehmen und gab Pachulke die Gelegenheit, auch diesen Namen zu memorieren: Daphne Stegmann. Ihre Eltern hatten die Couchgarnitur in der ersten Etage spendiert.

»Ich habe eine rechtspolitische Frage zur Rolle des Radfahrers als Verkehrsteilnehmer.« Daphne hatte wohl schon viele Fragen gestellt. »Wo würden Sie die Grenze für legale Notwehr ziehen, wenn Autofahrer sich nicht an die Regeln halten und ein potenziell lebensbedrohliches Verhalten an den Tag legen?« Bei jedem ihrer Sätze betonte Daphne das letzte Wort mit Nachdruck.

»Was meinst du damit genau?« Eine Gegenfrage erschien Pachulke als die geeignete Antwort.

»Wenn Autofahrer schneiden oder abdrängeln, wenn sie sich quer auf den Radweg stellen. Muss man sich das gefallen lassen?« Daphne blinzelte.

»Welche Mittel zur Notwehr würdest du denn anwenden?« Und noch eine Gegenfrage.

Das Mädchen errötete. »Es geht nicht um mich persönlich, ich meine ganz allgemein-abstrakt.«

»Also gut, welche Art von abstrakter Notwehr schwebt dir vor?«

Boris Köhlers Lider hatten sich gesenkt, sein Kinn war nach vorn gesunken. Der Junge schlief im Sitzen. Niemand schien es zu bemerken.

»Zum Beispiel … die Luft aus den Reifen lassen und einen Zettel unter den Scheibenwischer legen. Das Auto wird nicht beschädigt, und der Fahrer hat Zeit zum Nachdenken.«

Pachulke schüttelte den Kopf. »Ich fürchte, ich kann dir da

nicht zustimmen. Auch eine vorübergehende Beeinträchtigung des Gebrauchs kann als Sachbeschädigung gewertet werden. Ein Reifen gefüllt mit Luft ist etwas anderes als ein Reifen ohne Luft.«

»Das heißt, wir müssen uns gefallen lassen, was diese Typen in ihren Breitreifenschüsseln mit uns machen?« Daphne ballte die Faust.

»Ihr könnt jederzeit Anzeige erstatten.« Pachulkes Antwort klang irgendwie lahm.

Augenscheinlich empfand Daphne das auch so. »Sehr witzig. Haben Sie schon mal einen Beifahrer auf einem Rad gesehen? Die haben im Zweifelsfall immer einen Zeugen dabei und führen sich auf, als gäbe es außer ihnen niemand sonst auf der Straße. Kann man ihnen nicht das Handwerk legen?«

»Ich sehe, dass du schon einige solcher Erfahrungen hattest, ganz allgemein-abstrakt natürlich.«

Das Mädchen runzelte die Stirn. Gekicher war zu hören. Und dann meldete sich auch noch Hektor. »Nur weil die anderen nicht nach den Regeln spielen, heißt das nicht, dass du das auch darfst, Daphne. Wenn du bestimmte Werte wie Fairness und Gerechtigkeit durchsetzen willst, dann musst du sie auch selbst einhalten.«

Pachulke schluckte. Er hatte das Mädchen nicht bloßstellen wollen, aber Daphne zuckte nur mit den Schultern und sah Pachulke an.

»Ich denke, das Problem sind die vielen Jahre«, setzte er an, »die die meisten Autofahrer hinter dem Steuer sitzen, ohne sich jemals wieder Rechenschaft abzulegen darüber, was es heißt, ein Kraftfahrzeug zu führen. Sie halten sich für routiniert, sie fühlen sich im Recht. Das könnt ihr nicht mit einem kaputten Reifen erschüttern. Auch nicht mit einem Stein oder einem Kratzer auf dem Blech. Man muss diesen Autofahrern beibringen, dass die Straße ihnen nicht allein gehört, auch wenn sie einen Führerschein besitzen. Damit auch du, Daphne, und deine Mitschüler die Straßen benützen könnt. Wichtig ist zunächst, dass ihr für ein verkehrssicheres Fahrrad sorgt.«

Ein ohrenbetäubendes Quietschen ließ Pachulke herumfahren. Frau Kellinghusen schrieb die E-Mail-Adresse der Verkehrswacht an die Tafel. Es quietschte so sehr, dass sich einige der Schüler die Ohren zuhielten.

Kaum stand der letzte Buchstabe an der Tafel, stellte sich Frau Kellinghusen mit einem wohlbemessenen Ausfallschritt neben Pachulke. »Vielen Dank, Herr Hauptkommissar, das war ein schönes Schlusswort und hat den jungen Verkehrsteilnehmern sicher Mut gemacht, sich selbstbewusst und planvoll in diesem schönen Frühling auf die Straße zu begeben.« Sie schaute erwartungsvoll über die Sitzreihen. »Habt ihr noch Fragen?«

Einen Moment lang kreuzten sich die Blicke von Daphne und Pachulke, dem die Hitze ins Gesicht schoss. Aber Daphne starrte ihn nur an.

»Dann vielen Dank an Sie, Herr Pachulke, und Ihre wirklich spannende Präsentation.« Die Schüler klatschten, und in den Applaus hinein, der Pachulke fern und unwirklich vorkam, fuhr Frau Kellinghusen fort: »Ihr habt jetzt noch Zeit bis zur Pause, eure Tiere zu versorgen. Vergesst nicht, die Terrarien gründlich zu reinigen, und gebt nicht zu viel Futter auf einmal.«

Unter geschäftigem Stühlerücken erhob sich die Klasse. Ein Junge machte einen Radfahrer nach, indem er wild mit den Füßen strampelte und entlockte Hektor Krug ein Lachen. Iris Schmitt schob sich einen Kaugummi in den Mund und bot Philomena Morgenitz und einem anderen Mädchen ebenfalls einen an. An jedem der Glaskästen auf den Fensterbrettern bildete sich eine Gruppe von Schülern, die routiniert und gekonnt verschiedene Aufgaben erledigten.

Plötzlich schrie jemand: »Köhler, lass deine Fettfinger von unseren unschuldigen Tieren.« Es war Iris, die so geschrien hatte. Die Wut brachte rote Flecken in ihr blasses Gesicht.

»Ich wollte doch nur ein bisschen frische Blätter …« Boris zog seine Hand zurück.

»Ja, und hinterher war's dann wieder keiner«, unterbrach ihn Philomena, die offenbar in der gleichen Gruppe war wie Iris.

»Lass bitte unser Biotop in Ruhe, es müssen nicht noch mehr unschuldige Ameisen am Eiweißschock sterben.«

»Es lag aber nicht an mir. Ich habe alles so gemacht wie immer.« Boris ballte die Fäuste.

»Und warum waren sie dann alle tot, hä? Alle auf einmal? Weil du ein Loser bist, Klassenbuckel. Wir reißen uns hier jeden Tag den Arsch auf, und du meinst, du weißt alles besser, bloß weil du ein paar Bücher mehr gelesen hast. Stattdessen gefährdest du den Erfolg von uns allen. Zum letzten Mal: Lass unsere Ameisen in Ruhe.« Iris war auf Boris zugetreten, und obwohl der Junge größer und kräftiger war, wich er einen Schritt zurück.

Daphne blickte kurz von ihrem Terrarium auf. »Jetzt halt mal die Luft an, Iris. Fehler gehören zu jeder Forschungsarbeit dazu. Wir betreten hier echtes Neuland. Was wir machen, steht in keinem Lehrbuch.«

»Es war kein Fehler«, fauchte Boris zu Daphne.

»Boris«, sagte Frau Kellinghusen, »ich denke, du kannst jetzt den Bildband aus dem Lehrerzimmer holen, mit dem wir vergangene Woche gearbeitet haben. Ariadne, du kannst in der Druckerei die neuen Kopien abholen. Orpheus und Ajax, ihr holt bitte aus der Sammlung das Modell von Formicula X.«

»Auf geht's, Orfi.« Ein Junge folgte dem Wink von Boris. Er war einen Kopf größer als Ajax, der mit Ariadne in der letzten Bank der Mittelreihe saß. An seinem Kinn zeigte sich ein einzelnes Haar, das seine isolierte Situation durch seine Länge wettmachte. Alle vier verließen wortlos das Klassenzimmer.

Daphne machte sich Notizen in einem Formular und sagte wie zu sich selbst: »Dann nennen wir es eben *unvorhergesehenen Störfaktor,* damit Boris sich nicht so schuldig fühlt.«

Pachulke hatte während dieses Geplänkels seine Sachen eingepackt und wechselte jetzt einen Blick mit Frau Kellinghusen.

»Unser Klassenprojekt«, erklärte sie. »Ein europaweiter Wettbewerb für Schulen mit naturwissenschaftlicher Ausrichtung. Erhalt und Versorgung einer Ameisenkolonie. Die Tiere, für die Boris und seine Gruppe zuständig waren, sind leider alle eingegangen.« Sie zeigte auf einen leeren Platz auf dem ersten Fensterbrett, direkt neben der Tafel.

Pachulke nickte. »Und was macht Boris jetzt in dem Projekt?«

»Dokumentation und Recherche. Er und die anderen aus seiner Gruppe führen die Literaturliste, kopieren Aufsätze, recherchieren im Netz. Sie sind quasi das Sekretariat. Wenn die anderen ihre Populationen gezählt haben, fassen sie die Daten zusammen.«

»Und woran sind die Ameisen aus der Gruppe von Boris gestorben?«

Frau Kellinghusen zuckte die Achseln. »Das wissen wir nicht. Ernährung und Rahmenbedingungen waren völlig gleich. Es ist ein Rätsel.«

»Boris und die anderen waren sicher sehr traurig.«

Frau Kellinghusen schüttelte den Kopf. »Die anderen waren traurig, aber Boris war vor allem wütend.«

»Auf wen?« Pachulke merkte, dass er mit dieser Frage seine Rolle als Verkehrserzieher überschritt, aber der Junge da hinten allein in seiner Bank tat ihm leid, vor allem nach dem kratzbürstigen Verhalten der beiden Mädchen.

Auch Frau Kellinghusen schien nicht entgangen zu sein, dass das eine Frage war, die nicht mehr ins Geplauder eines Gastreferenten passte. Sie räusperte sich. »Boris war und ist auf sich selbst wütend, warum auch immer. Seine Eltern haben wenig Zeit für ihn, sein einziger … sein bester Freund in der Klasse ist weggezogen. Auch auf seine Mitschüler ist er wütend. Wissen Sie, man kann sehr unterschiedlich reagieren, wenn jemandem ein Missgeschick unterläuft. Man kann ihn trösten, wenn man befreundet ist. Wenn man ihn nicht leiden kann, hält man den Mund und feixt still in sich hinein. Aber als die Ameisen tot waren, war es gleich eine ausgemachte Sache, dass Boris daran schuld war, obwohl es ja ein Gruppenprojekt ist. Und was dann passiert ist, war nicht schön. Die Klasse will unbedingt den Wettbewerb gewinnen. Wir würden die Komplettausstattung für einen Biologiesaal erhalten, es geht um ein paar

Hunderttausend Euro. Und Boris ist in ihren Augen schuld, wenn sie nicht Erster werden.«

»Stimmt das?«

»Nein, überhaupt nicht. Der innovativste Ansatz gewinnt. Wir suchen nach neuen Fütterungsmethoden für Ameisen. Um das Wachstum von neu gegründeten Populationen in freier Wildbahn zu stimulieren. Unsere Schule unterhält einige Patenschaften für Ameisenhaufen hier im Umland. Und wenn man so einen Haufen neu gründet, stirbt immer etwa ein Drittel der Ameisen. Wir denken, dass sie zunächst nicht genug Futter finden und sich kannibalisieren, um zu überleben. Wenn man einen neuen Stamm in Gefangenschaft an ein bestimmtes Futter gewöhnen könnte, dann könnte man die Wachstumsdelle vermeiden, und der Stamm hätte eine bessere Chance, über den ersten Winter zu kommen. Die Klasse baut ihre Futterpflanzen im Schulgarten an, biologisch-dynamisch versteht sich. Die Tiere bekommen verschiedene Pflanzen als Futter angeboten. Wir wiegen, wie viel sie gefressen haben, wir zählen, wie viele tot im Terrarium liegen, ob es mehr neue Tiere gibt und viele andere Details. Insgesamt erfassen die Schüler mehr als vierzig Daten. Wir bewerben uns als Klasse, da darf es auch Irrtümer im Einzelnen geben. Forschung lebt von Irrtümern mehr als von allem anderen, das hat Daphne sehr richtig gesagt. Aber wenn es nur noch vier Terrarien gibt, fehlt ein Fünftel an verwertbarem Material. Und ein Totalausfall so früh im Projekt, das war nicht vorherzusehen.« Angelika Kellinghusen unterstrich ihre Erläuterungen mit raumgreifenden Gesten. An ihrem rechten Handgelenk trug sie eine Kette aus in Gold gefassten Bernsteinen. Der Größte der Steine, der von einem klaren, hellen Braun war, umschloss eine Fliege.

»Wann ist es denn passiert?«

»Mitte September, vor einem halben Jahr etwa«, sagte Frau Kellinghusen.

»Und warum hat die Gruppe keine neuen Ameisen gekauft?«

»Weil wir eine homogene Gruppe bestimmter Ameisen zu Beginn des Projekts auf die Arbeitsgruppen verteilt haben. Wir können zwar im Zoogeschäft die gleiche Gattung kaufen, aber die stammt nicht von der gleichen Farm, ist zu einem anderen Zeitpunkt im Jahr geboren und so weiter.«

Die Idee, Geld für den Besitz von Ameisen auszugeben, erschien Pachulke vollkommen absurd. Aber auf den zweiten Blick: Ameisen kackten nicht auf den Bürgersteig, sie zwitscherten nicht zu nachtschlafender Zeit, sie haarten das Sofa nicht voll. Doch diese Ameisen waren Versuchstiere, keine Haustiere. »Haben Sie Boris geschützt?«

Frau Kellinghusen schüttelte den Kopf. »Wenn Sie einen Schüler verteidigen, dann schicken Sie ihn auf die unterste Stufe in der Hierarchie. Sie können Aggressoren bremsen, aber Sie können Angegriffene nicht offen unter Ihre Fittiche nehmen. In der Grundschule geht das, aber nicht hier. Ich habe Boris ermuntert, sich nicht alles gefallen zu lassen. Letzte Woche haben wir im Lehrerzimmer Illustrationen für einen Kalender ausgewählt. Da kann man dann mal in Ruhe reden. Aber es ist nie einfach für einen Schüler, der die Leute gegen sich hat, die in der Klasse sagen, wo es langgeht.«

Frau Kellinghusen nickte unmerklich zu dem dritten Terrarium, an dem sich Jason der Leser, Hektor der Game Boy sowie Philomena und Iris zu schaffen machten. Iris trug gerade eine volle Plastiktüte zum Mülleimer, Philomena fotografierte auf einem Stuhl stehend von oben in das Terrarium hinein, Jason zählte scheinbar in affenartiger Geschwindigkeit die Bewohner in dem rechteckigen Gefäß, und Hektor setzte ein unregelmäßig geformtes Stück Ton direkt an die Glasscheibe.

Frau Kellinghusen erklärte: »Das ist ein kleiner künstlicher Ameisenbau, es gibt Gänge und Hohlräume, die direkt an der Scheibe anliegen. Wir wollen sehen, ob und wie die Ameisen Nester bauen und Vorratskammern anlegen.«

»Und der Müllbeutel?«

»Das war das Futter der letzten zwei Wochen, bei dieser Gruppe war das Rucola. Diese Woche ist es Löwenzahn.«

»Und der biologisch-dynamische Rucola wird in einer Plastiktüte entsorgt?«

Frau Kellinghusen schüttelte den Kopf, als sei Pachulke ein hoffnungsloser Fall, eine hoffnungslos faule Ameise zum Beispiel. »Die Tüte wird aus Maismehl hergestellt. In der ganzen Schule gibt es keine einzige Plastiktüte. Wenn die Kinder ihr Essen selbst mitbringen, dann auf keinen Fall in Alu- oder in Frischhaltefolie.«

»Und wie ist das Verhältnis zwischen Daphne und Boris?«, fragte Pachulke.

Frau Kellinghusen sah zu Boden. »Merkwürdig, dass Sie danach fragen. Daphne ist auch ein Solitär, aber ihr kann keiner was. Sie sieht genau, dass Boris einen wesentlichen Beitrag zum Erfolg des Projekts leisten könnte, aber sie will Leistung. Boris steht für ihren Geschmack zu oft neben sich. Er weiß mit Abstand am meisten über Insekten, aber er kann es nicht abrufen, sich nicht präsentieren. Wenn Hektor von nichts eine Ahnung hat, zieht er sich selbst durch den Kakao, und alle lachen. Wenn Boris drankommt, dann hat man das Gefühl, ihm platzt der Kopf, so viel will er auf einmal sagen. Und beim ersten Äh kommt ein blöder Spruch oder Gekicher. Daphne hat es nicht auf Boris abgesehen, aber befreundet sind die beiden nicht.«

In dem platinblonden, sorgfältig gebürsteten Schopf von Frau Kellinghusen zeigten sich ein paar graue Strähnen. Nicht nur das gefiel Pachulke an ihr. »Sie haben eindeutig den komplizierteren Job von uns beiden. Ich habe nur zehn Mitarbeiter, Sie müssen sich gleich um zwanzig Leute kümmern.«

Angelika Kellinghusen gab einen amüsierten Seufzer von sich. »Ja, aber hier gibt es keine Leichen. Nur finstere Gesichter, Schreiduelle und Tränen. Handgreiflichkeiten haben wir sehr gut im Griff. Das liegt auch am rigiden Auswahlverfahren dieser Schule. Aber man wird realistisch im Lauf der Jahre. Ein oder zwei in jeder Klasse genießen die Schule, die meisten absolvieren sie, eine Handvoll erduldet sie mit zusammengebissenen Zähnen. Daran sterben tut aber keiner.«

Die Tür öffnete sich, und Boris und die anderen drei Schüler kehrten zurück. Ariadne schleppte einen Stapel Kopien, die sie mit dem Kinn festhielt. Ihre Brille war nach vorn gerutscht. Sie verteilte die Kopien auf den Plätzen und holte sich dann einen Laptop aus dem Regal. Der große Orpheus und der kleine Ajax trugen das Modell einer Ameise. Das Insekt war einen Meter lang, und auf dem Brett, auf dem es montiert war, befand sich wieder eine Tafel: *Gestiftet von* Hugo's Kerbtier-Paradies und Das, *Mehringdamm 23*. Sie stellten das Präparat auf das Pult von Frau Kellinghusen.

»Bin ja froh, dass sie einem in dieser Größe nur im Kino begegnen«, sagte Orpheus.

»Aber Orfi, wir wissen doch, dass ab einer bestimmten Größe ein Insekt von seinem Chitinpanzer erdrückt werden würde.«

Boris legte einen voluminösen Bildband, *Die große Welt der kleinen Tiere*, der schon durch viele Schülerhände gegangen war, auf sein Pult und schlug ihn auf. Bei der Bemerkung von Ajax schüttelte er den Kopf. Es war nicht klar, ob er die Bemerkung gehört hatte oder ob sich seine Geste darauf bezog, dass ein Mädchen aus Daphnes Gruppe gerade ein paar Ameisen von ihrer Hand zurück ins Terrarium schüttelte.

Boris sagte zu Frau Kellinghusen: »Ich mache jetzt eine Liste der Fotos.«

»Danke, Boris.« Frau Kellinghusens Stimmlage klang weniger förmlich und wärmer als im Gespräch mit Pachulke.

Boris zückte einen Stift. Orpheus und Ajax setzten sich zu Ariadne, und gemeinsam arbeiteten sie sich durch eine Liste, vielleicht war es Insekten-Fachliteratur.

Einige Schüler musterten Pachulke beiläufig, und er fühlte sich mit einem Mal vollkommen deplatziert. »Vielen Dank, dass Sie mit mir geredet haben«, sagte er zu Frau Kellinghusen.

»Vielen Dank, dass Sie mir zugehört haben. Ich habe für jedes Kind nur ein paar Minuten in der Woche, und hier im Haus geht alles nach Leistung. Es hat gutgetan, mit jemandem zu reden, der weiß, dass man sich einfach auch mal durchwurstelt.« Das Lächeln, das darauf folgte, ließ Pachulke seine Haltung zu Wahlkampfauftritten für beliebig zu ersetzende Innensenatoren vollständig neu überdenken. Wenn er jede Woche in dieser Klasse ein Referat halten könnte, dann würden er und Frau Kellinghusen vielleicht einmal Kaffee trinken gehen oder irgendetwas mit Vollwert essen, was sicherlich abscheulich schmeckte, aber die Lauterkeit seiner Gefühle unterstrich. Und dann würden sie zusammen Jazz hören und dabei Modelle von Gottesanbeterinnen aus abgebrannten Streichhölzern bauen. Und Angelika Kellinghusen würde für ihn Topinambur-Bratlinge kochen und bei ihm übernachten …

Bloß weg hier. Er antwortete mit einer Grimasse, die entfernt an ein Lächeln erinnerte, und ging. Als er die Hand schon am Türgriff hatte, überlegte er, was er seinem Kind wohl sagen würde, wenn es Schwierigkeiten in der Schule hatte. *Da musst du durch*, vielleicht. Zum Glück hatte Pachulke kein Kind.

8

Pachulke war froh, nicht mehr Zeuge weiterer Gemeinheiten und Scharmützel zwischen Boris und seinen Mitschülern zu sein. Vielleicht hatte sich Zabriskie mittlerweile schon die Unfallstelle von dem vermissten Kind im Siegespark angesehen.

Während der Kriminalkommissar sich Richtung Haupttreppe wandte, wühlte er in seiner Hosentasche nach seinem Handy. Dabei stieß er mit einer Frau zusammen, die wie auf einem Luftkissen an ihm vorbei-, genauer gesagt, in ihn hineinrauschte. Über ihrem Kopf zog sie einen Strauß blauer und gelber Luftballons her.

Pachulke stieß gegen die Tür des Klassenzimmers, und die Frau fauchte ihn an: »Können Sie nicht aufpassen? Wenn Sie rückwärts einparken, schauen Sie doch hoffentlich auch nach hinten? Jetzt ist Unterrichtszeit. Wir haben es schon mehr als einmal schriftlich in aller Deutlichkeit gesagt: Es finden während der Unterrichtszeit keine Verkaufsgespräche statt, auch nicht, wenn Sie lebendige Skorpione mitbringen, um unsere Kinder bei Laune zu halten. Was wollen Sie überhaupt hier?«

»Hauptkommissar Pachulke, ich habe hier gerade einen Vortrag zur Verkehrssicherheit von Fahrrädern gehalten. Das ist eine Initiative des Innen...«

Die Verwandlung seines Gegenübers war dramatisch. Die Frau hustete zweimal und deutete eine Verbeugung an. Das Bündel Ballons wurde von der linken Hand übernommen, die rechte fuhr kerzengerade auf Pachulkes Bauchnabel zu. Nach Luft schnappend, stellte sich die Frau vor: »Daniela Morgenitz, ich bin Vorsitzende der Elternvertretung. Sehr erfreut.« Als Pachulke ihr die Hand schüttelte – sie war sehnig und glatt wie Seide, vermutlich benutzte sie eine teure Handcreme –, klapperte eine elegante Armkette, die aus blattförmigen Einzelgliedern zusammengefügt war. Mit einem wohltemperierten Lächeln fügte Daniela Morgenitz hinzu: »Ich fürchte, ich war deutlich über der zulässigen Höchstgeschwindigkeit unterwegs. Bitte vielmals um Entschuldigung.« Im Flüsterton, der durch den ganzen Korridor zu hören war, erklärte sie: »Hier schleichen sich manchmal Verlagsvertreter ein. Der Markt für Schulbücher – ein Schlachtfeld, sage ich Ihnen. Nur noch bei Autozulieferern geht es wüster zu. Aber das ist ja wunderbar, dass Sie Zeit für uns haben. Wie lief's denn?« Sie machte auf dem Absatz kehrt und begleitete Pachulkes Zockeltrab.

»Gut, ich denke, gut. Es gab eine ganze Reihe von Zwischenfragen, von einem Mädchen namens Mafalda ...«

»Daphne, Sie meinen sicherlich Daphne Stegmann.«

»Genau, Daphne.«

»Sehr schön. Das Kind hat sich ja so gemacht, seit es bei uns ist. Bei der hatten wir genau den richtigen Riecher.«

Die beiden erreichten die Treppe. Pachulke fragte: »Das hier ist doch ein Gymnasium?«

Frau Morgenitz legte die Stirn in Falten. »Haben Sie einen Grund, daran zu zweifeln?«

»Nein, aber es sieht so aus, als seien Sie unterwegs zu einem Kindergeburtstag.«

»Ach so, das hier.« Sie zerrte an den Ballons. »Nein, das ist für die Einweihungsfeier morgen. Unser Neubau ist endlich fertig. Zwei Lehrsäle und ein Medienzentrum, eine Bibliothek mit zwanzig integrierten Online-Arbeitsplätzen. Alles in Niedrigenergiebauweise unter einem Solarzellendach.«

Pachulke fragte sich, wie oft ihre dezent geschminkten Lippen diesen Satz wohl schon ausgesprochen hatten, ehe sie daran denken konnte, Ballons zu bestellen und bedrucken zu lassen. Auf jedem der Ballons war ein Bouquet Rosen und der Schriftzug *Rosenhof – Der Wille zum Wissen* zu sehen.

Auf den Bildschirmen tauchten jetzt Tabellen auf, mit deren Kürzeln und Zahlenangaben Pachulke nichts anfangen konnte. Morgenitz blieb stehen. »Unser eigenes Fernsehen. Es wird von einer Firma produziert, die auf solche Inhalte spezialisiert ist.«

»Und diese Listen?«

»Das sind die Bildungsrankings. Man kann sich verschiedene Kategorien anzeigen lassen. Das hier zum Beispiel«, sie zeigte auf eine Tabelle, die gerade eingeblendet wurde, »ist der nationale Gesamtindex innerhalb der OECD. Also das, was landläufig PISA heißt. GER ist unser Kürzel.«

Pachulke entdeckte die Buchstabenkombination auf dem zwölften Platz. Nach einer Frage zur attischen Demokratie für die neunte Klasse kam die nächste Liste.

Daniela Morgenitz redete weiter. »Das hier sind Schulen in Europa, die ihren Schwerpunkt auf Biologie legen. RGK ist unser Kürzel, es steht für Rosenhof-Gymnasium Kreuzberg. Wir sind auf Platz neunzehn von mehr als achtzig Schulen. Das ist ausbaufähig, aber angesichts unserer Möglichkeiten auch nicht schlecht. Die Zahl in Klammern ist die vorhergehende Platzierung, im Vergleich zum Vorjahr haben wir drei Plätze gutgemacht.« Auf dem Bildschirm erschien eine neue Liste. »Die Ergebnisse beim Zentralabitur hier in der Stadt haben wir auch gebucht. Wir wollen ja wissen, was die lokale Konkurrenz so macht. Sehen Sie hier, das Fontane-Gymnasium haben wir in Mathe überholt. Bei denen ist sehr viel Unterricht ausgefallen, das wirkt sich aus.«

Pachulke schwirrte der Kopf, TFG war offenbar das Theodor-Fontane-Gymnasium, das sich einen Platz hinter RGK befand.

Die Morgenitz plapperte munter weiter. »Und eine Übersicht zu den Alphabetisierungsquoten weltweit gibt es auch. Damit unsere Kinder begreifen, dass Bildung etwas Kostbares ist. In der EU beziehungsweise in der OECD können Sie jedes Land und jede Schule mit jedem Fach kombinieren. Wenn Sie wissen wollen, wo die zehn besten Schulen für Latein als erste Fremdsprache sind, gibt es eine entsprechende Tabelle. Weltweit geht das noch nicht, dafür sind die Rahmenbedingungen zu unterschiedlich. Für unsere Schüler ist das Ansporn und Vergewisserung, und für unsere Sponsoren eine wesentliche Entscheidungshilfe. Märkte brauchen Transparenz.«

Aus dem Kellergeschoss kam ein vierschrötiger Mann eine schmale, ausgetretene Treppe nach oben. Er trug einen verfleckten blauen Overall, und in der Hand hielt er einige braune Mappen, die zu einer Hängeregistratur gehörten. Aus seinen Ohren wuchsen Büschel grauer Haare.

»Jablonka, Sie habe ich gesucht.« Morgenitz verlor keine Zeit. »Können Sie die Ballons bitte noch im Neubau anbringen, es soll ja festlich sein morgen. Und wir haben nur noch zweiundzwanzig Stunden, elf Minuten und vierundzwanzig Sekunden, bis es losgeht.« Als Jablonka ein Grunzen ausstieß, fügte sie schnell hinzu: »Was nicht heißen soll, dass Sie Überstunden machen sollen. Darf ich Ihnen übrigens Herrn Pachulke vorstellen. Von der Kriminalpolizei. Er hat heute freundlicherweise Verkehrserziehung bei uns unterrichtet.«

Jablonkas vorgestreckte Hand konnte nicht kaschieren, dass er bei dem Wort *Kriminalpolizei* zurückgezuckt war. Aber auch ohne diese Abneigungsgeste waren die Verhältnisse klar: Bulle und Knacki. Das war in den Kleidern, in den Augen, in den Poren. Jablonkas rechter Handrücken zierte eines jener selbst gefertigten Tattoos, die nach kurzer Zeit verschwimmen und bläulich anlaufen. Es hatte wohl einmal eine Viper darstellen sollen, aber inzwischen sah sie aus wie ein überfahrener Frosch.

»Jablonka ist unser Hausmeister. Nebenbei schmeißt er auch noch die Druckerei und pflegt mit einigen ausgewählten Schülern unsere Pflanzen. Leider hat man ihm auch noch die Hobrecht-Schule nebenan aufs Auge gedrückt. Als ob er nicht genug für uns zu tun hätte, was Jablonka?«

Der Hausmeister grunzte erneut.

Pachulke war überrascht. Einen Vorbestraften als Hausmeister einzustellen, noch dazu an einer Schule, das gab es nicht oft. Jablonka schielte herüber zu Pachulke. Der wusste, Jablonka dachte, dass Pachulke dachte: *Einmal Knacki, immer Knacki.* Aber das stimmte nicht. Es gab einige alte Kunden, die Pachulke freundlich grüßten und ihm für ihr neues Leben dankbar waren. Nicht viele, aber es gab sie. Es war eher Pachulke, der bei solchen Begegnungen distanziert blieb. Schon ein Händedruck wühlte die Erinnerungen an Tatortfotos und zerstörte Lebenswege auf.

Der Blick von Daniela Morgenitz verdunkelte sich, als der Aufruf für den Spendenlauf der James-Hobrecht-Grundschule wieder über den Bildschirm lief. »Diese Woche geht es Schlag auf Schlag, was Jablonka? Morgen die Einweihung, am Samstag toben die Hobrecht-Blagen bei uns übers Gelände. Die sollen ja unsere Blumen in Ruhe lassen.« Sie drückte Jablonka das Bündel Ballons in die Hand, der sich eilig damit davonmachen wollte. Dabei rutschte ihm eine der braunen Mappen aus der Hand. Pachulke bückte sich schnell und reichte sie ihm zurück. Er entzifferte den Stempel *Vertraulich!* und den Namen *Cem Pollinger*.

»Verlieren Sie nichts, Jablonka. Keine Zeit und keine Bewerbungsunterlagen. Wir sehen uns gleich im Neubau zur Sprechprobe.« Morgenitz wandte sich wieder an Pachulke. »Wenn es nach mir ginge, müssten die Hobrecht-Schüler ihren Spendenlauf auf ihrem eigenen Gelände machen. Es ist den Eltern doch völlig egal, ob die Runde hundert oder zweihundert Meter lang ist. Hauptsache, sie können etwas spenden.«

»Haben Sie Ihren Neubau auch durch die sportlichen Aktivitäten Ihrer Schüler finanziert?«

Daniela Morgenitz schüttelte den Kopf. »Nein, wir haben einen Großsponsor, Repanto.«

»Das Pharmazieunternehmen?«

»Genau die. Und bei einer so großen Baumaßnahme müssen auch noch andere Geldgeber gefunden werden. Der Bund fördert die energiesparende Bauweise. Und eine Stiftung hat uns den Differenzbetrag zwischen Standardfarbe und Biofarbe erstattet. Stifterin ist die Witwe eines Malers und Tapezierers. Ihr Mann hatte im Lotto gewonnen und ist kurz darauf an einer kaputten Lunge gestorben, eine Folge der Lösungsdämpfe. Man muss erst einmal herausfinden, dass es so eine Stiftung gibt. Aber dafür gibt es ja einen Elternbeirat.«

»Zahlt das Land auch etwas?«

»Das Land zahlt die Türstopper. Mehr geht im Moment nicht, aber um diese Türstopper wird man uns beneiden. Die sind sexy.«

»Das heißt, ab morgen legen die Schüler dann los?« Pachulke versuchte sich einen großen Raum vorzustellen, in dem Kinder paarweise Käfer sezierten.

Morgenitz schüttelte den Kopf. »Die Sachmittel sind unsere größte Baustelle. Wenn wir den europäischen Wettbewerb gewinnen, bekommen wir ein All-inclusive-Paket und können unsere Ameisenmodelle vergolden lassen. Davon hat Frau Kellinghusen bestimmt berichtet. Wenn nicht, müssen wir eben noch ein paar Tombolas organisieren und weitere Privatsponsoren finden. In jedem Fall brauchen unsere Kinder einen Ort, an dem sie sich entfalten können. Und wir als Eltern machen den Weg frei, soweit es in unserer Macht steht.«

»In welche Klasse gehen denn Ihre Kinder?«

»Meine Älteste ist Philomena, die war gerade auch bei Frau Kellinghusen.«

Pachulke nickte. Eine der Dauerschwätzerinnen hinten links.

»Meine jüngere Tochter Freya geht gleich nebenan auf die Hobrecht-Schule.«

»Und kommt dann später hierher?«

»Nein, sie wird auf eine Schule wechseln, die Mandarin-Chinesisch als Schwerpunkt anbietet. Hat sie sich selbst ausgesucht. Manche Eltern an der Hobrecht-Schule hätten das zwar gerne, aber kein Kind kommt aufs Rosenhof, nur weil ein Geschwisterkind schon bei uns ist oder weil jemand gegenüber vom Gymnasium wohnt. Wir legen größten Wert auf eine passende Auswahl unserer Schüler. Auch wenn das nicht jeder hören will, aber nicht alle Kinder müssen Abitur machen. Es gibt auch sehr erfüllende praktische Berufe, sehen Sie sich Jablonka an.«

Sie hatten die Eingangshalle erreicht. Pachulke deutete auf das Kupferstichporträt eines Mannes, der eine altertümliche Perücke und einen Gehrock mit Rüschenmanschetten trug und den Betrachter kritisch musterte. »Ist das auch ein Sponsor?«, fragte Pachulke.

Morgenitz schüttelte den Kopf. »Nein. Das ist August Johann Rösel von Rosenhof, der Namenspatron dieser Schule. Einer der wichtigsten Insektenforscher des 18. Jahrhunderts. Bekannt durch seine exakten grafischen Darstellungen.«

»Ach so, ich dachte, die Rosen im Schulhof …«

»Nein, die Blumen dienen nur zur Illustration und sind für unser Ausbildungsprofil von sekundärer Bedeutung. Wir fühlen uns in erster Linie der Forscherpersönlichkeit Rosenhofs verpflichtet.«

»Gibt es denn draußen im Rosenbeet auch Angela Merkel und Gerhard Schröder?«, fragte Pachulke.

»Nein, die stehen im Gewächshaus bei den Kakteen.«

9

Xenia Yolantha Zabriskie war eine treue Tochter, die ihre Mutter regelmäßig besuchte, obwohl diese achttausend Kilometer weit weg wohnte. Gestern war Zabriskie aus San Francisco zurückgekehrt. Versonnen hatte sie das Päckchen Kondome im Badezimmerschränkchen verstaut, das sie und Paul bis auf das Anstandsstück leer gevögelt hatten. Paul war ein Meeresbiologe, der in seiner Freizeit surfte. Hundertachtundsiebzig Zentimeter Muskeln verpackt in gleichmäßig gebräunter Haut und dazu zwei wissende Hände hatten Zabriskie viele aufregende Momente beschert. Jetzt war Paul wieder in Aina Haina und schrieb an seiner Arbeit über die Kelpwälder in der Bucht von Monterey. Zabriskie freute sich schon auf die Postkarte, die aus dem Nichts bei ihr eintrudeln würde. Im Winter, wenn die Stadt hier tief im Frostkoma lag. Oder in zwei Jahren, wenn sie gar nicht mehr an Paul dachte. Fast immer lernte sie im Urlaub einen Mann kennen, an den sie sich gern erinnerte.

Zabriskies Mutter ging es gut. Elvira Zabriskie, geborene Barthelmeß, hatte abgenommen und musste auf ihren kurzen Beinen, mit denen die Frauen der Familie geschlagen waren, nicht mehr so viele Kilos durch den Trailer wuchten, der sich in einer Wohnanlage am Stadtrand von Monterey befand.

Von ihrem Vater hatte Zabriskie außer ihrer sportlichen Figur und einem Baseballhandschuh für Linkshänder nicht viel mitbekommen. Winston war ein GI gewesen, der damals, als er seine Elvira kennenlernte, in der Nähe von Nürnberg stationiert war. Kurze Zeit später hatte er sich in Vietnam leider totschießen lassen, eine Tatsache, die ihm Zabriskie bis heute übelnahm.

Am Morgen ihres ersten Arbeitstages nach vier Wochen Urlaub stand Zabriskie unter der Dusche und wusch sich den Sand von Pismo Beach aus den Haaren. Sie musste einen leichten Brechreiz unterdrücken. Das aufdringliche Apfelaroma ihres Duschgels erfüllte die Kabine, Schaum bedeckte den auf ihrer Schulter tätowierten schwarzen Panther. Nur ein Ohr lugte aus der weißen Pracht hervor. Wie schon so oft stellte Zabriskie sich die Frage, ob sie sich eine echte Katze zulegen sollte. Andere Menschen setzten Kinder in die Welt, schneller als man das Wort Überbevölkerung buchstabieren konnte, aber sie traute sich nicht einmal, die Verantwortung für ein kleines vierbeiniges Wesen zu übernehmen. Dafür konnte sie ihre Mutter besuchen, wann immer sie wollte, und musste mit niemandem ein Wort wechseln, bevor sie das Polizeipräsidium am Platz der Luftbrücke betrat.

Zabriskie saß kaum hinter ihrem alten Metallschreibtisch, als

Kollege Dorfner in voller S.W.A.T.-Montur hereingetrampelt kam. Er murmelte: »Hallo, Zabriskie«, und durchsuchte geräuschvoll die Schubladen in seinem Schreibtisch. Schließlich fand er eine Broschüre der Senatsverwaltung für Bildung, rollte sie zusammen und vollführte damit ein paar Hiebe gegen einen unsichtbaren Feind. Die Publikation enthielt die Adressen der weiterführenden Schulen der Stadt. Im S.W.A.T.-Kommandoraum im Keller gab es einen großen interaktiven Stadtplan, in dem die verdächtigen Wohnungen zu jeder Schule eingetragen wurden.

»Na, Dorfner, gehst du wieder kleine Kinder verprügeln?«

Dorfner schlug die Hacken zusammen. »Es geht hier um die Zerschlagung eines Netzwerks organisierter Kriminalität im großen Stil. Wenn wir überhaupt eine Chance haben wollen, dürfen wir nicht zimperlich sein.« Er nahm die Broschüre fest in die Hand. »Mit einem Schlag!« Er knallte auf die Ablage neben der Tür, dass der Staub emporwirbelte. »Mit einem Schlag können wir heute Nacht die Schulen eines ganzen Bezirks von den Lernnomaden befreien, die sich unter Vorspiegelung falscher Tatsachen eine Anwartschaft auf Wissen verschafft haben. Und im Übrigen …« Er deutete mit der Broschüre auf Zabriskies Eingangskorb, genauso herrisch, wie er vermutlich Kinder aus ihren falschen Kinderzimmern herausbeorderte. »Auch du wirst in nächster Zeit mit Kindern zu tun haben. Unverhofft kommt manchmal oft.«

Grinsend verschwand er. Ein kleines Knäuel Ärger bildete sich in Zabriskies Kehlkopf und nahm ihr die Luft. *Bitte keinen Kindermörder*, dachte sie, als sie die hellbraune Mappe vor sich auf den Schreibtisch legte. Aber da klebte nicht das übliche weiße Etikett, auf dem in schwarzen, schmucklosen Lettern »Mord« gedruckt war, sondern der Hinweis »vermisstes Kind«. Sie schlug die Akte auf und las die Überschrift des ersten Dokuments: *Technisches Hilfswerk, Bericht über den Einsatz am Sonntag, dem 17. März 2011 auf dem Spielplatz im Siegespark, Kreuzberg.* Sie fuhr mit dem Daumen über die Kante der zusammengehefteten Blätter. Zabriskie stieß einen Pfiff aus. Auf dem Foto im Anhang erinnerte die in den Boden hineinragende Vertiefung an einen Bombenkrater.

Nach zwei Stunden intensiven Aktenstudiums nickte sie, als sie den Vermerk des polizeilichen Einsatzleiters las: »*Trotz der Gesamtumstände, die auf einen technischen Defekt der Buddelkiste hinweisen, sollte wegen der anscheinend planvoll durchgeführten Grabungsarbeiten ein Verbrechen zu diesem frühen Zeitpunkt nicht ausgeschlossen werden. Zu klären ist insbesondere, wer sich auf unterirdischem Weg Zugang zu Kinderspielplätzen verschaffen kann.*«

Bevor Zabriskie vom Polizeipräsidium zur Unfallstelle lief, studierte sie in der Kantine einen Satz lokaler Zeitungen zum Zwischenfall auf dem Spielplatz. Es ging in erster Linie um die Baumängel an öffentlichen Gebäuden wie auch um die Kinderfeindlichkeit der Gesellschaft. Der Leitartikler im neoliberalen Käseblatt schlug vor, alle Spielplätze zu privatisieren und Eintrittsgeld zu verlangen, »weil nur so eine kindgerechte Versorgung mit den neuesten Spielgeräten zu gewährleisten ist«.

Den einzigen interessanten Hinweis auf den Trichter im Sandkasten fand Zabriskie ausgerechnet in einer rechtsradikalen Postille: »Als vor siebzig Jahren die anglo-amerikanischen Terrorgeschwader Tod und Verderben über die unschuldigen Menschen dieser Stadt brachten, ahnte niemand, dass diese Saat des Bösen auch heute noch Opfer fordern würde. So wie der Sandkasten im Siegespark sind auch noch einige andere in der Stadt nichts anderes als aufgeschüttete Bombenkrater, stumme Mahnmale für die alliierte Vernichtungsmaschinerie. Anstatt eine Gedenkstätte oder wenigstens einen Sandkasten zu errichten, der deutschen Bauvorschriften entspricht, hat man systematisch die Spuren verwischt und dem deutschen Volk im wahrsten Sinne des Wortes Sand in die Augen gestreut.«

Zabriskie hatte sich angewöhnt, jede Publikation in ihren lokalen Pressespiegel einzubeziehen, ganz unabhängig von ihrer persönlichen Einstellung. Von diesem Tonfall bekam sie zwar Bauchweh, trotzdem war es nicht uninteressant. Auf dem Weg zum Spielplatz sortierte sie ihre Gedanken. Konnten

Sandkästen neueren Datums tatsächlich nicht mehr von unten angebohrt werden? Wer wusste von diesen alten Bombenkratern? Gab es dazu ein Verzeichnis? Was verbarg sich in dem Schuttberg, der heute der Siegespark war? Diesen Fragen gingen an diesem Vormittag ihre Kollegen Bördensen und Stiesel nach. Während sich Bördensen mit der zur Trägheit neigenden Tiefbauverwaltung herumschlug, saß Stiesel im Landesarchiv, um mehr über die Bodenbeschaffenheit des Siegesparks zu erfahren.

Als Zabriskie den Spielplatz erreichte, sah sie als Erstes den Kran des Technischen Hilfswerks, der direkt neben der großen Buddelkiste stand. Der Krater sah in Wirklichkeit noch unrealistischer aus als auf jedem Foto. *Ein Stundenglas*, dachte Zabriskie, als Sand von den hohen Wänden rieselte. Auch für das Mädchen irgendwo da unten in der Erde wurde die Zeit knapp.

10

Die Männer vom Technischen Hilfswerk waren findige Kerlchen. Im Vergleich zum Ermittlungsbericht hatten sie mittlerweile eine Spundwand um den tiefsten Punkt des Kraters gezogen, so dass kein Sand mehr nachrutschen konnte. Zabriskie stiefelte und rutschte nach unten und kletterte über eine an die Spundwand gehängte Metallleiter auf die mittlerweile freigeschaufelte Fläche. Aus dem Loch im Boden tauchte gerade ein Eimer mit Erde auf. Kurz darauf pulte sich ein glatzköpfiger, gut gebauter Mann aus dem Loch in der Erde hervor. Er stellte sich Zabriskie als Guntram Eyth vor und war der Vorarbeiter oder Polier oder Fähnleinführer oder wie immer das beim Technischen Hilfswerk hieß. Offenbar traute er den Sicherheitskräften im Siegespark zu, dass sie ins Epizentrum nur Leute vorließen, die einen triftigen Grund hatten, denn er schnauzte Zabriskie nicht an, sondern erklärte sofort: »Wir haben keinerlei Hinweise auf ein Gewaltverbrechen.«

»Wir suchen auch nach Vermissten«, erwiderte Zabriskie.

»Vermisst. Das macht Hoffnung, wenn Sie so etwas sagen.«

Eyth wischte sich einige Erdkrümel von der Glatze. »Dem Kollegen in der Erde ist gar nicht wohl bei dem Gedanken, dass sie jeden Moment ein totes Kind finden könnten. Vermisst klingt unter diesen Bedingungen geradezu optimistisch.« Aus der Öffnung in der Erde tauchte ein weiterer Eimer gefüllt mit Erde auf. Mit einer schnellen Bewegung hängte Eyth die beiden Eimer an einen Haken, und der Kollege im Kran zog zwanzig Kilo Aushub nach oben. »Im Moment ist Wieczorek unter der Erde. Er arbeitet mit einer kleinen Handschaufel, ein Bagger wäre viel zu grob. Bisher sind wir sieben Meter unter der Erde. Wir verbreitern ganz vorsichtig den steil abfallenden Gang – wir nennen ihn das Fallrohr.«

Zabriskie nickte langsam. »Wir verstehen, dass Sie Anna möglichst schnell finden müssen, aber Ihre Wühlarbeit versaut uns jede Spur.«

Eyth nickte. »Wir sind jetzt in einer Tiefe, wo menschliche Artefakte äußerst selten werden. Und alles, was anorganisch ist, sieben wir heraus.«

Zabriskie musterte die gut proportionierten Muskelpakete unter Eyths weißem T-Shirt. Monterey war schon wieder so weit weg.

Eyth redete weiter. »Merkwürdig ist, dass es keinerlei Spuren von mechanischem Werkzeug gibt. Wenn man Metall zum Graben benutzt, dann schlägt man auch mal eine gerade Kante ins Erdreich, trifft auf einen Stein oder durchtrennt eine Wurzel. In dem Gang, den wir gerade freilegen, findet sich aber nichts dergleichen.«

»Wie lässt sich das erklären?«

»Ein Grabgerät, das keine scharfen Kanten hinterlässt, ein Holzlöffel, eine Fräse, die das Erdreich lockert, anstatt es abzuschneiden«, sagte Eyth und tauschte den nächsten vollen Eimer gegen ein kleines Paket leerer Eimer, die mit dem Kran nach unten geschickt wurden.

Zabriskie folgte Eyths Blick zum Hang über dem Spielplatz. Teleobjektive blitzten in der Vormittagssonne auf. »Gute Geschäfte für viele«, knurrte Eyth.

»Gibt es sonst noch etwas, was Sie mir zeigen wollen?« Zabriskie lächelte, ohne es zu wollen.

»Der Gang hat einen ovalen Querschnitt, sehr stetig. Das ist ungewöhnlich. Menschen schachten entweder rund aus, wie bei einem Rohr, oder rechteckig, wie der Gang in einem Bergwerk, wo es dann auch Verstrebungen gibt.«

In diesem Moment robbte sich Eyths Kollege rückwärts aus dem Erdloch heraus und blinzelte in die Sonne. »Wir haben das Ende des Fallrohrs erreicht, knapp acht Meter tief. Dann kommt eine Verbreiterung, eine Art Knotenpunkt. Sieht aus wie ein großes Ei. Man kann mit eingezogenen Schultern darin sitzen. Von dort zweigen drei Gänge ab, einigermaßen eben, fast kein Gefälle.« Der Mann hatte das alles Eyth vorgetragen, erst jetzt bemerkte er Zabriskie und grüßte mit einem Kopfnicken.

»Mein Kollege Wieczorek, Kommissarin Zabriskie von der Kripo.« Eyth war ein formvollendeter Gastgeber im Sandkrater.

Zabriskie fragte: »Und in dem Ei, ist da eine Spur von dem Mädchen?«

Der Mann griff in die Hosentasche. »Das lag da auf der Erde.«

Er reichte Zabriskie eine blaue Paillette.

»Das stammt von Anna Winter«, sagte Zabriskie, die die Personenbeschreibung Annas durch eine Mitschülerin sorgfältig memoriert hatte. Sie verpackte die Paillette in einem Plastikbeutel für Beweisstücke. »Ich möchte gerne diese Höhle sehen.«

Eyth nickte: »Sehr gern. Am besten wir gehen da zusammen rein. Sie zuerst, ich folge Ihnen, falls Sie k.o. gehen.«

Es gab keinen Overall für Zabriskie, sie trug wie meistens T-Shirt und Jeans, aber Eyth drückte ihr einen Helm mit Lampe auf den Kopf, und sie hatte noch ein Paar Latexhandschuhe dabei. Langsam kroch sie mit dem Kopf voran in das Fallrohr hinab. Dort, wo der Lichtschein ihrer Lampe nicht hinreichte, herrschte nachtschwarzes Dunkel. Für längere Strecken wäre das nichts gewesen, kopfunter unter der Erde. Auf Dauer wäre es Zabriskie speiübel geworden. Sie war froh, als sie in der kleinen eiförmigen Höhle wieder aufrecht sitzen konnte.

Eyth steckte seinen Kopf aus dem Fallrohr. »Ich bleibe hier liegen, für zwei ist das Ei zu klein. Wollen Sie einen der Gänge ausprobieren?«

Zabriskie juckten die Hände in den Latexhandschuhen, der Schweiß lief ihr in die Augen. »Nein, das überlasse ich Ihnen.«

Eyth lachte kurz auf: »Es ist ein Jammer, dass die Paillette genau hier an diesem Knotenpunkt lag. Einen halben Meter weiter, und wir hätten einen Anhaltspunkt, welchen Gang wir zuerst ansehen sollten.«

»Nicht unbedingt.« Zabriskie schüttelte den Kopf, und die Lampe warf wilde Schatten an die Wände der Höhle. »Sie kann einem Täter ja auch aus der Tasche gefallen sein, während das Mädchen längst woanders ist.« Zabriskies Schultern, Nacken, Bauch, alles war tropfnass. Sie hob ihre Hände, und die Handschuhe fühlten sich seifig an. »Igitt, was ist denn das?«, entfuhr es ihr. »Hier ist irgendein Fleck, eine Flüssigkeit, in die ich mich hineingesetzt habe.«

»Wieczorek, dieser maulfaule Idiot. Der hätte uns ja vorwarnen können.« Eyth befühlte den Boden. »Rutschen Sie einen halben Meter, hier vor dem Fallrohr ist es trocken.«

Zabriskie gehorchte, und jetzt sprach Eyth direkt über ihre Schulter. Zabriskie spürte seinen Atem an ihrem Hals. Im Licht ihrer Lampen zeigten sich die drei Gänge als schwarze Löcher.

»Was ist das für eine Himmelsrichtung?« Zabriskie deutete auf den mittleren Gang. Auch in ihrer Pofalte fing der Schweiß jetzt an zu jucken.

»Grob gesprochen ist das Süden. Wenn der mittlere Gang der Richtung des Fallrohrs folgt, stößt er irgendwann auf die Brauerei und ihr Gewölbesystem. Wenn der linke Gang schnurgerade nach Osten weiterläuft, trifft er auf die Röhre der U-Bahn-Linie 6, die unter dem Mehringdamm verläuft. Davor könnte es eine Verbindung zu der alten Pumpstation und dem

Geisterbahnhof der U-Bahn-Linie geben, die einmal vom Mehringdamm zum Südkreuz hätte führen sollen, aber nie gebaut wurde. Der rechte Gang verläuft nach Westen und untertunnelt irgendwann die S-Bahn-Trasse, wenn er hier in dieser Tiefe bleibt. Haben Sie aus polizeilicher Sicht einen Gang, den wir zuerst ansehen sollen?«

Den richtigen, dachte Zabriskie. Laut sagte sie: »Was das wohl für ein Schleim ist? Können Sie etwas riechen?«

Eyth schnüffelte an Zabriskies Latexhandschuhen. »Pfeffrig mit einer beerigen Note, etwas spitz im Abgang. Jedenfalls nichts aus dem Eichenfass.«

»Organisch?« Auch Zabriskie roch an dem Handschuh, aber außer Latex und ihrem Schweiß roch sie nichts. Vielleicht war sie pfeffrig mit einer beerigen Note.

»Gut möglich.« Eyths Stimme kam aus dem Nichts. »Es kann natürlich auch jemand hier Parfüm oder andere Chemikalien vergraben haben, die jetzt durch den Boden tropfen.«

»Auf einem Spielplatz?« Zabriskie hustete.

»Ein Sandkasten ist optimal, um etwas zu verstecken.«

»Obwohl oben Kinder spielen!«

»Wenn Sie tief genug nach unten gehen, stört das niemand. Das Zeug sickert ja nicht nach oben. Hier, wo wir sitzen, würde man nur etwas vergraben, um es loszuwerden. Für Schmuggler ist das nichts, die brauchen einen schnellen Zugriff.«

»Parfümschmuggler?«

»Medikamentenschmuggler zum Beispiel.«

Zabriskie gefiel dieser Ansatz wesentlich besser als die Hypothese, jemand habe einen Tunnel gegraben, um ein Kind zu entführen. Jemand nutzte den Untergrund, um irgendwelche Dinge im Verborgenen zu tun, und das Mädchen war aus Versehen in diese Röhre gefallen. Und weil sie dadurch zur Mitwisserin geworden war, hatte man sie vermutlich längst beseitigt. Zabriskie starrte auf die drei Gänge. Irgendwo da drin lag ein totes elfjähriges Mädchen, daran kam sie gedanklich nicht vorbei. Zu Eyth sagte sie: »Sie können nicht alle drei Gänge gleichzeitig durchsuchen, nicht wahr?«

Wieder ließ Eyth sein knarzendes Lachen hören. »Machen Sie Witze, wir sind hier zu dritt. Und es geht nur sehr langsam. Dieses Fallrohr, durch das wir gekommen sind, ist jetzt gewissermaßen besenrein. Vorher sah das anders aus. Erst muss man ein Häufchen loser Erde abtragen, dann kam ein großer Stein, dann Wurzelwerk, das quer durch die Röhre lief.«

»Und Verstärkung? Das THW ist doch eine große Organisation.«

»Dazu bräuchten wir mehr Leute. Aber die sind alle in Afghanistan und bauen Brunnen für die Bewässerung der Mohnpflanzungen. Das Opium in zwanzigelf wird ein Jahrhundertstoff werden. Noch zehn Jahre, und Afghanistan wird die höchste Brunnendichte der Welt haben. Wenn wir Ende der Woche den Gang, der nach Süden führt, komplett überprüft und kartographiert haben, können wir froh sein.«

Als sie den Krater auf allen vieren nach oben kroch, explodierte der Jetlag in Zabriskies Gehirn. Wieder oben an der Sonne angekommen, besah sie sich den dunklen Fleck auf ihrer Jeans. Es sah aus, als hätte sie eingepinkelt, aber das war ihr jetzt egal. Schlimmer war der Juckreiz. Schnell schrieb sie eine SMS an Pachulke und steckte die Visitenkarte ein, die Eyth ihr zum Abschied überreichte. »Ich gehe mit Wieczorek gleich wieder rein. Falls Sie noch Fragen haben, rufen Sie mich einfach an.« Sie bemerkte eine Reihe von kleinen spitzen Nadeln auf ihrer Jeans, die sich nicht abstreifen ließen. Zabriskie mochte keine Haare auf ihren Beinen, egal wo. Sie war vollkommen urlaubsreif, das war am Ende ihres ersten Arbeitstages immer so.

11

Als Dorfner aus dem Kommandoraum des S.W.A.T.-Teams zurückkam, war er froh, Zabriskie nicht im Büro anzutreffen. Die Berufsauffassung dieser Frau hätte von der seinigen nicht weiter entfernt sein können. Er war sich sicher, dass sie ihre Position als Kommissarin nur durch sexuelle Freigebigkeiten im ganzen Haus erlangt hatte. Vom Polizeipräsidenten abwärts hatte sie es mit jedem getrieben, natürlich auch mit Pachulke, mit Stiesel und mit Bördensen. Und auch in den Mannschaftswagen der uniformierten Polizei hatte sie sich hemmungslos gezeigt. Wie anders wäre es zu erklären, dass Zabriskie Kommissarin war und Dorfner nicht. Zugleich sagte Dorfners Instinkt, dass Zabriskie lesbisch war. Auf seine Flirtversuche hatte sie stets abweisend und spöttisch reagiert. Eigentlich verhöhnte sie ihn pausenlos. Aber natürlich war das Ausdruck ihrer tief sitzenden Frustrationen, Dorfner hatte in Psychologie gut aufgepasst. Vermutlich fuhr Zabriskie auch nur deswegen dauernd zu ihrer Mutter, weil sie Angst hatte, dem richtigen Mann zu begegnen, dem, der sie heilen konnte. Seit gestern war Dorfners Bizeps wieder einen Zentimeter gewachsen. Wenn Zabriskie nur ein Fünkchen Interesse an Männern hätte, dann müsste ihr das doch auffallen. Doch Zabriskie kam für ihn nicht wirklich infrage. Als Sexualpartnerin wollte er sie sich gar nicht vorstellen. Am Ende wollte sie dann so Sachen von ihm, Dorfner mit einem Hundehalsband, Zabriskie mit einer Ledergerte. Und wenn er ihre unstillbare Gier nicht befriedigte, gab es zehn auf den blanken Hintern. Dorfner kribbelte es bei dieser Vorstellung, unbeschreiblich schauderhaft. Dorfner wünschte sich eine Frau, die er zur Mutter machen konnte. Am besten gleich mehrmals. Er freute sich auf seine Rolle als Vater. Waren sie erst einmal verheiratet, und das erste Kind war da, würden sie in ein Fotostudio gehen und ihr Familienglück auf einem Porträtfoto festhalten lassen. Ein umrisshaftes Bild von seiner Traumfrau hatte Dorfner schon. Sie war blond, gern etwas üppiger mit den entsprechenden Maßen, aber sportlich. Ein paar Jahre jünger als er, aber erfahren und aufgeschlossen in sexuellen Dingen, außerdem eine tolle Hausfrau und äußerst mütterlich. Wickeln, Basteln, Hausaufgaben, das würde im Wesentlichen sie übernehmen. Und gleich nach jeder Geburt würde sie ihren Modelkörper wieder regenerieren. In den Frauenzeitschriften, die bei seinem Friseur auslagen, hatte Dorfner zwar gelesen, dass Frauen in der Schwangerschaft stark zunahmen, aber seine zukünftige Frau würde ebenso stark wieder abnehmen. Sie könnte ins Fitnessstudio gehen, während er auf das Kind aufpasste. Vorher müsste sie das Kind natürlich wickeln. Er würde mit dem Kind Kampfsport machen, wenn es so weit war. Außer, es war ein Mädchen. Er wollte nicht, dass seine Tochter so wurde wie Zabriskie. Mit seiner Tochter würde er dann ... Es fiel ihm nichts Rechtes ein, aber dafür war es auch noch reichlich früh. Seine Tochter musste jedenfalls immer sehr zeitig zu Hause sein.

Das Telefon riss Dorfner aus seiner Lebensplanung. Ein umgeleiteter Anruf war auf Zabriskies Telefon gelandet. Es war bestimmt nur kollegial, wenn er den Anruf nun entgegennahm. »Hier Dorfner, S.W.A.T.-Team der Kriminalpolizei, Apparat Zabriskie.«

»Guten Tag, Liepert von der James-Hobrecht-Grundschule. Herrn Dankwart Stiesel hätte ich gerne gesprochen.« Die Stimme klang jung, eifrig, weiblich.

Stiesel, genau. Die Durchwahl des Kollegen wurde im Display von Zabriskies Apparat angezeigt. »Kollege Stiesel ist im Moment leider nicht verfügbar, kann ich Ihnen weiterhelfen?«

Frau Liepert kicherte. »Oh, vielen Dank. Ich wollte nur noch einmal nachfragen, ob der Termin mit Herrn Stiesel morgen auch stattfindet?«

»Der Termin morgen, also der ... Da muss ich doch glatt mal nachsehen.« Dorfner schob hektisch Zabriskies Schreibunterlage hin und her.

»Herr Stiesel hält morgen in der 6 b einen Vortrag über Gewaltprävention. Das ist eine Veranstaltung im Rahmen der ...«

Stiesel und Gewaltprävention. Ebenso gut konnte man einen Taubstummen über Musik sprechen lassen. Einen Gehörlosen, verdammt noch mal. Jedenfalls war alles, was mit Gewalt zu tun hatte, Dorfners ureigenste Domäne. »Ja, die Gewaltpräsentation, ich weiß Bescheid. Also, es ist so.« Dorfner räusperte sich. »Herr Stiesel ist eigentlich nur der Ersatzmann für mich. Ein netter Kerl, gibt sich Mühe, Sie verstehen. Aber ich bin hier im Haus der eigentliche Experte für Gewaltprävention. Und mein anderer Termin ist ganz plötzlich ausgefallen. Ich komme selbst.«

»Das ist ja wunderbar, Herr ...«

»Herr Dorfner. Das bin ich.«

»Brauchen Sie die Adresse noch?«

»Unbedingt. Und Uhrzeit und Klassenzimmer. Und Ihre private Telefonnummer, für alle Fälle.«

Dorfner legte den Hörer auf die Gabel und schlug dreimal mit der Faust auf Zabriskies Schreibtisch. Er würde morgen dabei sein, und er würde über Gewalt sprechen: sinnlose Gewalt, sinnvolle Gewalt, die Schönheit der Gewalt und ihre Schattenseiten, die häufig übertrieben wurden. Die verschiedenen Nuancen der Gewalt würde er erläutern, und zu Verhütung von Gewalt würde er auch ein paar Worte verlieren. Dorfner würde sich seine Pappenheimer genau ansehen. Sechste Klasse, das war genau die Zielgruppe von S.W.A.T. Den Kampf dahin tragen, wo der Feind saß. In die James-Hobrecht-Schule.

12

Hausmeister Jablonka hatte sein Bestes gegeben. Der neue Hörsaal des Rosenhof-Gymnasiums erstrahlte im Festtagsschmuck. Über der Tür, an den Wänden und unter der Decke hingen Ballons. Quer über die Tafel war ein Transparent gespannt: *Rosenhof – Der Wille zum Wissen.* Auf dem Experimentiertisch vor der Tafel standen vier Vasen mit langstieligen Rosen. Gleich würde der Festakt beginnen, und immer noch drängten Schüler, Eltern, Lehrer und die geladenen Gäste hinzu. An der Eingangstür stand Elmar Sutter, der Seelsorger von St. Hypokrit und begrüßte jeden Schüler persönlich. Gerade streichelte er einem Jungen über die Wange, beim nächsten berührte er flüchtig die Schulter, einem Mädchen reichte er die Hand. Der Büchertisch an der Längsseite des Raumes gegenüber von der Eingangstür war umlagert. Sebastian Fleming, der Buchhändler, war in seinem Element. Er zeigte seine schiefen Zähne, während er Bücher aus den Kisten hinter dem Tapeziertisch zur Ansicht aushändigte, Collegeblöcke und Stifte in Einkaufstüten schob und Geld kassierte. Fleming war so geschickt, dass man ihn schon so genau beobachten musste wie Daniela Morgenitz, um zu merken, dass an seiner rechten Hand der Zeigefinger fehlte.

An Felix Vogelers rechter Hand waren alle Finger noch vorhanden, aber sie schmerzten, weil jeder an diesem Tag dem Direktor des Rosenhof-Gymnasiums gratulieren wollte. Jedes Mal, wenn jemand Vogelers Hand zusammenquetschte, um seine Entscheidungsfreudigkeit und Durchsetzungsfähigkeit unter Beweis zu stellen, vertiefte der schwere Silberring an Vogelers Mittelfinger seine Druckspuren in den benachbarten Fingern. Wie gewöhnlich trug er seine alte Wildlederjacke mit Fransen und hatte eine imposante Tolle aus schlohweißem Haar, die aussah wie aus Zuckerwatte. Aber Daniela Morgenitz war nicht zum Gratulieren an Vogeler herangetreten. »Wie können Sie diesen Fleming nur hier reinlassen. Was soll denn Frau Diepersen denken? Die rennt jetzt geradewegs zum Vorstand von Repanto und sagt, dass dieser … dieser Mensch bei uns ein- und ausgeht.«

»Aber in der Elternvertretung haben Sie doch unseren Beschluss bestätigt, bei allen Schulveranstaltungen einen Bücherstand anzubieten. Wir sind happy, dass Fleming heute Zeit hatte, der ist ja nicht nur bei uns unterwegs, sondern bei einigen Schulen im Bezirk.«

»Erstens«, zischte Daniela Morgenitz, »gab es ein Unentschieden im Elternbeirat …«

»Das durch die Stimme des Vorsitzenden abgewendet wurde, wie ich hörte«, entgegnete Direktor Vogeler ruhig.

»Zweitens«, fuhr Morgenitz fort, »kann Fleming ja seine Bücher auch vor dem Saal verkaufen und muss nicht wie ein Ehrengast auf seinem Falthocker thronen. Und drittens gibt es ja auch noch andere Buchhändler in dieser Gegend.«

»Ja, aber Fleming gibt es auch.«

»Wissen Sie, wie er seinen Finger verloren hat?«

»Aber sehr verehrte Frau Morgenitz, jetzt chillen Sie doch

einfach mal. Dieses Gerücht geistert seit Jahren durch den Kiez.« Direktor Vogeler sah sie scharf an. »Ich möchte mal wissen, wer es immer wieder auf die Reise schickt.«

»Ich habe nur das Interesse unserer Kinder im Blick.« Daniela Morgenitz hielt dem Blick von Felix Vogeler stand.

»Ich auch. Und ich will, dass sie regelmäßig ihren Lesehunger stillen können. Sie sollen mit verifizierten Informationen arbeiten und nicht mit Halbwissen, das sie sich weiß der Himmel wo geholt haben.«

Vogeler hielt seine Begrüßung knapp. Er hob vor allem den Beitrag des Elternbeirats bei dem Bauvorhaben hervor. »Wer heute auf das Rosenhof-Gymnasium wechselt, findet optimale Lernbedingungen vor. Im Gegenzug erwarten wir eine gesunde Mischung aus Talent, Leistungsfähigkeit und dem, was man heute Commitment nennt.« Jason Hark, der ganz oben in der letzten Reihe saß, lugte hinter seinem Buch hervor und notierte: *19. 3. 2011 commitment.* Er führte Buch über die Anglizismen von Vogeler, mit denen dieser der gesamten Schule auf die Nerven ging.

Daniela Morgenitz, die im Anschluss für den Elternbeirat sprach, lobte die unbürokratische Haltung der Schulverwaltung und den Enthusiasmus der Lehrkräfte. »Unsere Kinder brauchen einen Platz, an dem sie wachsen können. Dem Licht des Wissens strecken sie sich entgegen wie die Rosen, die zu voller Pracht erblühen wollen. Und unsere Aufgabe ist es, dieses Potenzial zu wässern und zu düngen und zu verhindern, dass Unkraut die Oberhand behält und die jungen Knospen erdrückt.«

Hektor Krug war für diese Metaphorik nicht empfänglich. Er plagte sich gerade durch das achte Level von *Deep Space Dornröschen* und musste hilflos mit ansehen, wie sein Prinz im Gestrüpp den Geist aufgab, ohne das Schloss auch nur betreten zu haben.

Als Nächstes war Solvay Diepersen an der Reihe. Sie war die Frau für Öffentlichkeitsarbeit von dem Pharmazie-Unternehmen Repanto.

»Du meine Güte, dieses Kostüm muss mindestens fünfhundert Euro gekostet haben«, flüsterte Philomena. Sie saß mit Iris in der ersten Reihe des Hörsaals.

»Und die Frisur hundert«, flüsterte Iris zurück. Sie schnitt eine Grimasse zum Rednerpult, als sie sich ein Stirnrunzeln von Solvay Diepersen einhandelte, die ihr Manuskript auf dem Rednerpult platzierte.

»Für uns ist es wichtig, nicht irgendeine Schule zu fördern, das Füllhorn auszuschütten, nur weil Schulsponsoring sich gut auf einer Jahreshauptversammlung präsentieren lässt. Der Sachverstand unserer langjährigen Partnerin Daniela Morgenitz ist *ein* guter Grund, warum wir uns hier am Rosenhof-Gymnasium engagieren. Aber die besten Gründe sitzen vor mir. Das sind Sie, die Schülerinnen und Schüler. Wir wollen *Sie*. Wir rechnen fest damit, dass der eine oder die andere von Ihnen in einigen Jahren in unserer Entwicklungsabteilung auftaucht. Ihr Wissen über Insekten verbunden mit dem richtigen Studium besitzt das Potenzial, in unseren Labors marktfähige Produkte zu entwickeln. Wir freuen uns auf Sie.«

»Und ich freue mich auf einen Job, bei dem ich mir solche Klamotten anschaffen kann«, flüsterte Iris Schmitt. Philomena nickte. »Gut, dass Freya sich nicht für das Rosenhof beworben hat«, flüsterte sie zurück. »Für ein Leben hinter dem Mikroskop ist sie eine glatte Fehlbesetzung.«

13

In der James-Hobrecht-Schule wühlten die Kinder der 6 b in ihren Taschen. Karin Liepert, die Klassenlehrerin, nickte zufrieden, als vor jedem Schüler ein aufgeschlagenes Heft lag. Es gab nur diese Doppelstunde in Geschichte jede Woche, und die zweite Stunde war diesmal für einen Gast aus dem Polizeipräsidium reserviert.

»So, nun bin ich aber gespannt, was ihr zusammengetragen habt. Wer liest denn nun als Erstes seinen Aufsatz vor. Cem, machst du das?«

Robert Bittner rümpfte die Nase, weil sich Cem Pollinger, der eines seiner kreuzbraven Hemden mit den hochgeschlossenen Kragen trug, schon wieder meldete und schon wieder anfangen durfte. Nicht dass er scharf darauf gewesen wäre, das vorzulesen, was er seinem Gehirn abgerungen hatte. Fünf Seiten Aufsatz über einen toten Mann, der Kanäle gegraben und sich für Schutt interessiert hatte. Stand doch alles irgendwo. Morgen um diese Zeit würde die ganze Schule Robert mit anderen Augen sehen. Seine Telefonate waren erfolgreich gewesen.

Cem las vor: »James Friedrich Ludolf Hobrecht ist seit dem Jahr 1908 der Namenspatron unserer Schule. Er wurde 1825 am Silvesterabend in Memel geboren. Die Stadt Memel heißt heute Klaipeda und liegt in Litauen.

Hobrecht war ein preußischer Stadtplaner und für den ersten perspektivischen Bebauungsplan der Stadt, den Hobrecht-Plan von 1862, verantwortlich. Damals war Hobrecht siebenunddreißig Jahre alt. Später zog die Familie nach Königsberg. Das liegt heute in Russland und heißt Kaliningrad.«

»Sehr schön, Cem. Das hast du gut gemacht.« Frau Lieperts Blick wanderte über ihre Schüler. »Robert, was kannst du uns denn zu Hobrechts Ausbildung sagen?«

Robert seufzte leise. »Im Alter von sechzehn Jahren brach Hobrecht seine Schulausbildung ab, weil er Musiker werden wollte. Er spielte damals in einer Punkband, die The Klopse hieß.« Das stammte alles aus einem Wiki.

»Na, Robert. Diesen Abschnitt musst du wohl noch einmal überarbeiten. Wer kann helfen? – Ja, bitte, Fred.«

Fred Velbisch saß in einer Bank am Fenster. Hinter ihr stand ein großer Schrank mit Köpfen aus Ton. Die Schüler hatten Selbstporträts gebastelt. Vor Annas Kopf mit dem großen Kinn lagen Blumen.

»Dass er die Schulausbildung zunächst abgebrochen hat, ist richtig. Aber«, Freds Finger suchte den Absatz, »er machte eine Lehre als Geodät. Das bedeutet Landvermesser. Später hat Hobrecht dann privat die Schule abgeschlossen. Das hieß damals Primatenreife.«

»Primarreife«, korrigierte Frau Liepert. »Lies noch ein bisschen weiter.«

Fred fuhr fort. »Landvermesser vermessen in erster Linie die Oberfläche der Erde und sind bei der Anfertigung von Karten wichtig. Hobrecht war aber auch an Separationsarbeiten beim Eisenbahnbau beteiligt und hat in der Erde gewühlt. Das passiert auch heute noch, wenn man wissen will, ob sich im Boden Gift oder Bomben oder sonst etwas Gefährliches verbirgt.« Fred brach ab. »Entschuldigung, das habe ich geschrieben, bevor Anna …«

»Das ist völlig in Ordnung, außerdem ist es auch noch richtig«, sagte Frau Liepert.

Freds Stimme zitterte. »Als er im Jahr 1848 hierherkam, studierte Hobrecht an der Bauakademie lauter verschiedene Sachen: Bauführer, Bauingenieur und Landwirtschaft, außerdem war er Wasser-, Wege- und Eisenbahnbaumeister.«

»Vielen Dank, Fred. Jetzt vielleicht noch einmal Robert.«

Robert blätterte hastig in seinen Unterlagen. Er hatte die Seitenzahlen vergessen. »Als die Stadt ein modernes System brauchte, um ihre Scheiße loszuwerden, wurde Hobrecht mit der Ausarbeitung eines Kanalisations- und Entwässerungssystems beauftragt. Bei seinem Bewerbungsgespräch mit den Stadtältesten stellte er sich mit den Worten vor: ›Mein Name ist Hobrecht, James Hobrecht.‹ Das fanden die alten Knacker im Senat zunächst richtig cool. Aber schließlich haben sie ihn 1681 doch rausgeschmissen.«

Frau Liepert runzelte die Stirn. »Robert, das lässt doch sehr zu wünschen übrig. Es muss natürlich 1861 heißen, und auch sonst … Auch wenn das nur ein Übungsaufsatz ist, musst du sorgfältiger arbeiten. Sophie, kannst du das bitte ergänzen?«

Sophie Bürger räusperte sich. »Als ihm 1861 gekündigt wurde«, die Zahl betonte sie besonders deutlich, »eröffnete er die erste Agentur für Schatzsuche auf dem europäischen Festland. Damit war er sehr erfolgreich. Viele adelige Familien ließen ihre Ländereien und Keller nach schwedischen Gold- und Silbermünzen aus der Zeit des Dreißigjährigen Krieges untersuchen. Dabei fertigte Hobrecht zahlreiche Karten an, in denen er seine Funde und den Zustand des Bodens genau verzeichnete. Nach einigen Jahren wurden die Leute, die ihm gekündigt hatten, sehr nachdenklich und holten ihn zurück.«

»Sehr schön, jetzt kann Freya weitermachen.«

Freya Morgenitz saß neben Sophie. Sie las sehr leise: »1869 durfte Hobrecht endlich seine Pläne für eine Kanalisation umsetzen. Überall baute er eigenständig unterirdische Kanäle und Abwassersammler, die zu Pumpstationen führten. Eine dieser Pumpstationen befindet sich heute noch östlich vom Siegespark. In ihr wird heute Brauchwasser aufbereitet. Damals wurden das Hausabwasser und das Regenwasser über Druckleitungen nach außen zu den neu angelegten Rieselfeldern gepumpt. Dadurch hatte die Stadt die modernste Entwässerung und war sauberste Stadt der Welt. Nur bei der Love Parade pinkelten alle Möglichen in den Tiergarten und sagten sich: *Scheiß auf Hobrecht.*«

Frau Liepert pustete sich eine Haarsträhne aus dem Gesicht. »Den Schluss bitte weniger flapsig formulieren. Schriftsprache ist nicht gesprochene Sprache, aber sonst sehr schön.« Manchmal wurde es gar zu ausfällig. Jetzt meldete sich Kevin Knott in der ersten Reihe. »Ich würde gerne weitermachen.«

»Sehr gerne, Kevin, vielen Dank.« Kevin wollte unbedingt auf das Rosenhof-Gymnasium und kämpfte um jede Note. Zufälligerweise wohnte Kevins verschwippte Großtante zweiten Grades genau beim Rosenhof, dadurch hatte er alle Chancen.

Kevin las mit piepsiger Stimme: »In den Jahren, in denen er in der Erde grub, arbeitete Hobrecht unermüdlich an seiner Kartensammlung. Vor allem der sogenannte Schwedenhügel hat ihn sein ganzes Leben lang beschäftigt. Diese Erhebung befand sich an der Stelle, an der heute der Siegespark ist. Dort soll sich einmal das alte wendische Dorf Dönerow befunden haben. Die Bewohner Dönerows muckten gegen die Schweden auf. Zur Strafe wurde das Dorf niedergemacht. Weil nach dem Ende des Dreißigjährigen Krieges halb Europa zerstört war, brauchten viele Menschen neue Möbel. Die Schweden errichteten auf den Ruinen von Dönerow das erste Möbelhaus der Neuzeit. Billy, das Regal benannt nach einem unehelichen Sohn des Königs Gustav Adolf, war ein großer Verkaufsschlager. Zu Hobrechts Zeit gab es aber keine sichtbaren Spuren von Dönerow mehr. Auch das Möbelhaus verfiel. Seine Reste liegen heute unter dem Schwedenhügel im nördlichen Teil des Siegesparks. Hobrechts Suche nach dem Kirchenschatz von Dönerow blieb vergeblich. Er lebte bis zu seinem Tod in einem Mehrgenerationenhaus in einer Zweiraumwohnung mit Außentoilette.«

Frau Liepert rieb sich die Hände. »Gut gemacht, liebe Klasse. Insgesamt bin ich sehr zufrieden, allerdings dürfen einige von euch«, ihr Blick fand Robert, der geschäftig die Seiten in seinem Schreibblock nummerierte, »nicht alles glauben, was sie auf irgendwelchen Seiten im Netz finden.«

»Das mit dem Schwedenhügel stimmt aber?«, wollte Cem wissen.

»Zumindest das Dorf Dönerow ist für das 16. und 17. Jahrhundert belegt. Und Kirchenschätze wurden in diesen wüsten Jahren dauernd irgendwo versteckt.«

»Und wo sind die ganzen Pläne von Hobrecht geblieben?«, wollte Fred wissen.

Frau Liepert zuckte mit den Schultern. »Sie wurden nach Hobrechts Tod in der Bauakademie eingelagert und im Krieg leider zerstört.«

»Aber Hobrecht hatte doch bestimmt ein eigenes Haus. Hat er seine Pläne nicht dort aufgehoben?« Fred ließ nicht locker.

»Ich verstehe, worauf du hinauswillst.« Frau Liepert trat an Freds Pult. »Du denkst, mit einer Karte vom Schwedenhügel kann man Anna wiederfinden.«

»Ja, wenn sich sonst niemand um Anna kümmert«, knurrte Fred.

»Nun, ehrlich gesagt, weiß ich nicht, was aus den Plänen geworden ist. Vielleicht sind sie noch im Besitz der Familie Hobrecht. Jedenfalls hat der erste Direktor unserer Schule allerlei zu Hobrecht gesammelt. Das liegt alles im Keller im Archiv.«

»Das muss ich mir unbedingt ansehen.« Fred sprang auf.

Frau Liepert schüttelte den Kopf. »Ich fürchte, das geht nicht. Keiner weiß, was sich da unten verbirgt, weil wir niemanden haben, der sich darum kümmert. Außerdem liegen da die persönlichen Unterlagen von Schülerinnen und Schülern aus den letzten Jahrzehnten. Und was drinsteht ist privat. Es geht niemanden etwas an, ob einer vor zwanzig Jahren sitzengeblieben ist.«

»Aber warum hebt man die Sachen auf, wenn man sie nicht anschauen darf?« Fred setzte sich wieder und schob ihre Fäuste unter ihre Oberschenkel, ein Zeichen dafür, dass sie wütend war.

»Weil die Unterlagen vielleicht eines Tages wichtig sein können«, erklärte Frau Liepert.

»Was ist denn wichtiger als eine Schülerin, die verschwunden ist?«, fragte Cem. Seine Ohrmuscheln leuchteten in der Vormittagssonne.

Eine Antwort blieb Frau Liepert erspart, denn in diesem Moment klopfte es an der Tür. Sie rieb sich wieder die Hände. »Das ist bestimmt der nette Herr Dorfner von der Polizei. Nun sind wir aber gespannt.«

Frau Liepert setzte das Lächeln auf, das sie für neue Schüler an ihrem ersten Tag in der Klasse bereithielt, und wartete darauf, dass sich die Tür öffnen würde. Aber nichts geschah. »Nun ja, vielleicht ist der Herr Dorfner schüchtern, weil er so lange in keiner Schule mehr gewesen ist. Kevin, sei doch mal so freundlich und öffne die Tür.«

Kevin Knott, der sich immer freiwillig zum Tafelputzen meldete, stand auf und drückte die Klinke. Im selben Moment riss ihn ein Mann zu Boden, rollte mit ihm vor die Füße von Frau Liepert, sprang empor, legte dem Kind den Unterarm im Würgegriff um den Hals, zog eine Pistole, drückte sie Kevin an die Schläfe und sagte: »Geiselnahme eines Kindes. Wie reagieren Sie, Frau Liepert? Schönen Guten Tag, ich bin Kriminalassistent Dorfner zur besonderen Verwendung. Hallo, liebe Kinder, ich hoffe, ihr seid heute bereit, alles zu geben. Danke, mein

Junge.« Er lockerte den Griff um Kevins Hals und gab ihm einen Klaps auf den Hinterkopf. »Wenn ich ein Terrorist wäre, dann könntest du jetzt die Radieschen von unten zählen. Aber dafür sind wir ja schließlich da, um zu verhindern, dass am Ende die Bösen gewinnen.«

Kevin ging mit steifen Schritten zurück an seinen Platz und ließ den Mann, der ihm eine Waffe an den Kopf gehalten hatte, keine Sekunde aus den Augen. Es war alles da: die Schutzweste, der eng geschnittene Overall, die Kampfstiefel, die fast bis zum Knie reichten, der breite Gürtel aus einem sicherlich nicht brennbaren, superleichten Material, das auf dem freien Markt nicht zu bekommen war. Wow.

Frau Lieperts Lächeln war zu einer steinernen Maske gefroren, und ihre Unterlippe zitterte. »Das ist … das war …«

Dorfner klopfte sich auf den rechten Bizeps. »Tja, gelernt ist gelernt. Vielen Dank für die Einladung. Ich kann es nur begrüßen, wenn wir von der Polizei einmal die Gelegenheit bekommen, aus der Praxis zu berichten. Und Gewalt ist unsere tägliche Praxis. Ich meine, Gewalt begegnet uns jeden Tag. Und da fragen wir uns schon: Was machen wir in so einer Situation? Was tun wir, wenn uns so ein Typ blöd kommt? Wenn er uns anstarrt, weil hinter uns der Busfahrplan hängt? Wenn er uns ignoriert und stattdessen seine miese, kleine Zeitung liest? Na, was tun wir dann?«

Die Kinder hingen an seinen Lippen, Frau Liepert hatte Tränen der Rührung in den Augen. Dorfner hatte es allen besorgt. Sein Auftritt war aber auch zu gut gewesen. Der Kleine, der die Tür geöffnet hatte, war hart im Nehmen. Anderen blieb schon mal die Luft weg, wenn *The Dorfner* richtig zupackte.

Ein Mädchen mit bonbonrosafarbenen Haaren meldete sich. So dürfte seine Tochter niemals rumlaufen. Wie eine vom Zirkus. Er deutete auf das Mädchen.

»Man kann weglaufen«, sagte sie.

»Weglaufen. Super Idee. Man kann seinen feigen Arsch in Watte packen und die Biege machen. Sauber. Und wenn die Aggression in einem Verkehrsflugzeug passiert? Oder in einer

Tiefseeforschungskapsel? Wenn der andere schneller ist? Wenn man eben gerade nicht weglaufen kann. Was machen wir dann, Fräulein Naseweis? Na? Ich sage euch, was man machen kann: Man kann ablenken, um Zeit zu gewinnen. Regel Nummer eins: Wir sind nicht auf eine gewalttätige Auseinandersetzung aus. Wir wollen nur, dass uns und auch sonst niemandem etwas passiert. Also lenken wir ab. Du«, Dorfner deutete auf Kevin, »du wirst mich jetzt angreifen. Mit irgendwas. Mit einem ganz alltäglichen Gegenstand. Na los, nicht lange überlegen.«

Kevin griff in sein Federmäppchen und hielt einen Radiergummi in die Höhe.

Dorfner nickte zufrieden. »Eine harmlos aussehende, aber tödliche Waffe. Na los, greif mich an.«

Kevin stand langsam auf, trat hinter seinem Pult hervor und blieb stehen. Frau Liepert machte einen Schritt nach vorn, aber Dorfner drehte sich um und zischte: »Keine falsche Bewegung. Das ist eine Sache unter Männern.« Und zu Kevin, der weiter regungslos stand, sagte er: »Na, was ist los? Los, greif mich an, du miese, kleine Grundschulschwuchtel.«

Kevin riss den Radiergummi nach oben und stürzte sich mit einem gellenden Schrei auf den Polizisten.

Dorfner trat einen Schritt zurück. Mit einer schnellen Bewegung zog er ein Brecheisen aus dem Schaft seines Stiefels, holte mit beiden Armen aus wie ein Golfer beim Abschlag und schmetterte das Brecheisen mit aller Kraft mitten in die Schultafel. Frau Liepert schrie auf, Kevin blieb stehen. Seine Kinnlade klappte buchstäblich nach unten.

Klirrend fiel das Brecheisen zu Boden, Dorfner nahm den Jungen in den Würgegriff und hielt ihm zum zweiten Mal an diesem Vormittag die Pistole an die Schläfe. Kerninhalte wiederholen hieß die goldene Regel der Wissensvermittlung. Dorfner schrie: »Zwei zu null für mich!« Ein bisschen Spucke tropfte ihm aus dem Mundwinkel. Dorfner steckte die Pistole in das Holster und lockerte seinen Griff um Kevins Hals. »Junge, du bist großartig. Als Geisel optimal verwendungsfähig. Ich werde mit deinen Eltern reden, ob ich dich zum nächsten Polizeisportfest mitbringen darf. Wir planen da eine Übung zu einem Banküberfall.«

Ein Junge in einem T-Shirt, auf dem der Hulk zu sehen war, meldete sich. »Können wir das nicht mal mit größeren Waffen üben? So ein Radiergummi, das ist doch gar nichts.«

»Robert, ich bitte dich, bring den Herrn doch nicht noch mehr gegen uns auf.« Frau Lieperts Stimme kippte beim letzten Wort weg.

»Wer ist hier aufgebracht?« Dorfner fuhr herum, und seine Hand wanderte zu seiner Pistole.

Zu dem Jungen im T-Shirt sagte er: »Unterschätze niemals die Waffe des anderen, mein Sohn.« Er griff an den Gürtel und zückte eine zweite Schusswaffe. »Pass gut auf, dafür gibt es keine Zeitlupe.« Dann feuerte er, bis das Magazin leer war. Von den aus Ton geformten Köpfen war nur noch ein Haufen Scherben und Krümel übrig, das bunte Plakat *Unsere Selbstporträts* hatte zwei große Löcher.

»Plastikmunition!« Dorfner spuckte das Wort aus. »Manche halten das für Radiergummis.«

»Das war unsere Projektarbeit in Kunst für dieses Jahr«, sagte Freya, der die Gummigeschosse um die Ohren geflogen waren.

»Wenn ich das Wort Kunst höre, entsichere ich meinen Revolver«, knurrte Dorfner. Er steckte die andere Schusswaffe zurück. »Wo waren wir? Richtig, bei der Prävention. Jetzt kommt das, worauf der Dicke da hinten so scharf ist.« Er knackte seine Fingergelenke, dass Frau Liepert zusammenzuckte. »Angriffe mit größeren Waffen. He, du!«, sagte er zu Kevin. »Wie heißt du eigentlich?«

»Kevin. Kevin Knott.«

»Also Kevin. Du bekommst deine dritte Chance. Du greifst mich jetzt …«

»Vielleicht will ja auch einmal ein anderes Kind«, warf Frau Liepert rasch ein.

Dorfner entblößte seine Zähne. »Genau, ein anderes Kind, nämlich du.« Er deutete auf Freya am Fenster. »Wir üben jetzt die Verteidigung gegen einen Angriff mit einem großen Gegenstand. Nämlich mit deinem Tisch hier.«

»Was? Den kann ich ja kaum heben.« Freya schüttelte energisch den Kopf.

»Dann hol dir eben Verstärkung.« Er winkte Robert heran. »Schlaumeier, mal herkommen.«

Robert ging nach vorn und wechselte einen Blick mit Freya. Die beiden Kinder zuckten die Schultern und hoben den Tisch ein kleines Stück hoch.

Dorfner ging in die Knie und beugte den Oberkörper vor. »Na los, zeigt es mir. Zeigt, was ihr draufhabt.«

»Eins«, zählte Robert, aber seine Stimme war leise und zögerlich.

»Zwei«, fiel Freya mit ein. Der Tisch schaukelte in ihren Händen vor und zurück. Bevor sie drei sagen konnten, sprang Dorfner mit dem gestreckten rechten Bein in den Tisch hinein. Von der Wucht des Aufpralls stolperte Freya einer Mitschülerin auf den Schoß, die durch den Aufprall das Gleichgewicht verlor und mit ihrem Stuhl zu Boden stürzte. Robert knallte gegen die Knie von Frau Liepert, die über ihm zusammenklappte. Der Tisch flog gegen einen Heizkörper und brach in der Mitte auseinander. Aus einem Rohr spritzte Wasser quer durch das Klassenzimmer. David und Cem sowie Helene und Fred, die alle am Fenster saßen, kreischten auf und flohen aus ihren Bänken.

Mit zwei schnellen Schritten war Dorfner neben dem Tisch und schlug ihm mit dem Brecheisen die Beine ab. Zu den Schülern gewandt sagte er: »Erst den Angreifer unschädlich machen, dann die Waffe sichern. Was nützt es euch, wenn ihr die Knarre habt und der andere sticht euch in den Rücken.« Zu Robert, der unter Frau Liepert hervorlugte, sagte er: »Du kannst von Glück sagen, dass dich deine Lehrerin beschützt, mein Lieber. Sonst hättest du meinen kalten Stahl zu spüren bekommen.«

Frau Liepert richtete sich auf, Wasser rann ihr übers Gesicht.

Dorfner machte ein paar Kniebeugen. »So, ich denke, das Prinzip ist klar. Wir kommen zur nächsten Phase. Ihr hier …«, er zeigte auf vier Kinder, die in tropfnassen Kleidern am Boden kauerten, »Angriff mit zwei Schultischen gleichzeitig.« Als sich die Kinder nicht rührten, setzte er nach: »Und zwar dalli. Das ist eine Übung unter realen Bedingungen.«

Während Dorfner seine knappen Instruktionen gab, bewegte sich Frau Liepert Richtung Tür. Als sie gerade das Klassenzimmer verlassen wollte, sprang Dorfner auf sie zu. »Wo wollen Sie denn hin?«, fragte er leise.

»Ich … ich wollte Hilfe holen.«

»Vom Ansatz her völlig richtig, aber ich habe die Situation im Griff.«

An diesem Vormittag saßen die beiden Ermittler Stiesel und Bördensen in ihrem Büro und sichteten die Unterlagen, die Stiesel im Archiv gefunden hatte.

»Das ist das Gelände der Brauerei.« Stiesel breitete eine Karte auf seinem Schreibtisch aus. Er war klein, rothaarig, sah aus wie fünfzehn, redete pausenlos vor sich hin und nannte das Transparenz im Denken. »Die Brauerei wurde 1852 gegründet und bis in die zwanziger Jahre hinein ständig aus- und umgebaut. Die Kellergewölbe und unterirdischen Nebenanlagen erstrecken sich bis weit unter den Siegespark.« Er deutete auf die Beschriftung eines runden Raumes auf einem Grundriss: *Großer Kühlkeller Nord.* »Wusstest du, dass man früher einmal von der Brauerei unterirdisch bis zu St. Hypokrit laufen konnte?«

Stiesels Kollege Bördensen war groß, hatte einen blonden Pferdeschwanz und feilte sich gerade die Nägel. Er war hier geboren und von Stiesels ständiger Verwunderung, dass diese Stadt eine Geschichte hatte, leicht genervt: »Warum auch nicht? Wo der Pfaffe haust, ist das Bier nicht weit.«

In diesem Moment stürzte ein uniformierter Kollege herein und rief: »Petersen, Notrufzentrale. Gibt es bei euch jemand namens Dorfner?«

Stiesel rollte die Augen. »Ja, leider.«

Bördensen lachte kurz auf. »Stimmt, Dorfner. Den habe ich heute Morgen noch gar nicht gesehen.«

»Darum geht es ja«, fuhr Petersen fort: »Wir bekommen seit zwanzig Minuten per SMS und Twitter Notrufe aus einer Schule in Kreuzberg. Dort soll ein Polizist namens Dorfner eine Schulklasse in seine Gewalt gebracht haben.«

»Verdammt!« Stiesel sprang auf. »Das wäre mein Termin gewesen.«

»Dein Termin? Dann sei doch froh, dass Dorfner hingegangen ist.« Bördensen hauchte über die Finger seiner Linken und polierte mit dem Taschentuch nach.

»Du verstehst nicht. Ich hätte heute einen Vortrag zum Thema Gewaltprävention in der James-Hobrecht-Grundschule halten sollen. Die wollten eigentlich noch einmal anrufen und mir die Nummer des Klassenzimmers durchgeben, haben sie aber nicht.« Als Bördensen nicht reagierte, ergänzte er unwillig: »Dorfner hat den Anruf abgefangen, weil ich gestern im Archiv war. Begreif das doch endlich.« Stiesel griff sich seine Jacke.

Auch Bördensen stand auf. »Dann wollen wir mal, solange die Schule noch steht.«

Als die beiden Ermittler sich in der James-Hobrecht-Schule zu Klassenzimmer 212 durchgefragt hatten, deckte sich die Situation mit ihren Erwartungen. Der Boden war bedeckt mit zerbrochenen Stühlen und Bänken, von der Decke, die mit Einschusslöchern übersät war, fielen Brocken von Putz. In der hinteren Ecke saßen zweiundzwanzig gefesselte und geknebelte Schulkinder und eine Lehrerin. Dorfner hatte sich bis auf seine gelbe Leopardenunterhose ausgezogen und kämpfte mit dem Nunchaku gegen eine Armee unsichtbarer Gegner. Währenddessen deklamierte er: »Wenn ihr siegen wollt, müsst ihr den inneren Kämpfer in euch wecken. Wenn ihr die Gewalt überwinden wollt, müsst ihr den inneren Frieden finden. Lasst Friedfertigkeit siegen.« Mit einer schnellen Bewegung schleuderte er einen Stuhl aus dem Weg. Dieser krachte in die Wand neben der Tür. Bördensen und Stiesel pflückten sich die Holzsplitter von den Jacken.

»Feierabend, Dorfner«, sagte Stiesel. Er ahmte Dorfners tänzerische Bewegungen so lange nach, bis er synchron mit ihm war und entwand ihm dann das Nunchaku.

»Ach Stiesel, du.« Dorfner lächelte zu den gefesselten Kindern hinüber. »Ihr wart ein wunderbares Publikum, aber jetzt muss ich leider gehen. Wenn ihr versucht, zur Täuschung der Behörden die Adresse zu wechseln, wird euch das S.W.A.T.-Team bis ans Ende der Welt jagen. In diesem Fall werden wir uns wiedersehen, das verspreche ich euch.« Vor sich hinsummend, suchte er sich seine Kampfmontur zusammen. Stiesel und Bördensen befreiten die Gefangenen.

14

Nach dem Ende ihres Schultags im Rosenhof-Gymnasium spazierten Philomena und Iris am späten Nachmittag gemeinsam die Straße hinunter zum Siegespark.

Iris sagte: »Hast du gesehen, was er heute wieder angehabt hat? Seine Mutter geht wahrscheinlich nachts los und plündert die Container für die Altkleiderspende.«

Philomena kicherte. »Er müffelt nach Mottenkugeln, seine Mutter wird die Sachen doch hoffentlich waschen.«

Die beiden Mädchen sahen sich an, zuckten mit den Schultern und lachten.

»Wahrscheinlich träumt er davon, wie ein Insekt zu riechen«, sagte Iris. »Damit er endlich einen Freund findet.«

»Olfaktorisches Werben!« Philomena konnte kaum sprechen, so sehr musste sie lachen.

»Oh, da fällt mir etwas ein.« Iris Stimme klang rau. »Bei unserem letzten Urlaub gab es auf der Terrasse eine Invasion von geflügelten Ameisen. Die hat mein Vater zertreten. Das hat so gestunken, ich hätte beinahe gekotzt.«

»Igitt.« Philomena rümpfte die Nase.

»Aber wir müssen fair sein, schließlich ist er unser Mitesser, ich meine unser Mitschüler. Boris stinkt nicht eigentlich, er riecht nur mehr als andere Kinder, nicht nur in Chemie.« Iris schnüffelte probeweise nach links und nach rechts.

»Wenn die Insekten Boris nicht mehr lieb haben, kann er sich ja mit Pilzen beschäftigen.«

»Ja, mit Fußpilzen zum Beispiel.«

»Und zum Schluss nennen sie einen Pilz nach ihm.«

»Einen Bovist. Boris, der Bovist.« Iris war den Tränen nahe vor Lachen.

Philomena rieb sich die Nase und nahm einen tiefen Atemzug. »Mann, heute hab ich's aber wieder nötig. Meine Nase juckt.«

»Ach, Philly, du hast eben ein Näschen für das, was gut ist.« Iris hakte sich unter.

Sie betraten den Park durch den Eingang, der sich unterhalb der Siegesnadel befand. Der Weg führte zu einer alten Bank, die einmal rot angestrichen gewesen war. Von dort führte ein gewundener Pfad hoch zu der spitzen Nadel aus Bronze, die an die Siege über Napoleon erinnern sollte. Aber die beiden Mädchen gingen geradeaus Richtung Spielplatz und erreichten bald einen separaten Teil des Parks, den man über einen Laubengang betrat. Dieser war mit Efeu berankt und bot einen leidlich guten Sichtschutz gegenüber Spaziergängern auf dem Weg. Zugleich hatte man einen weiten Überblick. Im Norden erhob sich die gedrungene Kuppe des Schwedenhügels, und geradezu Richtung Westen war der immer noch gesperrte Spielplatz zu sehen. Dahinter blitzten die Fenster der S-Bahn-Züge auf.

Die Mädchen sahen sich um. In der hinteren Ecke des Laubengangs saß ein junger Mann in einer Windjacke. In seinen Ohren steckten Kopfhörer. Er nickte bedächtig mit dem Kopf, ab und zu fuhr er sich über seinen Bartschatten. Als die Mädchen neben ihm auf der Bank Platz nahmen, nahm er die Kopfhörer ab. »Na, Mädels, wieder 'nen langen Tag gehabt?«

Philomena und Iris nickten synchron.

»Ihr wart bestimmt fleißig?«

»Sind wir das nicht immer?« Philomena riskierte ein Grinsen, aber als der Mann an ihr vorbei zu den Birken im Frühlingsgrün sah, schlug sie die Augen nieder.

Eine Weile sagte niemand etwas. Iris zeichnete mit ihren Stiefeletten Sinuskurven in den groben Sand.

Schließlich räusperte sich Philomena. »Wir dachten, du kannst uns vielleicht helfen?«

»Helfen? Ich?« Der junge Mann tat völlig überrascht.

»Helfen, unseren Feierabend mit Leben zu füllen. Du weißt schon.«

»Ach so, ihr braucht Stoff?« Jetzt beugte sich der Mann nach vorn und musterte die beiden Mädchen. »Sagt das doch gleich.«

Iris warf die Haare zurück. »Was denkst du denn, warum wir hier sind, du …«

Philomena knuffte ihre Freundin in die Seite und sagte schnell: »Hör nicht auf sie. Es war anstrengend heute.«

Der junge Mann runzelte die Stirn: »Aber du weißt doch, dass ich schlechte Manieren nicht leiden kann. Du weißt, dass ungezogene Gören immer noch was drauflegen müssen.«

Iris senkte die Lider. »Es tut mir leid, ich wollte dich nicht blöd anmachen.«

»Alles roger in Kambodscha. Ich bin nicht nachtragend. Außerdem seid ihr ja Stammkunden. Das Übliche?«

Die beiden Mädchen nickten hastig. Philomena zog einen Umschlag aus ihrem Ärmel hervor, den sie kurz glatt strich. Der Umschlag lag auf der Bank und gleich darauf unter dem Oberschenkel des jungen Mannes. Der kratzte sich am Hintern, und als er die Hand wieder hervorholte, befanden sich darin drei zusammengerollte Scheine. Er sagte: »Hinter der Bank neben dieser Bank steht eine Buche. Dahinter ist ein Jasminbusch. Was ihr braucht, ist in einem gelben Päckchen. Ich verschwinde jetzt und in fünf Minuten macht eine von euch beiden Pipi im Gebüsch. Danach geht sie auf der anderen Seite heraus, und ihr trefft euch dann draußen. Bleibt sauber, Mädels. Und denkt an die Dosis.«

Er stand auf und schlenderte davon. Kurz bevor er den Laubengang erreichte, steckte er sich die Kopfhörer in die Ohren und verschwand.

»Ich gehe«, sagte Iris. »Ich muss sowieso pinkeln.«

Philomena fragte sich, wie ihr Dealer überprüfen wollte, ob sie sich an die Abmachungen hielten, aber sie hatte das Gefühl, dass mit ihm nicht zu spaßen war. Also sah sie immer wieder auf die Uhr und wartete brav. Sie war ein wenig überrascht, als oben eine hagere Gestalt von der Siegesnadel Richtung Spielplatz lief, kurz davor scharf nach links abbog und genau auf die S-Bahn-Gleise zusteuerte. Dem speckigen Anzug nach zu schließen, musste das Fleming sein. Aber weshalb rannte der Buchhändler hier durch den Park, als wollte er noch einen Zug erwischen? Flemings Laden lag am Mehringdamm, genau in der Gegenrichtung. Die schwarz gekleidete Figur verschwand eine Weile aus Philomenas Blickfeld und tauchte dann als schwarzer Punkt am Horizont auf. Er lief genau in die Sonne eines späten Nachmittags hinein. Als er das Bahngelände erreichte, bückte er sich, kletterte unter dem Zaun hindurch und war verschwunden. Philomena stand auf. Ihr Mund war trocken. Sie zwang sich, nicht zu rennen.

Iris ließ kurz eine Ecke des gelben Umschlags aufblitzen, und am Ostausgang, neben dem sich der nie benutzte U-Bahnhof befand, der *Siegespark* hätte heißen sollen, opferten sie fünfzig Cent für eines der vollautomatischen Toilettenhäuschen. Den westlichen Teil des Parks mieden sie, dort befand sich der Laden von Philomenas Mutter, die ständig im Park unterwegs war. Genüsslich teilten sie ihre Beute. Dieser Abend und einige weitere waren gerettet. Und es waren faire Preise, auch wenn es die letzten beiden Male teurer gewesen war. Erhöhter Beschaffungsaufwand hieß das.

Als Philomena später die Wohnung betrat, war es still. Gehorsam stellte sie ihre Schuhe in das Regal in der Diele und lief auf Socken durch die große Wohnküche zu ihrem Zimmer. Im Abendlicht schwebten die letzten Bienen des Tages herbei. Freya schlief. Philomenas Schwester war blass und lag auf dem Rücken, sie sah vollkommen erschöpft aus. Philomena wunderte das nicht. Sie erinnerte sich noch genau an die Kräfte zehrenden Wochen, bevor sich Rosenhof für sie entschieden hatte. Philomena hatte damals kaum geschlafen und rapide abgenommen.

Als sie in ihrem Zimmer stand, sperrte Philomena sofort hinter sich ab. Ihre Mutter war anscheinend aufgehalten worden. Eigentlich war sie um diese Zeit schon längst zu Hause und kochte. Aber heute war doch die Einweihung des neuen Schulgebäudes gewesen, an der Philomena leider hatte teilnehmen müssen. Tote Ameisen zu zählen war spannender, als eine Rede von Direktor Vogeler zu hören, auf den ihre Mutter sehr schlecht zu sprechen war. Philomenas Vater hatte eine Professur für Ethik und Moral Management. Wie so oft war er auch heute auf einer Podiumsdiskussion, auf der er wie so oft dafür plädieren würde, dass Eltern sich stärker bei der Wertevermittlung einbringen und im Leben ihrer Kinder präsent sein sollten. Da Freya schlief, konnte Philomena sich in aller Ruhe den frisch erworbenen Genüssen hingeben.

15

Von außen sah das Jugendlabor baufällig und heruntergekommen aus. Es war ein Flachbau, an den Schmalseiten war die angegraute Farbe zu sehen, die früher einmal weiß gewesen war. Als das Haus an der Crellestraße errichtet worden war, verliefen hier Geistergleise, und Birken waren schnell und weiß wie Pilze gewachsen, zwischen Stellhäuschen mit schadhaften Dächern und rostenden Weichen. Heute donnerte alle paar Minuten ein Zug vorbei, aus Hennigsdorf nach Teltow oder von Blankenfelde nach Bernau. Jedes Mal klirrten die Handvoll Tassen in der kleinen Teeküche. Manchmal fiel über Nacht eine aus dem Regal, dann stieß die Reinigungskraft einen Fluch auf Bulgarisch aus. Sechzig Jahre alte Bäume waren immer noch auf dem Gelände zu finden, auch Heilkräuter und seltene Blumen.

Auch das Jugendlabor war immer noch da, es war sogar renoviert worden. Wie ein Passagier ohne Platzkarte, der zwischen zwei Plätzen sitzt, hockte es halb auf dem an dieser

Stelle sehr breiten Bürgersteig und ragte mit dem rückwärtigen Gebäudeteil halb in das S-Bahn-Gelände hinein. Die Vorderfront war überzogen mit verwegen gesprühten großen Namen: *Fritz Haber* stand da in kunstvoll verschlungenen Buchstaben, *Linus Pauling* und *Marie Curie* in einem knalligen Rot.

Cem Pollinger sah kurz auf die Wanduhr, dann aus dem Fenster. Lange konnte er nicht mehr bleiben, er musste nach Hause. Das Jugendlabor würde bald schließen, und er musste seinen Arbeitsplatz noch saubermachen. Cems Eltern legten großen Wert auf eine pünktliche Heimkehr. Vor zwanzig Uhr durfte er sich mehr oder weniger dort aufhalten, wo er wollte, weil er *ja schließlich keinen Unsinn machte*, wie Cems Großmutter seinen Eltern gern und oft erklärte. Der merkwürdige Polizist an diesem Morgen hatte Cems Zeitplan über den Haufen geworfen. Dieses eine Experiment musste er noch zu Ende bringen. Er würde einfach die Abkürzung nehmen. Anstatt hoch zur Brücke und auf der anderen Seite wieder nach unten zu rennen, würde er quer über die Gleise laufen. David und Cem hatten das schon so oft gemacht, dass sie die Fahrpläne auswendig wussten. Wenn das jemals rauskam, würde es richtig Ärger geben, aber wenn Cem zu spät kam, würde es auch Ärger geben.

Philipp, der an diesem Abend die Aufsicht im Jugendlabor hatte, wollte Cem beim Aufräumen helfen. Aber Philipp war verschwunden. Vermutlich telefonierte er wieder mit seiner Freundin. Wann immer Philipp sein Handy zückte und »Hallo, Gummibärchen« hineinflötete, folgte ein langwieriges Gespräch, in dem mindestens einmal der Satz »So mein ich das gar nicht!« fiel.

Cems Traumfrau sollte hyperintelligent sein, alle Elemente des Periodischen Systems auswendig können und am liebsten eine Laborschutzbrille und einen weißen Kittel tragen. Bisher war sie Cem noch nicht begegnet, aber im Moment war der Test eh wichtiger. Cem betrachtete seine Versuchsanordnung. Unter der Dunstabzugshaube stand eine kleine Glasschüssel mit Tabakresten, die er im Wärmeschrank vorgetrocknet und zerrieben hatte. Die Filter lagen säuberlich abgeschnitten in einem anderen Schüsselchen auf dem Arbeitstisch zusammen mit Teppichmesser und Schneidebrett. Daneben lag ein aufgeschlagenes Chemiebuch, dessen Ränder eng bekritzelt waren. Über dem Waschbecken, das sich an der Stirnseite der säurefesten Arbeitsplatte befand, lag der Greifarm.

Cem wollte die Inhaltsstoffe des Tabakrauches nachweisen, das Teufelszeug war ein dankbarer Versuchsgegenstand. Kohlenmonoxid, Methanol, ja sogar Blausäure waren darin zu finden. Und natürlich Nikotin. Wenn er den Spielplatz schon vom Müll befreite, dann war es nur logisch, dass er seine Schätze hinterher gründlich analysierte. Da sich im flüchtigen Tabakrauch das Nikotin nicht nachweisen ließ, musste er den Rauch durch eine Flüssigkeit leiten, dann ließ sich die Masse des darin abgelagerten Nikotins messen. Mit einem Bleistift in der Hand ging Cem noch einmal seine Versuchsanordnung durch, als er hörte, wie jemand die Treppe herunterkam. Das musste Philipp sein.

Philipp steckte sein Handy in die Tasche und schüttelte den Kopf. Doreen verstand ihn einfach nicht. Philipp machte das hier alles für sie, für sie und die Kinder, die sie später einmal haben wollten. Vor allem diese Kinder. Sie würden in einer besseren Umwelt, in einer gesünderen Stadt aufwachsen. Dieses Labor war seine Welt, sein Projekt, sein Baby, so lange, bis die anderen kommen würden. Und er war unabkömmlich an Abenden, an denen talentierte junge Aktivisten die hervorragende Infrastruktur des Labors bis zur letzten Minute ausnutzen wollten. Kinder wie Cem, der zwar erst zwölf war, aber den Philipp getrost auch mal allein lassen konnte, weil es Klärungsbedarf zwischen ihm und seiner Freundin gab. Natürlich wäre Philipp heute auch gern Eis essen gegangen, an einem warmen Frühlingsabend wie diesem. Aber es war ein Dienstagabend, und er hatte Labordienst. Genauso wie am Donnerstag, das waren seine beiden Abende. Gern schaute er an den anderen Tagen auch einmal im Labor vorbei. Dann konnte er mit

Thomas ein Schwätzchen halten. Thomas war ein ehemaliger Chemiestudent, der nach vier Semestern auf Erzieher umgesattelt hatte. Er war quasi Philipps Boss. Thomas machte den ganzen Bürokram, er wies die Putzkräfte ein, holte Handwerker und bestellte die Chemikalien. Philipp half den Kindern bei ihren Experimenten und passte auf, dass sie nicht aus Versehen eine Bombe bauten.

Es war Zeit, aufzuräumen und nach Hause zu gehen. Cem war bestimmt noch nicht fertig, der blieb oft bis zur letzten Minute. Als Philipp zum Treppenabsatz kam, spürte er den Lufthauch. In der kleinen Bibliothek war das Fenster geschlossen. Aber in der Teeküche war die Tür in den Hof nur angelehnt. Das war merkwürdig. Er hatte zwar heute Nachmittag dort draußen gesessen und einen Kaffee getrunken, während er mit Doreen telefonierte, aber danach hatte er die Tür abgeschlossen, das machte er grundsätzlich so. Philipp blickte sich in dem kleinen Hof um. Da standen ein Campingtisch und drei Klappstühle, ein alter Maschendrahtzaun, der nur noch von dem Efeugestrüpp aufrecht gehalten wurde und an mehreren Stellen beschädigt war, bildete die Grenze zu den Gleisanlagen.

Philipp öffnete die Tür zum Labor. Auf der Arbeitsfläche stand ein Kanister mit Ameisensäure. Hinter dem Arbeitstisch ragten zwei dünne Beine hervor. Automatisch drückte Philipp auf den Knopf für das Gebläse. Das hätte eigentlich laufen müssen. Aber weil es so laut brummte wie ein Flugzeugmotor und allen auf die Nerven ging, hielten sich nicht alle Kinder konsequent an diese Regel.

»Nein«, flüsterte Philipp. »Bitte nicht, Cem.« Er beugte sich über den gekrümmt daliegenden Jungen. In dem Kunstlicht wirkte Cem völlig leblos. Aber dieses Licht ließ einen auch leblos aussehen, wenn man feixend hinter dem Arbeitstisch stand. Doch Cem sah nur leblos aus. *Cem ist noch nicht tot, nur ohnmächtig*, dachte Philipp.

16 Polizeiobermeister Lothar Wilke zückte seine Digitalkamera und fotografierte ein neues Graffiti: *I'm the Tagman* verunzierte in ein Meter hohen Lettern eine der letzten offenen Brandmauern in Schöneberg. Hier in der Langenscheidtstraße gab es längst nicht so viele Graffitis wie um die Ecke in der Crellestraße. Die Crellestraße verlief entlang der S-Bahn und war dadurch anonymer. Seit einiger Zeit kartographierte Wilke die Graffitis in seinem Kiez. Er kategorisierte sie nach Farbkombinationen, Linienführung und natürlich nach den Tags. Bei einem besonders aktiven Sprayer hatte Wilke sogar feststellen können, wann ihm das Orange ausgegangen und er zu Grün gewechselt war. Erwischt hatte er den Fassadenschmutzfink trotzdem nicht, dafür aber einen Neuling, der sich zur Premiere die Fassade des Hauses gegenüber seiner Wohnung ausgesucht hatte. Vor allem die jungen Täter fingen erst einmal in unmittelbarer Nähe an, bevor sie dann mit der S-Bahn entlegene Industrieruinen oder andere spektakuläre Orte aufsuchten.

Wilkes Telefon läutete, es war die Notrufzentrale. Im Jugendlabor hatte es einen Unfall gegeben, Verdacht auf Kohlenmonoxid-Vergiftung. War das Opfer noch am Leben? Das war unklar. Wilke spurtete los, das Labor war gleich um die Ecke. Kurz darauf stand er im Keller.

»Bitte warten Sie draußen, ich werde gleich mit Ihnen reden«, sagte er zu Philipp Schwede.

Almut Pollinger wurde langsam sauer. Cem war jetzt eine Dreiviertelstunde überfällig. Auch wenn er jeden Tag seinen kleinen Beitrag zur Rettung der Welt leistete, das durfte er sich doch nicht herausnehmen. Sie und Richard hatten den Abend so schön geplant. Marie bekam ihr Abendessen mit Cem zusammen um acht, dann konnten die beiden noch miteinander spielen, dann ging Marie schlafen, und Cem machte etwas mit seinem Vater. Richard war dann gerade mit der Küche fertig. Und Almut hatte Zeit, neue Objekte zu entwerfen. Schon seit langem hatte sie diese Idee für ein Stück aus Silber. Aus einem massiven Ring entsprossen drei filigrane Verlängerungen, von denen jede mit einem zarten Stück Emaille gekrönt wurde. Für ein Paar, das sein erstes Kind bekommen hatte. Oder für Menschen, die in einer glücklichen Dreierbeziehung lebten. Morgen, wenn Marie bei der Tagesmutter war, hatte sie einen Prototyp anfertigen wollen. Aber Cem hatte sie versetzt.

»Kannst du bitte noch einmal mit ihm reden«, sagte Almut zu Richard, der Marie auf seinen Bauch gelegt hatte. Vater und Tochter machten Furzgeräusche, zurzeit war das ihr Lieblingsspiel.

Da sie jetzt eh nichts Vernünftiges zustande brachte, sah sich Almut das Merkblatt für das Auswahlverfahren an der Rosenhof-Schule noch einmal an. Kompliziert genug war es ja. Erst hatte Cem sich schriftlich beworben. Er musste eine Mappe einreichen und lauter Fragen beantworten. Seine Stärken, seine Schwächen, seine Wünsche, sein Lieblingsgericht, sein Lieblingsort, sein Lieblingskleidungsstück. Dazu kam ein medizinischer Check-up samt Allergietest. Und eine Erklärung, was er glaube, der Rosenhof-Schule geben zu können.

Nach Wochen langen Wartens war dann der Bescheid gekommen, dass Cem in der engeren Vorauswahl war. Das war schon ein Erfolg, denn für jedes Kind, das in die Vorauswahl kam, wurden drei andere abgelehnt. Jetzt stand das entscheidende Treffen der Auswahlkommission kurz bevor. Zwei Kilometer weiter gab es eine Schule, die keine Fragen stellte. Die suchte händeringend Schüler. Aber am Tag der offenen Tür hatte man gesehen, warum.

Dann gab es noch eine dritte Schule, bei der Cem mit eigenwilligen Fächerkombinationen – Russisch und Hauswirtschaft zum Beispiel – noch hätte reinrutschen können. Aber Cem und das Rosenhof, das passte. Auch wenn Almut aus seinen Nebenbemerkungen gelegentlich entnehmen konnte, dass ihr Sohn manchen seiner Mitschüler auf die Nerven ging, mit seiner planvollen Vorgehensweise und seiner Ernsthaftigkeit. Im Rosenhof würden sie Cem dann hoffentlich auch Pünktlichkeit beibringen. Das war auch eine Frage in der Bewerbung gewesen: *Bist du pünktlich?*

Die Türglocke ging. Wenn das Cem war, dann hatte er seinen Schlüssel verloren. Auch das noch.

»Guten Abend, Wilke ist mein Name. Sind Sie die Mutter von Cem Pollinger?«

Als Almut die Polizeiuniform sah, begann sie unkontrolliert zu zittern. Der Mann kam nicht, weil Cem etwas ausgefressen hatte. Cem fraß nichts aus. Sie senkte den Kopf.

Als sie ins Wohnzimmer geschlichen kam, wechselte sie einen Blick mit Richard, der sich erhob. Mit Marie im Arm umarmten sie sich und weinten.

Viel später in der Nacht lagen Almut und Richard still, Hand in Hand im Bett, Marie als verschwitztes kleines Bündel zwischen ihnen. Ihre kleine Tochter schmatzte und fiepte im Schlaf. Almut ließ sich das Gespräch wieder und wieder durch den Kopf gehen. Dieser Wilke hatte sich alle Mühe gegeben. Er hatte sich jeglichen Sülz von einem schmerzlosen Tod gespart, sondern einfach berichtet. Cem hatte mit Zigarettentabak experimentiert, davon hatte er beim Frühstück noch erzählt. Er hatte das Gebläse der Dunstabzugshaube nicht eingeschaltet. Cem und die anderen Kinder im Jugendlabor hatten sich sogar eine Zeichensprache ausgedacht, um beim Lärm des Ventilators miteinander zu kommunizieren. Um das Nikotin nachzuweisen, brauchte man Ameisensäure. Die Flasche stand geöffnet auf dem Tisch. Aus irgendeinem Grund hatte Cem dann seinen Nikotinversuch abgebrochen und stattdessen mit der Ameisensäure experimentiert. Jedenfalls stand Schwefelsäure auch auf dem Tisch. Außerdem, und angesichts dieser Tatsache durchrollte Almut eine Woge vollständiger Erschöpfung, hatte dieser Philipp vom Labor Cem mehr als eine halbe Stunde allein gelassen. Er hatte mit seiner Freundin gequatscht. Almut empfand keine Wut auf diesen Kerl, den Cem auch schon erwähnt hatte. Lobend erwähnt hatte, weil Philipp Cem eine Menge zeigte und ihn selbständig hatte arbeiten lassen. Nichts hasste Cem mehr, als wenn man ihn wie einen kleinen Jungen behandelte. Er war doch schon zwölf. Zwölf. Almut fing wieder an zu weinen. Die Leiche konnten sie erst morgen sehen.

Sie dämmerte in einen unruhigen Schlaf, sah im Traum ihren neugeborenen Sohn in seinem ersten Bettchen, dann als Zwölfjährigen im Kinderwagen, der Furzgeräusche mit den Lippen machte und sie anlachte, dann auf die Seite gekuschelt in einem Sarg. *Cem braucht ein neues Bettchen.* Jedes Mal, wenn Almut aufschreckte, fing sie sich in Richards Blick, der sie so unbewegt ansah, dass sie sich nicht sicher war, ob er mit offenen Augen schlief.

17

Auch Philomena Morgenitz fand lange keinen Schlaf in dieser Nacht. Zunächst hatte sie sich ganz der kleinen Belohnung aus dem Park gewidmet. Dann war ihre Mutter nach Hause gekommen und hatte von der Einweihungsfeier berichtet. Daniela Morgenitz hatte sich über den schrecklichen Buchhändler aufgeregt, vor allem darüber, dass Sebastian Fleming auch in Freyas Schule regelmäßig auftauchte. Philomena sagte nichts über ihre Beobachtung vom Nachmittag. Das hätte sie in Verlegenheit bringen können. Und sie war sich nicht sicher. Fleming sah so aus, als habe er meistens die Schattenseiten des Lebens gesehen, Philomena wollte ihm nichts anhängen. Außerdem hatte Fleming schöne Hände, trotz des fehlenden Fingers. Für ihre Mutter war der Mann ein rotes Tuch, was auch mit ihrem speziellen Verhältnis zu Jablonka und Direktor Vögelchen zu tun hatte.

Nach dem Abendessen musste Philomenas Mutter etwas für die bevorstehende Sitzung des Auswahlausschusses vorbereiten, etwas später kam der Vater nach Hause. Wolfgang Morgenitz sah sich auf dem Sofa zusammen mit Philomena die Spätnachrichten an.

Als Philomena schon im Bett lag, läutete ihr Handy noch einmal. Es war Iris.

»Wir sind verpfiffen worden«, flüsterte sie atemlos. »Jemand hat anonym bei meiner Mutter angerufen. Sie hat mein Zimmer durchsucht. Sie weiß alles.«

Philomena stieß einen Fluch aus. Die Mutter von Iris war Rechtsanwältin. Sie würde ihnen die Hölle heiß machen.

»Sie sagt«, Iris schluchzte am Telefon, »ich darf im Sommer nicht nach England.« Iris hatte einen Praktikumsplatz im britischen entomologischen Institut bekommen. Das große Los, für jedes Mädchen, das gern mit Käfern spielt.

»Hat sie es schon weitererzählt?«

»Du meinst, ob sie deine Mutter schon angerufen hat? Sie hat es öfter versucht, aber niemand erreicht. Jetzt meint sie, dass du es deiner Mutter sagen sollst.«

Schlaues Biest, diese Mutter von Iris, dachte Philomena. Das musste sie jetzt durchstehen. Man flog ja nicht gleich von der Schule wegen dem bisschen Stoff. Aber es war kein leichtes Jahr für ihre Mutter gewesen.

»Hast du eine Idee, wer es gewesen sein könnte?« Iris hatte sich wieder etwas beruhigt.

»Das war bestimmt eines dieser Kinder, die beim Rosenhof abgeblitzt sind und jetzt meiner Mutter die Schuld dafür geben.« Nach dem Ende des Gesprächs sammelte sich Philomena, bis sie den Mut gefunden hatte, reinen Tisch zu machen.

Ihre Mutter hatte es nicht gern, wenn sie am Schreibtisch gestört wurde. Daniela Morgenitz hatte eine Reihe brauner Aktenordner vor sich liegen und war völlig vertieft. Als Philomena leise herantrat konnte sie *Sophie Bürger* oben auf einem Schriftstück entziffern, den Namen von Freyas Freundin. Auch Sophie hatte sich beim Rosenhof beworben. Ihre und Freyas schulischen Wege würden sich im neuen Schuljahr trennen.

»Was schleichst du denn hier herum?« Der Mund von Daniela Morgenitz war ein schmaler Strich. Sie rieb sich das rechte Handgelenk.

In knappen Sätzen legte Philomena ein Geständnis ab und schob gleich eine Entschuldigung hinterher. Das war ihre Generalprobe für das unvermeidliche Gespräch bei Direktor Vogeler morgen. Die Schulleitung hielt sich etwas darauf zugute, das Rosenhof drogenfrei zu halten. Jetzt war ausgerechnet die Tochter der langjährigen Elternbeiratsvorsitzenden der Verlockung verbotener Substanzen erlegen.

Die Miene von Daniela Morgenitz verfinsterte sich bis an die Grenze zur Unkenntlichkeit. Dann zerbrach sie einen fast neuen Bleistift und warf ihn in den Papierkorb.

»Philomena, dein Verhalten ist einfach unmöglich. Mir so in den Rücken zu fallen, nachdem wie mir mitgespielt wurde im letzten halben Jahr.«

Philomena sah zu Boden. Sie schämte sich. Dass dieser Direktor Vogeler, der mehr oder weniger an das Rosenhof strafversetzt worden war, so billig gegen ihre Mutter punkten konnte, wurmte sie mehr als alles andere. Zugleich ärgerte es Philomena, dass ihre Mutter den Vorfall als Erstes schulpolitisch bewertete. Schon ging die Standpauke weiter. Vom Besonderen zum Allgemeinen.

»Du weißt, dass wir nicht einfach unsere eigenen Regeln aufstellen können, und einen Fall von Notwehr kann ich auch nicht erkennen. Aber wenigstens erfahre ich das alles von dir und nicht von Direktor Vogeler. Warum bist du mit deinen Problemen nicht zu mir gekommen?«

Weil du nie Zeit hast, wenn die Auswahlverfahren laufen, dachte Philomena. Laut sagte sie: »Ich habe nicht wirklich Probleme, es war vor allem Neugier. Lust am Verbotenen.« Den Satz konnte sie bei Vogeler bestimmt auch anbringen, den sollte sie sich merken.

Schließlich kam ihr Vater noch dazu, fragte, warum Philomena nicht zu ihm gekommen war. Wolfgang Morgenitz wartete die Antwort nicht ab und hielt Philomena stattdessen ein dünnes Buch unter die Nase. »Vor dem Einschlafen immer ein paar Seiten, das wird dir helfen, dich wieder klar zu orientieren.«

Jetzt lag Philomena wieder im Bett und wäre auf der ersten Seite schon beinahe zweimal eingeschlafen. Wobei ihr mehr Schlaf auch nicht geschadet hätte. Das Schulfest stand bevor, und der Musikwettbewerb auch. Immer war es so verdammt viel. War es doch mehr als nur Neugier? Im Abschlussjahrgang gab es drei Mädchen, die teilten sich von dem Geld, das sie durchs Jobben verdienten, eine Sekretärin. Aber die wichtigen Sachen konnte einem niemand abnehmen: Vokabeln lernen und zum Friseur gehen.

Philomenas Kopf fiel nach hinten, das Büchlein *Total Ethik Workout* glitt ihr aus der Hand. Das Licht auf dem Nachttisch brannte die ganze Nacht.

18

Fred war wie vor den Kopf geschlagen. An diesem Morgen hatte sie bei Cem angerufen, weil sie noch ein paar Fragen zu ihrem Aufsatz zu Hobrecht hatte. Als sie die alte Frau am anderen Ende der Leitung hörte, dachte sie zuerst, Cems Großeltern seien zu Besuch gekommen. Bis ihr klar wurde, dass es Almut war, mit der sie sprach. Sie erzählte Fred mit einer grauen, brüchigen Stimme, was passiert war. Almut musste zusammen mit Richard jetzt in die Leichenhalle fahren, um Cem zu sehen. Und ein Beerdigungsinstitut suchen, einen Tag vor Frühlingsanfang. Als Fred es ihrer Mutter erzählte, fiel dieser der Löffel aus der Hand, mit der sie gerade Lina fütterte. »Vergiftet«, hauchte Corinna und starrte auf ihre Kaffeetasse, als sei darin Grund für alles Elend in der Welt verborgen.

Aber das Leben machte keine Pause. Die Kinder strömten durch das Schultor in ihre Klassenzimmer. Die Schulglocke schlug, und die erste Stunde begann.

In der Pause suchte Fred nach David, der die ersten beiden Stunden wie in Trance Matheaufgaben gelöst hatte und nicht ansprechbar gewesen war. Er wusste es also auch schon. Fred fand ihn im Klanggarten, ganz hinten im Schulhof. Direkt daneben befand sich das Gewächshaus des Rosenhof-Gymnasiums, dessen Stirnseite auch die Grenze zwischen beiden Schulhöfen bildete. Es stand hier kein Zaun. Im Klanggarten waren Instrumente, die aus Pflanzen und Pflanzenteilen bestanden. Es gab eine Panflöte aus Bambus, deren größte Pfeife fast so lang war wie Fred. Es gab ein Schlagzeug, bei dem Scheiben von Baumstämmen die Becken und die Baumstämme selbst die Trommeln bildeten. Auf einem ausgehöhlten Baumstamm konnte man trommeln, und Kürbisse gefüllt mit Erbsen, Reis und Kichererbsen dienten als riesige Rasseln.

David stand auf Zehenspitzen vor der Panflöte und erzeugte einen langen klagenden Ton. Fred setzte sich auf eine Bank und schwieg. Schließlich drehte sich David um.

»Es tut mir schrecklich leid, dass Cem tot ist«, sagte Fred. »Ich habe ihn auch sehr gemocht.«

David setzte sich neben sie: »Immer wenn ich richtig krank war, hat er mich getröstet. Er hat mir erzählt, wie wir unseren dreißigsten Geburtstag zusammen feiern werden. Kannst du dir das vorstellen, ich und dreißig. Im Leben hätte ich nicht gedacht, dass er vor mir sterben könnte.«

»Man hört das immer nur im Fernsehen.« Fred legte ihre Hand auf die von David. »Kind überfahren, Kind ermordet. Aber hier bei uns: Anna ist weg, Cem ist tot.«

»Ich glaube, jemand hatte es auf die beiden abgesehen. Weil sie ihm im Weg waren auf dem Weg nach nebenan.« David nickte zum Gewächshaus hinüber.

Fred schüttelte den Kopf. »Das ist nicht dein Ernst.«

»Doch, das ist mein Ernst. Wir sind in Gefahr.«

»Und wer bitteschön hat es auf uns abgesehen?«

David schwieg eine Weile. »Jemand, der am Ende der Warteliste steht und der immerzu meint, die Welt gehöre ihm allein.«

»Du meinst …?«

»Ja, ich meine Robert.«

»David, du übertreibst vollkommen.« Fred griff seine Hand fester. »Robert ist eine Nervensäge, aber er bringt niemand um. Es war ein schrecklicher Unfall.«

Zabriskie hatte die Nase voll von den Sandkastenspielen. Sie war Kriminalkommissarin, keine Höhlenforscherin. Gestern Nacht war eine vierundachtzigjährige Frau in ihrer Wohnung erschlagen worden. Es gab eine Leiche, es gab eine Küche voller Blut. Die Geldkassette war aus dem Wohnzimmerbüfett verschwunden, ebenso wie der chronisch klamme Enkel, der im Moment der einzige Verdächtige war. Bördensen hatte ihr das heute Morgen bereits durchgegeben. Zabriskie wollte Gewaltverbrechen aufklären und nicht in unterirdischen Gängen nach Kindern suchen.

In der U-Bahn auf dem Weg ins Büro studierte sie gewohnheitsmäßig die Schlagzeilen der Zeitungen in ihrer Umgebung. Links von ihr war eine Fähre in Bangladesch gekentert, zweihundert Tote. Das war Vermischtes. Genau vor ihr ging es um einen Musterprozess, bei dem geklärt werden sollte, wie nahe Gartenzwerge am Grundstück des Nachbarn stehen durften. Der Boulevard machte heute mit einem Erdrutsch auf. Vermutlich Spanien, vermutlich Campingplatz. Moment Mal, Zabriskie sah ein zweites Mal hin: *Hier kämpft die kleine Anna (11) um ihr Leben!* Das war ein Krater, das war *der* Krater. Das Foto war verwaschen, die typische Hypervergrößerung, die es möglich machte, den verrutschen BH der Thronfolgerin, die teure Uhr am Handgelenk des Hartz-IV-Empfängers als verpixelten Pflatschen der Öffentlichkeit zu präsentieren. In diesem Fall war es das gleiche Foto zweimal. Klein als Insert zeigte es den Krater in der Buddelkiste. In der Großfassung, die die Titelseite fast vollständig einnahm, beschränkte sich der Ausschnitt auf die Spitze des Kraters. Oberhalb davon lag ein Kind in blauer Kleidung auf dem Sand, an dessen Rand die Schaulustigen zu einer konturlosen Masse verschwammen. »Entschuldigung, darf ich mal bitte?« Zabriskie zückte ihren Dienstausweis und nahm einem älteren Mann, während er las, die Zeitung weg.

»Hey, was erlauben Sie sich denn? Was ist mit meinem Recht auf informationelle Selbstbestimmung?«

»Geht gleich weiter«, sagte Zabriskie. Sie überflog den Artikel: »… Exklusivfotos von der Unglücksstelle … Experte vermutet schleichende Baumängel … Möglicherweise Hunderte von Spielplätzen gefährdet.« Der Fotograf war ein Robert Bittner. Von der Perspektive her hätte er oben in der Kletterspinne sitzen müssen. War er gerade zufällig da gewesen, weil er eine

Reportage über Spielplätze machte? Nein, hier stand es ja: *Robert Bittner, ein Klassenkamerad der verschwundenen Anna W., zeigte große Geistesgegenwart, als ihm diese spektakuläre Aufnahme gelang. »Anna war eine von uns, ich hoffe, sie kommt bald wieder«, äußerte er sich zu dem Unglück.*

Zabriskie gab die Zeitung zurück. Ein Mitschüler. Was war denn das für ein Früchtchen, das Fotos einer verschwundenen Mitschülerin an eine Zeitung weitergab?

Bevor die Pause zu Ende war, suchte sich Kevin Knott eine möglichst ruhige Stelle im Hof der Hobrecht-Schule und wählte die Nummer seines Vaters. Nachdem ihn die Sekretärin durchgestellt hatte, konnte Kevin seine Stimme kaum unter Kontrolle halten: »Wir werden das Projekt Rosenhof beenden, sofort.«

»Was ist denn passiert?«, wollte sein Vater wissen.

»Was passiert ist? Cem Pollinger ist tot. Das ist ein Junge aus meiner Klasse. Das zweite Kind aus unserer Klasse, dem etwas zugestoßen ist. Ich will nicht mehr in diese Wohnung gehen, zu dieser schrecklichen Frau, die ihr bezahlt.«

»Cem. Ist das der Junge, der Müll sammelt, um sich beim Rosenhof einzuschleimen?«

»Nein, das hat er nie gemacht ... Er hat Müll gesammelt, aber nicht deswegen. Er hatte gestern einen Unfall. Drüben im Jugendlabor.« In das Kevin allein nicht gehen durfte. »Ich hab genug davon, mich dauernd zu verstellen und meine Freunde anzulügen. Die Vorstellung macht mich krank, dass ich vielleicht diesen Platz bekomme, weil Cem gestorben ist.«

»Siehst du, Kevin, jetzt verstehst du wohl, warum wir, deine Mutter und ich, dich nicht alleine in diesem Jugendlabor spielen lassen wollten.« Kevins Vater Matthias hatte eine telefonerprobte Stimme.

»Darum geht es jetzt gar nicht. Außerdem spielt man da nicht, sondern kann richtige Experimente machen. Ach, egal, das versteht ihr sowieso nicht.«

»Ich bitte dich, Kevin, du solltest dir die Sache mit Cem nicht zu sehr zu Herzen nehmen. Auswahl gehört zum Leben dazu.

Damit du gezeugt werden konntest, sind zweihundert Millionen Spermien leer ausgegangen.«

Kevin schüttelte den Kopf. Am liebsten hätte er das Handy auf den Boden geworfen. »Aber dieses eine Spermium hat nicht monatelang unter einer falschen Adresse gewohnt. Ich geh da nicht mehr hin. Ich schlafe heute Abend in meinem Bett, in meinem alten Zimmer, hörst du mich.«

»Wir werden gemeinsam darüber reden. Aber du musst auch an deine berufliche Zukunft denken.«

»Die steht seit gestern fest. Ich gehe zur Polizei und werde Spezialist für Geiselbefreiungen.«

»Wie bitte? War jemand von der Berufsberatung bei euch?«

»Was? Berufsberatung. Ja genau, Papa. Bis heute Abend. Ich hab dich lieb.«

19

»Ich kann dir gar nicht sagen, Moni, wie froh ich bin, dass wir endlich hier sind. Sieh dir das an. Das hätte uns auch blühen können.« Die Frau mit den blonden Strähnchen im Pony klopfte nachdrücklich auf das Foto des Kraters vom Siegespark und schüttelte den Kopf. »Zustände sind das. Der Bezirk Kreuzberg verfällt von Tag zu Tag mehr und mehr, und wenn so etwas passiert, schieben alle sich gegenseitig die Verantwortung zu.«

»Ja, Vroni, das ist hier alles schon ein bisschen anders. Schau mal, siehst du diese Stelltafel da drüben?« Vronis Begleiterin Moni deutete mit ihrer gebräunten Hand schräg nach links.

»Vor dem Holzspielzeugladen, Moni?«

»Nein, Vroni, ein Stückchen daneben.«

»Beim Apfeldicksaft-Gummibärchen-Paradies, Moni?«

»Ja, genau, Vroni. Da steht, woher der Sand hier kommt. Mit Zertifikat. Und wann er das letzte Mal gewechselt wurde. Mit der Unterschrift vom Tiefbauamt. Und stell dir vor«, sie klopfte auf eine andere Zeitung, »gestern wurde in der Bezirksversammlung über den Architektenwettbewerb abgestimmt.«

»Ach wirklich? Und?«

»Sir Norman Forster wird den Kinderspielplatz umbauen.«

»Ach Moni, das ist ja so ein Glück.« Vroni zückte ihr Handy und tippte schnell eine SMS ein. »Hab's gleich an meinen Dirk geschickt.« Vroni holte tief Luft. »Ich könnte unseren versiegelten Parkettboden küssen. Und zwar in allen Zimmern. Ganz vorsichtig natürlich. Weil er noch neu ist. Gut, es steht natürlich noch alles voll mit den Kisten. Notker-Frodo und Sigrun-Genoveva haben so viele Sachen. Na ja, sie sind eben vielseitig interessiert.«

»Also bei uns ist das eigentlich ganz flott gegangen, aber Joëlle-Phoebe und Heinz-Brüssel haben natürlich auch sehr viel mitgeholfen. Ist ja wichtig, dass sie frühzeitig selbständig werden.«

Vroni und Moni hatten mitten im Getümmel eine Bank ergattert. Am Mittwoch musste man nicht reservieren, da kam man einfach vorbei, ganz spontan, ganz zwanglos, so wie die Stadt eben auch war. Jenseits des schmiedeeisernen Zauns drängelten sich Radfahrer und Kinderwagen gegenseitig fast vom Bürgersteig, und manches garstige Wort war zu hören.

Links von ihnen klappte die kleine Tür auf und zu, ständig kamen neue Kinder herbei. Die Luft war lind, der Sand war weiß, und der Café Latte aus dem Coffeeshop in der Knaackstraße duftete nach den fair gehandelten Bohnen von Pepe Goncalvez y Arribara, dem Bauern, der einmal im Jahr aus Costa Rica hierher zu Besuch kam, weil man schließlich wissen wollte, bei wem man kaufte. Drüben stand die massige Form des Denkmals von Käthe Kruse, der formidablen Schauspielerin. Oder war sie eine Schriftstellerin gewesen? Jedenfalls was mit Kunst. Genau, und Kollwitz hieß sie, nicht Kruse. So viel wusste Vroni immerhin. Kruse war die mit den Puppen. Kollwitz war die mit dem Platz. An dem sie jetzt wohnte. Und eine Freundin hatte sie auch schon gefunden.

Moni saß neben ihr und nippte an ihrem Kaffee. Sie wohnte im gleichen Haus, und ihr Mann Sigbert machte etwas bei der EU. Weshalb der Sohn auch Heinz-Brüssel hieß. Warum auch nicht, wenn die Beckhams ihren Sohn Brooklyn nannten. Die Beckhams wohnten vielleicht in Hollywood und Kensington gleichzeitig, aber nicht am Kollwitzplatz. Vroni war so froh, dass Sigrun-Genoveva und Notker-Frodo auf Anhieb Spielkameraden im gleichen Alter gefunden hatten. Sigrun-Genoveva und Heinz-Brüssel hockten gerade in der Buddelkiste und bewarfen sich mit Sand. So sollte es sein: konstruktiv spielen, zusammenwirken, kommunizieren. Die beiden Großen, Joëlle-Phoebe und Notker-Frodo, turnten auf dem Klettergerüst aus Zuchttropenholz herum. Von hier aus sah es so aus, als stünde Notker-Frodo auf der Hand von Joëlle-Phoebe, aber im Eifer des Spiels konnte das schon einmal passieren. Wenn sie dann mit erhitzten, geröteten Gesichtern, Arm in Arm zur Bank geeilt kamen und sich an ihrer ökologisch angebauten Passionsfrucht-Physalis-Kaltschorle aus der Magdeburger Börde labten, war jeglicher Zwist gewiss schon wieder vergessen.

»Neiß-Nüssel«, sagte Sigrun-Genoveva und schenkte dem kleinen Jungen neben sich noch ein Schäufelchen Sand ein.

»Eins-Rüssel, Eins-Rüssel«, artikulierte Sigrun-Genovevas Gegenüber und spuckte aus. Wer war dieser böse Dämon mit den beiden stramm gebundenen Zöpfen, der ihn pausenlos quälte? Warum brachte Mama ihn nicht in Sicherheit? Sie saß da drüben mit der anderen Mama, zu der das Wesen mit den beiden Zöpfen gehörte, das gerade wieder die kleine blaue Schaufel gefährlich tief in den weichen warmen Sand geschoben hatte. Seit er Gunefa oder wie dieses Wesen auch hieß, kannte, hatte Heinz-Brüssel Angst vor kleinen blauen Schaufeln.

Sigrun-Genoveva deutete nachdrücklich auf ein Bilderbuch aus Plastik, das neben ihr im Sand lag, und tippte mehrmals fest auf ein graues Tier: »Fant Rüssel.« Dann zeigte sie auf den kleinen Jungen: »Du – kein Rüssel.«

Heinz-Brüssel lief rot an und schrie aus Leibeskräften: »Eins-Rüssel.«

»Dein Bruder ist vielleicht ein Schreihals«, sagte Notker-Frodo und schaute zu den beiden Kindern, die in der Buddelkiste saßen.

»Du kannst auch gleich ein bisschen Sand fressen, du Arsch. Du bist mir mit Absicht auf die Hand gestiegen.« Joëlle-Phoebe kratzte eine Handvoll Sand vom Holz und schleuderte sie Notker-Frodo ins Gesicht. Der Junge bekam einen Hustenanfall und krallte sich an dem Vorsprung fest, über dem er gerade hing. Als er wieder Luft bekam, zog er sich nach oben und ließ ein breites Grinsen sehen. »Glaub bloß nicht, dass ich mit dir was zu tun haben möchte. Deine Mutter ist 'ne Tusse, und du kommst aus Kreuzberg. Da möchte ich nicht begraben sein.«

»Ich hatte dort Freunde, du Vollpfosten. Weißt du überhaupt, was das ist, ein Freund?«

»Siehst du, sie reden schon wieder miteinander.« Vroni nahm einen Schluck Kaffee.

»Mädchen reden ja mehr als Jungen«, erwiderte Moni. »In Dänemark gibt es jetzt ein Projekt, da kriegen Kinder ein Gerät mit, das alles aufnimmt, was sie den Tag über sagen. Und wenn sie eine bestimmte Wortzahl nicht erreichen, dann bekommen sie Nachhilfe. Im Reden.«

»Das ist ja fantastisch.« Vroni riss die Augen auf.

Moni beschrieb mit dem ausgestreckten Arm eine weite Bewegung. »Wenigstens seid ihr hier schon ein bisschen näher an Dänemark dran als in Kreuzberg. Geografisch und auch vom Niveau her. Eine Freundin von mir ist gerade schwanger. Seit Mexiko bei der PISA-Studie auf den letzten Platz zurückgefallen ist, gehen die nicht mehr mexikanisch essen. Das spürt ein Kind im Mutterleib, das ist diese besondere Verbindung zur Mutter.«

»Augenblick mal«, sagte Vroni und stellte ihren Kaffee auf die Bank. »Ich glaube, ich muss mal Konfliktmanagement betreiben.« Aus dem Sandkasten erscholl Geschrei. Heinz-Brüssel war gerade dabei, eine Handvoll Sand in den Mund von Sigrun-Genoveva zu stopfen. Vroni kniete sich in den Sand und sagte: »Jetzt hör mal zu, Sigrun-Genoveva. Heinz-Brüssel kann nichts dafür, dass er ein Junge ist. Du musst einfach ein wenig Geduld mit ihm haben. Er kann irgendwann schneller und tiefer buddeln als du, und ihr werdet legendär tolle Burgen zusammen bauen, weil sein dreidimensionales Vorstellungsvermögen sich besser entwickeln wird als deins. Aber im Moment braucht er einfach noch Zeit.« Sie entwand ihrer Tochter die kleine Schaufel.

»Und du«, wandte sie sich zu dem Jungen und reichte ihm die Schaufel, »kleiner Heinz-Brüssel, brauchst dir keine Sorgen zu machen. Mädchen sind beim Spracherwerb in diesem Alter meistens ein bisschen schneller, wie überhaupt. Du hast einen in jeder Hinsicht anspruchsvollen Vornamen. Aber bald schon wirst du um dieses Alleinstellungsmerkmal beneidet werden. Also, nützt diesen Vormittag, um eure Teamfähigkeit zu entwickeln. Gebt euch bitte Mühe.«

Vroni stand auf und wandte sich zum Gehen, als sie das Gleichgewicht verlor und nach vorn stürzte. Es fühlte sich an wie ein Erdbeben. Ihr erster Blick galt dem Klettergerüst, an deren entgegengesetzten Enden Notker-Frodo und Joëlle-Phoebe aneinander vorbeistarrten. Da musste Vroni wohl gleich noch einmal Motivationshilfe leisten. Aber in diesem Moment sackte der Sand in sich zusammen, Vroni fand sich in Schräglage auf dem Bauch wieder und rutschte mit dem Gesicht nach vorn langsam, aber unaufhörlich in einen Trichter, dessen Wände sich im ganzen Sandkasten abzeichneten.

Sie hörte den vielstimmigen Schrei über sich und das Kreischen ihrer kleinen Tochter. Aus den Augenwinkeln sah Vroni, wie sich oben am Rand die Schaulustigen sammelten. Ein Seil klatschte neben ihr in den Sand. *Unbehandeltes Sisal*, dachte sie. Das war bestimmt aus dem Bergsteiger-Laden in der Sredzkistraße. Es war schon toll, was es hier alles gab. Und die Leute waren so unkompliziert und hilfsbereit. Vroni band sich das Seil um ihre Hüften. Da hörte sie unter sich ein Fauchen. Sie blickte in ein riesiges Maul, neben dem zwei Beißwerkzeuge hervorragten. Das Zischen klang wie eine röchelnde Kaffeemaschine, eine von den alten, auf der der Kaffee den Tag über warm gehalten und dadurch bitter wurde. Nicht zu vergleichen mit der Jura Impressa C5 in Schwarz mit der separaten Milchaufschäumdüse.

Das Fauchen wurde höher und endete in einem leisen Quieken. Die Beißwerkzeuge schabten übereinander und klangen wie Metall. Vroni nahm eine Handvoll Sand und schleuderte sie in das Maul. Doch als Vroni den Sand mit beiden Händen in das Maul warf, rutschte sie sofort ein Stückchen nach unten. Dann schnellte der Kopf nach vorn und die beiden Spitzen stachen sie in die Schulter und in die Backe. Vroni wand sich vor Schmerzen, ihr Arm wurde taub. Sie war aufgespießt. Der Kopf ruckte hin und her, und sie konnte alles ganz genau sehen, sogar in den Schlund konnte sie hineinschauen. Auf dem Kopf saßen zwei Antennen und zwei warzenförmige Höcker, die Augen zu sein schienen. Bei jeder Bewegung wurde Vroni von Schmerzen geschüttelt. Das Seil um ihre Hüften ruckte, oben zogen Menschen in die Gegenrichtung, weg von der Bestie im Sand, die Vroni hinabzerrte. Das Tier riss den Kopf nach hinten, und der Stachel in Vronis Schulter brach ab. *Zum Glück bin ich ja privat versichert*, dachte sie, bevor sie ohnmächtig wurde. *Und die Kinder gleich mit.*

20

Jeanette und Andreas Winter saßen am Küchentisch und lasen sich den Artikel über Annas Verschwinden ein weiteres Mal durch. »Ich kann es einfach nicht glauben«, sagte Jeanette. »Dieser kleine blaue Fleck soll unsere Tochter sein? Und morgen kommt eine neue Zeitung raus, und irgendwann kommt dann eine kleine Kurzmeldung …«

»… dass Anna wohlbehalten wieder aufgetaucht ist.« Andreas betrachtete seine Frau durch schmale Augenschlitze. Es sah fies und grimmig aus. Andreas hatte es sehr genau zur Kenntnis genommen, dass Jeanette pausenlos mit Annas Rückkehr rechnete. Jetzt war seine Frau müde. Und da war der riesige Schatten einer traurigen Erkenntnis: Je länger Anna verschwunden war, desto geringer war die Wahrscheinlichkeit, dass sie noch am Leben war. »Diesen … Robert Bittner … Kennst du den?«, fragte Andreas.

Jeanettes leerer Blick, der irgendwo auf dem Küchenboden verweilte, schärfte sich schlagartig. »Dieses Schwein. Dieses Miststück. Ich könnte ihn …«

»Sei vorsichtig, was du sagst. Sonst behauptet noch jemand, du hättest Cem auf dem Gewissen.«

Jeanette zog eine Grimasse, musste aber trotzdem lachen. »Ich könnte diesem Robert erklären, dass man mit Grobheiten nicht pausenlos davonkommt. Was Anna von dieser Kletterspinne erzählt hat. Sie hätte sich das Genick brechen können, so wie er sie herumgeschubst hat.« Jeanette sah ihren Mann an. »Wir könnten uns über diesen Rüpel beschweren. Wir schreiben einen Brief an seine Eltern und sagen, dass uns dieses Foto verletzt hat. Unsere völlig hilflose Tochter auf Seite eins.«

Andreas schüttelte den Kopf und sah zu Boden. »Nein, ich denke, das sollten wir besser nicht tun. Roberts Vater ist Grafikdesigner.«

»Na und. Dann schreiben wir ihm einen besonders schönen Brief.«

»Er layoutet den Jahresbericht vom Rosenhof-Gymnasium. Hat da offenbar einen Draht zum Direktor.«

Jeanette rümpfte die Nase. »Und du meinst …«

»Wir sollten jetzt keinen Konflikt mit anderen Eltern und der Schule starten. Wir haben genug um die Ohren. Wir müssen unsere Kräfte einteilen. Wenn Anna wieder da ist, kann es sein, dass sie ein neues Attest beibringen muss, weil ihr die Zeit unter der Erde bestimmt nicht gutgetan hat. Steht dieser Robert auch auf der Warteliste?«

»Ja, aber auf dem vorletzten Platz.« Jeanette holte scharf Luft. »Du meinst, wenn wir jetzt aufmucken, dann haben sie einen Grund, Robert zu bevorzugen?«

»Kennst du jemanden vom Rosenhof-Gymnasium? Außer der Sekretärin, die uns diesen Monster-Fragebogen ausgehändigt hat?«

Jeanette schwieg einen langen Moment. »Also gut, mein großer Stratege. Lassen wir dieses kleine Miststück Robert und seinen gut vernetzten Vater in Ruhe. Für Anna.«

Andreas küsste Jeanette auf die Stirn. »Für unser Kind.«

21

Die Leitung des Rosenhof-Gymnasiums hatte sich Zeit gelassen mit Philomena und Iris, aber es kam, wie es kommen musste. Nach der letzten Stunde hatten sie bei Direktor Vogeler im Büro anzutanzen. Die Mutter von Iris hatte es sich nicht nehmen lassen, die von ihr sichergestellten Sachen im Sekretariat abzugeben, bevor sie Richtung Kanzlei abdüste.

Jetzt saßen die beiden Mädchen im holzgetäfelten Büro. Frau Kellinghusen war auch dabei und spielte am Verschluss ihrer Bernsteinkette herum. Sie presste die Lippen zusammen, als sich ihr Blick mit dem von Iris traf.

Iris war es im Lauf des Tages immer mulmiger geworden. Als das Ameisenprojekt im letzten Herbst begann, hatte Frau Kellinghusen erläutert, dass auch das allgemeine Verhalten in die Bewertung des Wettbewerbsbeitrags einfließen würde. Verweise, Fehlzeiten, Schulstrafen. Vogeler konnte Iris den Buckel runterrutschen, aber wenn ihretwegen das Projekt gegen den Baum fuhr, dann würde ihr das richtig wehtun. Auch wegen Frau Kellinghusen. Am meisten ärgerte Iris, dass sie dem Projekt vielleicht mehr Schaden zugefügt hatte als Boris. Es durfte nicht sein, dass der Klassenbuckel ihr in irgendeiner Form überlegen war. Aber wer dachte schon an Boris, wenn der Stoff knapp war?

Vogeler wedelte mit den Papieren. Iris fiel zum ersten Mal auf, dass der Ring an seinem rechten Mittelfinger einen Skarabäus zeigte. »Frau Schmitt, Ihnen und Frau Morgenitz wird zur Last gelegt, bei einem Dealer im Siegespark gepanschte Lateinvokabeln und chemische Formeln ohne Lizenz gekauft zu haben. Ist das richtig?«

Wenn du sie doch auf dem Tisch liegen hast, dachte Iris und biss sich auf die Zähne. »Ja, das ist richtig, Herr Direktor Vogeler.« Täuschte sie sich, oder sah Frau Kellinghusen etwas entspannter drein?

»War es das erste Mal, dass Sie sich diese … äh … Substanzen besorgt haben?«

Philomena war in ihrem Stuhl zusammengesunken, als hätte sie einen Schlaganfall gehabt. Also redete Iris weiter. »Nein, Herr Direktor. Das haben wir schon ab und zu gemacht, fünf oder sechs Mal vielleicht in diesem Schuljahr.«

»Und wann haben Sie sich dort zum ersten Mal im Siegespark eingedeckt?«

»Eingedeckt haben wir uns dort nicht gerade. Wir haben immer nur sehr wenig gekauft, mehr so zum Naschen.«

»Der kleine Wissensdurst kommt öfter zwischendurch«, warf Philomena mit tonloser Stimme ein.

»Und das, was Sie hier auf dem Büchertisch vorfinden, das reicht Ihnen wohl nicht?« Direktor Vogeler trommelte mit seinen Fingern auf der Tischplatte, und der Skarabäus tanzte auf und ab.

Das war eine Fangfrage. Damit wollte Vogeler die Abneigung von Philomenas Mutter gegen den Buchhändler ins Spiel bringen.

»Der Büchertisch ist großartig.« Philomena zückte ihr Lateinbuch, obwohl sie heute gar kein Latein gehabt hatten. »Das habe ich bei Herrn Fleming gekauft.«

Iris war froh, dass Philomena ebenfalls den Kampf aufgenommen hatte. Philly war ein kluges Kerlchen, und Iris setzte gleich noch einen drauf. »Wenn wir das Zeug auswendig gelernt haben, schmeißen wir es immer gleich weg. Wir wollten es nicht im Haus haben, verstehen Sie?«

Direktor Vogeler nahm ein Blatt Papier von dem Stapel, den die Mutter von Iris sichergestellt hatte, und wedelte damit herum. »Sehen Sie das: Das ist angeblich eine zweisprachige Ausgabe von Cäsars *Gallischem Krieg*, der wie beginnt, Frau Morgenitz?«

Das war schon wieder so eine miese Frage. Das Wort *Drecksau* materialisierte sich auf dem inneren Bildschirm von Iris.

Der Direktor ließ sich die Gelegenheit nicht nehmen, die Tochter seiner Gegenspielerin runterzumachen. Dabei hatte er gegen Daniela Morgenitz doch schon im letzten Herbst gewonnen. Wenn Vogeler wüsste, dass sein geschätzter Buchhändler dringende Geschäfte zwischen den Bahngleisen zu erledigen hatte, würde ihn das bestimmt eine Zeit lang beschäftigen.

Aber jetzt schnurrte Philomena gehorsam los: »Gallia est omnis divisa in partes tres, quarum unam incolunt Belgae …«

Touché.

Direktor Vogeler hob die Augenbrauen, und zum ersten Mal zeigte sich auf seinem Gesicht der Anflug eines Lächelns. »Eben. Und wären Sie, Frau Schmitt, nun einmal so freundlich, die deutsche Übersetzung vorzulesen, die Sie käuflich erworben haben?«

Iris nahm den Zettel und las laut: »Gallien ganzes sein geteilt in Teile Stücker drei, bewohnt von dem der erste ist von die Belgianern …« Iris blies die Backen auf. Das war ihr gestern gar nicht aufgefallen. Sie war wohl doch schon ziemlich platt gewesen.

»Wir werden nicht müde, darauf hinzuweisen, wie gefährlich gefälschte Lehrmaterialien zweifelhafter Provenienz sind.« Vogeler stand auf und spazierte in seinem Büro auf und ab. Iris betrachtete sich das prachtvolle Muster des arabischen Teppichs.

»Was haben wir hier schon alles gehabt«, dozierte Vogeler. »In einer englischen Grammatik sind kroatische Endungen aufgetaucht, Materialien zu Schillers *Faust*, Periodische Systeme, in denen die Edelgase fehlten. Wenn Sie sich auf diesen Billigschund einlassen, riskieren Sie Ihre geistige Gesundheit. Es dauert Jahre, bis man vom Halbwissen wieder loskommt.«

Iris senkte den Kopf, und Philomena sagte: »Es tut uns leid, Herr Direktor Vogeler. Wir waren sehr unvorsichtig. Wir wollen es nie mehr wieder tun.«

Wollen wir das wirklich nicht mehr, fragte sich Iris. Der Kick, den sie erlebt hatten, als sie etwas Verbotenes getan hatten, war längst weg. Vielleicht hatte der Direktor tatsächlich recht, vielleicht war der Gewöhnungseffekt schon längst eingetreten. »Was werden Sie denn jetzt mit uns machen?«, fragte sie vorsichtig. »Bekommen wir einen offiziellen Verweis?«

Direktor Vogeler setzte sich wieder. »Eigentlich wäre es das Mindeste. Vor allem, weil Sie es nicht nur einmal gemacht haben. Sie haben es der engagierten Fürsprache Ihrer Klassenlehrerin Frau Kellinghusen zu verdanken, die vor allem die Leistungen von Frau Schmitt im Ameisenprojekt hervorgehoben hat. Bei Ihnen, Frau Morgenitz«, er nickte Philomena zu, »war es Frau Retzkow, die sich stark gemacht hat. Sie ist heute leider verhindert.«

Iris und Philomena wechselten einen Blick, und Iris ahnte, was Philomena dachte: Wer Frau Retzkow als Fürsprecherin hatte, brauchte keine Feinde mehr.

Direktor Vogeler verkündete das Urteil: »Wir haben uns deshalb entschlossen, es bei jeweils fünfzig Stunden Gartendienst für Sie bewenden zu lassen. Sie können davon die eine Hälfte in den Ferien ableisten, die andere bis zum Ende des laufenden Schuljahres.«

Jäten, bis der Arzt kommt. Aber es hätte schlimmer kommen können. Iris richtete sich auf. Ihr Stuhl war ein unbequemes Monstrum, sie konnte kaum den Nacken bewegen. »Herr Direktor, vielen Dank für diese salomonische Strafe.« War das jetzt zu dick aufgetragen? Aber Old Kelly schien hingerissen. Das Lächeln von Direktor Vogeler wurde etwas breiter.

Philomena wischte sich ihre dunklen Strähnen aus dem Gesicht und sagte mit leichtem Leierton: »Wir werden den dornenreichen Weg der Rehabilitierung mit Engagement und Besonnenheit gehen, den Sie für uns ausgewählt haben.«

Amen, over and out, dachte Iris. Jetzt wäre ein Gin Tonic recht. Aber das war ja auch verboten.

22 Pachulke stand vor den Weinregalen bei *Rochacki's* und machte sich die Entscheidung nicht einfach. Blauer Zweigelt vom Neusiedler See war im Angebot und ein Fach weiter lachte ihn der Rioja an. Beide würden wunderbar zu einem Abend mit Monteverdis *Orpheus und Eurydike* in Begleitung von Engine Plink passen. Eine schöne Flasche Bordeaux hatte er auch noch zu Hause.

Pachulke war ein vorsichtiger Mensch, also nahm er Spanier und Österreicher.

Engine Plink war die Leiterin der Spurensicherung. Während der Arbeit trug sie meistens weiße Herrenhemden, sie hatte eine rot gelockte Mähne, war extrem intelligent und liebte die Oper ebenso wie Pachulke. Obwohl sich die beiden regelmäßig trafen, an diesem Abend wieder einmal bei Pachulke zu Hause, fanden die Melodramatik des Herzens und das Begehren nur in der Partitur statt. Seit einigen Jahren umschlichen die beiden einander, und Pachulke fragte sich ein ums andere Mal, wer da wohl die Katze war und wer der Brei und ob der Brei nicht irgendwann kalt wurde.

Zwar dachte Pachulke, dass er und Engine Plink sich vielleicht einfach einmal aussprechen sollten, zugleich war er heilfroh, dass es nie zu diesem Gespräch kam. Und dass der blutrünstige Arbeitsalltag keine Rolle in den Gesprächen mit Plink spielte, war ebenfalls ein Vorteil. Leichen und Spuren waren ein Tabu, wenn sie sich privat trafen.

Der Tod von Cem Pollinger am Tag zuvor war ein absoluter Tiefpunkt. Auch Zabriskie war unter ihrer frischen Bräune blass geworden, als sie davon erfahren hatte.

Pachulke, der stets mit großer Neugier Obduktionen beobachtete und den die zerstückelte Stofflichkeit des menschlichen Körpers beruhigte, anstatt ihm Alpträume zu verursachen, musste sämtliche professionellen Distanzierungsmechanismen in Gang setzen, um sich auf die Leiche eines Zwölfjährigen einzulassen. Für ihn funktionierte das nur, wenn er die Toten an sich heran-, aber nicht zu sich hereinließ. Im Falle von Cem Pollinger war dieser Schutzmechanismus nicht erforderlich.

Alle Umstände deuteten auf einen Unfall hin, es würde keine Obduktion geben.

Pachulke schob seinen Wagen ein paar Schritte weiter, als er aus den Augenwinkeln eine Frau wahrnahm, die ihn beobachtete. Mitte fünfzig, angegraute kurze Haare, ein sachlich geschnittenes dunkelblaues Kostüm, ein schmaler Mund.

Pachulke trat einen Schritt zur Seite und fragte: »Stehe ich Ihnen im Weg? Die Aussichten für Rotwein sind glänzend.«

Die Frau schüttelte den Kopf. »Ich will zu Ihnen. Ich weiß, dass ich mich nicht an den Dienstweg halte, aber Sie waren im Präsidium nicht mehr zu erreichen, und Ihr Mitarbeiter Dorfner ist Tagesgespräch bei uns im Hause.« Die Frau reichte Pachulke die Hand. »Ich bin Heidrun Tarp, die Leiterin der James-Hobrecht-Grundschule.«

Die Hobrecht-Grundschule lag in unmittelbarer Nachbarschaft zum Rosenhof-Gymnasium. Dorfner hatte dort den Auftritt seines Lebens hingelegt.

»Cem Pollinger war einer unserer Schüler.«

Wenigstens war Dorfner nicht für den Tod des Jungen verantwortlich. »Mein herzliches Beileid.«

Tarp schluckte, und ihre Stimme zitterte ein wenig, als sie weitersprach: »Es ist furchtbar, aber das ist noch nicht alles. Anna Winter ging … geht auch auf unsere Schule.«

Pachulke verfluchte wieder einmal sein miserables Namensgedächtnis. »Anna Winter? Ist das auch ein Todesfall?«

»Hoffentlich nicht. Anna ist das Mädchen, das am Sonntag auf dem Spielplatz im Siegespark verschwunden ist. Die Leute vom Technischen Hilfswerk, die an der Unglücksstelle arbeiten, sagten mir, eine Kollegin von Ihnen, eine Kommissarin Zabriskie, habe sich dort umgesehen. Ist es denn üblich, jemanden von der Kripo zu schicken, wenn alles auf einen Unglücksfall hindeutet?«

»Wenn ein Kind verschwindet, ist das Sache der Polizei oder des Jugendamts. Aber bei dieser besonderen Spurenlage, und weil wir nicht von vornherein ausschließen wollen, dass es sich um eine Entführung handelt, sind wir vor Ort gewesen.« Solange er nicht wusste, worauf Heidrun Tarp hinauswollte, sprach Pachulke gern über Zuständigkeiten.

»Wissen Sie, ich bin jetzt seit mehr als dreißig Jahren im schulischen Bereich tätig, seit mehr als zehn Jahren bin ich Schulleiterin. Cem und Anna sind in dieselbe Klasse gegangen. In wenigen Wochen hätten sie unsere Schule mit ihrem Abschlusszeugnis verlassen. Ich glaube nicht an einen Zufall. Ich glaube, dass unsere Kinder, vor allem die Kinder aus der sechsten Klasse, in großer Gefahr sind. Glauben Sie an das Böse, Herr Kommissar?«

Pachulke wurde immer wieder mit solchen Fragen konfrontiert, vor allem bei Gewaltverbrechen, aber in seiner Berufsauffassung war kein Platz für das Böse. In Physik und Metaphysik war er gleichermaßen schlecht gewesen. »Nein, eigentlich nicht. Ich begegne täglich Menschen, die Böses tun. Manche sind verzweifelt, manche sind psychisch krank, manche sind boshaft. Aber das Böse als Prinzip, nein.«

»Sehen Sie, ich auch nicht. Aber ich spüre … bitte, ich habe kein besseres Wort dafür, nennen Sie es die Intuition einer alten Lehrerin, ich spüre, da ist jemand, der unsere Kinder verfolgt. Der ihnen schaden will, ihnen Böses will.«

Pachulke verließ sich regelmäßig auf seine beruflichen Instinkte, aber zu leicht wollte er es Tarp auch nicht machen. Sie wollte etwas von ihm. »Und dieser jemand hat einen Sandkasten unterhöhlt und Cem Pollinger überredet, Ameisensäure mit Schwefelsäure zu mixen? Es sieht nach zwei Unfällen aus. Pfusch am Bau wäre in dieser Stadt nun wirklich nichts Neues. Und es gibt genug Profis in Chemielabors, die sich schwerste Vergiftungen zufügen. Vermutlich ist Cem ein Fehler unterlaufen, der für seinen kleinen Körper tödlich war. Außerdem ist er nicht beaufsichtigt worden.«

Heidrun Tarp tupfte sich mit einem Taschentuch über die Augen.

Pachulke fuhr fort: »Die Kollegen tun ihr Möglichstes. Ich kann nicht alle Ihre Schüler unter Personenschutz stellen. So viele Beamte haben wir in der ganzen Stadt nicht.«

Ein Mann, der zur Fischtheke wollte, drängelte sich vorbei und rammte Pachulke seinen Einkaufskorb in die Kniekehle. Pachulke machte einen Schritt nach vorn. Heidrun Tarp verfiel in einen verschwörerischen Flüsterton. »Ich würde mir wünschen, dass Sie oder Ihre Leute sich einmal vor Ort umsehen, um mehr über die Kinder aus den Abschlussklassen und deren Eltern in Erfahrung zu bringen. Im Moment laufen die Auswahlverfahren für die weiterführenden Schulen, das treibt bei allen Beteiligten die merkwürdigsten Blüten.«

»Sie meinen, jemand hat versucht, Anna und Cem zu beseitigen, um seinem Kind einen Platz in einer bestimmten Schule zu verschaffen, zum Beispiel im Rosenhof-Gymnasium? Das ist doch völlig absurd!« Was bei Daniela Morgenitz ungebremster Enthusiasmus gewesen war, tauchte hier als abgrundtiefer Fatalismus wieder auf. Für einige Leute schien sich das ganze Leben um die Schule zu drehen.

»Leider nein.« Tarp räusperte sich. »Fast alles ist schon einmal da gewesen. Es gab Abführmittel in der Limonade auf dem Schulfest, streng genommen war es eine Vergiftung. Außerdem entwendete Bewerbungsunterlagen, Drohanrufe. Schön ist das nicht, aber jetzt ist ein Kind gestorben und ein anderes verschwunden. Wenn es nicht in diesen Wochen des Jahres und nicht so kurz hintereinander passiert wäre, könnte man unumwunden von zwei Unglücksfällen ausgehen. Aber ich bin mir sicher, dass mehr dahinter steckt.«

»Und was soll ich dabei tun?« Pachulkes Laune ging rapide in den Keller. Wie hatte die Tarp ihn nur hier gefunden? *Rochacki's* war ein Delikatessgeschäft ein paar Straßen von seiner Wohnung, in der Nähe vom Lietzensee. Hatte sie ihn vom Polizeipräsidium bis hierher verfolgt?

»Ich würde gerne wissen, was in den Klassen vor sich geht. Gibt es jemanden, der Trauer heuchelt? Redet jemand abfällig über die Mitschüler? Ich selbst kann nicht durch die Schule ziehen, als Schulleiterin bin ich zur Neutralität verpflichtet. Jedes Kind ist Konkurrent des anderen, zumindest fast jedes. Wenn Sie einmal in die Schule kommen und Augen und Ohren offenhalten, dann wäre mir das eine große Erleichterung. Sie können zugleich Informationen zu Cem und Anna sammeln.«

»Ich kann doch nicht während des Unterrichts in einer Ecke sitzen und die Kinder belauschen. Wie stellen Sie sich das vor?« Die Leute hatten eine völlig abstruse Vorstellung von Polizeiarbeit. Wenn er im Ruhestand war, wollte er sich in den Rundfunkrat wählen lassen und für ein fünfjähriges Moratorium aller Polizeiserien im Fernsehen kämpfen.

»Sie brauchen einen triftigen Grund, um die Kinder kennenzulernen. Sie könnten sich mit einer Veranstaltung zur Berufswahl tarnen. Ich bin mir sicher, die finden einen Kommissar sehr aufregend. Andererseits ist es für die Berufswahl noch ein wenig früh.«

Tarnen? Hatte Heidrun Tarp gerade *tarnen* gesagt? Der Spion, der in die Pause kam, das fehlte Pachulke gerade noch. »Nun, Veranstaltungen zur Verkehrssicherheit wären auch eine Möglichkeit«, hörte er sich sagen. »Das gehört ja zu den Kernkompetenzen der Polizei.«

»Wunderbar.« Tarp schlug mit der Faust in ihre halb geöffnete Hand. »Ich finde Männer faszinierend, die konstruktiv diskutieren können. Die Kinder kommen alle mit dem Fahrrad, jetzt, da es schön ist. Es gibt im Schulhof einen Bereich mit Kreuzungen und Verkehrszeichen, da können Sie nach Herzenslust üben. Wir beraumen einfach kurzfristig eine Doppelstunde mit Farnikau an, das ist unser Sportlehrer. Und Sie können sich die Kinder mal ansehen.«

»Ich dachte eher an eine PowerPoint-Präsentation.« Das nannte man wohl über den Tisch gezogen werden.

»Ach woher. Grün ist des Lebens goldener Baum, heißt es doch so schön. In der Nähe zum Leben können sich die Kinder selbst erfahren. Wenn sie mit den Fahrrädern beschäftigt sind, schöpfen sie bestimmt keinen Verdacht. Ich sage Jablonka, er soll Ihnen ein wenig Werkzeug rauslegen, dann können Sie kleinere Reparaturen gleich selbst vornehmen.«

»Jablonka, das ist der Hausmeister vom Rosenhof-Gymnasium.« Pachulke sah die bläuliche Tätowierung auf dem Handrücken vor sich. »Ich habe dort am Montag eine Stunde zum Thema ›Das verkehrssichere Fahrrad‹ gehalten.«

»Jablonka ist der Hausmeister für beide Schulen. Unsere Planstelle wurde nicht wieder neu besetzt, Sie wissen ja, wie das ist. Er ist beim Rosenhof-Gymnasium angestellt und betreut unsere Einrichtungen mit. Ein bisschen grantig ist er immer, aber es hätte schlimmer kommen können.«

Wenn man mal einen kleinen Mord braucht, der einen davor bewahrt, unablässig Lehrveranstaltungen durchzuführen, ist keiner da, dachte Pachulke. Also nickte er. »Gut, am Freitag um acht Uhr bei Ihnen im Hof.«

»Hinten bei den Verkehrszeichen, nicht zu verfehlen. Vielen Dank. Sie helfen, junges Leben zu schützen.« Tarp stippte sich wieder ein Taschentuch in die Augen, aber diesmal lächelte sie.

»Wie haben Sie mich eigentlich hier gefunden?« Über diese Frage zermarterte Pachulke sich den Kopf.

»Frau Rochacki und ich singen zusammen im Chor der Wilmersdorfer Witwen.«

Pachulke kannte die Chefin von dit Janze, dem Fisch- und Delikatessengeschäft. Und Frau Rochacki kannte ihre Stammkunden. »Aber hier ist doch Charlottenburg«, erwiderte er.

»Ich bin ja auch keine Witwe. Aber Steffi hat sie ein paarmal erwähnt. Und dass Sie meistens am Mittwoch hier sind.«

23

Zabriskie sah an sich herunter. Sie trug tatsächlich eine Cordhose. Zum ersten Mal seit gefühlten zwei Jahren. Und die juckte wie verrückt. Die erste Partie ihrer Urlaubswäsche hing auf der Leine, ihre Reservejeans hatte sie sich unter der Erde mit einer modrig riechenden Flüssigkeit versaut. Sie würde heute Abend noch eine Maschine anwerfen und die Klamotten von ihrer Exkursion mit dem gut gebauten Herrn Eyth vom Technischen Hilfswerk einfach dazuwerfen. Und dann einen Whisky straight und ab ins Bett. Zabriskie zog die Cordhose aus und warf sie aufs Sofa. Das Häufchen Wäsche, das auf ihrer Reisetasche lag, warf sie in die Waschmaschine und trank noch ein Glas Wasser. Die Klamotten vom Siegespark lagen im Bad hinter der Tür. Als sie ihre Jeans hochhob, erstarrte sie. Dort, wo die rechte Gesäßtasche ihrer Jeans gewesen war, klaffte jetzt ein unregelmäßig geformtes Loch. Zabriskie ließ die Hose sofort fallen. *Säure*, dachte sie. Sie wusch sich sorgfältig die Hände. Also Giftmüll. Sie holte einen alten Schraubenzieher und hob die Hose damit hoch. Giftmüll unter einem Kinderspielplatz. Das Loch in der Jeans hatte einen Durchmesser von mehr als zehn Zentimetern, die Ausläufer zogen sich hinunter zum rechten Hosenbein. Wie viele Tonnen im Siegespark wohl lagerten? Und seit wann?

Auch ohne Cordhose juckte es sie am Hintern. Kratzen half auch nichts. Vielleicht sollte sie den Whisky in der Badewanne trinken, während sie ein heißes Bad nahm, um ihre Haut zu beruhigen. Sie betrachtete sich in dem bodenlangen Spiegel, dessen geschnitzter Holzrahmen dringend einen neuen Goldanstrich benötigte. Was zum Teufel …? Auf ihrer rechten Pobacke war ein großer roter Fleck zu sehen. Sie holte den Handspiegel und warf einen Blick auf ihren Hintern und ihre Oberschenkel. Da war ein großer roter Fleck mit weißen Pusteln. Die Dinger sahen aus wie Eiterbeulen, die noch nicht ganz reif waren. Zabriskie stieß einen hawaiianischen Fluch aus. Dann steckte sie die Hose in eine Plastiktüte, zog ihre Cordhose wieder an und fuhr ins Urban-Krankenhaus. Obwohl sie ihren Polizeiausweis bei der Aufnahme vorzeigte, musste sie eine Stunde Wartezeit brav absitzen. Es war ein richtig super Feierabend geworden.

Als sie nackt und bäuchlings auf der Untersuchungsbank lag, warf der junge Arzt einen langen Blick auf ihren Hintern. Dann pfiff er durch die Zähne. Gleich darauf entschuldigte er sich und meinte, dass sei ein medizinisches Pfeifen gewesen. Mit einer scharfen Pinzette rupfte er ein Fitzelchen Haut von Zabriskies Oberschenkel und machte einen Abstrich von den Bläschen, von denen einige mittlerweile nässten. Dann trug er eine würzig riechende Substanz auf und legte Zabriskie einen Verband an. Für die Selbstversorgung bekam Zabriskie den Topf mit der würzig riechenden Salbe mit nach Hause. Am nächsten Tag sollte sie sich wieder einreiben und einen neuen Verband anlegen. Badewanne war bis auf weiteres gestrichen. Für das Taxigeld hätte sie mittlerweile nach Rom und zurück fliegen können. Aber sie wollte gar nicht in die Ferne schweifen. Und als sie nach Hause kam, stand der Islay Whisky auch schon da.

Als Zabriskie am nächsten Morgen ins Besprechungszimmer kam, blickte sie in die Gesichter ihrer Kollegen, die sie stumm musterten. Bördensen trommelte mit den Fingern auf dem Konferenztisch herum, Stiesel baute Häuschen aus einem gezinkten Kartenspiel, das aus der Asservatenkammer auf geheimnisvollen Wegen in seinem Schreibtisch gelandet war.

»Hast du meine SMS nicht bekommen?«, fragte Pachulke.

»Nein, ich hab mein Handy noch gar nicht angemacht heute Morgen.« Sie hatte einen Lauf, gestern Säure, heute angesäuerte Kollegen.

»Das solltest du aber. Ich habe kurzfristig eine Dienstbesprechung anberaumt.«

»Dürfen wir endlich wieder nach Mördern suchen, anstatt nach verschwundenen Kindern?« Zabriskie hatte Lust, einen Streit zu provozieren, aber Pachulke gab ihr keine Chance.

»Ich weiß, dass du keine Lust hast, das Kindermädchen zu spielen, aber ich hatte gestern ein Gespräch mit Heidrun Tarp, der Direktorin der Hobrecht-Schule. Sie hat mich davon überzeugt, dass wir an der Sache dranbleiben müssen, auch wenn es bisher kein Verbrechen gibt.«

»Neue Informationen haben wir auch«, warf Stiesel ein.

Zabriskie ließ sich in einen freien Stuhl plumpsen und blies die Backen auf.

»Als Kriminalbeamter gebe ich dir recht«, sagte Bördensen, der sehr ernsthaft wirken konnte, wenn er wollte. »Ich habe auch keine Lust mehr auf vermisste Kinder. Aber als Vater eines zweijährigen Jungen bin ich froh, dass Leute nach dem Mädchen suchen, die Spurensuche von der Pike auf gelernt haben.«

Bördensen und die Suprematie des Ermittlers. Zabriskie war zu keinem Lächeln fähig, auch deshalb, weil eine Stimme in ihrem inneren Ohr schottische Sauflieder zum Besten gab. *Shut the fuck up*, dachte sie.

Als Bördensen auffuhr und »Dir geht's wohl zu gut!« rüberbrüllte, wurde ihr klar, dass sie laut geredet hatte.

»Tschuldigung, Bördensen, das war eine Anweisung an mich selbst. Wo ist eigentlich Kollege Dorfner?« Zabriskies Stimme wurde rau. Sie vertrug nichts mehr, nicht einmal mehr vier Whisky. Kalifornien war viel zu gesund für sie gewesen.

Stiesel rieb sich die Hände, als er antwortete: »Kollege Dorfner sitzt in einem Abstellraum neben der Kommandozentrale von S.W.A.T. und schreibt tausend Mal: Ich soll keine Klassenzimmer in Schutt und Asche legen.«

Pachulke ergänzte: »Ab kommenden Montag wird er im Archiv der James-Hobrecht-Schule zweihundert Stunden gemeinnützige Arbeit leisten.«

»Das klingt doch gut, unser Mann im Untergrund.« Zabriskie brachte ein Grinsen zustande.

Pachulke schüttelte den Kopf. »Das ist noch nicht alles. Heute wird die erfahrene Ermittlerin Zabriskie an der Trauerfeier der Hobrecht-Schule für den zu Tode gekommenen Cem Pollinger teilnehmen. Und morgen wird der alte Hase Pachulke seine Erfolgsgeschichte als Verkehrsexperte fortschreiben und der Klasse 6 b, aus der Cem und Anna Winter stammen, Fahrradunterricht erteilen.«

»Dürfen wir zusehen?« Bördensen hatte gefragt, und Zabriskie wusste wieder einmal nicht, ob das ironisch gemeint oder die blanke Schleimerei war.

Stiesel ergriff das Wort: »Es gibt Pläne der Siegesnadel im Landesarchiv. Ihr Sockel ist hohl und geht tief in die Erde hinein. Über die Siegesnadel soll es einen Zugang zum Napoleonischen Geläuf geben, einer französischen Befestigungsanlage im südlichen Teil des Siegesparks. Für das Napoleonische Geläuf gibt es allerdings keine Karten im Archiv.«

Bördensen übernahm das Wort: »Leider hat uns das Landesamt für Denkmalschutz verboten, dass wir dem Park mit einem Bagger zu Leibe rücken. Wir könnten wertvolle Dinge beschädigen, die sich in der Erde verbergen. Außerdem herrscht im Erdreich ein derartiges Durcheinander an Bauvorhaben und Epochen, dass wir vielleicht genau den Hohlraum zerstören, in dem Anna noch am Leben ist. Die Kollegen vom Technischen Hilfswerk fertigen von den Gängen, die sie finden, eine Karte an. Wir müssen sie mit den Informationen abgleichen, die uns zur Verfügung stehen.«

Bördensen und Stiesel klatschten sich gegenseitig ab. »Yo, Archivrecherche«, sagte Bördensen. »Dafür mache ich alle halbe Jahre einen Cooper-Test. Damit ich richtig fit bin für die Arbeit am Schreibtisch.«

»Da wäre noch etwas.« Pachulke warf einen Blick in die Runde. »Gestern Nachmittag gab es einen Zwischenfall in einem Sandkasten am Kollwitzplatz.«

»Da scheißen die Kinder Gummibärchen, die nach Litschi-Bionade schmecken.« Zabriskie hätte gern richtig schlechte Laune gehabt, aber sie war zu schlapp.

»Es ist kein Kind verschwunden, aber eine Mutter wurde verletzt und liegt im Koma im Urban-Krankenhaus. Veronika Mertens heißt sie. Bevor sie vollständig im Trichter verschwand, konnte sie sich ein Seil umbinden. Man hat sie nach oben gezogen. Zeugen berichten, Veronika Mertens wurde in das Loch im Boden hinein*gezogen*. Sie wurde an der Schulter und im Gesicht verletzt und leidet an den Folgen einer massiven Vergiftung. Sobald Frau Mertens das Bewusstsein wiedererlangt, muss sie befragt werden. Bördensen, du hast die erste Schicht im Krankenhaus. Überleg dir ein paar Fragen, die du ihr stellen kannst. Stiesel, du kümmerst dich um das Kartenmaterial.«

»Hurra, ein Upgrade, von der Altpapiersammlung bruchlos zur Stallwache«, murmelte Bördensen. Er klopfte sich auf die Oberschenkel und erhob sich.

Bevor Zabriskie zur Hobrecht-Schule ging, musste sie noch ins Labor. Engine Plink hatte ein Schüsselchen mit frisch angerührtem Gips in der Hand und werkelte an Abdrücken von

Reifenspuren herum. Sie leerte die Tüte aus, die Zabriskie ihr reichte, und wollte die Jeans auf dem Metalltisch ausbreiten.

»Vorsicht, Säure!«, sagte Zabriskie.

Engine Plink nahm eine Zange aus Edelstahl. »Das ist Ihre Hose?«

Zabriskie nickte.

»Und das haben Sie sich bei dem Ausflug in diesen Schacht unter dem Spielplatz eingefangen?«

Zabriskie nickte wieder. In Anwesenheit der supergescheiten Plink, die mit ihrer roten Mähne nicht nur bei Pachulke großes Interesse weckte, wusste sie nie so recht, was sie sagen sollte. Insofern war sie nicht unfroh über dieses präzise Fragespiel.

Plink schnüffelte an der Hose herum. »Riecht für mich eher organisch, aber das kann natürlich auch an Ihnen liegen.«

Blöde hochnäsige Kuh, dachte Zabriskie. Laut sagte sie: »In den Erdpartikelchen ist sicher viel Organisches zu finden.« Engine Plink zog die Augenbrauen hoch und die Mundwinkel nach unten. Scheiße, da war er wieder. Dieser Blick, als hätte Zabriskie etwas peinlich Offensichtliches gesagt.

»Ich will damit sagen, Ihre Idee mit dem Giftmüll ist nicht zwingend. Es gibt auch Säuren, die in der Natur vorkommen.«

»Sicherlich, es war ja nur eine erste Idee. Wenn Sie das trotzdem möglichst bald …«

»Diese Abdrücke von einem Fluchtauto muss ich noch zu Ende bearbeiten, dann kommt Ihre Hose an die Reihe.«

24

Die James-Hobrecht-Schule war ein Haus der Trauer, Schweigen lag über dem Schulhof. Zabriskie ging als Erstes ins Sekretariat, das bekanntlich das heimliche Hirn jeder Institution war. Der Raum war leer, kein Wunder an einem Tag wie diesem. Wieder rumorte der Whisky in ihrem Kopf, und Zabriskie musste sich am Besuchertresen festhalten. Ihr Blick fiel auf den Bildschirm des Computers, der verwaist zurückgeblieben war.

Die Website eines großen Online-Bestelldienstes zeigte das *Trauergesteck Letzter Gruß*. Am unteren Rand des Bildrands war eine Reihe von kleinen Bildern zu sehen, darüber stand: »Kunden, die *Trauergesteck Letzter Gruß* bestellt haben, haben auch folgende Artikel bestellt«. Unter anderem war da die Wahl auf ein Dreierset Windlichter, ein Gebinde Rosen mit schwarzen Blüten aus Stoff sowie die CD *Momente in Moll – Trauermusik aus sechs Jahrhunderten* gefallen.

Die Tür zum Sekretariat ging auf und eine Frau mit einem Pagenkopf kam herein. In den Händen hielt sie ein Exemplar von *Letzter Gruß* mit einer Schleife in Grün und Weiß. *Cem – wir vermissen dich*, war darauf zu lesen. Hinter den Gläsern der randlosen Brille waren ihre Augen rot unterlaufen. Sie legte den Kranz auf ein Wägelchen, mit dem sonst vermutlich Bücher transportiert wurden.

»Wenn Sie eine Journalistin sind, muss ich Sie gleich bitten, wieder zu gehen. Zur Trauerfeier sind nur Angehörige unserer Schule und deren Verwandte zugelassen.«

»Zabriskie, Kriminalpolizei. Mein Kollege Pachulke hatte gestern wohl ein Gespräch mit Frau Tarp …«

»Stimmt, die Direktorin erwähnte etwas.« Die Sekretärin streckte ihren Rücken durch. »Können Sie sich ausweisen?«

Zabriskie zückte ihre Metallmarke, und die Sekretärin warf einen flüchtigen Blick darauf.

»Also schön, mein Name ist Schlinke. Die Direktorin ist schon unten im Hof. Die ganze Schule ist versammelt, und wir haben keinen Raum, der groß genug wäre. Ich muss noch den Rechner ausmachen und das Kondolenzbuch mit nach unten nehmen.« Die Sekretärin tippte ein paar Befehle ein, und der Bildschirm wurde schwarz. »Ich verstehe nicht, warum Sie hier sind. Es handelt sich um einen Unglücksfall. Oder hat Frau Direktorin etwas anderes gesagt?«

»Ich soll mich einfach nur umsehen.« Zabriskie schüttelte den Kopf, als wollte sie eine Wespe verscheuchen. Andere Leute hatten Ohrensausen, sie konnte deutlich einen Dudelsack hören.

Frau Schlinke beobachtete die ruckartigen Bewegungen mit Interesse. »Einfach umsehen, aha. Und was sollen Sie hier beobachten? Heulende Kinder oder heulende Erwachsene?« Aus einer Plastiktüte holte sie ein Buch hervor, das aussah wie ein Fotoalbum. »Würden Sie mir die Tür wohl öffnen, Sie können mit mir im Aufzug nach unten fahren.« Frau Schlinke schnäuzte sich. »Ich bin seit zweiundzwanzig Jahren hier im Haus, das ist nicht einfach für uns alle.«

Zabriskie hatte keine Lust, großes Entsetzen über den Tod von Cem zu heucheln. Ihr ging die tote Frau nicht aus dem Sinn, die vorgestern Nacht in ihrer eigenen Küche verblutet war. Unschuldige Kinder, diese Formulierung war ihr geläufig. Aber was war die Schuld dieser Frau gewesen? Bargeld im Haus gehabt zu haben? Großmutter gewesen zu sein? Ihre Gebrechlichkeit im Alter von vierundachtzig Jahren? »Gehen Sie bei Anna und Cem von zwei Unfällen aus?«, fragte sie, um überhaupt etwas zu sagen.

»Natürlich waren es Unfälle, was denn sonst? Wer will denn Kindern etwas Böses?« Frau Schlinke fügte im Flüsterton hinzu: »Bringen Sie bitte keine Gerüchte in Umlauf, dauernd schwirren hier Journalisten durchs Haus, auf der Suche nach Emotionen.«

»Aber im Moment laufen doch die Bewerbungen.«

Die Sekretärin lachte. »Ja, es geht hoch her. Manchmal kommt es sogar zu Handgreiflichkeiten. Vor drei Jahren haben sich zwei Mütter die Haare büschelweise ausgerissen, und die eine war sogar Friseuse. Und Männer gehen dauernd vors Gericht. Gegen die Mitbewerber, gegen die Schule, gegen den Bezirk. Aber Mord, um das eigene Kind in der richtigen Schule unterzubringen? Ich halte das für ausgeschlossen.«

Sie waren im Hof angekommen. Dort standen Klappstühle, Bänke, auch die Stühle aus den Klassenzimmern. Jedes verfügbare Sitzmöbel war aufgebaut worden. Trotzdem standen die meisten Trauergäste in einem Halbkreis. Viele von ihnen blickten starr geradeaus. Vorn auf einem Stuhl stand ein großes Foto von Cem, das mit zwei altertümlichen Gewichten gesichert war. Frau Schlinke lehnte den Kranz an die Stuhlbeine und richtete die Schleife. Dann legte die Sekretärin das Kondolenzbuch auf einen Tisch mit einer schwarzen Tischdecke, auf dem ein Windlicht brannte.

Es war unheimlich, dass ein Schulhof mit so vielen Kindern so ruhig sein konnte. Zabriskie schluckte. Vorn links saß eine Frau mit langen blonden Haaren neben einem Mann, der Cem wie aus dem Gesicht geschnitten war. Neben den beiden stand ein Kinderwagen. Das war also Familie Pollinger. An der Peripherie der Trauergemeinde huschte ein Mann im schwarzen Ornat hin und her und begrüßte alle Kinder. Dabei gab es deutliche Unterschiede in seinem Mienenspiel. Während er für die Schüler, vor allem für die Kleinsten von ihnen, ein strahlendes Lächeln übrighatte, begegnete er den Mädchen mit schmallippiger Routine.

Eine Frau mit spitzer Nase in Begleitung eines Mädchens mit rosafarbenen Haaren trat an die Pollingers heran. Cems Vater stand auf, legte der Frau den Arm auf die Schulter und trat mit ihr ein paar Schritte zur Seite. Das war bestimmt fürsorglich gemeint, sah aber so aus, als würde er mit sanfter Gewalt dafür sorgen, dass diese Besucherin Cems Mutter nicht zu nahe kam. Nach einem kurzen Wortwechsel gingen Mutter und Tochter ein ganzes Stück nach hinten. Es sah aus, als würde das Mädchen seine Mutter stützen, die nur sehr kleine Schritte machen konnte. *Die beiden Familien sind wohl befreundet*, dachte Zabriskie. Und in dieser Situation das Kind der anderen lebendig zu sehen, war wohl zu viel. Ob die beiden Kinder auf der Warteliste für die gleiche Schule standen? Ob die beiden Mütter unter anderen Umständen sich die Augen ausgekratzt hätten oder Cems Vater mit Fäusten auf jemanden losgegangen wäre?

Jetzt ergriff die Schulleiterin das Wort. Zabriskie, die Ausschau hielt nach Gebinden mit Rosen aus schwarzem Stoff, war wider Willen beeindruckt. Die Stimme von Heidrun Tarp füllte den ganzen Hof aus. Sie zeichnete ein sehr genaues Bild von Cem und brachte alles zur Sprache: seinen Ehrgeiz, seine aufrichtige Sorge um die Umwelt und deren Zukunft, seine notorische Unpünktlichkeit, weil sein Terminkalender mit zwölf Jahren bereits aus allen Nähten platzte, seine Altklugheit, die manchmal irritierte, aber nie herablassend gemeint war. Viele unter den Gästen weinten, immer wieder sah Zabriskie, dass Leute nickten. Cems Eltern hielten sich an den Händen, mit seiner freien Hand bewegte Cems Vater den Kinderwagen hin und her.

Nach dem Ende der Zeremonie gingen die Schulkinder zurück in ihre Klassenräume. Der Stundenplan würde regulär fortgesetzt werden. Die Kinder sollten möglichst rasch in ihren Rhythmus zurückkehren, außerdem mussten die meisten Eltern gleich wieder zur Arbeit. Sie waren darauf angewiesen, dass ihre Kinder in dieser Zeit untergebracht waren. Langsam lief Zabriskie über den sich leerenden Hof. Es war aussichtslos, mit jemandem ins Gespräch zu kommen. Sie hätte sich der Direktorin vorstellen können, aber die war im Gespräch mit Cems Eltern. Am Schultor stand das Mädchen mit den rosafarbenen Haaren. Sie stellte sich auf die Zehenspitzen, streichelte ihrer Mutter über die Wange und umarmte sie. Die Mutter wischte sich über die Augen.

Zabriskie schlenderte zum Kondolenzbuch und blätterte darin herum. Auf einer Doppelseite hatte seine Klasse unterschrieben. *Cem, du fehlst uns allen, vor allem mir. Dein David.* Das waren die Kinder, die die Bekanntschaft von Dorfner gemacht hatten. Ein Grund mehr, sich nicht als Polizistin zu erkennen zu geben.

Auf der nächsten Seite stand in schwungvoller Handschrift. *Knaben und Knospen – wie schnell verblüht doch das junge Leben. Elmar Sutter, St. Hypokrit.*

Das musste der Geistliche sein, der auf einer Bierbank saß und unablässig auf ein Elternpaar einredete. Der kleine Sohn saß auf dem Schoß seines Vaters, hatte den Kopf in den Nacken gelegt und lauschte. Zabriskie tat so, als würde sie die Schleife am Kranz lesen, um in Hörweite zu gelangen.

»Wenn Sie gerade neu in die Stadt gekommen sind, dann wäre unsere Jugendgruppe eine gute Möglichkeit, andere Kinder kennenzulernen. Bibelquiz am Montag, Sexualkunde auf christlicher Grundlage am Mittwoch, Sauna am Freitag. Natürlich ist alles freiwillig. Alles, was wir wollen«, der Kirchenmann streichelte die Wange des Jungen, »ist miteinander Spaß haben.«

»Na, was meinst du Moritz? Das klingt doch toll«, sagte der Vater. »Willst du zu Herrn Sutter in die Jugendstunde gehen?«

Moritz zuckte die Schultern: »Weiß nicht. Ich gehe jetzt Roller fahren.«

Zabriskie befiel eine leichte Übelkeit. Der Dudelsack gellte lauter denn je. Sie musste sich setzen. Gleich darauf stand der Geistliche vor ihr. »Ich bin Elmar Sutter, aus der Gemeinde von St. Hypokrit. Das ist die Kirche hier im Kiez, einige Straßen neben dem Park. Ich mache hier im Kiez auch die Jugendarbeit.« Elmar Sutter hatte rosige Bäckchen und eine gewisse Neigung zur Korpulenz. Mit seiner näselnden Stimme sprach er jedes Wort überdeutlich aus. »Und Sie sind … die Verwandte eines Kindes?« Die Frage hing in der Luft wie alter Zigarettenrauch in einer Kneipe.

»Mein Name ist Zabriskie, ich komme von der Kriminalpolizei.« Zabriskie legte zur Begrüßung zwei Finger an die Schläfe. »Sie scheinen ja um jedes Ihrer Schäfchen sehr besorgt zu sein, vor allem um die Jungen.«

»So, so, von der Kriminalpolizei. Doch nicht etwa eine Kollegin jenes Dorfner, der sich hier einen zweifelhaften Namen gemacht hat. Wissen Sie, ein schlechter Ruf, es geht so schnell.« Sutter wollte Zabriskie den Unterarm tätscheln, aber sie wandte sich ab. Dieser Sutter ließ sie frösteln. Der Geistliche sprach weiter: »Ein einziger Fehltritt eines Mitarbeiters, und der Ruf einer ganzen Organisation ist dahin.«

»Ist Cems Familie denn religiös?«, wollte Zabriskie wissen. Ihr Hintern fing wieder an zu jucken, da half auch der selbst angelegte Verband nichts.

»Das spielt doch keine Rolle. Ich bin hier, um Beistand zu geben. Wen interessiert es da, was jemand glaubt?«

»Sie unterrichten an der Hobrecht-Schule Religion?«

»Das Fach heißt jetzt Christliche Werte. Ja, hier an der Hobrecht-Schule und auch anderswo.«

»War Cem bei Ihnen in der Jugendstunde?«

Elmar Sutter schüttelte den Kopf. »Nein, den Weg zu unserer kleinen Gemeinschaft hat Cem Pollinger nie gefunden.«

»Und welchen Schüler aus Cems Klasse könnte ich fragen, um mehr über Ihre Jugendstunden zu erfahren?«

»Ich fürchte, da verfolgen Sie den völlig falschen Ansatz. Sehen Sie, das Fach Christliche Werte beinhaltet das Schweigegelübde ebenso wie die systematische Kultivierung von Autoritätsgläubigkeit. Aber mich können Sie gerne fragen, jederzeit. Die Kinder lieben es, und ich liebe es auch.« Sutter wandte sich einem Kind zu, das vom Fahrradständer Richtung Schulgebäude schlurfte. »Oh, ein neues Gesicht an der Hobrecht-Schule. Ich bin Elmar Sutter, der Seelsorger hier im Haus. Wie heißt du denn, holder Knabe?«

Dudelsack hin, Übelkeit her. Zabriskie brauchte jetzt einen großen Schnaps.

25

Nach Zabriskies Bericht wollte Pachulke sich den Krater selbst einmal ansehen. Auf dem Spielplatz wurden die Gesichter der drei Männer vom Technischen Hilfswerk von Tag zu Tag länger und struppiger. Guntram Eyth hatte immer noch eine Glatze, aber mittlerweile einen üppigen Bart. »Wir kriegen hier keine Ablösung, und auch die Ausrüstung ist miserabel, nicht einmal einen Nassrasierer geben sie uns hier. Wir arbeiten zu dritt rund um die Uhr.« Eyth setzte sich mit Pachulke auf eine Bank am Rande der Buddelkiste und faltete eine handgezeichnete Karte auseinander. »Schauen Sie mal hier«, er deutete auf einen gestrichelten Kreis. »Das hier ist der Trichter.« Dann deutete er auf eine dicke grüne Linie. »Das hier ist das Fallrohr mit dem Verteilerkopf. So nennen wir die Höhle, von der die drei Gänge abgehen.«

Pachulke zückte ein Blatt Papier: »Moment, das muss ich mir abzeichnen.« Er deutete auf Eyths Skizze. »Hat sich meine Kollegin hier in die Säure gesetzt?«

Eyth nickte. »Von hier gehen drei Gänge ab. Der eine führt nach Osten. Wo er endet, wissen wir nicht. Wir müssen dauernd Geröll und Erde beseitigen. Da gibt es jede Menge Bombenschutt und Ziegeltrümmer. Ab und zu findet man sogar eine halbe Kellerwand, die mit einem verkanteten Stück Metall so etwas wie eine künstliche Höhle bildet.«

»In der ein Mensch überleben könnte.« Pachulke war bereit, an Anna zu glauben.

»Ja, wenn er es ohne Wasser und ohne Nahrung in der Erde aushält. Hat dieses Mädchen irgendwelche Krankheiten?«, fragte Eyth. »Ich meine, braucht sie Medikamente?«

»Sie leidet an Heuschnupfen«, sagte Pachulke.

»Na, wenn es da unten etwas nicht gibt, dann sind es Birkenpollen.«

Pachulke machte sich mit einem Kugelschreiber eine primitive Skizze. »Das heißt, alle Gänge reichen unterirdisch weiter als die Ausmaße des Siegesparks?«

»So ist es. Theoretisch ist es möglich, dass der Gang, der nach Osten führt, irgendwann auf die U 6 stößt.« Die U-Bahnlinie 6 verlief in nord-südlicher Richtung unter dem Mehringdamm.

»Haben Sie Hinweise auf Anna?«

»Nichts.« Eyth presste die Lippen zusammen. »Wir hoffen natürlich, wieder eine Paillette zu finden. Aber selbst wenn, kann die nach fünf Tagen auch von Tieren irgendwo hingeschleppt worden sein. Abgesehen davon, dass es keine Tiere gibt in den Gängen. Nicht mal einen Regenwurm haben wir gefunden.«

»Einen Gang Richtung Brauerei gibt es nicht?«, fragte Pachulke.

»Direkt zur Brauerei, das wäre Südwesten, nein. Ein Gang geht direkt nach Süden. Wenn er lang genug wäre, würde er genau zu den beiden Schulen führen. Allerdings ist uns noch nicht klar, wie man wieder nach oben kommt. Es gibt keine

Gullydeckel oder Ausstiegslöcher oder so etwas, nur diese Röhren.«

»Und die Krater«, fügte Pachulke hinzu.

»Ja, die Krater. Jetzt sind es schon zwei.«

Pachulkes Stift flog über das Papier. Stiesel würde seine liebe Mühe haben, das zu entziffern.

»Und Dönerow? Das wäre nördlich von hier?«

Eyth lachte. »Mann, Sie lassen sich wohl jeden Mist erzählen. Dönerow ist eine Sage aus dem Dreißigjährigen Krieg, nichts sonst.«

»Aber das Dorf ist doch historisch belegt.« Pachulkes Karte war nördlich vom Siegespark noch ganz leer. Im Süden des Kraters gab es die Siegesnadel, die Brauerei und die beiden Schulen, im Westen die Kirche mit ihrem historischen Bierkeller, im Osten die U-Bahn und die alte Hobrechtsche Pumpstation, die heute Brauchwasser aufbereitete und durch ein Solardach Warmwasser erzeugte.

»Ja, das Dorf, aber nicht der Goldschatz.« Eyth ließ sich nicht beirren. »Sie können hier buddeln, bis Sie den ersten Didgeridoo-Spieler hören, einen Goldschatz werden Sie hier nicht finden.«

»Ich will gar keinen Goldschatz, ich will das Mädchen finden. Nördlich von unserem Krater muss doch auch etwas in der Erde sein. Schauen Sie doch bitte mal.«

Eyth beugte sich über Pachulkes Skizze. »Die Erde ist nicht leer, da haben Sie recht. Hier …«, er deutete auf die nordöstliche Ecke des Parks, »hier ist ein stillgelegter U-Bahnhof. Da sollte vom Mehringdamm mal ein Abzweig direkt zum Südkreuz gelegt werden, aber dann war das Geld alle.«

Pachulke kritzelte einen Vermerk aufs Papier. »Und Dönerow läge wo?«

»Im nördlichen Teil des Parks, das ist der älteste Teil der Anlage. Ein paar Bäume aus der Zeit, bevor es ein Park wurde, stehen noch, die dürften an die zweihundert Jahre alt sein. Das ist der sogenannte Schwedenhügel.«

»Und in welcher Tiefe dürfte das Dorf zu finden sein?«

»Wenigstens fünfzehn Meter tief. Die Schweden haben es geschliffen und auf den Trümmern den Keller von ihrem Möbelhaus errichtet.«

Wie in einem Etagenhaus, dachte Pachulke. Und einer der Bewohner hatte Anna Winter zu sich eingeladen.

26

»Es gibt zwei natürliche Feinde eines jeden Fahrradfahrers. Wenn er geradeaus fährt, ist es der Rechtsabbieger, vor allem der Laster mit Anhänger an der Kreuzung mit Radweg. Wenn er links abbiegen will, ist es der Geradeausfahrer, vor allem der mit überhöhter Geschwindigkeit auf Landstraßen.« Am Freitagmorgen standen die Schüler der Klasse 6 b der Hobrecht-Schule dicht an dicht vor Pachulke in der hinteren Ecke ihres Schulhofs. Verschiedene Straßenzüge waren dort mit weißer Farbe auf dem Boden skizziert. Vor dem Unterrichtsbeginn hatte Sportlehrer Farnikau bereits die Verkehrszeichen aufgestellt. Er war ein Mittfünfziger mit einem Kugelbauch und einem eisgrauen Schnurrbart.

Ein Mädchen mit rosafarbenen Haaren meldete sich. »Sind Sie in die Verkehrsabteilung strafversetzt worden, weil Sie weder Cems Mörder noch Anna finden können?«

Farnikau unterstrich die Frage mit einem schrillen Laut aus seiner Trillerpfeife.

»Nein, natürlich nicht.« Pachulke hüstelte und warf einen Blick in die Runde, der lässig und entspannt wirken sollte. »Euer Freund Cem ist durch einen schrecklichen Unfall ums Leben gekommen.« Das war ein Köder. Wer jetzt verächtlich dreinsah oder feixend zum Nebenmann zwinkerte, bekam gleich ein Ausrufezeichen in Pachulkes fiktiver Liste von möglichen Verdächtigen. Aber alle Kinder nickten andächtig, einigen traten die Tränen in die Augen. »Und was Anna angeht …« Er verkniff sich zu sagen: *Das ist Sache des Tiefbauamts.* Erwachsenen konnte man bürokratische Zuständigkeiten ins Gesicht schleudern, Kindern nicht. »Wir suchen Tag und Nacht.«

Das stimmte, Stiesel saß heute im Bezirksarchiv und suchte nach Bauplänen und Karten für das Napoleonische Geläuf, das unter der Siegesnadel verborgen sein sollte. »Lasst uns trotz dieser traurigen Umstände die Verkehrssicherheit nicht aus den Augen verlieren. Wir wollen eine dieser charakteristischen Gefahrensituationen einmal üben. Du hier, wie heißt du?« Er wies auf ein Mädchen mit blonden Zöpfen, das ein geblümtes Kleid trug.

»Helene Heinemann«, erwiderte die.

»Helene, du bist unsere Radfahrerin. Du fährst auf dem Radweg geradeaus. Schieb dein Fahrrad ein paar Meter zurück.«

Helene nahm ihre Position ein, drehte sich um und wartete auf weitere Instruktionen. Farnikau pfiff einmal kurz.

»Sehr gut, Helene. Jetzt brauchen wir noch einen Lastzug.«

»Vielleicht können Sie ja den Laster spielen«, sagte ein Junge, der ein T-Shirt mit einer grünen Comic-Figur trug. »Sie sind … äh … sehr groß. Und Sie wissen genau, worauf es ankommt.«

Der Junge sah vollkommen unschuldig drein. Es war ein konstruktiver Vorschlag, nichts weiter.

Pachulke biss sich auf die Zunge und lächelte. »Eine ausgezeichnete Idee. Gefällt mir, wie ihr euch in die Situation hineinversetzt. Wie ist dein Name?«

»Robert Bittner.«

»Gut, Robert. Du gibst das Startsignal, wenn alle auf ihren Plätzen sind. Jetzt braucht der Laster aber noch einen Anhänger. Zwei von euch spielen den Anhänger. Wer will den Anhänger spielen?«

Es meldeten sich ein Junge und ein Mädchen, die David und Sophie hießen. Dieser David musste der frühere Banknachbar von Cem sein. Er hatte nur Augen für Sophie.

Pachulke erklärte: »David, du fasst mich an die Hüften. Sophie, du folgst David, wie bei einer Polonaise. Helene, du fährst langsam auf die Kreuzung zu, aber nicht in uns hinein. Robert gibt das Startsignal. Alle auf die Plätze, auf drei.«

Die Kinder ließen keine von Pachulkes Vorkehrungen aus den Augen. Er hatte ihre ungeteilte Aufmerksamkeit. Robert breitete die Arme aus, Handflächen nach oben. Helene stellte einen Fuß auf das Pedal. Davids kleine Hände umgriffen Pachulkes Hüftwülste, Sophie rief: »Bin so weit.« David drehte sich zu ihr um und sagte: »Nicht kitzeln, bitte.«

»Eins«, zählte Robert. »Zwei.« Er hob die Arme. »Drei.« Er klatschte die Handflächen zusammen.

Helene setzte sich in Bewegung. Und mit kleinen Schritten zog auch der Lastzug los. Pachulke kommandierte: »Wir fahren einen weiten Bogen, die Anhänger dürfen den Bürgersteig nicht berühren.« Er scherte ein wenig aus und hoffte, die beiden Kinder würden ihm folgen. In der Kurve hielt er sich die Hand vor das rechte Auge. »Hier ist oft ein toter Winkel. Tot im doppelten Sinn. Der Fahrer kann nichts sehen, und das kostet vielen Radfahrern jedes Jahr das Leben, vor allem Kindern.«

Helene rollte auf die Kreuzung zu. Wenn sie nicht bremste, würde sie Sophie über den Haufen fahren. Jetzt zog sie am Lenker, um auszuweichen. Gleich darauf stieß Helene einen spitzen Schrei aus. Sie hielt den Lenker in der Hand. Nur noch mit den Bremszügen war er mit dem Fahrrad verbunden. Helene schwankte auf dem Sattel hin und her. Sie versuchte, mit ihrem Körpergewicht zu steuern, aber das half nichts. Sophie und David ließen los und rannten davon, dann rammte das Fahrrad Pachulkes Knie. Helene knallte gegen seinen Brustkorb, und Pachulke ging zu Boden. Farnikau hörte gar nicht mehr auf zu trillern.

Als Pachulke wieder die Augen öffnete, sah er in eine Runde schreckensbleicher Gesichter. Neben ihm lag Helene mit dem Gesicht auf dem Asphalt und schluchzte, dass ihre kleinen Schultern zuckten. Pachulke schob das Fahrrad beiseite und richtete sich auf. Das Schutzblech hatte seine Hose zerfetzt, und er blutete. Vorsichtig bückte er sich und legte Helene die Hand auf die Schulter. »Kannst du aufstehen? Bist du verletzt?«

Helene richtete sich auf und sah an sich herunter. Ihr Kleid war sandig, und sie klopfte sich ab. Auch von den Knien klopfte sie den Sand und von den Handflächen, die zerschrammt waren. Sie schüttelte den Kopf. Sie schüttelte ihre blonden Locken. »Es war nur der Schreck. Sie haben mich gerettet. Danke, Herr Kommissar.«

Pachulke fiel ein ganzer Zentner Steine vom Herzen. War er eigentlich versichert, wenn er Fahrunterricht gab? Er hätte die Fahrräder erst alle auf ihre Verkehrstauglichkeit prüfen sollen. Natürlich, keiner zog jemals diese Mutter nach, die Lenker und Gestänge miteinander verband, höchstens wenn die Höhe des Fahrrads verstellt werden musste. Und wie oft kam das vor? Einmal, zweimal im Jahr. Er klopfte Helene auf die Schulter, dann stellte er das Fahrrad auf den Ständer.

»Ihr habt gut reagiert«, sagte Pachulke zu David und Sophie.

Ein Kind drückte Pachulke den Lenker in die Hand. Und da sah er die Schnittkante. Der Lenker war angeflext worden. Das Rohrgestänge war nur noch durch zwei schmale Metallstege zusammengehalten worden, die irgendwann brechen sollten. Genau das war passiert.

Pachulke hielt den Atem an. Das war ganz sicher kein Unglücksfall, kein Materialverschleiß, kein Konstruktionsfehler. Das war Manipulation von Menschenhand. Aber konnte er das mit seinen zwanzig minderjährigen Zeugen diskutieren?

»Helene, siehst du dir das bitte einmal an?« Das Mädchen warf einen Blick auf den Lenker und riss die Augen auf. »Angesägt?«, fragte sie schließlich.

Pachulke nickte. Die anderen Kinder kamen unaufhaltsam näher. Die, die weiter hinten standen, stellten sich auf die Zehenspitzen. Alle beäugten den Fahrradlenker.

Helene weinte immer noch, doch dann brach sie ihr leises Schniefen ab. Sie schien zu überlegen, dann lachte sie lauthals auf, während ihr immer noch die Tränen über die Backen liefen. »Da kann Anna ja froh sein, dass sie verschwunden ist«, sagte sie.

»Ich verstehe nicht.« Pachulke kam bei dem Gefühlssturm nicht mehr mit.

»Das ist Annas Fahrrad«, sagte das Mädchen mit den rosafarbenen Haaren. »Sie hat es Helene geliehen. Helenes Fahrrad ist vergangene Woche geklaut worden.«

Pachulke knirschte mit den Zähnen. Dann wühlte er sein Handy aus der Tasche. Zu Helene sagte er: »Wir müssen das Fahrrad zur Spurensicherung bringen.«

Helene fing wieder an zu schluchzen. Das Mädchen mit den rosafarbenen Haaren legte ihr den Arm um die Schulter.

Pachulkes Blick fiel auf ein Schild, das den Eingang zur Mensa anzeigte. Irgendwo im Tiefparterre oder Keller hatte man auch hier eine Kantine in das Gebäude gezwängt, als der Ganztagsschulbetrieb eingerichtet worden war. »Hat eure Mensa schon geöffnet?«

Die Kinder nickten. Pachulke klemmte das Handy in die Kuhle zwischen Schulter und Kinn, holte zwei Scheine aus seinem Portemonnaie und drückte sie dem Mädchen mit den rosafarbenen Haaren in die Hand. »Auf den Schrecken lade ich euch zu einer Runde Limo ein. Oder Buttermilch, sucht euch etwas aus. Falls etwas übrig bleibt, ist das eine Spende für die Klassenkasse. Könnten Sie«, Pachulke wandte sich an Sportlehrer Farnikau, »die Klasse bitte beaufsichtigen?«

Als Antwort pfiff Farnikau zweimal und marschierte Richtung Kantine davon. Fast alle Kinder sagten »Danke, Herr Kommissar«, bevor sie ihre Fahrräder zu den Ständern brachten.

»Passt auf euch auf, Kinder«, rief ihnen Pachulke hinterher. »Da ist jemand unterwegs, der es auf euch abgesehen hat.«

Endlich hatte er Plink in der Leitung. Sie würde persönlich kommen, und sie würde den Kombi mitbringen.

Pachulke stand ganz allein auf dem Schulhof. Wenn das hier kein Unfall, sondern ein geschickt getarnter Mordanschlag gegen Anna Bürger war, dann musste man Cems Tod und Annas Verschwinden völlig neu beurteilen. Aber wenn er auf Anna einen Mordanschlag verübte, hätte derselbe Täter sie nicht auf dem Spielplatz verschwinden lassen müssen. Also gab es zwei Täter, oder der Krater im Park war so nicht geplant gewesen. *Wir kriegen dich*, dachte Pachulke, als er auf die Trümmer des Fahrrads blickte. In den Speichen staken zwei Reflektoren, die jetzt im Tageslicht als zwei Smileys zu ihm hoch lächelten. *Wir kriegen dich.*

27 Kaum war Plink von der Spurensicherung erschienen, um das Fahrrad sicherzustellen, ging Pachulke los. Sein Weg führte ihn von der Hobrecht-Schule aus nach Norden an St. Hypokrit vorbei. In der zweiten Straße westlich vom Siegespark, genau auf Höhe des Spielplatzes wohnte Familie Pollinger, zweite Etage Vorderhaus. Aber Pachulke läutete vergeblich. Nach einiger Weile kam eine ältere Frau mit einer Einkaufstüte vorbei. Ehe sie die Haustüre aufschloss, musterte sie Pachulke von oben bis unten. »Falls Sie hier jemandem eine Doppel-Flatrate mit zweihundert Frei-SMS pro Monat verkaufen wollen, wir sind alle bestens versorgt.«

»Pachulke ist mein Name, Kriminalpolizei. Ich wollte zu Almut oder Richard Pollinger.«

Die Frau schüttelte den Kopf. »Die armen Leute. So eine nette Familie. Cem hat mir das mit der Mülltrennung erklärt. Bei Frau Pollinger habe ich einen Ring gekauft.« Sie streckte die rechte Hand nach vorn. Ein Silberring mit einem transparenten Aufsatz, geformt wie ein Blatt. Pachulke kannte dieses Design.

»Es ist niemand zu Hause.« Er spähte hoch zu den Balkonen in der zweiten Etage.

»Ja, die arbeiten beide.« Die Frau zog den Schlüssel aus der Haustür und stellte die Einkaufstasche ab. Sie schien einem Schwätzchen nicht abgeneigt.

»Beide?« Pachulke war überrascht. Cem war vor drei Tagen gestorben.

»Ja, Frau Pollinger ist in ihrem Laden vorne am Mehringdamm.«

Im Hintergrund fuhr eine S-Bahn vorbei. Wenn man vom Haus der Pollingers weiter nach Westen lief, gelangte man direkt zum Jugendlabor. Nur die Gleise musste man überqueren. »Wo wohnen Sie denn im Haus?«, fragte er die Frau.

»Vorderhaus, Hochparterre. Seit siebenundzwanzig Jahren. Czerny, Hilde Czerny.« Sie zündete sich eine Zigarette an, Pachulke lehnte dankend ab.

»Allein?«

»Ja, allein. Wieso, suchen Sie ein Zimmer? Ich vermiete nicht mehr. Aber eine Schulfreundin von mir …«

»Sitzen Sie manchmal am Fenster und sehen zu, was hier so alles passiert?«

»Äh … das mache ich tatsächlich. Erst stirbt Rudi Carrell, dann Loriot. Da muss man schauen, wo man bleibt.«

»Haben Sie am Dienstagabend jemanden vorbeikommen sehen, der hier sonst nicht vorbeikommt? Oder jemanden, der verdächtig aussah? Der zu den Gleisanlagen wollte?«

»Momentchen, da muss ich überlegen. Abends war es schön, da war ich auf dem Balkon. Da sind jede Menge Leute vorbeigekommen.« Hilde Czerny wich einen Schritt zurück. »Am Dienstag ist Cem doch dieses schreckliche Unglück zugestoßen. Worauf wollen Sie eigentlich hinaus? Kripo, haben Sie gesagt?« Sie zog schnell an ihrer Zigarette. »Das ist nicht Ihr Ernst.«

»Ich fürchte, es ist eine Möglichkeit. Wer kam hier vorbei?«

»Dieser Zausel mit dem ungebügelten Anzug.« Die Augen der Czerny schimmerten feucht. »Ich kenne ihn nur vom Sehen. Er hat am Mehringdamm einen Buchladen, glaube ich. Aber meistens sehe ich ihn, wenn er wie angestochen durch den Park läuft. Der sollte mal zum Friseur gehen.«

»Im Siegespark ist er öfter zu finden?«, fragte Pachulke.

»Wenn ich mich dort hinsetze, um meine Zeitung an der frischen Luft zu lesen, ist er meistens da. Und läuft umher.«

»Trifft er sich mit jemandem?«

»Nein, aber er telefoniert viel.« Frau Czerny drückte ihre Zigarette aus.

»Und wo ist diese Buchhandlung?«

»Oben am Mehringdamm, fast am Platz der Luftbrücke.«

Almut Pollingers Laden lag am entgegengesetzten Ende. Dann würde Stiesel sich um diesen Buchhändler kümmern. Pachulke zückte sein Handy.

Wegen eines Trauerfalls geschlossen. Das Schild hing in der Tür, im Schaufenster lagen Ringe aus Silber, Gold und Weißgold, das aussah wie Silber, aber doch ein bisschen anders. Daneben hingen Halsketten und Armbänder, die so ähnlich aussahen wie das von Daniela Morgenitz. Die Kettenglieder bestanden aus simplen geometrischen Figuren, die zu einem fragilen und ausdrucksstarken Ganzen zusammengefügt waren. Engine Plink würden die Sachen gefallen, da war Pachulke sich ziemlich sicher. Aber was wäre ein Anlass für ein derartiges Schmuckstück? *Vielen Dank, dass Sie den Rioja ausgetrunken haben, zusammen mit mir.* Und bei Angehörigen von Mordopfern kaufte er ungern ein.

Im Laden war niemand zu sehen. Die Eingangstreppe neben dem Schaufenster führte von der Straße fünf Stufen zum Hochparterre. Weil zwei Arztpraxen in dem Haus waren, gab es einen elektrischen Summer. Die Haustür öffnete sich, aber Pachulke ging nicht zum Urologen in die erste Etage, sondern in den Hinterhof. Wie er es sich gedacht hatte, schlossen sich an den Laden noch weitere Räume an, die als Werkstatt dienten. Hinter dem Fenster zum Hof goss eine Frau heißes Wasser vom Kocher in eine Tasse. Pachulke wartete, bis sie den Kocher wieder abgestellt hatte, dann klopfte er an die Scheibe. Wie er geahnt hatte, fuhr die Frau herum und starrte ihn mit durchdringenden Augen an. Zwischen ihren blonden Haaren tauchten ihre Ohrmuscheln auf, die bei ihrem toten Sohn charakteristisch abstanden. Wie Cem hatte auch Almut Pollinger sehr große Hände. Mit einer machte sie jetzt eine Bewegung, als wollte sie eine Fliege verscheuchen. »Es ist geschlossen. Bitte gehen Sie.«

»Ich bin Hauptkommissar Pachulke. Ich möchte mit Ihnen gerne über Cem reden.«

»Was gibt es denn da noch zu besprechen?«

»Ich möchte nicht so laut brüllen, dass das ganze Haus mithören kann. Können Sie mich bitte reinlassen?«

Ein Riegel schnappte, und Pachulke trat vorsichtig ein. Er wollte weder die Tür an den Kopf kriegen noch als Eindringling wahrgenommen werden. Als Pachulke in der winzigen Küche stand, fragte Almut Pollinger: »Möchten Sie eine Tasse Tee?«

»Das ist sehr freundlich, gerne.«

In der Ecke gab es einen Brennofen, der aussah wie eine Tiefseekapsel, plump und rund, aus grauem Metall. An einer Werkbank hing ein Ledersack, auf der rechten Seite hingen verschiedene Lederköcher, in denen die Werkzeuge steckten: Hammer, Spachtel, Meißel und Schlägel, ein ganzes Set im Miniaturformat für Arbeit in höchster Präzision.

Almut Pollinger stellte einen Klappstuhl auf und reichte Pachulke eine Tasse, an der der Henkel abgebrochen war. »Was kann ich für Sie tun?«

Für Pachulke klang es wie: *Hauen Sie ab!* »Hier arbeiten Sie? Ist das hell genug für Sie?«

Almut Pollinger runzelte die Stirn. Sofern es möglich war, wurde ihr Blick noch abweisender. »Dadurch dass auf der anderen Seite das Hinterhaus nicht mehr da ist, ist es hier sehr hell. Ich arbeite, seit ich fünf bin, mit Schmuck. Meine Mutter war Goldschmiedin. Den Ofen habe ich geerbt von ihr.«

»Und Sie sind jetzt Silberschmiedin?«, fragte Pachulke und deutete auf einen Ring aus Silber, der auf der Werkbank lag.

»Erstens ist das hier Weißgold«, Almut Pollinger legte den Ring in ihre flache Hand, »und zweitens stellen Goldschmiede Schmuck her und Silberschmiede alles andere aus Edelmetall. Ein Kerzenhalter aus Gold: Silberschmied. Ein Diadem aus Silber: Goldschmied. Ich mache beides, aber vor allem gestalte ich Schmuck.« Sie klopfte auf den Ledersack. »Alles, was bei der Bearbeitung weggenommen wird vom rohen Metall, fällt in den Sack. Goldschmiede recyceln schon seit vielen Jahren.«

»Diese transparenten Einlegearbeiten vorne im Schaufenster sind sehr schön.«

»Das ist Emaille. Das ist meine Spezialität. Oder mein Alleinstellungsmerkmal, wie das heute heißt. Auch das hat mir meine Mutter beigebracht.«

»Und dafür ist der Ofen da?«

Almut Pollinger nickte. Ihre Gesichtszüge wurden ein wenig entspannter. Ihre Stirn war glatt.

»Wie lange braucht denn so ein Stück im Ofen?«

»Ein paar Minuten. Aber Sie wollen doch hier gewiss keinen Schnupperkurs in Goldschmiedekunst machen. Raus mit der Sprache. Warum stören Sie mich hier?«

Pachulke blies die Backen auf. »Die Polizei veranstaltet gerade Informationswochen an den Schulen. Die Direktorin der Hobrecht-Schule, Heidrun Tarp, hat mich gebeten, in den Abschlussklassen etwas über Fahrräder zu erzählen, und heute Morgen habe ich mit den Kindern der 6 b geübt.«

Bei dem Wort *Kindern* zuckte Almut Pollinger zusammen. »Und?«, fragte sie mit erstickter Stimme.

»Ein Mädchen namens Helene Heinemann fuhr auf dem Fahrrad von Anna Winter. Anna ist das Mädchen, das auf dem Spielplatz verschwunden ist.«

»Ich war dabei, als das passiert ist. Wir waren alle dabei.«

Pachulke sprach ganz vorsichtig weiter. »Anna hatte ihr Fahrrad an Helene verliehen, bevor sie verschwand. Helene hatte man kurz zuvor das Fahrrad gestohlen. Heute Morgen beim Fahrtraining ist die Gabel von Annas Fahrrad gebrochen. Helene ist gestürzt. Sie hat ein paar kleine Kratzer, sonst ist ihr nichts passiert.« Den letzten Satz hatte er schnell hinzugefügt, als er sah, dass Almut Pollinger schon wieder zusammenzuckte. »Das Fahrrad war manipuliert, der Lenker war angesägt.«

»Wie bitte?« Almut Pollinger kauerte sich auf ihrem Stuhl zusammen, als wollte sie Pachulke gleich ins Gesicht springen.

»Wenn Anna nicht auf dem Spielplatz verschwunden wäre, dann wäre ihr der Lenker vermutlich auf dem Weg zur Schule abgebrochen. Sie fuhr ganzjährig Fahrrad.«

Almut Pollinger knurrte: »Das war bekannt.«

Das war die erste Information, die sie Pachulke geliefert hatte. »Wem war das bekannt?«

Sie zuckte die Schultern. »Der ganzen Schule. Wenn es minus fünfzehn Grad hatte und keiner vor die Tür wollte, kam Anna mit dem Fahrrad. Sie hatte … hat es ja nicht weit bis zur Schule.«

Pachulke räusperte sich. »Annas Verschwinden war ein Unfall. Aber wenn sie nicht verschwunden wäre, wäre sie mit hoher Wahrscheinlichkeit Opfer eines Anschlags geworden. Und dadurch erscheint uns der Tod Ihres Sohnes in einem neuen Licht.«

Almut Pollinger knallte ihre Tasse auf die Werkbank. »Was?«, sagte sie, und ihre Stimme wurde immer lauter. »Was erzählen Sie da?«

»Bisher sind wir von zwei Unglücksfällen ausgegangen. Aber wenn es jemand auf Anna abgesehen hatte, dann möglicherweise auch auf Cem. Es könnte sein, dass Cem ermordet wurde.«

»Sie sind ja vollkommen bescheuert!«, schrie Almut Pollinger. Die Fensterscheiben klirrten nach. »Der Polizist hat doch gesagt, es war eine Vergiftung. Eine Kohlenmonoxid-Vergiftung. Er kam zu uns in die Wohnung und hat uns gesagt, dass unser Kind einen Unfall hatte.« Bei den letzten Worten schloss Almut Pollinger die Augen und ballte die Fäuste. »EINEN UNFALL!!«

Pachulke nickte bedächtig. »Das ist eine Ursache, für die Unannehmlichkeiten, die wir Ihnen jetzt bereiten. Die erste Untersuchung in diesem Jugendlabor wurde von einem Polizisten und nicht von einem forensischen Mediziner durchgeführt. Es gab zunächst auch keinen Grund anzunehmen, dass jemand Ihrem Sohn etwas angetan hat. Aber jetzt ...«

»WAS JETZT?« Almut Pollinger sprang auf und lief in der Werkstatt hin und her.

»Jetzt müssen wir bei Ihrem Sohn eine Obduktion durchführen.«

»Niemals!« Sie blieb vor Pachulke stehen. »Cem ist tot, er wird beerdigt, und damit hat sich die Sache. Niemand wird ihn anfassen. Niemand! Und jetzt gehen Sie. Raus hier, sofort!« Sie riss Pachulke die Tasse aus der Hand. Tee schwappte auf den Boden, die Tasse knallte in die Spüle.

»Frau Pollinger. Die Direktorin von Cems Schule hat mich auch deshalb als Verkehrstrainer angefragt, weil sie befürchtete, dass durch die Konkurrenz um die weiterführenden Schulen Eltern auf andere Kinder losgehen könnten. Hat jemand Cem deswegen in den letzten Wochen und Monaten bedroht? Oder angegriffen?«

»Nein, das ist völliger Quatsch. Wir sind alle befreundet.« Almut Pollinger hatte sich wieder hingesetzt und antwortete, ohne Pachulke eines Blickes zu würdigen.

»Hätte Cem Chancen gehabt auf einen Platz im Rosenhof-Gymnasium?«

»Was spielt denn das bitteschön für eine Rolle. Selbstverständlich hätte er Chancen gehabt. Es gab eine inoffizielle Warteliste, und er war ziemlich weit vorn, Platz vier. Das hätte auf jeden Fall gereicht.«

»Und Anna Winter?«

»Anna war auch vorne mit dabei. Ein, zwei Plätze hinter Cem.« Almut Pollinger stand wieder auf. »Hören Sie doch auf, das ist doch vollkommen absurd, dass jemand deswegen ... Ich glaube es einfach nicht.«

»Das ist genau so unvorstellbar wie jedes andere Tötungsdelikt, insbesondere wenn der Täter aus dem Umfeld des Opfers kommt. Und es garantiert uns niemand, dass es nicht noch zu weiteren Angriffen auf Kinder kommt. Auch deswegen müssen wir Ihren Sohn obduzieren. Wenn es ein Mord war, müssen wir alles über die Tat herausfinden. Nur so können wir den Täter finden.«

Almut Pollinger schüttelte den Kopf. »Ich muss das mit meinem Mann ... Ich muss das mit Richard besprechen. Wir hatten ... Ich wollte hier einfach nur ein paar Stunden allein sein, zu mir selbst kommen. Wenn ich arbeite, kann ich am besten nachdenken. Heute Nachmittag müssen wir einen Sarg aussuchen. Verstehen Sie, was das heißt: einen Sarg heraussuchen?« Sie setzte sich wieder hin und hielt den Kopf zwischen den Händen.

»Wissen Sie«, sagte Pachulke, »das ist für uns das Schlimmste an unserer Arbeit. Eltern sagen, dass ihr Kind tot ist. Dass es jemanden gibt, der es umgebracht hat.«

»Aber ein zwölfjähriger Junge hat doch keine Feinde. Er hat doch niemandem etwas getan.«

»Manchmal reicht es, dass man jemandem im Weg ist.«

»Aber Cem war im Labor, in seinem Labor. Das Labor war sein Lieblingsort.«

»Das erhöht die Wahrscheinlichkeit, dass es jemand war, der ihn gezielt ausgewählt hat, aus was für Gründen auch immer.« Pachulke erhob sich. »Bitte sprechen Sie mit Ihrem Mann. Und rufen Sie mich an. Im Moment haben Sie vor allem die Beerdigung im Kopf. Cem soll seine Ruhe finden, Sie wollen Ihre Ruhe finden. Aber Sie werden auch noch in zehn Jahren mit dem Tod Ihres Sohnes beschäftigt sein. Und sich dann vielleicht die Frage stellen, wer es gewesen sein könnte. Jemand, den er gekannt hat? Jemand, den Sie gekannt haben, der hier in der Nachbarschaft wohnt, der mit Cems Schule zu tun hat?«

Almut Pollinger geleitete Pachulke durch den Laden zur vorderen Tür. Sie kamen an einer Vitrine mit Armbändern vorbei. »Daniela Morgenitz hat auch so eines von Ihnen gekauft, nicht wahr?«, fragte Pachulke.

»Verschiedene Sachen hat sie bei mir gekauft. Sie ist sehr präsent als Persönlichkeit, wenn Sie wissen, was ich meine. Diese zarten Sachen passen zu ihr. Es gibt Frauen, die tragen keinen Schmuck, sondern der Schmuck trägt die Frau. Das hat Daniela Morgenitz nicht nötig. Einige Leute aus der Nachbarschaft kaufen bei mir. Erst war es Bernstein, als ich den Laden übernommen habe. Damit habe ich angefangen, habe die Bestände meiner Vorgängerin abverkauft. Für Stammkunden arbeite ich nach wie vor mit Bernstein. Wenn jemand Ohrringe passend zur Brosche möchte oder wenn ein Lieblingsstück repariert werden muss. Das hier«, Almut Pollinger zeigte auf eine Armkette aus lauter transparenten Blättern, »soll ich für Daniela Morgenitz reparieren. Das ist verschiedenfarbige Emaille in Silber gefasst.«

Pachulke konnte es nicht glauben, dass die Frau, die voller Begeisterung über Schmuck sprach, die gleiche war, die ihn eben noch aus der Werkstatt werfen wollte. In ihrem Laden war Almut Pollinger ein anderer Mensch.

»Corinna, die Mutter von Fred hat eine Brosche in diesem

Stil von mir.« Sie deutete auf das Armband. »Fred müssten Sie bei der Fahrradstunde gesehen haben. Sie hat rosa Haare.«

»Ja, ich erinnere mich. Das Mädchen heißt Fred?«

»Eigentlich Frederike. Aber sie will, dass man sie Fred nennt.«

»Und Fred will auch aufs Rosenhof?«

»Ja, aber für sie wird es eng.«

»Sie ist weiter hinten auf dieser Warteliste?«

»Ja, Corinna hat neulich so etwas angedeutet.«

»Wäre es wichtig für Fred, auf das Rosenhof-Gymnasium zu gehen?«

Almut Pollinger starrte Pachulke an. »Ich glaube, für Corinna wäre es noch wichtiger als für Fred. Sie bräuchte dringend mal ein Erfolgserlebnis, nach all den Jahren als Mutter allein. Das kostet so viel Kraft.« Sie schluckte. »Das heißt nicht, dass ich Corinna verdächtige. Sie kann niemandem ein Haar krümmen. Sie ist nur … manchmal so müde. Und wenn sie wüsste, dass eine ihrer beiden Töchter gut untergebracht ist, das würde ihr richtig guttun.«

28

Stiesel war der Buchladen vorher nie aufgefallen, obwohl er fast beim Polizeipräsidium lag. Vielleicht weil im Schaufenster nur Schulbücher lagen. *Latein im Schlaf – Das 100-Stunden-Hörbuch mit Vokabeln für das Unterbewusstsein.* Gleich daneben *Machiavelli für die Sekundarstufe I – Machtstrategien für die Mittelstufe.* Warum würde ein Schüler so ein Buch lesen? Und wer würde es kaufen? Als Topseller wurde es angepriesen. Aber wenn alle das gleiche Buch lasen, hatte keiner dem anderen etwas voraus.

Hinter der Ladentheke hockte ein schlecht rasierter Mann hinter einem Laptop und gab Daten ein. Zwischen dem Zeigefinger und Ringfinger der rechten Hand hielt er eine Zigarette.

»Guten Tag, Stiesel, Kriminalpolizei. Ich ermittle in dem Mord an Cem Pollinger, einem Schüler der Hobrecht-Schule, die Sie auch betreuen. Sie wurden am Dienstag zur Tatzeit auf dem Bahngelände an der Crellestraße gesehen. Ich wüsste gerne, was Sie dort zu suchen hatten?«

Der Mann klappte den Laptop zu und richtete sich kerzengerade auf. »Wer behauptet denn, dass ich auf dem Bahngelände war?«

»Ich behaupte das. Wie heißen Sie?«

»Steht draußen an der Tür.«

»Steht auch in Ihrem Personalausweis, den Sie sicherlich mitnehmen werden, wenn wir beide gleich zusammen aufs Präsidium gehen.«

»Fleming, Sebastian.«

»Also schön, Herr Fleming. Wo reden wir?«

Fleming stand auf und ging zur Tür. Stiesel folgte ihm auf den Fuß.

»Keine Sorge, ich laufe nicht weg.« Er drehte das Schild *Geschlossen* in der Tür nach außen, sperrte ab und versetzte Stiesel einen Stoß vor die Brust. Stiesel flog über einen niedrigen Tisch mit Bildbänden. Zum Hof hin knallte eine Tür ins Schloss. Stiesel rappelte sich hoch. Der Laptop war weg. Er rannte zum Hinterausgang. Die Tür war abgesperrt. Stiesel blieb nichts anderes übrig, als Plink anzurufen. Die konnte das Schloss knacken und gleich den Laden hier auf den Kopf stellen. In der Zwischenzeit durchstöberte Stiesel den Laden. Unter einer losen Diele fand er eine Plastiktüte mit siebenundzwanzigtausend Euro in bar. Der Mensch lebte eben nicht von Machiavelli allein. Im Hinterzimmer standen drei große Kisten mit gebrauchten Büchern, Sprachkursen, Handwörterbüchern, Grammatiken. Das war merkwürdig, denn vorn im Laden gab es keine gebrauchten Bücher. Stiesel hob eine Handvoll Bücher aus der Kiste. Darunter kam ein gelbes Päckchen zum Vorschein. Viele gelbe Päckchen mit sehr viel Stoff. Stiesel schlug *The Goodest Ynglish*, einen Sprachkurs für die Oberstufe auf. *Übungsdialog* stand oben auf der Seite, und darunter

– *Sweetnessheart, what watch?*

– *Ten watch.*

– *Such much.*

Das klang ganz anders, als Stiesel es früher einmal gelernt hatte. Sebastian Fleming war jetzt auch ein Fall für die Drogenfahndung.

29

Nach dem Mittagessen in einer vietnamesischen Suppenküche am Mehringdamm setzte sich Pachulke in ein Café. Er schlürfte seinen schwarzen Kaffee mit Zucker, als Bördensen anrief. Im Urban-Krankenhaus war Veronika Mertens noch immer ohne Bewusstsein. Der Wirkstoff, der sie außer Gefecht gesetzt hatte, war noch nicht identifiziert. Sie bekam Infusionen, um die Abwehrkräfte zu stärken.

Pachulke dachte an Almut Pollinger, die er an der Seele verwundet in ihrem Laden zurückgelassen hatte. *Wir sind nicht die Bösen. Wir sind die, die das Böse aufspüren.* Und die Menschen, denen das Böse widerfuhr, brauchten jemanden, dem sie ihre Wut und Hilflosigkeit ins Gesicht brüllen konnten. Er hoffte inständig, dass die Pollingers sich der Obduktion nicht verweigern würden. Sie konnten nichts dagegen machen, nicht, wenn ein Mordverdacht im Raum stand. Aber diesen Kampf hätte Pachulke sich und den Eltern von Cem gern erspart.

Als Nächstes rief Pachulke Zabriskie an. Das Bahngelände musste in dem Abschnitt zwischen den beiden Schulen und dem nördlichen Ende des Siegesparks in seiner gesamten Breite abgesucht werden. Sie sollte bei den uniformierten Kollegen Personal anwerben. Er bestellte sich noch einen Kaffee.

Heidrun Tarp ging sofort ans Telefon. Sie war über den Fahrradunfall bereits informiert, und Pachulkes Vermutungen zum Tod von Cem gefielen ihr gar nicht. »Morgen ist unser Spendenlauf. Die ganze Schule ist auf den Beinen. Falls der Mörder es auf ein weiteres Kind abgesehen hat, wäre das der perfekte Moment, um zuzuschlagen.«

»Könnte man den Spendenlauf verschieben?«, fragte Pachulke vorsichtig.

»Das ist leider völlig unmöglich. Wenn wir das Geld verlieren, bricht hier einiges zusammen. Vor allem unseren Computerraum, den wir so dringend brauchen, können wir uns dann von der Backe putzen.«

»Aber so etwas zahlt doch der Bezirk.«

»Früher vielleicht einmal. Erst hat man uns zur Eigeninitiative ermuntert und damit geködert, dass wir dadurch das eine oder andere Extra finanzieren könnten. Kaum hat das mit dem Sponsoring einigermaßen funktioniert, kamen die Kürzungen.«

»Ich würde gerne zwei Leute in Zivil abstellen, die die Augen offen halten.« Pachulke winkte dem Kellner und bestellte noch einen Kaffee.

»Sehr gerne«, sagte Frau Tarp, »aber bitte nicht den Kollegen, der sich auf Gewaltprävention spezialisiert hat.«

Kaum hatte Pachulke aufgelegt, als Stiesel anrief. Pachulke ging zur Buchhandlung und stieß dort fast mit Anton Löffelholz zusammen. Plinks Assistent sah mit seinem schweren dunklen Brillengestell aus wie ein angesagter Diskurshengst der deutschsprachigen, elektrisch verstärkten Unterhaltungsmusik, die auch politisch Stellung bezieht. Er trug einen großen Karton mit gelben Päckchen zum Auto.

Sebastian Fleming war mit der U 6 bis nach Alt-Mariendorf geflohen, dank der Überwachungskameras konnte er eindeutig identifiziert werden. Danach war er mit dem Linienbus tief in den Süden der Stadt gefahren, wo sich seine Spur an einer Umsteigehaltestelle verlor. Jetzt war Bördensen für die Koordinierung der Fahndung zuständig. Stiesel musste zu seiner großen Freude raubkopierte Grammatiken für Bulgarisch inventarisieren.

Bördensen koordinierte Suchtrupps, die in konzentrischen Kreisen um die Haltestelle Passanten befragten und Suchplakate aufhängten. Außerdem ließ er überprüfen, ob Verwandte oder berufliche Kontakte in der Nähe dieser Haltestelle wohnten. Sonst war er manchmal ein wenig angefressen, wenn er die Telefon- und Schreibtischjobs zu machen hatte. Er fand, seine alkoholverliebte und sexbesessene Kollegin könnte auch einmal ein paar Tage in dem scheußlichen Büro verbringen. Andererseits: auf einen Säureanschlag auf seinen Hintern oder Schlimmeres konnte er getrost verzichten. Immerhin war Stiesel da, sein Blitzableiter, Gute-Laune-Generator und zuverlässiger Partner, der sich aufziehen ließ und immer einen konstruktiven Gedanken hatte, zum Beispiel jetzt, sich eine Rosinenschnecke mit Kaffee aus der Kantine zu holen und Bördensen auch etwas mitzubringen.

»Eine Art Magensäure«, hatte Engine Plink gesagt, und Zabriskie mit der zerfressenen Jeans an den Gerichtsmediziner Tenbrink weiterverwiesen. »Ich war für die Hose zuständig, welche gesundheitlichen Auswirkungen die Substanz hat, ist Sache eines Arztes.«

Also humpelte Zabriskie in die Gerichtsmedizin. Sie konnte eines ihrer Beine im Moment kaum bewegen. Natürlich gab es auch eine eigene medizinische Versorgung bei der Polizei, aber der Leiter war ein Grabscher, und unter seinem kalten Blick fühlte sich Zabriskie toter als Tenbrinks Leichen in der Pathologie.

Tenbrink war einen Kopf größer als Zabriskie, und sein Haar war zu einer schwungvollen Tolle frisiert. Seine Geheimratsecken trug er mit Würde. Er wickelte den Verband ab, den Zabriskie sich am Morgen viel zu locker angelegt hatte.

Als er die wunde Stelle am Oberschenkel sah, schnalzte er mit der Zunge. »Das sieht nicht gut aus. Sie haben Glück gehabt. Auf der nackten Haut oder mit einer dünneren Hose hätte sich das Zeug richtig tief in Ihr Fleisch gefressen. Im schlimmsten Fall hätte dann Ihr Bein amputiert werden müssen.«

»Und was jetzt?« Zabriskie starrte auf die gerötete, unregelmäßige Stelle auf ihrem Oberschenkel, als würde dort ein Pilz wachsen.

»Jetzt machen wir eine Rotlichtbestrahlung an Ihrem Gesäß und Oberschenkel.«

»Ich hätte nie gedacht, dass Sie einmal im Rotlichtmilieu arbeiten würden«, sagte Zabriskie, die es genoss, in Tenbrinks Beisein zweideutige Witze reißen zu können. Kollege Dorfner hätte eine derartige Bemerkung sofort als Einladung verstanden, sein humoristisches Potenzial und andere Facetten seiner Persönlichkeit mit Zabriskie zu teilen.

Tenbrink lachte laut und brachte eine Lampe für Zabriskie. »Die können Sie mit nach Hause nehmen. Vor dem Einschlafen noch einmal zehn Minuten und dann morgen früh auch zehn Minuten. Das trocknet die Wunde aus. Wenn Sie mit der Bestrahlung fertig sind, kriegen Sie von mir eine andere Salbe und einen Strumpf, damit der Verband immer gut sitzt, ohne Sie abzuschnüren. Die Salbe vom Notarzt ist nicht schlecht, er hatte den richtigen Riecher, sie ist aber zu unspezifisch für organische Säuren.«

»Magensäure klingt gar nicht nach Giftmüll.«

»Stimmt. Das klingt nach einem Lebewesen.«

»Einem Tier?«

»Ja, einem Tier.« Tenbrink zog Gazestoff von der Endlosrolle über die Behandlungsbank, und Zabriskie legte sich auf den Bauch. »Ein Tier, dessen Magensäure Jeansstoff schmelzen lässt wie Schnee in der Sonne. Sie sollten meinen Befund den Leuten mitteilen, die die Frau vom Kollwitzplatz untersuchen.«

Während der Bestrahlung schlief Zabriskie fast ein, der Jetlag machte sich wieder bemerkbar.

Tenbrink knipste die Lampe aus und sagte: »Die Kollegen im Urban-Krankenhaus denken in die gleiche Richtung und tippen auf Insekt.«

»Das klingt völlig zusammenhanglos.«

»Ja, aber Ihre Verletzung ist ausgesprochen real. Und der anderen Patientin geht es nicht gut. Sie wird ihren Arm verlieren, die Säure hat den Knochen zu sehr angegriffen. Man hat ihr direkt ins Fleisch gespritzt.«

Zabriskie schüttelte sich. »Da kann ich ja dankbar sein, dass Sie meinen Arsch gerettet haben.«

Tenbrink verzog keine Miene. »Sie sollten sich jetzt ins Bett legen. Bei einer derartigen Verletzung ist Ruhe ein wesentlicher Faktor für die Genesung. Das Gift wird sich in Kleinstpartikeln im ganzen Körper ablagern.«

Vielleicht sollte ich mich wirklich ins Bett legen, dachte Zabriskie. Stattdessen sagte sie zu Tenbrink: »Es hat einen Anschlag auf eine Schülerin der Hobrecht-Schule gegeben. Pachulke geht jetzt davon aus, dass Cem Pollinger, das tote Kind aus dem Jugendlabor, ermordet wurde. Sobald wir die Zustimmung von den Eltern haben, müssten Sie die Überführung vom Beerdigungsinstitut hierher organisieren.«

Tenbrink schnalzte wieder mit der Zunge. »Und die Obduktion dann möglichst morgen, vermute ich.«

Zabriskie nickte. »Das wird sich nicht vermeiden lassen.«

Tenbrink zuckte mit den Schultern. »Schade, eigentlich hätte ich den Samstag lieber mit meinen Kindern verbracht.«

Anstatt nach Hause zu gehen, saß Zabriskie eine Stunde später zusammen mit den beiden Verantwortlichen im kleinen Hof des Jugendlabors direkt neben den Bahngleisen. Philipp Schwede war immer noch äußerst kleinlaut. »Das werde ich mir nie verzeihen«, sagte er immer wieder. Nur mühsam gelang es Zabriskie, ihn zu den Ereignissen des Dienstags zu lotsen.

Thomas Glauger, der Verwaltungschef, saß stumm dabei und nippte an seinem Kaffee.

»Also, Sie waren oben auf der Straße und haben mit Ihrer Freundin telefoniert. Von wann bis wann?«, fragte Zabriskie schließlich.

Schwede fummelte an seinem Handy herum. »Von 19.37 Uhr bis 19.58 Uhr, ganz genau«, erklärte er.

»Haben Sie dabei jemanden auf der Straße gesehen?«

»Ja, da kam ein Mann vorbei, mit einem alten Anzug und einem Dreitagebart. Den habe ich hier noch nie vorher gesehen.«

»Und sonst?«

»Auf der Straße nicht, aber auf dem Bahngelände war diese Frau, die dort immer nach Kräutern sucht.«

»Ein Kräuterweiblein?«, fragte Zabriskie und stellte sich eine alte Frau mit Kopftuch und einem groben Weidenkorb vor.

»Nein, jünger, und irgendwie auch ziemlich elegant. Ich glaube, sie trug sogar Schmuck.«

»Und wo war die unterwegs?«

»Zwischen dem Zaun und dem ersten Gleis von uns aus gesehen. Dem S-Bahn-Gleis, das nach Schöneberg und Wannsee führt. Die S1.«

»Und wann war das? Haben Sie da schon telefoniert?«

»Das muss kurz nach dem Beginn des Anrufs gewesen sein. Ich habe mich zuerst direkt an den Zaun gestellt, danach vor die Eingangstür, damit niemand einfach in das Labor spazieren kann. Aber das hat ja letztlich nichts genutzt. Ich werde mir das nie verzeihen.« Nebenan donnerte eine S-Bahn vorbei.

»Wenn Sie vor der Eingangstür standen, muss der Täter über die Küchentür ins Labor gekommen sein.« Zabriskie deutete auf die angelehnte Tür. »Das Schloss kann ein Achtjähriger knacken. Wer wusste denn, dass es Löcher im Zaun gab?« Diese Frage richtete sie an Glauger.

»Im Grunde konnte das jeder wissen, der Zaun ist ja völlig hinüber. Manchmal hat auf der Bank, auf der Sie sitzen, auch ein Obdachloser übernachtet. Wer sich regelmäßig auf dem Bahngelände aufgehalten hat, der wusste das sicherlich, Streckenwärter und solche Leute. Was ich nicht verstehe …«, er sah Zabriskie direkt in die Augen, »ist dieser Kanister mit Ameisensäure auf dem Labortisch. Unser Vorrat an Ameisensäure war verbraucht. Die neue Lieferung steht in der Küche.« Er deutete zur Küchentür.

»Sind Sie sich da absolut sicher?« Zabriskie starrte zurück.

»Ja, Ameisensäure ist ein Basisprodukt und hat vielfältige Funktionen. Die verbraucht sich schnell.«

»Ist der Kanister vom Dienstag noch da?«, wollte Zabriskie wissen.

»Der steht drüben, den habe ich aufgeräumt«, sagte Schwede. »Hoffentlich habe ich jetzt nicht die Fingerabdrücke verwischt. Das würde ich mir nie verzeihen.«

Sie gingen in den Raum, in dem Cem gestorben war. Der Kanister im Chemikalienschrank stammte vom gleichen Hersteller wie die Kanister in der Küche. »Wenn Sie nicht gerade nachbestellt hätten, wäre keinem aufgefallen, dass ein Kanister Ameisensäure zu viel da ist?«, fragte Zabriskie.

»Eigentlich hätte das auffallen müssen«, erwiderte Glauger. »Man soll Buch führen, welche Substanzen man entnommen hat. Aber da halten sich die wenigsten dran.«

»Keiner, eigentlich hält sich keiner dran«, ließ sich Schwede wieder vernehmen.

»Das ist eigentlich unverzeihlich«, sagte Zabriskie.

»Mann, immer soll ich an allem schuld sein, das wird mir jetzt wirklich langsam zu viel.« Schwede kaute an seinen Fingernägeln herum.

Zabriskie bereute bereits, was sie gesagt hatte. »Na ja, wir machen ja schließlich alle mal Fehler.« Zu Glauger sagte sie: »Ist Ihnen sonst noch etwas aufgefallen? War Cem anders in der letzten Zeit? War er bedrückt? Gab es ungewöhnliche Zwischenfälle?«

Schwede schüttelte den Kopf. »Cem war wie immer«, sagte er, obwohl die Frage nicht an ihn gerichtet war. »Von seiner Arbeit besessen, besorgt um die Zukunft unseres Planeten und gut gelaunt.«

Glauger überlegte eine Weile. Schließlich sagte er: »Einen Zwischenfall im eigentlichen Sinne hat es nicht gegeben. Aber etwas ist merkwürdig. Es gibt keine Ratten mehr hier.«

»Wie bitte?«

»Dieses Bahngelände mit dem Gebüsch und dem ganzen Müll, der hier abgeladen wird, ist eigentlich ein Paradies für Ratten. Aber sie sind weg. Die Ratten sind weg.«

»Und das sagt uns was in Bezug auf den Tod von Cem?« Zabriskie hielt Glauger für den Fähigeren von den beiden, aber wenn es darauf ankam, hatten die meisten Naturwissenschaftler etwas notorisch Weltfremdes.

»Das weiß ich nicht.« Glauger hielt immer noch seine Kaffeetasse in der Hand und trank wieder einen Schluck. »Ich bin seit sechs Jahren hier. Es gab Jahre, da haben die Ratten versucht, die Küchentür aufzunagen, es gab Jahre, da konnte man sie an zwei Händen abzählen. Aber hier im Umkreis habe ich seit etwa einem Monat keine Ratte mehr gesehen. Ich weiß das deswegen so genau, weil ich die letzte an dem Papierkorb gegenüber gesehen habe. Sie ist von unten hineingekrabbelt, da muss etwas Leckeres drin gewesen sein, eine halbe Wurst oder so etwas. Eine Passantin hat das gesehen und die Straßenseite gewechselt, so hat sie sich geekelt. Das war am ziemlich genau vor einem Monat, am 25. Februar.«

»Ich kann auf Ratten ganz gut verzichten«, sagte Zabriskie.

Glauger lachte. »Sie gehören nicht zu meinen Lieblingstieren. Aber Ratten sind extrem robust und intelligent. Wenn sie über Nacht verschwinden, ist das kein gutes Zeichen.«

30

Der Zieleinlauf im Hof der Hobrecht-Schule war mit Papierblumen und langen farbigen Bändern geschmückt. Krepppapier in Rot, Blau, Lila, Grün, Weiß, Gelb und Blau war zu Garben zusammengebunden und leuchtete in der Sonne. Auch der Rundweg war mit Bändern markiert. Die Gestaltung der Strecke hatten wie in den Jahren zuvor Hausmeister Jablonka, Sportlehrer Farnikau und der Vorsitzende der Elternvertretung der Hobrecht-Schule übernommen. Dieses Gremium legte in Absprache mit der Schulleitung auch fest, welchem Projekt das eingespielte Geld zugutekommen sollte. Im Streckenverlauf gab es jedes Jahr eine ausgeklügelte Neuerung. Im letzten Jahr mussten die Schülerinnen und Schüler quer durch den Sandkasten laufen. Heute sollten sie im Zick-Zack-Kurs auf den schmalen Steinwegen durch den Schulgarten rennen, an Zitronengras und Lavendel vorbei, sorgfältig beschriftet und das Namensschild in einer wasserdichten Plastikhülle. Die Plastikhüllen waren aber gar nicht wasserdicht, und so liefen die Etiketten innen an, dann verschmierte die Tinte und bleichte schließlich aus. Irgendwann standen nur noch ausgewaschene leere Schilder in den Beeten. Man musste schon wissen, dass es Sauerampfer war und daneben Rauke.

Es war doch nie, wie es sein soll. David Armbruster hatte beim Vorstellungsgespräch in der Rosenhof-Schule besonders die Namensschilder für die Rosen im Beet im Schulhof bewundert. Die waren aus Metall, und die Namen waren eingraviert, und die Gravur war mit schwarzer Farbe ausgefüllt. Wetterfest und schön.

Gerade lief David wie in Zeitlupe durch den Schulgarten. Jeden Fuß setzte er sorgfältig genau in die Mitte einer Steinplatte. Wer auf die Kante trat, den traf der Blitz, und wer daneben trat, der fiel tot um. Das war eines von Davids Lieblingsspielen. Das konnte er allein spielen, und er musste nicht besonders schnell dabei sein. Nichts durfte schnell passieren in seinem Leben, nur die Hausaufgaben, die gingen ihm flugs von der Hand. Er richtete einen der Äste, an denen ein Kreppgebinde hing, steckte ihn gerade in die Erde. Die hatte er persönlich zurechtgeschnitten, zusammengebunden, auf Äste gesteckt, und wenn es sein musste, mit Stecknadeln kaum sichtbar fixiert. Natürlich nicht allein, ein paar Mädchen aus seiner Klasse hatten mitgeholfen, Anna auch, die am Sonntag verschwunden war. Keiner sagte, dass sie tot war, aber es sagte auch keiner, was wirklich passiert war. Das war fast noch schlimmer. Die Erde hat sich geöffnet und Anna verschluckt. So war es gewesen, aber Erwachsene wollten für alles immer eine Erklärung haben. Oder eine geben. Oder wollten, dass man ihnen etwas erklärte. *Lass uns vernünftig darüber reden.* Wenn Davids Vater das sagte, hob sich seine Stimme und klang gequetscht und hoch, vor allem bei dem Wort *vernünftig*. Manchmal, wenn er mit Davids Antworten nicht zufrieden war oder wenn David Dinge wollte, die er nicht haben konnte, dann knirschte der Vater auch mit den Zähnen, kurz und beinahe unhörbar. Wahrscheinlich machte er dies nicht mit Absicht, genau wie er nicht mit Absicht wütend wurde. David machte einen Storchenschritt an den Silberdisteln vorbei. Sein Fußballen landete genau in der Mitte der Platte. Im Moment wollte er nichts anderes als rennen. Er wollte loslaufen, irgendwohin. Zum Supermarkt, am Meer entlang, durch den Wald. Wollte sein Herz spüren, unermüdlich wie ein Pferd oder einen Motor. David verstand die langen Wörter nicht alle, die der Arzt sagte, wenn er mit seinen Eltern sprach, doch *angeborener Herzfehler* hieß Nein zu ganz vielen Dingen. Der Arzt hatte zwei Stimmen, wie alle Erwachsenen, eine Stimme für Kinder, gütig, allwissend, beruhigend, freundlich brummend. Mit Davids Eltern und mit seiner Sprechstundenhilfe und am Telefon sprach der Arzt kurz, mit Nachdruck, völlig gleichförmig, als würde er etwas vorlesen und dächte dabei an etwas völlig anderes. Manchmal, wenn der Arzt Davids Eltern etwas sagte, warf seine Mutter David einen schnellen Blick zu, als dürfte er das nicht hören. Aber David hörte gar nicht mehr hin, hörte lieber auf sein Herz, wie es pochte unter seinem T-Shirt, ohne Pause.

Er stellte beide Füße mit den Zehenspitzen gerade nebeneinander und lauschte hinter sich. Es wurde lauter vorn im Hof. Dort sammelten sich jetzt die Läufer und ihre Familien, die Eltern und Großeltern, Tanten, Onkel und Geschwister. Es würden sehr viele Leute kommen, das Wetter war schön, und wenn alle spendabel waren, dann kam das Geld für den Computerraum schon heute zusammen. Ein Beamer, zwei Drucker und zehn neue Laptops standen auf dem Wunschzettel der Direktorin. Und David würde wieder den ganzen Tag am Zieleinlauf sitzen, Runden zählen und keinen einzigen Cent beisteuern. Deshalb war er in die Stille des Gartens geflohen. David hatte den Klangwald erreicht und stellte sich an das kurze Ende der Panflöte. Als er über eine der Röhren hinwegpustete, gab es einen hohen Ton. David blies jeden Ton einmal an. Als er vor dem längsten und tiefsten Bambusrohr stand, musste er zweimal hinsehen. In dem Bambusrohr steckte etwas drin. Ein zusammengerollter Umschlag.

David zog ihn mit spitzen Fingern heraus. *Für David Armbruster* stand darauf. David sah sich um, aber er war ganz allein. Er musste sich auf die Bank setzen. Es kribbelte im Nacken. Im Umschlag befanden sich ein Brief und eine von den Spendenbestätigungen, die man vorn beim Start/Ziel ausfüllen konnte. Mit zitternden Händen saß David da, als er alles durchgelesen hatte. In seinem Magen befand sich ein großer Ballen Flauschewatte, er spürte seine Beine nicht mehr. Jemand hatte David die Chance gegeben, an diesem Tag mehr Geld einzuspielen als seine ganze Klasse. Mehr als jeder Schüler in sechs Jahren Hobrecht-Schule erlaufen konnte. Das Geld würde locker für einen Laptop reichen. Vielleicht wäre sogar etwas übrig, um hier im Garten noch Metallschilder für die Pflanzen anzuschaffen. Als Davids Abschiedsgeschenk an seine alte Schule. David persönlich würden die Metallschilder nichts mehr nützen, denn er würde die Hobrecht-Schule in wenigen Wochen verlassen und auf eine neue Schule gehen. Vermutlich auf das Rosenhof-Gymnasium. David wohnte im Einzugsgebiet und hatte ordentliche Noten. Seine Mitarbeit in der Garten-AG – keine schwere Arbeit, kein Sport, oft an der frischen Luft – passte gut zu dem naturwissenschaftlichen Schwerpunkt vom Rosenhof. Auf der Warteliste war David ziemlich weit vorn. Er sah zu Boden. Das Herz tat ihm schon jetzt weh, vor lauter Aufregung vermutlich.

David ging in Richtung Turnhalle, wo das Rennen wie in jedem Jahr startete. Die Fünftklässler begannen um elf. Dann würden ihn seine Eltern gar nicht sehen und anfeuern können. Oder am Laufen hindern. Nein, die ganze Schule würde ihn anfeuern. Sophie würde ihn anfeuern.

Am Start- und Zielbereich hopsten lauter Erstklässler aufgeregt durcheinander. Ein Junge zog seine kurzen Frotteehosen bis über den Bauchnabel hoch und stieß einen vogelähnlichen Schrei aus. Ein Mädchen machte auf dem Absatz kehrt und rannte zurück in die Umkleidekabine. Mit ihren Socken in der Hand stürmte sie wieder ins Freie. Überall standen erwachsene Verwandte und gaben gute Ratschläge.

Frau Liepert drückte David ein Klemmbrett und einen Stift in die Hand. »Wo warst du denn? Es geht gleich los!« Sie strahlte ihn an. »Es haben sich fast alle gemeldet. Wir können heute ein richtiges Stück Geld zusammenbekommen. Schön, dass du uns wieder hilfst.«

David nickte und brachte ein Lächeln zustande. »Was kostet denn ein Computer?«, fragte er.

»Genau weiß ich das nicht, aber für fünfhundert Euro kriegen wir bestimmt, was wir brauchen.«

Fünf Runden, David musste nur fünf Runden überstehen, um einen Laptop zu ergattern. David trottete zur Ziellinie. Er war froh, die erste Schicht zu haben, dann konnte er sich später davonstehlen. Umziehen brauchte er sich nicht, nicht für fünf Runden. Mit den großen Zehen spürte er die Spendenverpflichtung in seinem Turnschuh. Der sicherste Platz, den David finden konnte. Wenn er zehn Runden schaffte, wären es zwei Laptops. Er musste ja nicht schnell rennen. Nur nicht aufhören damit.

Nach eineinhalb Stunden löste Fred ihn ab. »Du bist so blass«, sagte sie. »Ist alles in Ordnung?«

»Alles gut. Hab nur zu wenig gegessen heute Morgen.« David spazierte zu einem der Büdchen, wo die Sponsoren ihre Spendenverpflichtung abgeben konnten. Sophie hatte alle Hände voll zu tun, aber als sie David sah, lächelte sie. »Ich finde es toll, dass du immer dabei bist, obwohl du selbst nicht laufen kannst.«

David musste seine ganze Selbstbeherrschung aufbieten, um Sophie nicht ins Vertrauen zu ziehen. »Das ist doch gar nichts, es geht doch um die Schule.« Er sah die Beträge, die Eltern, Onkel, Tanten und Großeltern in die Spendenzettel eingetragen hatten. Meistens waren es fünfzig Cent pro Runde, manchmal zwei Euro, ganz selten fünf. *Das wäre doch eine Textaufgabe*, dachte David: *Beim Spendenlauf einer Grundschule bekommt Anton 50 Cent pro Runde, Blandine 1 Euro und Cindy 2 Euro. Wie viele Runden müsste jeder laufen, damit sich die Schule einen Laptop für 500 Euro kaufen kann? Zusatzfrage 1: Wie viele Runden muss jeder laufen, damit sie den Laptop zusammen kaufen und jeder gleich viele Runden läuft? Zusatzfrage 2: Wie viele Runden muss jeder laufen, damit alle den gleichen Betrag zu dem Laptop beisteuern?* David wurde schwindlig. Letztes Jahr hatte ein Junge aus der Sechsten, der jetzt auf ein Sportgymnasium ging, zweiundzwanzig Runden geschafft. Und was hatte er dafür bekommen? Elf Euro.

David holte sich einen Becher mit Früchtetee und setzte sich auf eine Bank an der Laufstrecke. Gerade waren die Viertklässler an der Reihe, drei Mädchen liefen ihre Runden Hand in Hand. Über ihre T-Shirts verteilte sich der Spruch: *Megabyte, wir sind so weit!* Sie hatten vor Lachen offenbar Seitenstechen. Viele Kinder kamen vorbei, besonders abgekämpft sah keines aus. Bei einem Mädchen, sie war schon etwas älter, weil ihre Eltern aus Kirgistan nach Deutschland gekommen waren und sie Deutsch nachholen musste, hörte er nach der zwölften Runde mit dem Zählen auf. Wenn eine Viertklässlerin zwölf Runden schaffte, dann sollte David das auch gelingen.

Dann wurde es Zeit. David stand auf. Er hatte keine Ahnung, wie man sich auf einen Lauf vorbereitete. Man wärmte sich auf, das wusste er, aber wie? Er machte ein paar Kniebeugen und hopste ein paarmal auf und ab. Alles würde sich finden.

Als er zurück zur Turnhalle kam, zogen sich gerade die Fünftklässler um. Die Klassenlehrer der Fünften kannten David nicht. Ein Lehrer schaute auf seine Liste. »Du stehst hier nicht drauf, welche Klasse?«

»Ich gehe in die 6 b. Wenn die Sechsten dran sind, habe ich einen Arzttermin. Ich möchte aber unbedingt laufen.«

»Braver Junge. Und den Spendenzettel hast du schon abgegeben?«

»Den füllen meine Eltern gerade aus.« David machte eine vage Geste in die Menge hinein.

»Na, hoffentlich steht ein vernünftiger Betrag drauf.« Der Lehrer lachte.

David lief rot an. »Doch, bestimmt.«

Der Lehrer sah an ihm herunter. »Du bist ja noch gar nicht umgezogen.«

David schluckte. »Irgend so ein Troll hat mir den Turnbeutel versteckt.« Er nickte zur Turnhalle.

Der Lehrer schüttelte den Kopf. »Man glaubt es nicht, aber von solchen Albernheiten lassen wir uns nicht abschrecken. Und zehn Runden reißt du locker auch in Jeans runter, was?«

David nickte zögernd. Fünf Runden, ein Laptop. Keinen Schritt mehr. Seine Eltern würden gar nicht da sein, wenn er lief. Er dachte an seine Mutter, die gelernt hatte, David mit einem Stethoskop abzuhören, und die das Stethoskop erst an ihre Brust gehalten hatte, als er noch klein war, damit es nicht kalt war.

Plötzlich hatte David Angst. Er wollte alles richtig machen, wollte niemanden enttäuschen. Er gab dem Mädchen, das seine Runden zählen würde, die Hand und trat an die Startlinie. Neben ihm stellten sich die Kinder aus den fünften Klassen auf und warteten auf das Startsignal.

Der Lehrer trat an sie heran und sagte: »Fünfte Jahrgangsstufe, fünfzehn Minuten höchstens. Wer gesundheitliche Probleme bekommt und sei es auch nur Seitenstechen, hört sofort auf. Wir haben da drüben zwar zwei Sanitäter«, er deutete auf den Rettungswagen, der in einer Ecke des Schulhofs geparkt war. »Aber wir freuen uns, wenn die beiden Herren einen ruhigen Vormittag verleben können.«

Ein kleiner Junge, höchstens zweite Klasse, hob mit ernstem Gesicht die Starterklappe. Das waren zwei Bretter, die an der Schmalseite mit einem Scharnier verbunden waren. Wenn man sie zusammenschlug, gab es einen Knall. Man brauchte keine Pistole. Der Junge wechselte einen Blick mit dem Lehrer.

Dieser sagte: »Auf die Plätze …«

Die Kinder spannten ihre Muskeln an, einige wackelten leicht vor Anspannung.

»Fertig …«

Jeder beugte sich vor und ging noch ein wenig mehr in die Hocke. *Fünf Runden*, dachte David.

»Los.« Der Junge knallte das Startholz zusammen. Die Kinder rannten los.

David ließ sich zurückfallen, und schon nach ein paar Metern war er allein auf der Strecke. Er setzte einen Fuß vor den anderen, der Jeansstoff rieb an seinen Oberschenkeln. Ihm war bisher nicht aufgefallen, dass der Schulhof in Richtung Schulgarten ein klein wenig anstieg, aber im Laufen spürte er jede Bodenunebenheit. Er fiel in einen Zockeltrott, achtete nicht auf die anderen Läufer, die ihn bald überrundeten, und vermied jeden Augenkontakt mit den Zuschauern.

Die erste Runde ging schneller vorüber, als er dachte. Er sah auf die große Uhr im Ziel, auf der rückwärts die fünfzehn Minuten auf null zurückliefen. Eine rote Digitalanzeige, auf der selbst die Hundertstelsekunden nicht fehlten. Wie viel Geld verdiente man in einer Hundertstel Sekunde, wenn man für jede Runde eine Minute brauchte und pro Runde einen Euro bekam?

Mitte der zweiten Runde fing das Seitenstechen an. David wäre gern langsamer geworden, aber dann wäre er nur noch spaziert. Also machte er langsame Laufschritte und sehnte die schmalen Steinwege im Schulgarten herbei. Sie markierten die Hälfte einer Runde. Vorsichtig lief er über die Steinplatten und dachte an ein Metallschild für *Laurus nobilis* und all die anderen Pflanzen, um die er sich seit der dritten Klasse kümmerte.

Zu Beginn der dritten Runde blieb ihm die Luft weg. Er keuchte und fasste sich an den Hals. Dann bekam er einen Hustenanfall. Die Augen tränten, er stolperte vor sich hin, danach ging es wieder. Mit der flachen Hand suchte er nach seinem Herzschlag, aber er konnte nichts spüren. Nur das Blut summte in seinen Ohren, pulste durch seinen Kopf. Als er wieder durch den Schulgarten kam, hatte er keinen Blick mehr für die Pflanzen. Er hatte das Gefühl, wieder so lahm zu laufen wie am Morgen, als er probehalber große Schritte in Zeitlupe gemacht hatte. Wahrscheinlich war er wirklich so langsam, denn als der Weg wieder breiter wurde, überholten ihn gleich vier Schüler, die vermutlich ungeduldig hinter David hergetrippelt waren, als sie nicht an ihm vorbeikamen. David konnte nicht mehr, er hatte genug.

Zwei Runden reichten aus. David hatte vergessen, was ein Beamer oder ein Drucker kosteten. Seine Füße sahen aus wie zwei fremde Tiere, die versuchten, vor ihm wegzulaufen. Er jagte seinen Füßen hinterher, aber womit hätte er ihnen auf den Fersen bleiben sollen, wenn er keine Füße hatte? Als er hochsah, tauchte die Ziellinie vor ihm auf und mit ihr die roten Zahlen der Digitalanzeige. Eine Sieben flog auf ihn zu und huschte hart an seinem Ohr vorbei, dann kamen da Dreier und Vierer in langen Kolonnen, die aus dem Display herausflossen und in großen roten Pfützen den Schulhof bedeckten. Und dann explodierte die Uhr und Davids Zeit war um. Das Letzte, was er sah, war ein Zettel, auf dem die Zahl Hundert stand, aber die Zahl war nicht rot, sondern schwarz, und als er nach ihr greifen wollte, zerkrümelte sie unter seinen Händen, und das Blatt war verblasst und leer wie die Schilder im Schulgarten an diesem Morgen.

31

Diese Vornamen. Wie Fanfarenstöße, Kommuniqués, Werbeplakate, Absichtserklärungen. Gut, als Xenia Yolantha Zabriskie konnte sie sich über mangelnde Aufmerksamkeit und blöde Sprüche nicht beklagen. Aber Zabriskie, so hatte ihr Vater Winston geheißen, Yolantha war ihre Großmutter mütterlicherseits, und Xenia hatte ihre Mutter herausgesucht, nachdem sie und ihr Vater den Buchstaben des ersten Vornamens ausgelost hatten in ihrem jugendlichen Leichtsinn. Wäre es ein W geworden, hieße sie heute vielleicht Walburga. Insofern war sie mit Xenia noch gut bedient. Aber hier in dieser Geballtheit, in diesen Variationen, nahmen diese Namen kein Ende: Liane-Josefine, Rutger-Guiseppe, Malwine-Britney. Bis man Rosemarie-Talullah zum Abendessen gerufen hatte, war die Suppe bereits kalt geworden. Und natürlich gab es auch die Einsilbigen: Max und Ken, Tom und Bill und Nils und Kai und Lou und Li und John und Eve und Fee.

Zabriskie beneidete Stiesel um seine vollkommene Gemütsruhe in diesem Hexenkessel, in dem dauernd irgendein Schüler oder eine Schülerin heulte, ausgeschimpft oder den Verwandten vorgeführt wurde, mit seinen Freunden und Freundinnen in eine unernste Keilerei geriet oder in haltloses Gelächter ausbrach. Stiesel war tatsächlich in Trainingsanzug und Trillerpfeife gekommen, und damit hatten sich alle Fragen zu seiner Person erledigt. Er war der Sportlehrer, der Vereinsaktivist, der Vater als Hobbyläufer, der diesen Tag in standesgemäßer Bekleidung beging. Stiesel sah aus, als hätte er sein Leben auf schulischen Sportveranstaltungen verbracht. Dauernd wollten Kinder von ihm etwas wissen, und merkwürdigerweise gab er auch dauernd Antworten, zeigte Richtungen an, informierte über die Uhrzeit und den Programmablauf.

Zabriskie hatte sich einen Platz auf einer Bank gesucht, von der aus sie das Geschehen im Überblick behalten konnte. Die Bank stand an dem Tor, das den Hof der Hobrecht-Schule mit dem des Rosenhof-Gymnasiums verband. Der Zaun zwischen den beiden Schulen war nicht neu, aber früher musste es einmal ein einziger Hof gewesen sein. Zabriskie blieb meist allein, sie strahlte offenbar etwas aus, was auf Aussätzigkeit schließen ließ.

Einmal kam ein Junge mit hochrotem Kopf und völlig ausgepumpt, ließ sich auf die Bank fallen und kotzte auf den Fußboden.

»Das ist mein Sohn«, sagte ein Mann und wischte seinem Sprössling den Mund ab. »Vierundvierzig Euro. Dein Eis heute hast du dir aber verdient.« Beide verschwanden, ohne Zabriskie eines Blickes zu würdigen.

Eigentlich hielt es Zabriskie für ausgeschlossen, dass es in dem Trubel jemand wagen würde, einem Kind etwas anzutun. Allerdings bot der gut begrünte Hof zahlreiche stille Winkel und tote Ecken. Wenn den Täter etwas auszeichnete, dann war es seine Skrupellosigkeit.

Sutter, der Geistliche, der auf der Trauerfeier auch so emsig unterwegs gewesen war, tauchte regelmäßig in Zabriskies Blickfeld auf. Er hatte sich im Ornat neben dem Haupteingang platziert und begrüßte alle Neuankömmlinge persönlich. Ab und zu erhaschte Zabriskie einen Blick auf die Direktorin Tarp, die zwischen den Schulhöfen hin- und herwechselte und von Familien umlagert wurde.

Auch die Mutter von dem Mädchen mit den rosafarbenen Haaren war da. Die Frau hatte noch ein Kind, ein etwa zweijähriges Mädchen. Anders als bei der Trauerfeier für Cem war sie diesmal in Begleitung einer anderen Familie.

Lina Velbisch und ihr bester Freund Tim Petersen erlebten einen arbeitsreichen Tag. Erst tobten sie auf dem Spielplatz herum, dann erkundeten sie den Schulhof. Von allen Seiten bekamen sie etwas zu Essen zugesteckt, und als sie beschlossen, bei den Zweitklässlern eine Runde mitzulaufen, sammelten Corinna sowie Jenny und Thomas Petersen die lieben Kleinen wieder ein. Fred winkte, wenn sie ab und zu vorbeirauschte.

»Ich bin so froh, dass ihr mitgekommen seid.« Corinna parkte den Buggy neben einem der Biertische. Thomas kam von der Kaffeebude und stellte drei Tassen auf den Tisch.

»Aber ich bitte dich, so eine Woche wäscht man sich nicht so leicht aus den Kleidern.« Jenny riss drei Portionen Kaffeesahne auf und rührte um. »Und wenn Tim und Lina etwas zusammen machen können, kann der Tag eigentlich nur erfolgreich werden.«

»Ist das die Schule, auf die Fred gehen soll?« Thomas Petersen deutete auf den Neubau des Rosenhof-Gymnasiums.

»Daumen drücken, Daumen drücken«, sagte Corinna. »Die Leute, die das zu entscheiden haben, sind alle hier. Da hinten ist Vogeler, der Direktor.« Sie deutete auf einen Mann mit weißer Tolle, der gerade Kuchen verkaufte. »Das da drüben«, sie zeigte auf eine Frau, die sich mit einem gestikulierenden Mann auseinandersetzen musste und eine extravagante Armkette trug, »das ist Frau Morgenitz, die Vorsitzende der Elternvertretung. Und da drüben«, Corinna zeigte zum Haupteingang der Hobrecht-Schule, neben dem ein Stand mit Insektenmodellen stand, »das ist die Biologielehrerin, Frau Kellinghusen. Den Geistlichen und den Hausmeister habe ich auch schon öfter gesehen.«

»Du musst dich zusammenreißen, um dich nicht aufzuführen wie der hier?«

Thomas Petersen zeigte auf den gestikulierenden Mann, der von Daniela Morgenitz zu Frau Kellinghusen weitergezogen war und diese jetzt in ein Gespräch verwickelte.

Corinna lächelte schwach. »Ja, auch deswegen bin ich froh, dass ihr hier seid. Damit ich mich nicht daneben benehme.«

Zabriskie beobachtete die Besucher an den Biertischen, die eifrig miteinander redeten.

Auch eine ganze Reihe Jugendlicher war zu sehen. Das waren wohl die älteren Geschwister und die Ehemaligen, die mit ihrer alten Schule feiern wollten. Es wurde immer voller, Zabriskie setzte sich auf die Lehne der Bank, um einen besseren Überblick zu haben.

Stiesel schaute immer wieder vorbei, und als die Fünftklässler mit dem Laufen anfingen, setzte er sich mit zwei Tassen Kaffee zu Zabriskie. »Bisher läuft alles nach Plan. Die Verdächtigen sind alle viel zu beschäftigt, um auf ein Kind loszugehen. Auf die Eltern können wir nicht alle achten, aber die kontrollieren sich ja auch gegenseitig.«

Hausmeister Jablonka in seinem Blaumann war ständig unterwegs, und als er an dem Zaun ein Plakat aufhängte, das zum Waffelessen einlud, sahen Zabriskie und Stiesel seine Tätowierung. Und überall war Elmar Sutter, der mit Eltern ins Gespräch kam und den kleinen Jungs dabei wie in Gedanken über den Kopf streichelte. Alle hofften, eine vorläufige Einschätzung für die Chancen ihrer Kinder einzuholen. Daniela Morgenitz schüttelte viele Hände, lächelte in viele Gesichter, und ihr Armband leuchtete in der Frühlingssonne.

Falls sich jemand Sorgen machte, weil zwei Schüler der Hobrecht-Schule heute nicht dabei sein konnten, wusste er es zu verbergen. Aber so ein Fest setzte immer auch positive Energien frei. Sich das Feiern nicht nehmen zu lassen war auch eine Art, dem Tod zu trotzen. Bei dem Gedanken, dass Cem zu diesem Zeitpunkt auf Tenbrinks Seziertisch lag, fiel es Zabriskie etwas leichter, die Lärmkulisse zu ertragen. Es mochte sein, dass sie manch plärrendes Gör zur Hölle wünschte. Aber ein totes Kind mit rechtsmedizinischen Mitteln zu befragen, ob es ermordet worden war, so wie Tenbrink es gerade machte, wäre für Zabriskie nie infrage gekommen. »Wie hältst du es in diesem Gebrüll bloß aus?«, fragte sie Stiesel, der einem Kind den Plastikfußball reichte, der von Zabriskies Hinterkopf in seinen Schoß geprallt war.

»Ich bin mit fünf Geschwistern aufgewachsen, das Geschrei stört mich nicht. Kinder erschließen sich die Welt durch Brüllen. Der erste Schrei, das Heulen … Da drüben die zwei schreien nur, weil es ihnen gutgeht.« Im Sandkasten standen zwei Kinder und jauchzten in den höchsten Tönen.

»Das heißt, du willst auf jeden Fall Kinder?«

»Das ist eine Entscheidung, die jeder ehrlich mit sich abmachen muss. Meine älteste Schwester hat es mir so erklärt: Du trägst deine Tochter, die gerade das Bett vollgekotzt hat, in der letzten Urlaubsnacht früh um drei ins Bad des Hotelzimmers und steigst dabei auf einen spitzen Legostein. Wenn du in diesem Moment von Glücksgefühlen durchflutet wirst, dann bist du richtig in diesem Job. Ansonsten kann immer noch ein guter Babysitter aus dir werden.«

In diesem Moment ging ein Schrei durch die Menge. Am Zieleinlauf bildete sich schnell eine Menschentraube. Dann hörten Zabriskie und Stiesel Rufe: »Ein Arzt, ein Arzt.«

»Du lieber Himmel, das ist David, David Armbruster aus der 6 b.«

»Schon wieder ein Kind aus der 6 b, das ist ja ein Alptraum.«

»Warum läuft der denn bei den Fünftklässlern mit?«

»Warum läuft der überhaupt mit? Der hat doch einen Herzfehler.«

»Ich habe die Notrufzentrale angerufen. Ein Arzt ist unterwegs.«

Zabriskie und Stiesel bahnten sich einen Weg durch die eng stehenden Menschen. Da lag ein blonder Junge auf dem Bauch. Zabriskie drehte ihn um, und seine leeren Augen starrten in den Himmel. David Armbruster brauchte keinen Arzt mehr.

32

»Es kommt leider immer wieder vor, dass gewaltsame Todesursachen übersehen werden«, sagte Tenbrink, während Pachulke jede Bewegung des Mediziners verfolgte. »Vor allem dann, wenn zwei medizinische Laien einander in ihren vorgefassten Meinungen bestärken. Da ist zunächst der Betreuer des Labors, dieser Schwede. Als er die Ameisensäure und die Schwefelsäure sieht, denkt er das, was bei seinem Vorwissen das Wahrscheinlichste ist: Kohlenmonoxid-Vergiftung. Wilke, der Streifenpolizist, der zum Ort des Geschehens geschickt wird, hat bereits die Vorabinformation dazu bekommen. Dieser Schwede hat den Tod von Cem Pollinger als Kohlenmonoxid-Vergiftung gemeldet. Polizeiobermeister Wilke ist in einer dreifachen Stresssituation: Er hat kein medizinisches Detailwissen über Todesfälle, er muss den hysterischen Zeugen beruhigen, er muss die Nachricht den Eltern überbringen. Also lässt er sich auf die wahrscheinlichste Variante ein. Und ich muss sagen …« Tenbrink deutete mit seinem Skalpell auf die Halspartie von Cem Pollinger, der klein und nackt auf dem breiten Seziertisch lag. »Es gibt hier keine Druckstellen oder Würgemale.«

»Also war es doch ein Unfall?«, fragte Pachulke.

»Nein, der Junge hatte sein Button-down-Hemd bis oben zugeknöpft, als er starb. Warum auch immer in diesem stickigen Keller. Und Kleidungsstücke können Druckspuren abschwächen. Bei Kindern muss man keinen großen Druck ausüben, damit ihnen die Luft wegbleibt. Sie sind«, Tenbrink betonte jedes Wort, »in besonderer Weise verletzlich. In jeder Hinsicht.«

»Können Sie zum Todeszeitpunkt etwas sagen?« Tenbrink war dreifacher Vater. Pachulke fragte sich, wie er das alles unter einem Hut, in einem Kopf, in einem Herz unterbrachte. Zugleich war Pachulke froh, dass Tenbrink die Obduktion durchführte. Er nahm kein Blatt vor den Mund, sagte Pachulke eine vorschnelle Annahme auf den Kopf zu und begründete seine Position nachvollziehbar. Wenn es ein Unfall gewesen war, würde Tenbrink das herausfinden. Der Wille zum Wissen, unter dieses Motto stellte sich das Rosenhof-Gymnasium. Und Pachulke wollte es wissen. Wie jene Ärzte in Italien, die in der Renaissance öffentlich Leichen untersucht hatten und sich damit den Hass ihrer Zeitgenossen zugezogen hatten.

Nach einem kurzen Schnitt machte sich Tenbrink am Kehlkopf zu schaffen. »Beim Erwürgen ist der Kehlkopf meistens eingedrückt, vor allem bei Affekttaten. Der Täter ist getrieben von Hass, Angst oder Wut und zerquetscht den inneren Aufbau der Kehle. Aber hier«, er leuchtete in die Öffnung hinein, »scheint alles intakt zu sein.«

Pachulke spürte ein heißes Kribbeln seinen Rücken hochkriechen. Wenn es ein Unfall gewesen war, was sollte er dann den Pollingers sagen, die ihren Sohn so gern ohne Verstümmelungen beerdigt hätten?

»Ich sehe mir jetzt noch einmal das Zungenbein an«, sagte Tenbrink, und das *Aber* stand unüberhörbar im Raum. *Aber machen Sie sich keine falschen Hoffnungen, Herr Kommissar. Aber das sieht mir doch sehr nach Unfall aus. Aber wir können uns alle mal irren.* Nein, Almut Pollinger würde Pachulke diesen Irrtum nicht verzeihen.

Der Pathologe drückte den Unterkiefer nach unten und leuchtete in die Mundhöhle hinein. »Hm, auch hier kann ich keine Spuren von äußerer Gewaltanwendung sehen.« Dann ließ er den Lichtkegel von der Mitte der Mundhöhle zur Seite wandern, zur Innenseite der Wangen. »Moment mal, ich habe etwas gefunden, glaube ich.«

Mit einem Spatel drückte Tenbrink den Unterkiefer weiter hinunter und holte mit einer Pinzette ein kleines Fitzelchen aus dem Rachen. Es war unregelmäßig geformt und nur wenige Millimeter groß.

»Gehen wir mal zum Mikroskop damit.« Tenbrink legte den Fitzel auf einen Objektträger und schob ihn unter die Linse. Er stellte scharf und betrachtete sich den Fund. Als er zu Pachulke aufblickte, nickte er. »Das stammt von einer Bioplastiktüte. Der Junge wurde ermordet. Aber nicht erwürgt, sondern erstickt.«

Pachulke nickte. Er hatte Almut Pollinger zu Recht einiges zugemutet. Jetzt mutete er ihr noch mehr zu. Aber jede Wahrheit, auch die schrecklichste, war besser als das Ungefähre.

33

Flecken. Martin Armbruster hätte nie gedacht, dass sie einmal eine solch bedeutende Rolle spielen würden. Es gab zum Beispiel die Kategorie Lieblings-T-Shirt in seinem Leben nicht mehr, seit er Vater war. Jetzt gab es das T-Shirt, auf das David die Rote Beete gespuckt hatte, als er ein Jahr alt gewesen war. Früher war das mal ein original Led-Zeppelin-T-Shirt von einem Originalkonzert gewesen, sorgsam gehütet und nur zu besonderen Anlässen getragen. An jenem Tag hatte es eben mal schnell gehen müssen. Und zack, war die Ladung einmal über das Gesicht von Robert Plant gegangen. Nie hätte Martin David gezwungen, Led Zeppelin zu mögen, schon deshalb hätte er sich etwas mehr Respekt gewünscht.

Sein Cordsakko, der bis dahin Einzige in seinem Leben, war Opfer einer Spinatattacke von Nele geworden, hinterrücks, er war gar nicht zum Füttern eingeteilt. Das schöne Stück war zwar nicht von Kugeln durchsiebt, nur für die Ewigkeit von kleinen grünen Pünktchen übersät. Aus und vorbei.

Und auch die Windelkunde gab zahlreiche Anlässe, Flecken mit großem Ernst und Interesse zu begegnen. Nele brüllte wie am Spieß. Was sie in ihrer Windel hinterlassen hatte, raubte Martin den Atem. Außerdem glühte ihr kleiner Po in allen Schattierungen des rötlichen Spektrums. Als hätte man sie ausgepeitscht. Was es wohl diesmal war? Auf Fruchtsalat hatten sie beim zweiten Kind wohlweislich verzichtet. Fruchtsalat war russisches Roulette mit dem Hintern des Kindes. Es konnte alles sein. Die Melone. Die Ananas. Die Mandarine. Die Stachelbeere. Aber gestern Abend hatte es Gläschen mit Huhn und Gemüse gegeben, wie immer. Mild, idiotensicher, hundertfach bewährt. Er machte Nele sauber und gab ihr eine frische Windel, was das Gebrüll in ein leises Nölen abschwächte. Dann trug er seine Tochter in die Küche und holte sich das Gläschen noch einmal aus dem Altglas. *Neu! Jetzt fein mit Koriander abgeschmeckt!* Koriander war der Übeltäter. Martin war froh, dass die wunden Hintern so schnell vergingen, wie sie kamen. Morgen würde Neles Hintern wieder rosig und zart sein. Er musste jetzt nur vier Gläschen mit hochtoxischem Korianderhuhn loswerden. Wahrscheinlich würde er sie selbst essen. Das war auch so eine Neuerung in seinem Leben, dass er zum Allesfresser mutiert war und von der angebissenen Reiswaffel bis zur lauwarmen Buchstabensuppe Dinge verzehrte, die seine Kinder verschmähten.

Es läutete. Das war bestimmt David, er war früh dran, aber umso besser. Um zwei spätestens würde dann Sabine dazustoßen, und sie konnten zusammen etwas spielen. Sogar auf dem Balkon würde das heute gehen. Das war der Vorteil, wenn man zu zweit einen kleinen Copyshop betrieb. Man konnte sich die Arbeit einteilen. Es war natürlich immer viel zu viel zu tun, aber diese Samstage ohne Fernsehen, ohne Handy, ohne die Geräuschkulisse von Kasse, Kopierer und Drucker mit einem oder zwei Kindern hätte Martin gegen nichts in der Welt eintauschen wollen.

Es läutete noch einmal. War der kleine Tagträumer wieder ohne seinen Schlüssel losgezogen. Dabei war David schon groß. Im August würde er aufs Gymnasium gehen, vielleicht sogar in den Rosenhof.

Zabriskie ging durchs Treppenhaus und suchte nach dem Namen Armbruster. Die hießen alle Armbruster, das hatte ihr die Schulleiterin erklärt. Keine Patchwork-Familie, keine Kinder aus erster Ehe, keine vier Namen am Briefkasten und dem Hinweis: Post für Schulz bitte bei Meier abgeben.

Warum konnte sie keine Paketbotin sein oder ein Pizzazusteller? Stattdessen trug sie ein kleines schwarzes Paket über die Schwelle, in dem ein totes Kind lag. Sie schluckte ihren Speichel herunter. Er schmeckte metallisch. *Ich muss Ihnen leider eine schlimme Nachricht überbringen. Ich muss Ihnen leider eine traurige Nachricht. Ich muss Ihnen leider den Tag versauen. Ich muss.*

Und da war die Klingel, und da waren die Schritte, die erwartungsfrohen Schritte, weil jemand dachte, da kommt der Sohn.

Die Tür ging auf, und ein Mann mit hoher Stirn, blonden Locken fast bis zur Schulter und einem Mädchen im Strampler auf dem Arm stand vor ihr. Er trug ein bunt geschecktes Flanellhemd, auf dem trotzdem Essensreste zu sehen waren, und eine alte Jeans. In der Diele lag ein großer Haufen Schuhe ungeordnet beisammen.

»Guten Tag, Zabriskie. Ich komme von der Kriminalpolizei. Sind Sie Martin Armbruster?«

Der Mann nickte einmal kurz. »Bin ich.«

»Ihrem Sohn David ist leider etwas zugestoßen.«

Martin Armbruster alterte, bevor Zabriskie zweimal blinzeln konnte. Er war sowieso schon einen Kopf kleiner als sie, doch er sackte in sich zusammen und beugte den Oberkörper nach vorn, als habe ihm jemand in den Solarplexus getreten. Er schwankte. Jede Hautunreinheit, jede Falte trat in diesem Augenblick im Licht der Dielenbeleuchtung hervor. Das Mädchen hielt sich an den Haaren ihres Vaters fest und schmiegte sich in seine Armbeuge.

»Kann ich einen Moment reinkommen?« Zabriskie vermied es, das Kind anzusehen.

Armbruster ächzte leise, winkte Zabriskie heran und machte auf dem Absatz kehrt. Sie folgte ihm in die Küche Dort gab es einen rechteckigen Tisch aus hellem Holz, den man an beiden Seiten ausziehen konnte. Darauf standen zwei Schüsseln, eine Cornflakes-Packung, ein Trinkbecher mit einem Deckel und einem kleinen Trinkstutzen, ein offenes Glas mit Nutella oder einem der ökologischen Enkel der Mutter aller Nusscremes. Zabriskie setzte sich auf einen freien Stuhl und wartete, bis Martin Armbruster Platz genommen hatte.

Mit zitternden Lippen fragte er: »Was ist passiert?«

»Herr Armbruster, Ihr Sohn ist leider tot. Er hat sich an dem Spendenlauf beteiligt und hatte einen Herzinfarkt.«

Martin Armbruster griff mit der freien Hand in die Cornflakes-Packung und schob sich eine Portion in den Mund. Er kaute mit geschlossenen Augen. Dann sah er Zabriskie an. »Herzinfarkt, aber so etwas hat man doch mit fünfzig?« Eine blonde Strähne fiel ihm in die Stirn. Das Mädchen auf seinem Arm grabschte danach, und Armbruster ließ sie gewähren. »Was sagen Sie da? David ist mitgelaufen. Das ist völliger Quatsch, völliger Quatsch ist das. Das hätte er nie gemacht. Er wusste, dass er das nicht darf.« Er bot Zabriskie Cornflakes an, und als sie verneinte, nahm er noch eine Handvoll.

»Wer wusste davon, dass David herzkrank war?«

»Na, eigentlich alle. Die Lehrer, die Schulleitung, die Mitschüler.« Er kam ins Nuscheln und senkte den Kopf immer weiter. Seine Backenmuskeln mahlten. »Was soll ich denn jetzt machen, was machen wir denn jetzt? Meine Frau kommt gleich von der Arbeit.«

»Wo arbeitet sie denn?«

»Wir haben einen Kopierladen vorn am Mehringdamm. Kleines Ding, aber es gehört uns.« Er nahm seine Tochter vom linken Arm auf den rechten. »Und wieso Kriminalpolizei? Sie sagten doch, er hatte einen Herzinfarkt.«

»Wie Sie sicherlich wissen, sind aus Davids Klasse Anna Winter verschwunden und Cem Pollinger gestorben. Außerdem gab es gestern bei der Fahrradschulung einen Zwischenfall.«

»Ja, ich weiß. Helene hätte David fast über den Haufen gefahren, weil so ein Irrer den Lenker angesägt hat. Die spinnen doch alle, erst brennen die Kinderwagen, dann gehen sie auf die Fahrräder los.«

»Mein Kollege, Hauptkommissar Pachulke, hat die Stunde geleitet. Das Fahrrad gehörte Anna Winter, und wir gehen davon aus, dass dieser Anschlag gezielt ihr galt. Mittlerweile besteht auch der Verdacht, dass Cem Pollinger ermordet wurde.«

»Davids bester Freund. Das hat ihn furchtbar mitgenommen. Ermordet sagen Sie?« Armbruster bediente sich noch einmal bei den Cornflakes. »Was für ein Irrsinn. Es gibt Leute hier im Kiez, die mögen keine Kinder, die ziehen vor Gericht, weil Kindergeschrei angeblich Lärm ist.«

Zabriskie fühlte sich ertappt. Aber vor Gericht gezogen war sie wegen Kindern nie.

»Jetzt können die beiden wieder zusammen spielen, Cem und David. Glauben Sie, dass es im Himmel Tischtennisplatten gibt, Frau Kommissarin?« Martin Armbruster fegte mit der flachen Hand ein paar Cornflakes vom Küchentisch.

Zabriskie studierte die Maserung des Tischs und die Essensreste.

Martin Armbruster ächzte wieder. »Tschuldigung, war 'ne Scheißfrage. Ich weiß nicht einmal, ob Sie mit dem Konzept Himmel etwas anfangen können. Ich nicht, eigentlich. Aber jetzt ist David weg. Ich versuche mir gerade vorzustellen, dass er etwas macht, was ihm gefällt.« Er schloss die Augen. »Wir können ihn doch sehen und … behalten, hoffentlich?«

»Wir werden wegen der zeitlichen Nähe zum Tod von Cem eine Obduktion durchführen müssen. Aber es spricht vieles dafür, dass es ein Unfall war.« Zabriskie erinnerte sich daran, dass ihr Kollege Wilke aus Schöneberg genau diesen Satz vor ein paar Tagen den Pollingers gesagt hatte. Ihr war unwohl. »Was hätte Ihren Sohn denn veranlassen können mitzulaufen? Wenn ihn seine Mitschüler gehänselt hätten?«

Martin Armbruster musste niesen, und seine Tochter zuckte zusammen. »Das ist übrigens Nele. Nele, Frau Zabriskie.«

»Hallo, Nele«, sagte Zabriskie mechanisch. Bloß nicht den Faden verlieren.

Armbruster schüttelte den Kopf. »David hätte nie bei dem Lauf mitgemacht, nur weil ihn die anderen aufgestachelt hätten. Er muss niemandem etwas beweisen.«

»Und für die Schule? Wenn man ihm Geld geboten hätte?«

»David liebt die Hobrecht. Aber er hätte für zwölf Euro nicht sein Leben aufs Spiel gesetzt. Er wollte doch so gern ins Rosenhof kommen.«

»Hatte er denn Chancen?«

»Er war im oberen Drittel, einen Platz hinter Cem. Klar hatte er Chancen.«

»Hat er sich für Insekten interessiert?«

»Nicht so sehr, aber das heißt nichts. Der Schulgarten ist bei Hobrecht sein Reich, und er hat gehofft, sich auch im Rosenhof um den Garten kümmern zu können. Es geht ja vor allem um den individuellen Gesamteindruck.«

»Hat ihm jemand den Platz streitig gemacht?« Der Verband an Zabriskies Oberschenkel juckte. Sie sollte ihn am frühen Nachmittag wechseln. Das passte jetzt gerade schlecht.

»Ab und zu gab es schon mal einen blöden Spruch: Du kannst ja im Rosenhof gar nicht übers Pult kucken, oder der lange Schulweg wird dich umbringen, wirst schon sehen. Aber das hat keiner böse gemeint, und David hat's nicht krumm genommen.« Martin Armbruster lächelte, und Nele kniff ihn in die Oberlippe. Dann verdunkelte sich seine Miene. »Aber einen hat es gegeben, der hatte es auf David abgesehen, Robert Bittner.«

»Ist das ein Mitschüler?«

»Mitschüler ist gut. Robert geht auch in die 6 b, wenn Sie das meinen. Ein echter Quälgeist.«

»Hätte er David Geld bieten können?«

»Roberts Vater ist freier Grafiker, die schwimmen auch nicht im Geld. Robert hat sich sein Geld selbst organisiert. Haben Sie dieses Foto von Anna in der Zeitung gesehen? Wie kann man nur ein Foto von seiner Mitschülerin veröffentlichen, die gerade in einen Abgrund stürzt. So ist Robert. Ein kleines Egoshooter-Arschloch. David hätte ihn nicht einmal die Hausaufgaben abschreiben lassen, nicht für alles Geld der Welt.«

Zabriskie rutschte auf ihrem Stuhl hin und her, ließ es dann aber wieder, als Nele sie genau dabei beobachtete. »Sie nehmen das sehr gefasst auf, Herr Armbruster.«

»Ja, da staunen Sie, nicht wahr.« Diesmal ging das Ächzen in ein meckerndes Lachen über. »Als Vater eines herzkranken Kindes muss man immer mit dem Tod rechnen. Es war zwei-, dreimal sehr knapp mit David, aber er hat immer die Kurve gekriegt. Wir wollten ihn nicht in Watte packen. Wir wollten kein Kind, dem das Leben vergällt wird, weil es krank ist. Und außerdem«, er drückte Nele ein paarmal mit dem Unterarm nach oben, dass sie gluckste, »reiße ich mich ihretwegen zusammen. Dieser Tag heute wird einen Schatten auf ihr Leben legen. Da braucht sie nicht auch noch einen Vater, der einen Nervenzusammenbruch hat. Wenn meine Frau da ist und Nele schläft, werde ich weinen. Seien Sie froh, dass Sie nicht dabei sind, wenn es so weit ist.«

Unter Zabriskies Verband juckte es wie die Hölle. Sie musste los, eine Toilette finden und sich ausgiebig am Hintern kratzen.

34

Bördensen hing in den Seilen. Stiesel war für die Schulveranstaltung abgestellt. Bördensen war allein. Dass er hier eine Operation leiten musste, deren Örtlichkeiten er nur über Google Maps verfolgen konnte, weil er gleichzeitig der Mann für die Hinweise aus der Bevölkerung war, zehrte an seinen Nerven.

Das Handy riss ihn aus seiner Rammdösigkeit. Es war Wilke. »Wir haben Fleming gefunden. Er war auf dem Südende in einem Stellhäuschen.« Das Südende war ein ehemaliges Bahngelände. Wilke frohlockte. »Wir haben jede Menge Raubdrucke und billige Imitate gefunden. Die Buchhandlung war wohl nur die Tarnung für seinen Schwarzhandel.«

»Schafft ihn her«, sagte Bördensen.

Pachulke blinzelte in die Sonne und nippte an seinem Kaffee. Tenbrink stand neben ihm und rauchte eine Zigarette. Der Automat in der Pathologie spuckte immer noch diese alten Becher aus weichem Kunststoff aus. Ein aufmerksamer Mitarbeiter der Sachmittelstelle hatte wohl einmal einen Zehnjahresvorrat angeschafft. Man konnte mit dem Fingernagel Gesichter und Muster in den Becher schnitzen, der Kaffee hatte immer den charakteristischen pelzigen Beigeschmack. Rauchen war mit Sicherheit gesünder.

»Wer hat ein Motiv, einen zwölfjährigen Jungen zu töten?«, fragte Tenbrink und atmete beim Sprechen blauen Rauch aus.

Pachulke rieb sich die Nase. »Es war kein Sexualdelikt, es war kein Verkehrsunfall, es war keine häusliche Gewalt. Cem könnte ein Zeuge gewesen sein, er könnte Wissen besessen haben, das für den Täter gefährlich werden konnte. Es könnte ein Racheakt gewesen sein, jemand mit einer brütenden Wut gegen alle und jeden, die sich an dem Kind entladen hat. Oder Cem war ein Konkurrent beim Kampf um den Platz in der richtigen Schule. Weil auch noch dieses Mädchen aus seiner Klasse verschwunden ist, tippe ich auf Letzteres.«

Tenbrink nahm einen tiefen Zug. Wenn ihn die Obduktion und ihr Ergebnis mitgenommen hatten, wusste er das zu verbergen. »Man muss als Eltern aufpassen, dass man mit dem Ehrgeiz nicht überdreht. Bei meinen dreien habe ich diese Phase schon hinter mir, aber in der Grundschule waren wir ein paar Familien, die Kinder alle im gleichen Alter, die Erwachsenen auch. Wir haben viel zusammen gemacht, uns gegenseitig geholfen, sind ab und zu in den Urlaub gefahren. Aber das letzte halbe Jahr auf der Grundschule wurde dann plötzlich sehr frostig. Eine Familie ist weggezogen, weil der Sohn den Platz auf seiner Wunschschule nicht bekommen hat, die anderen Kinder aber schon. Beziehung abgebrochen, Freundschaft zu Ende.«

»Und wer ist die treibende Kraft in diesen Konkurrenzkämpfen? Eher die Mütter oder die Väter?«

Tenbrink lächelte. »Sie wollen Ihren Kreis der Verdächtigen, wenn es geht, halbieren. Aber das nimmt sich nicht viel. Ich denke, der Druck kommt von beiden. Väter stacheln die Kinder an, indem sie sich ostentativ über Erfolge freuen, Mütter, indem sie sich für Misserfolge persönlich schuldig fühlen. Und die Kinder kämpfen um beides: Väter, die sich im Erfolg sonnen können, und Mütter, die sich nicht für Versagerinnen halten müssen.«

»Und einen Mord wie einen Unfall aussehen zu lassen, ist das eher männlich oder weiblich?«

Tenbrink drückte seine Zigarette sorgfältig aus und warf sie in den Mülleimer. »Oha, Sie wecken den Küchenpsychologen in mir. Also, naturwissenschaftliche Fachkenntnisse wie die Ameisensäure, auf die dieser Schwede prompt reingefallen ist, sprechen ganz klischeehaft für einen Mann. Die verdeckte Vorgehensweise eher für eine Frau. Ein Mann, der sich entschlossen hat, einen Mord zu begehen, stürmt auf das Ziel los und hält sich für unverwundbar. Eine Frau muss in der Regel eine größere Hemmschwelle überwinden, trotz Lara Croft und Bundeswehroffizierinnen. Und beides, kühle Planung und Tollkühnheit stecken in diesem Mord.«

»Und ein Kind?«

Tenbrink nickte. »Auch ein Kind kommt als Täter infrage. Zwölfjährige, die Zehnjährige für einen Schokoriegel totprügeln. In China ist ein zehnjähriges Mädchen vom Balkon gesprungen, weil sie eine Klassenarbeit verpatzt hatte. Autoaggression ist nicht gleich Fremdaggression, aber die Hemmschwelle ist gesunken. Ich tippe, wenn, dann auf ein älteres Kind, einen Jugendlichen.«

»Und das Motiv?«

»Vielleicht eine Mutprobe. Um sich selbst etwas zu beweisen, um sich stark und überlegen zu fühlen. Weil er nichts zu melden hat, geht er auf kleine Kinder los.«

Ein Polizeiwagen im neuen, europäisch einheitlichen Blau kam herangerollt. Wilke stieg aus. Velosic war auch dabei, ein Kollege von der Bereitschaft, der zur Durchsuchung des Bahngeländes abgestellt war. Er trug eine kleine Plastiktüte für Beweismittel.

»Na, seid ihr fertig?«, wollte Pachulke wissen.

Wilke schüttelte den Kopf. »Zwei Drittel haben wir durch. Aber es ist mühsam. Unter den alten Schwellen gibt es Hohlräume, dazu Gestrüpp. Außerdem ist das Gelände eine einzige Müllkippe. Wir haben schon ein paar Matratzen gefunden, und darunter befinden sich auch Sachen.«

Velosic hielt Pachulke die Tüte hin. »Das haben wir gefunden, etliche davon.«

In der Plastikverpackung befanden sich zwei arg lädierte Fellhandschuhe, die einige Zeit im Freien gelegen hatten. Aber die Handschuhe hatten einen geringelten haarlosen Schwanz und ein Paar kleiner Klauen. »Sind das … waren das Ratten?«, fragte Pachulke Velosic.

Der Beamte nickte. »Ja. Fell, Schwanz und Klauen, das ist das, was von ihnen übrig geblieben ist. Das Fell ist leer. Wie eine leeres Säckchen.«

»Und es gibt mehr davon?«

»Vielleicht zwanzig haben wir bisher gefunden. Wir dachten zunächst, das hat nichts mit dem Jungen zu tun, aber Sie sagen ja immer: alles Ungewöhnliche.«

»Das haben Sie sehr gut gemacht. Es hat mit dem toten Jungen zu tun, ich weiß bloß noch nicht, wie.«

Velosic nickte, und Wilke strahlte. Pachulke wusste, wie der Kollege daran litt, sich bei Cem Pollinger vorschnell auf eine Todesursache festgelegt zu haben. Nachdem Pachulke ebenfalls mit Almut Pollinger hatte reden müssen, ahnte er, warum.

Wilke sagte: »Wir machen gleich weiter, für heute Abend ist Regen angekündigt. Wir wollen versuchen, das vorher durchzuziehen.«

»Das ist löblich, Kollegen, aber einer von Ihnen muss sofort ins Urban-Krankenhaus.« Pachulke holte ein Beweismitteltütchen aus seiner Hosentasche, zog einen Plastikhandschuh an und schob eines der beiden Rattenfelle in die neue Verpackung. »Wilke, Sie fahren jetzt Velosic zurück zum Bahngelände und geben diesen Fund danach sofort bei Frau Dr. Adam im Urban-Krankenhaus ab. Die versorgt die Frau, die am Kollwitzplatz gebissen wurde. Alle anderen Ratten sollen eingesammelt und sicher verwahrt werden. Es darf keiner wissen, dass es diese Felle gibt.«

Wilke tippte sich an die Mütze, Velosic hob zwei Finger zum Gruß.

»Und für wen ist das zweite Fell?«, wollte Tenbrink wissen.

»Für Engine Plink, die die Substanz auf Zabriskies Hose untersucht hat. Aber das mache ich persönlich. Sie haben jetzt Feierabend.«

Tenbrink nickte. »Den Rest des Samstags noch ausnutzen. Die Bilder von dem toten Jungen aus dem Kopf kriegen.«

Pachulkes Handy läutete. Er lauschte und nickte knapp. »Bis gleich.« Dann räusperte er sich und wandte sich an den Pathologen. »Ich fürchte, es gibt neue Bilder, die Sie auch nicht sehen wollen. Es hat einen weiteren Toten gegeben.«

»Wie viele Runden hast du denn heute geschafft?«, fragte Stefan Bittner seinen Sohn. Stefan öffnete eine Bierflasche mit dem Griff seines Messers und klatschte in die Hände. Letztes Jahr hatte Robert neun Runden geschafft, insgeheim hoffte Stefan auf zwölf.

Robert kaute mit vollen Backen auf seinem Schnitzel herum. Schnitzel mit Pommes. Das hatte er sich zum Abendessen gewünscht, zur Feier des Tages. »Koine oinzige«, stieß er zwischen zwei Bissen hervor. »David aus meiner Klasse hatte einen Herzanfall.«

»Ist er gestorben?«, fragte Roberts Mutter Andrea.

»Im Ziel zusammengebrochen, auf der Stelle tot«, sagte Robert und leerte noch mehr Ketchup auf den Teller. »Er hat sich bei den Fünftklässlern eingeschmuggelt. Wir wären danach dran gewesen, aber wir durften nicht. Das Fest war vorbei.« Er steckte sich eine Pommes in den Mund. »Schmeckt klasse, Mutti.«

»War David nicht eines von den Kindern, die auch für das Rosenhof angemeldet waren?«, fragte Stefan. Er schluckte. Keine einzige Runde. Aber es lag ja nicht an Robert.

Robert nickte. »Anna, Cem, David, alle weg.« Er schüttelte den Kopf. »Warum muss dieser Idiot auch bei dem Lauf mitmachen? Er wusste doch genau, dass er's nicht drauf hat.«

»Du hast uns gar nichts von den Fotos in der Zeitung erzählt«, sagte Andrea. Sie dehnte das *gar*, dass es gekränkt klang.

»Das sollte eine Überraschung werden.« Robert aß die letzte Pommes. »Außerdem wusste ich nicht, ob mich der Mann von der Zeitung aufs Kreuz legt. Aber der hat gleich gemerkt, dass er das mit mir nicht probieren soll. Ich war halt zur richtigen Zeit am richtigen Platz.«

»Jedenfalls wissen wir jetzt, dass du im Leben über die Runden kommst. Selbst wenn das mit dem Rosenhof nicht klappen sollte«, sagte Stefan Bittner.

»Nicht klappen sollte. Was soll das denn heißen? Ich habe diese Woche drei Plätze gutgemacht. Todsicher klappt das.«

35

Tenbrink legte das Skalpell beiseite und zog die Handschuhe aus. »Das war ein Infarkt. Ungewöhnlich in diesem Alter. Ich bin kein Herzspezialist, aber es waren Zeichen der Schädigung festzustellen. Der Junge hat seit Jahren Medikamente bekommen. Ich vermute, dass er in den nächsten drei bis acht Jahren gestorben wäre.«

Zabriskie war mit Martin Armbruster und Nele in die Pathologie gekommen, kurz nachdem der Krankenwagen mit Sabine Armbruster und David dort eingetroffen war. Zabriskie, die Obduktionen nicht ertrug, saß mit der Familie draußen. Uwe Kümmerle, Tenbrinks Assistent, hatte den Leichnam entkleidet. Schuhe, T-Shirt, Hose und Wäsche lagen auf einem Beistelltischchen, bereit für Engine Plink, sofern Tenbrink Hinweise auf ein Verbrechen finden sollte.

»Aber den Wechsel ins Gymnasium hätte er noch erlebt, in drei Monaten?«, wollte Pachulke wissen, während er das Kinn in der Hand um den Seziertisch herumschlich.

»Ja, wenn er nicht gelaufen wäre. Das sind irreversible Langzeitschäden, von denen ich rede. Keine akuten Überbeanspruchungen.«

»Gut, dann hole ich jetzt die Familie herein.« Pachulke öffnete die Schwingtür.

Die Armbrusters betraten schweigend den Vorraum, in dem sonst die Leichenidentifizierungen durch Angehörige stattfanden.

»Es gibt keinen Hinweis auf ein Verbrechen«, sagte Tenbrink nach einer Weile. Pachulke war an der Tür geblieben und beobachtete die Eltern.

Sabine Armbruster, die Nele auf dem Arm hatte, nickte. »Jeder Junge leidet an Selbstüberschätzung, aber meistens endet sie nicht so.« Ihre Stimme klang hohl, jedes Wort schien ihr Schmerzen zu bereiten.

»Können wir seine Sachen mitnehmen?«, fragte Martin Armbruster.

Tenbrink nickte. »Ja, wir sind damit so weit fertig.« Er reichte Davids Vater eine Plastiktüte, und dieser packte die Kleidungsstücke seines toten Sohnes ein. Als ihm einer der Turnschuhe aus der Hand fiel, flatterte ein gefalteter Zettel zu Boden. Er stellte die Tüte ab und faltete den Zettel auseinander. Dann taumelte er, streckte den Arm nach vorn aus und landete auf einem Stuhl aus Edelstahl. »Bine, sieh dir das mal an.«

Sabine Armbruster nahm den Zettel, schüttelte den Kopf und reichte ihn an Pachulke weiter. Es war ein Vordruck: *Spendenversprechen* stand darüber, dann ging es weiter: *Ich, der/die Unterzeichnete, verpflichte mich, dem Läufer/der Läuferin David Armbruster für jede gelaufene Runde beim Spendenlauf der Hobrecht-Grundschule am 23. März 2011 den Betrag von 100 € zu spenden.*

Die Unterschrift war unleserlich.

Martin Armbruster flüsterte: »Man hat David geködert! Man hat ihn aufgehetzt. Jemand, der genau wusste, dass er sterben wird, hat David diesen Zettel zugespielt!«

Pachulke schloss die Augen. Er wollte das nicht länger mit ansehen. Menschen, die vor seinen Augen zu schmerzverzerrten, hilflosen Bündeln wurden. Der Täter hatte intime Kenntnisse. Wie ein guter Nachbar, ein Freund. Gewiss, fast jeder in der Hobrecht-Schule hatte von Davids Herzfehler gewusst. Aber der Mord an David war auf den Jungen zugeschnitten wie ein Maßanzug. Der Mörder wusste genau, wo er die Kinder treffen konnte, wo sie wehrlos waren.

36 Fleming starrte Bördensen an: »Haben Sie es noch immer nicht begriffen? Ich habe mit dem Tod von diesem Jungen nichts zu tun.«

Bördensen lachte. »Haben Sie doch. Cem hat sie beobachtet, und Sie haben ihn beseitigt.«

»Ich kann das beweisen, dass ich es nicht war.« Fleming biss auf seinen Fingernägeln herum. »Marco war mit dabei auf den Bahngleisen.«

Bördensen traute seinen Ohren nicht: »Marco Bieler, der Bücherbaron?«

Fleming nickte und sah zu Boden. »Fragen Sie den. Geschäft ist zwar Geschäft, aber für ein totes Kind geh ich nicht in den Knast.«

»War sonst noch jemand auf den Gleisen?«, fragte Bördensen.

»Na, der Dicke natürlich. Jablonka, der wohnt doch praktisch da.«

Einige Stunden später war der Vorwurf des Mordes gegen Sebastian Fleming ausgeräumt. Da man bei Marco Bieler im Landhaus in Pichelsdorf gefälschte Schulbücher im Wert von zweieinhalb Millionen Euro sicherstellte, kam Fleming trotzdem nicht auf freien Fuß.

37 Hugo Kerkowiak hatte die senile Bettflucht auch an diesem Sonntag früh wach werden lassen. Nachdem er seine Freiübungen gemacht hatte – Muskelerhalt war keine Frage des Alters – ging er unter die Dusche und zog sich an. Dann holte er die Zeitung aus dem Briefkasten und besuchte die Bäckerei. Zurück in seiner Wohnung war der Kaffee durchgelaufen. Rührei mit Speck, eine Schüssel mit Müsli und Obst, heute ein halber Apfel, und dazu eine Rosinenschnecke. Nach dem Abwasch löste er das Kreuzworträtsel. Dann ging er in seinen Laden. Hugo Kerkowiak lebte seit seinem vierunddreißigsten Lebensjahr am Mehringdamm. Er war siebenundachtzig Jahre alt und hatte vor, noch ein paar Jährchen weiter dort zu wohnen.

Als er an Almut Pollingers Goldschmiedewerkstatt vorbeikam, neigte er das Haupt. Da war der Sohn gestorben in dieser Woche. Ein Ort der Trauer. Schräg gegenüber war der Kopierladen der Armbrusters. Die kannte er gut, da ging er hin, wenn er die Zettel mit den Sonderangeboten kopierte. Die tippte er auf der uralten Schreibmaschine, für die er noch etliche Bänder zu Hause liegen hatte. Für die nächsten zwanzig Jahre würden die noch reichen. Kerkowiak bewahrte sie in einem Humidor auf. Das Rauchen hatte er sich an einem Donnerstag vor vierundzwanzig Jahren abgewöhnt. Oder war es ein Mittwoch gewesen? Das Gedächtnis ließ ihn immer öfter im Stich. Jedenfalls hatte er zum Abschluss eine Julieta 2 geraucht, die klassische Churchill-Zigarre.

Auch bei Armbrusters war der Sohn gestorben. Sabine Armbruster hatte er gestern Nachmittag in fliegender Hast ihren Laden abschließen sehen, und kurz darauf war auch schon ein Kunde zu ihm gekommen, der ihn über alles informiert hatte. Herzversagen beim Schulfest, was für eine Tragödie. Kerkowiak nickte bedächtig zur anderen Straßenseite hinüber. Dann stand er vor dem Schaufenster von *Hugo's Kerbtier-Paradies und Das*. Den Namen hatte er sich selbst ausgedacht und war noch immer sehr stolz darauf. Da konnten sogenannte Marketing-Experten reden, was sie wollten. Der Name zog wie der Essig die Fliegen. Nicht zuletzt weil Kerkowiak seine Kunden genau kannte.

Er musterte sein Spiegelbild mit den schlohweißen Augenbrauen und den tief eingekerbten Wangenfalten in der Glasscheibe, dann sperrte er die Tür auf. In diesem Moment spazierte eine wohlbekannte Gestalt an der Ladentür vorbei, den Blick auf den Boden geheftet. »Guten Morgen, Boris. Du bist wohl auch ein Frühaufsteher. Wie geht's deinen Schützlingen?«

Der Junge zuckte zusammen, als habe man einen Schlafwandler angetippt. »Ach, Herr Kerkowiak, das ist ja eine Überraschung. Den Schützlingen?«

»Ja, deine Bestellung vom 17. September letzten Jahres um 16.34 Uhr.«

»Ach so, *die* Bestellung. Ja, also, was soll ich sagen? Der Kreislauf des Lebens. Wachsen und werden, sterben und vergehen.«

»Na, für's Sterben ist es ja wohl noch zu früh, bei deiner guten Pflege. Kommst du aus dem Park? Legen die Miniermotten schon ihre Eier ab?«

»Park? Ich? Ach was. Nein, gar nicht. Außerdem ist es für die Miniermotte noch ein bisschen zu früh im Jahr. Ich … ich war tanzen.«

»Tanzen warst du?« Hugo Kerkowiak drückte die Ladentür auf.

»Ja, tanzen. Am Hermannplatz. Da gibt es so einen Tanzschuppen. *Nachtfalter* heißt der. Genau, ich war tanzen im Nachtfalter.«

»Nachtfalter? Ist das nicht furchtbar unspezifisch? Ich meine: Bärenspinner oder Pfauenspinner oder Wiesenspinner oder Eulenspinner oder etwas in der Art? Eine Kneipe heißt ja auch nicht *Bei Wirt und Wirtin*, sondern *Bei Anita und Gerd* oder so.«

»Herr Kerkowiak, das ist ein guter Gedanke. Das werde ich den Leuten vom *Nachtfalter* mal vorschlagen.«

»Oder lieber gleich den lateinischen Namen: *Bryophila petricolor.* Sonst weiß der Taxifahrer gar nicht, wo er hinfahren soll.

»Petricolor. Coole Sache, Herr Kerkowiak.« Boris trat von einem Fuß auf den anderen.

»Wissen deine Eltern, dass du so lange unterwegs bist?«

»Ach, meine Eltern. Die leben in ihrer eigenen Welt. Aber ich pass schon auf mich auf.«

»Ja, Boris, dann mach's mal gut, mein Junge. Und wenn du Hilfe brauchst, du weißt, wo du mich finden kannst. Wobei, einem Meister kann man nichts mehr beibringen. Geht's gut in der Schule?«

»Ach ja, wie's halt so geht. Viel zu tun.«

»Na, dann lass dich nicht aufhalten. Ich werde jetzt die Vogelspinnen füttern, du kannst gerne zusehen.«

»Ein anderes Mal gerne, Herr Kerkowiak. Schönen Sonntag.« Und Boris lief weiter, Richtung Platz der Luftbrücke.

Kerkowiak schüttelte den Kopf. Tanzen im *Nachtfalter* bis halb neun. Die jungen Leute hatten heutzutage ein strammes Programm. Und dass sie in Gummistiefeln tanzen gingen, überraschte ihn dann doch.

38

Direktor Vogeler schloss die Tür zum Konferenzraum auf. Daniela Morgenitz vom Elternbeirat, Angelika Kellinghusen, die Biologielehrerin, Elmar Sutter, der Geistliche, sowie Jablonka, der Hausmeister, suchten sich einen Platz an dem ovalen Tisch mit der vergoldeten Zierleiste.

Bald lag vor jedem Gremiumsmitglied ein Stapel Mappen. Nachdem die Sekretärin von Direktor Vogeler, die mit ihrem Chef bereits um acht Uhr zur Schule gekommen war, den Kaffee und für Daniela Morgenitz Grünen Tee gebracht hatte, begann die Aussprache.

»In diesen bewegten Tagen«, deklamierte Vogeler und zog eine Mappe aus einem Stapel, »bin ich leider gezwungen, erneut eine Verlustmeldung zu machen. Meine Kollegin von der Hobrecht-Schule, Frau Tarp, hat mich darüber informiert, dass David Armbruster beim Sponsorenlauf einem Herzversagen erlegen ist. Auch dieser Schüler war ursprünglich ein Bewerber für das neue Schuljahr. Und wir müssen wohl die traurige Tatsache akzeptieren, dass Anna Winter nicht mehr wiederkommen wird, weshalb die Liste der Bewerber sich binnen weniger Tage um drei Kandidaten verringert hat.«

Angelika Kellinghusen murmelte: »Das ist ja grauenhaft.« Sie griff sich eine der braunen Mappen, und ihre Bernsteinkette schleifte über die Zierleiste.

Jablonka nahm eine Liste zur Hand und strich einen Namen durch, Daniela Morgenitz hatte die Hände vor dem Gesicht gefaltet und nickte stumm. Elmar Sutter nahm einen Schluck Kaffee.

Vogeler fuhr fort: »Stand heute sind auf der Warteliste noch siebzehn Schüler. Aus verschiedenen Schulen haben wir Anwärter, bei denen wir uns im Grunde einig sind. Das heißt, noch sind acht Plätze zu vergeben. Im neuen Schuljahr wird es dann zwei siebte Klassen geben.« Er saß am Kopfende mit dem Fenster im Rücken.

Daniela Morgenitz beugte sich nach vorn. »Genau an dieser Stelle möchte ich einhaken. Ich plädiere dafür, im kommenden Jahr nur eine siebte Klasse aufzumachen. Lassen Sie uns bei den vermeintlich einheitlich befürworteten Kandidaten noch einmal sehr genau hinsehen. Ich bin mir sicher, da ist die eine oder andere Kompromisslösung dabei. Die Schule platzt aus allen Nähten, wir fahren einhundertzwanzig Prozent Überlast, und wenn ich mir die meisten dieser Bewerbungen ansehe«, sie klopfte mit der flachen Hand auf den Stapel mit Kopien, »komme ich aus dem Staunen gar nicht mehr heraus.«

»Es kommt überhaupt nicht infrage, dass wir nur eine siebte Klasse haben«, erwiderte Elmar Sutter. »Ich habe schon in den Vorgesprächen zum Ausdruck gebracht, dass eine gewisse Zahl an neuen Schülern, an frischen, unverbrauchten Knabengesichtern in jeder Hinsicht wohlgefällig wäre.«

»Also mir sind die Mädchen ja lieber«, ließ sich Jablonka vernehmen, »die haben ein Händchen für den Schulgarten und fassen richtig mit an. Dieser Armbruster«, er klopfte auf die Liste, »der wäre ein Kandidat für die Gartenarbeit gewesen. Hat ein tolles Zeugnis von der Hobrecht-Schule. Aber jetzt ist er leider tot.«

»Und wer hätte uns garantiert, dass er mit seinem Herzfehler nicht einfach umgekippt wäre bei der Gartenarbeit mit der schweren Schubkarre?«, fragte Daniela Morgenitz und warf einen Blick in die Runde.

Sutter ergänzte: »Ich habe gerade die detaillierten Informationen zur Krankheitsgeschichte als außerordentlich wichtig empfunden.«

»Ach was«, sagte Direktor Vogeler.

»Deshalb rege ich an«, fuhr der Seelsorger fort, »dass jedes Kind in Zukunft auch ein Attest über das Nichtvorliegen von Geschlechtskrankheiten vorzulegen hat, zumindest die Jungen.«

»Das ist doch völlig abwegig. Es geht doch um die fachliche Qualifikation«, warf Kellinghusen ein.

»Aber auch um die sozialen Kompetenzen«, fügte Sutter rasch hinzu. »In Bayern gehört das zum Standard, zumindest in den Klosterinternaten.«

»Fachliche Qualifikation bedeutet nun mal bei der Ausrichtung unseres Lehrangebots eine besondere Beziehung zu Insekten. Und da«, die Kellinghusen legte eines der Bewerbungsdossiers auf den Tisch, »fällt für mich Robert Bittner schon mal raus. Entschuldigung, aber wenn er als besondere Qualifikation nennt: *Habe alle Episoden von* Die Biene Maja *gesehen*, geht das an der Ausschreibung vorbei.«

»Bei Robert Bittner bitte ich zu berücksichtigen, dass bei ihm auch das Potenzial zur Führungspersönlichkeit eine gewichtige Rolle spielt.« Vogeler schob seinen Stuhl zurück und schlug die Beine übereinander. Über der Tischkante war der Jeansstoff auf seinem Knie zu sehen.

»Sie meinen, weil er schon mal von einer Klassenfahrt vorzeitig nach Hause geschickt wurde, besitzt er Führungsqualitäten?«, sagte Kellinghusen. »Ich hole mir doch keine Schläger ins Haus.«

Die Sonne trat hinter den Bäumen hervor, und das Licht brach sich in den Wassergläsern, die auf dem Tisch standen.

»Bittner scheint ja ein kräftiges Kerlchen zu sein«, sagte Jablonka wie zu sich selbst. »Der könnte Steine schleppen, wenn wir im Herbst unser drittes Rosenbeet bauen.«

»Können wir vielleicht noch einmal über die Möglichkeit von nur einer Klasse sprechen. Ich muss sagen, ich kann diese mittelprächtigen Gesichter wirklich nicht mehr sehen.« Die Morgenitz schob ihren Stapel mit den Bewerbungen mit beiden Händen in die Tischmitte. »Und was am schlimmsten ist, diese zufällig ausgewählten Kandidaten behindern diejenigen, die eigentlich zu Spitzenleistungen in der Lage wären.«

»Nur eine Klasse ist völlig ausgeschlossen, werte Frau Morgenitz«, sagte Direktor Vogeler. »Wir haben gerade einen Neubau dazubekommen. Die hauen uns das beim Verwaltungsgericht um die Ohren, wenn wir nicht mal zwei siebte Klassen einrichten.«

»Daran habe ich schon gedacht«, erwiderte Morgenitz. »So, wie es aussieht, müssen wir ja den Sieg im Ameisenwettkampf abschreiben. Das hat vielleicht auch mit den laxen Auswahlkriterien zu tun.«

Hier öffnete die Kellinghusen den Mund, schloss ihn aber gleich wieder.

»Deshalb schlage ich vor, dass wir provisorisch die naturwissenschaftliche Sammlung und die Illustrationen Rösels von Rosenhof im Neubau unterbringen. Das Schulgesetz verpflichtet uns sogar, die Bestände der Öffentlichkeit zugänglich zu machen. Wenn wir das jetzt beschließen würden, dann hätte das auch vor einem Gericht Bestand.«

Kellinghusen verschränkte die Arme vor der Brust, dass der Schmuck klapperte. »Das können wir gar nicht beschließen, weil wir hier nur über die Bewerber entscheiden. Über eine zweckentfremdete Nutzung des Neubaus muss der Elternbeirat entscheiden. Ob Frau Krug, die neue Vorsitzende, das so sieht, möchte ich doch bezweifeln.« Ihre Augen blitzten, als sie hinterherschob: »Und außerdem sollten Sie den Ameisenwettbewerb nicht vorzeitig abschreiben, Frau Morgenitz. Wir haben hervorragend gearbeitet.«

Morgenitz trommelte mit den Fingernägeln auf den Tisch. »Dieser Boris Köhler ist auch nur so weit gekommen, weil Sie eine Schwäche für die Schwachen haben, Frau Kellinghusen. Was nützt denn sein angeblich vorhandenes Fachwissen, wenn er es nicht abrufen kann? Und jetzt ruiniert dieser Tölpel unseren guten Ruf, indem er seine Ameisen tötet.«

»Der gute Ruf wäre mir auch sehr wichtig, Frau Morgenitz«, sagte Elmar Sutter. »Wenn man erst einmal ins Gerede gekommen ist, dann wird einem der Spaß an den Schülern schnell verdorben.«

»Ich finde die Idee von Frau Morgenitz gar nicht so schlecht«, sagte Direktor Vogeler. »Wir wollen ja erst einmal den Entscheidungstermin formal korrekt über die Bühne bringen. Sie, Frau Kellinghusen, reichen Ihre Wettbewerbsunterlagen planmäßig ein. Wie wir unseren Neubau nutzen, interessiert niemanden bei der EU, der über den Ameisenwettbewerb zu entscheiden hat. Falls wir gewinnen …« Angelika Kellinghusen sog scharf die Luft ein. »Entschuldigung, *wenn* wir gewinnen«, fuhr der Direktor fort, »können wir immer noch Nachrücker zulassen. Dann könnten wir uns jetzt auf zwei oder drei Kandidaten einigen, damit wir eine siebte Klasse zum 1. April turnusmäßig melden können. Ich favorisiere Robert Bittner.«

»Können wir nicht einen Jungen nehmen, der weniger bullig ist?«, ließ sich Sutter vernehmen. »Dieser Bittner ist schon einmal auffällig geworden. Vielleicht neigt er zur Widersetzlichkeit, wenn eine Autorität von ihm Gehorsam einfordert.«

»Aber wir wollen doch auch Kinder, die ihren eigenen Kopf haben«, sagte Kellinghusen. »Deshalb möchte ich Frederike Velbisch vorschlagen. Die hat im Vorgespräch einen ausgezeichneten Eindruck hinterlassen.«

»Die mit den bunten Haaren?«, fragte Jablonka. »Die Kleine ist ’ne Wucht, da haben sie recht, Frau Kellinghusen.«

»Nur dass sie mit Insekten rein gar nichts zu tun hat.« Morgenitz warf Jablonka einen finsteren Blick zu.

»Das stimmt überhaupt nicht. Sie hat bei Hugo Kerkowiak ein Sommerpraktikum gemacht.« Kellinghusen umklammerte die Armlehnen ihres Stuhls so fest, dass die Knöchel weiß hervortraten.

»Im Schaufenster putzen vermutlich«, brummte Morgenitz.

»Und seit zwei Jahren hat sie sich in Kunst auf die Darstellung von Insekten spezialisiert.« Kellinghusen holte die Farbkopie der Buntstiftzeichnung eines Pfauenauges aus der Mappe und hielt sie hoch. »Also, wenn Insektenillustrationen nicht zu Rosenhof passen, was dann?«

Direktor Vogeler wiegte den Kopf hin und her, dann nickte er langsam.

»Ich hätte noch diese Sophie Bürger als Kandidatin«, sagte Jablonka.

»Die Reiterin?«, fragte Kellinghusen.

Jablonka patschte mit seiner groben Hand auf eine braune Mappe. »Kann malochen für zwei, und will am liebsten dauernd an der frischen Luft sein.«

»Guter Hinweis, Jablonka«, sagte Vogeler. »Die hat mich auch von ihrem Auftreten überzeugt: geradlinig, offen, die wird uns guttun. Und Sophie Bürger und Frederike Velbisch liegen nach der Vorbewertung deutlich vor Robert Bittner.«

»Was denn, nur zwei Mädchen? Das kommt überhaupt nicht infrage.« Elmar Sutter rutschte auf seinem Stuhl hin und her. »Sie wollen aus dem Rosenhof wohl eine Mädchenschule machen.«

»Bisher sind es neun Jungen und acht Mädchen«, sagte Angelika Kellinghusen. »Und Sie mögen Robert Bittner ja nicht.«

»Das habe ich nie behauptet. Drehen Sie mir doch bitte nicht das Wort im Mund herum.«

»Ich finde, hier ist ein weißer Elefant im Raum«, setzte Morgenitz an. »Wir haben zwei tote Jungen«, Elmar Sutter nickte und zog die Mundwinkel nach unten, »und ein verschwundenes Mädchen. Die Kriminalpolizei ermittelt. Dieses Rennen um die besten Schulen ist so irrsinnig geworden, man kann gar nicht ausschließen, dass tatsächlich einer, der in dieser Liste weiter unten steht, versucht hat, seine Konkurrenten aus dem Weg zu räumen. Wollen wir so etwas auf Verdacht auch noch fördern, solange die Situation nicht geklärt ist?«

Schweigen trat ein.

»Die Kinder wissen doch gar nicht, auf welchem Platz sie stehen«, sagte Direktor Vogeler. Er machte eine wegwerfende Geste, und sein Ring blitzte in der Vormittagssonne. »Es sei denn, jemand gibt Interna preis. Jemand, der dauernd mit ihnen Umgang hat, weil er auch in der Hobrecht-Schule arbeitet«, sein Blick streifte Jablonka, »oder der die Möglichkeit hat, mit ihnen unter vier Augen zu reden.« Jetzt heftete sich sein Blick auf Elmar Sutter.

»Ich muss doch sehr bitten, Herr Direktor. Was ich mit den Kindern bespreche, fällt im Zweifel unter das Beichtgeheimnis.« Sutters Gesichtsfarbe war dunkelrosa geworden. Er schien am meisten an der stickigen Luft im Raum zu leiden. »Es ist sehr bedauerlich, dass es immer wieder zu böswilligen Unterstellungen kommt, was die moralische Integrität der Institution Kirche angeht. Mit Schweigegelübden kennen wir uns aus.«

Direktor Vogeler räusperte sich. »Also, dann halte ich Folgendes fest: Im neuen Schuljahr gibt es bis auf weiteres nur eine siebte Klasse mit höchstens zwanzig Schülern. Der Elternbeirat soll zeitnah beschließen, dass die naturwissenschaftliche Sammlung im Neubau gezeigt wird. Die siebte Klasse wird ergänzt durch Robert Bittner und Sophie Bürger. Nachrückerin ist Frederike Velbisch.«

»Und wir gewinnen den Wettbewerb«, sagte Angelika Kellinghusen.

»Das würde ich hier und heute auch sehr gerne beschließen«, sagte Direktor Vogeler und lächelte.

»Kein Tag ohne Formelkompromiss«, zischte Daniela Morgenitz.

»Mit dieser Bürger in der Garten-AG könnte man vielleicht sogar die Boule-Bahn planieren«, sagte Jablonka und holte eine Stulle aus einer alten Ledertasche.

Elmar Sutter saß wortlos auf seinem Platz und starrte auf die Dossiers.

39

Hausmeister Jablonka nestelte an seinem Schlüsselbund herum und öffnete Pachulke die Turnhalle der Hobrecht-Schule.

»Das ist ja mal wieder ein Sonntag wie aus dem Poesiealbum«, murmelte er vor sich hin. »Erst reden wir zwei Stunden über nichts, und dann kommt die Polizei und will hier alles auf den

Kopf stellen.« Zu Pachulke sagte er: »Bitte einzutreten, Herr Kommissar.«

Es roch nach alten Turnbeuteln, dann flammte das Oberlicht an. Draußen ging Bördensen die Laufstrecke ab, die vom Vortag noch abgesteckt war, Stiesel untersuchte das Gelände des Rosenhof-Gymnasiums, Zabriskie den Pausenhof der Hobrecht-Schule.

Pachulke war überzeugt, dass Martin Armbruster recht hatte mit seiner Vermutung, jemand habe David mit der Spendenerklärung bewusst zum Laufen animiert. Der Junge war in der Aussicht, mit ein paar Runden seine Schule quasi als Abschiedsgeschenk reich zu machen, in den Tod getrieben worden. Und das, da waren sich Davids Eltern einig, musste am Samstagmorgen passiert sein. Auf Davids Handy gab es keine Hinweise. Wenn der Täter mit David geredet hätte, wäre er das hohe Risiko eingegangen, dass der Junge sich vor Begeisterung verplappert hätte. Das Spendenversprechen war David in Form eines Papierstücks zugespielt worden, also tippte Pachulke auf einen anonymen Brief als Köder. Den suchten sie jetzt in der Umkleidekabine für Jungen.

»Ich sperre Ihnen auch das Hauptgebäude auf.« Jablonka trollte sich.

Rechts neben dem Eingang in einer Kiste lagen Kleidungsstücke, die Kinder hier vergessen hatten. Mittendrin fand Pachulke einen grünen Anorak. Auf dem Wäschezeichen stand in fetten Druckbuchstaben *David Armbruster*. Pachulke setzte sich auf eine Bank und durchsuchte die Taschen. Aber die waren leer, und auch im Futter war nichts, was sich wie Papier angefühlt hätte. Das könnte bedeuten, dass sich der Täter seinen Brief wieder geschnappt hatte, nachdem David ihn durchgelesen hatte. Aber beim ständigen Kommen und Gehen in der Umkleidekabine wäre das Risiko zu groß gewesen. Nein, die Botschaft musste an einem Ort versteckt gewesen sein, an dem sie nur von David gefunden werden konnte.

Pachulke ging hinaus auf den Hof und winkte Zabriskie zu sich heran.

Die schüttelte den Kopf. »Nichts. Kein Fitzelchen Papier. Diese Ökofanatiker haben das wahrscheinlich alles gleich zum Altpapier gebracht.«

Pachulke rieb sich das linke Ohrläppchen. »Den Container können wir uns immer noch vornehmen. Aber bitte versuche dich zu erinnern. Als du und Stiesel gestern hier waren, habt ihr mit einer Reihe von Kindern aus Davids Klasse geredet. War da auch ein Mädchen mit bunten Haaren dabei?«

Zabriskie nickte. »Fritz nannte die sich.«

»Fred, sie nennt sich Fred.«

»Dann eben Fred. Was ist mit der?«

»Hast du ihre Nummer?«

Zabriskie zückte ihr Handy und nannte ihm eine Nummer, die Pachulke in seines eingab. Es läutete lange, dann meldete sich eine Frauenstimme:

»Heidi, bist du das? Ist es vorbei?«

»Entschuldigen Sie, dass ich Sie am Sonntag störe, Pachulke, Kriminalpolizei.«

»Ach, der Fahrradlehrer.« Die Frau am anderen Ende der Leitung seufzte.

»Mit wem spreche ich bitte?« Pachulke lächelte süß-sauer.

»Corinna Velbisch.«

»Die Mutter von Fred Velbisch?«, fragte Pachulke.

»Frederike.« Die Stimme wurde förmlich.

»Fred ist völlig in Ordnung.«

»Was ist mit Fred, hat sie etwas ausgefressen? Ist schon wieder was passiert?« Jetzt klang die Stimme schrill.

»Nein, aber meine Kollegin hat gestern wegen dem Tod von David Armbruster mit Ihrer Tochter gesprochen. Ich wollte Fred noch ein paar Fragen stellen.«

»Augenblick.« Das Telefon wurde abgelegt, kurz darauf sagte eine junge Stimme: »Fred Velbisch.«

»Hallo Fred, hier ist Pachulke, der Fahrradlehrer.«

»Der Polizist, der jetzt schon zwei tote und ein verschwundenes Kind aufklären soll und nicht weiterkommt. Toll.« Herablassung sprach aus jedem Wort.

Pachulke biss sich auf die Zunge. »Du hast gestern meiner Kollegin erzählt, dass David schon auf dem Schulhof war, als du um kurz vor neun gekommen bist.«

»Na und?« Jetzt war Genervtheit dazugekommen.

»Wo hast du David denn zum ersten Mal gesehen?«

»An dem Tisch, wo man die Spendenzettel abgeben konnte.«

»Und da hat er den ganzen Morgen zugebracht?«

»Nein, ich habe zusammen mit unserem Sportlehrer Farnikau den Tisch betreut, und der meinte, David sei erst kurz vor mir aufgetaucht.«

»Für David war dieser Spendenlauf immer sehr frustrierend, nicht wahr?«

»Ja, das kann man so sehen. Er war ja krank und durfte vieles nicht, aber beim Spendenlauf wurde er so richtig mit der Nase draufgestoßen.«

»Wenn David in der Schule war und schlechte Laune hatte, hat er sich dann manchmal an einen Ort zurückgezogen, um allein zu sein?«

»Na, der Schulgarten war doch sein Ding. Auch wenn er gute Laune hatte. In jeder freien Minute war er da.«

Und weil der Mörder genau diese Details von jedem Kind wusste, hatte er im Schulgarten Kontakt zu David aufgenommen. »Gab es eine Pflanze, die David besonders gern gemocht hat, einen Baum oder so etwas?«

»Bambus. Die Bank an der Windflöte.«

»Windflöte?«

»Gehen Sie hin, nicht zu verfehlen. War's das?«

»Eine Frage noch: Wer ist Heidi?« Corinna Velbisch hatte so gestresst geklungen, dass Pachulke gern mehr gewusst hätte.

Fred zischte in den Hörer: »Das ist vollkommen privat und hat weder mit David noch mit Hobrecht irgendetwas zu tun. Tschüss.«

Pachulke steckte sein Handy weg: »Folgen wir dem Ruf der Panflöte.«

Zabriskie, Stiesel und Bördensen im Schlepptau folgte er im Gänsemarsch den schmalen Wegen durch den Schulgarten, bis sie zu einer Panflöte aus Bambusstäben gelangten. Als sie schweigend davorstanden, säuselte der Wind über die Kanten.

Bördensen untersuchte den Mülleimer neben der Bank. Pachulke winkte Stiesel und Zabriskie an die Windflöte. »Ich habe dafür zu dicke Finger. Aber wir müssen die Röhren innen überprüfen, oben und unten.«

Bördensen sortierte den Inhalt des Mülleimers auf den Boden und anschließend wieder zurück. Zabriskie und Stiesel leuchteten in jedes Bambusstück der Flöte. Schließlich fand Stiesel ein zusammengerolltes Stück Papier im unteren Ende einer der kleineren Pfeifen. Die vier Ermittler lasen den Computerausdruck.

Lieber David,
schon lange verfolge ich, wie sehr du dich für den Schulgarten engagierst. Es ist schade, dass nicht alle Schüler so viel Zuneigung für ihre Schule empfinden. Weil du in deinem Abschlussjahr bist, möchte ich dir heute die Gelegenheit geben, deiner Hobrecht-Schule noch ein besonderes Abschiedsgeschenk zu machen. Wenn du heute all deinen Mut zusammennimmst und bei dem Spendenlauf mitläufst, kannst du in nur zehn Runden so viel Geld für deine Schule zusammenbekommen, dass ihr euch endlich die Laptops kaufen könnt, von denen ihr so lange Zeit schon redet. Reihe dich heute einfach bei den Fünftklässlern mit ein und laufe mit ihnen, dann wird dir niemand Fragen stellen. Wenn du deinen Lauf erfolgreich abgeschlossen hast, erwarte ich dich am Ziel, und wir lösen das beigefügte Spendenversprechen sofort ein. Ich bitte dich, diesen Brief sofort zu vernichten, wenn du ihn gelesen hast. Sprich mit niemandem darüber. Wenn du redest, gilt unsere Abmachung nicht mehr. Ich werde dich beobachten. Denke an deinen Erfolg. Alle Schüler und Lehrer werden stolz sein auf das, was du für sie getan hast.
Ein Freund

»Ich glaube, ich muss gleich kotzen«, sagte Bördensen. »Wie kann man den Idealismus eines Kindes nur so ausnutzen?«

»Ja«, sagte Pachulke. »Und wie kann man ein Kind so gut kennen? Fragen wir doch den Hausmeister. Vielleicht kann er uns auch erklären, warum er so gerne auf den Bahngleisen spazieren geht.«

»Gibt es hier auf dem Schulgelände Überwachungskameras?«, fragte Stiesel.

»Nein«, erwiderte Pachulke. »Apropos Überwachung. Du fährst jetzt bitte ins Urban-Krankenhaus. Veronika Mertens wird bald aufwachen, sagt die Ärztin. Sie soll vernommen werden, sobald es vertretbar ist.« Er wandte sich an Zabriskie. »Du gehst erst zur Spurensicherung, anschließend ins Krankenhaus.«

Zabriskie rümpfte die Nase.

Pachulke schüttelte den Kopf. Das Verhältnis zwischen Engine Plink und Zabriskie war, vorsichtig ausgedrückt, gespannt. »Löffelholz hat sich den Fitzel aus Cem Pollingers Mund und das Rattenfell angesehen, das er mit deiner Hose abgeglichen hat. Du holst seinen Bericht ab und gibst ihn im Urban-Krankenhaus jemandem aus dem Team von Frau Dr. Adam. Außerdem lässt du dich selbst noch einmal untersuchen.«

Zu Bördensen gewandt sagte er: »Und wir befragen jetzt Jablonka.« In beiden Schulgebäuden war der Hausmeister nicht zu finden. Jablonka war wie vom Erdboden verschluckt.

40

Zabriskie war wie befohlen ins Krankenhaus gegangen und wurde jetzt von Doktor Adam untersucht. Die Ärztin war sich sicher, dass es sich bei der Substanz, die Zabriskies Hintern und Oberschenkel verätzt hatte, um die gleiche handelte wie die, die den Arm von Veronika Mertens zerstört hatte. Bei der hatte mittlerweile der Knochenfraß eingesetzt, sie würde ihren Arm verlieren, aber am Leben bleiben.

»Das Bemerkenswerte an Ihrem Blutbild ist«, sagte Frau Dr. Adam, eine kleine semmelblonde Matrone, die wie auf Schienen in ihrem überfüllten Behandlungszimmer umherhuschte und schließlich mit dem Finger auf eine Tabelle von unverständlichen Werten klopfte, »ist der toxisch neutrale Alkoholgehalt. Das gibt es immer wieder bei Leuten, die sich regelmäßig nicht sinnlos, vielmehr sinnvoll betrinken.«

Zabriskie nickte, das war ihre Freizeitgestaltung in einem Satz, vom Sex mal abgesehen. »Genau, Frau Doktor, so fühl ich mich auch die ganze Zeit, toxisch neutral alkoholisiert.«

»Ich bin nicht hier, um Ihnen Komplimente über den Zustand ihrer Leber zu machen, insofern werde ich's auch lassen, aber das, was Sie da die meiste Zeit zu sich nehmen …« Frau Doktor tippte auf einen anderen Wert in der Liste. »Wie ich sehe, haben Sie ein Faible für Single Malts von den Islays. Das hat die Säure neutralisiert.«

»Tja.« Zabriskie war froh über diese Ärztin, die ihre Sprache sprach. »Whisky heißt ja auch nicht umsonst Wasser des Lebens.«

»Die andere Patientin dagegen …« Doktor Adam schüttelte den Kopf, und ihre Pagenkopffrisur wippte. »Es gibt so viele junge Frauen heute, die ihr körpereigenes Abwehrsystem mit diesem Saftzeugs gegen die Wand fahren. Wie soll der Körper denn wissen, was gefährlich ist, wenn er nie zwölf Kurze loswerden musste?«

»Die Seele bleibt nur dann unsterblich, wenn man sie sich ab und zu mal aus dem Leib kotzt«, ergänzte Zabriskie.

»Nun werden Sie bloß nicht philosophisch, nur weil Sie wissen, wie man Glenmorangie schreibt.« Doktor Adam drückte Zabriskie eine Kopie des Befundes in die Hand. »Das Zeug ist eine sehr aggressive Säure, eine Art Verdauungssaft, aber wir konnten sie noch keiner Lebensform zuordnen. Säugetiere kommen eher nicht infrage, vermutlich stammt der Saft von einem Wesen, das seine vorverdaute Nahrung am liebsten flüssig zu sich nimmt. Aber das müssten dann schon sehr viele Tiere sein, die so viel Säure produzieren, dass sie gleich eine ganze Pfütze hinterlassen. Mein Kollege von der Zoologie sieht sich ja noch den Stachel an, den ich bei Frau Mertens entfernt habe. Insofern will ich seiner Expertise nicht vorgreifen. Außerdem gibt es in dem Tunnel unter dem Spielplatz ja keine Lebewesen, oder doch?«

»Nichts, wie ausgestorben. Nicht mal ein Wurm oder eine Kellerassel.« Zabriskie rutschte auf ihrem Stuhl hin und her. Es juckte schon wieder wie verrückt.

»Zunächst mal haben Sie Schwein gehabt. Warten wir einfach ab, ob sich irgendwelche irreversiblen Spätfolgen ergeben.«

»Was zum Beispiel?«, fragte Zabriskie, und ihr Herz schlug bis zum Hals.

»Eine Single-Malt-Unverträglichkeit zum Beispiel. Dann müssten Sie sich mit Low Fat Cranberry Juice anfreunden.«

41

»Ob der sich abgesetzt hat? Vielleicht war er fertig mit seinen Morden. Vielleicht haben die inneren Stimmen aufgehört, mit ihm zu reden.« Bördensen stand neben Pachulke im obersten Stock der Schule, und die alte Luft des heißen Vormittags trieb ihnen den Schweiß aus den Poren. Treppauf, treppab hatten sie das Gebäude durchsucht. Aus den Fenstern, die bis zum Boden reichten, hatte man einen guten Blick über den ganzen Schulhof, auch das Rosenhof-Gymnasium war zu sehen.

Pachulke hängte seinen Sakko auf einen Kleiderhaken, setzte sich auf den Fenstersims und wartete, dass sich sein Atem beruhigte.

»Moment mal!« Bördensen, der die Stirn gegen das Fenster gelehnt hatte, deutete auf den Schulhof. »Der Rollladen in der Ecke, er hat sich bewegt.«

Pachulke stand auf und drehte sich langsam um. Das Fenster mit dem Rollladen musste zu der alten Hausmeisterwohnung gehören, von der die Direktorin gesprochen hatte. Ein verwitterter Bau mit schmalen Fenstern, hölzernen Fensterläden und friderizianischen Ornamenten.

»Da hat er sich versteckt!« Bördensen war schon auf der Treppe und nahm zwei Stufen auf einmal.

Mit zitternden Knien folgte Pachulke seinem jüngeren Kollegen quer über den Hof. Der wippende Pferdeschwanz vor seiner Nase machte Pachulke schwindlig.

»Aufmachen, Polizei!« Bördensen klopfte an die Tür, als wollte er das Häuschen zum Einsturz bringen. »Jablonka, wir wissen, dass Sie da drin sind!« Er drückte die Klinke, und die Tür öffnete sich. Die Wohnung war nicht abgeschlossen. Von Jablonka gab es keine Spur. Über den Möbeln hingen weiße Tücher, die Fenster zur Straße hin standen sperrangelweit offen. »Abgehauen«, stellte Bördensen fest.

»Dann hätte er doch nicht alle Fenster aufgemacht.«

»Die Fenster sind offen, um hier durchzulüften«, sagte eine knarzige Stimme hinter ihnen. Bördensen und Pachulke fuhren herum.

Im Zimmer stand Jablonka. Er trug einen großen Sack Gartenerde auf der Schulter. »Die Wohnung steht leer. Jeden Sonntag wird sie gelüftet. Die Möbel gehören dem Bezirk. Das Lüften ist eine Wert erhaltende Maßnahme. Wenn die hohen Damen und Herren sich endlich entschieden haben, kommt hier vielleicht mal eine Hausaufgabenbetreuung rein.«

»Und die Erde?«, fragte Pachulke.

»Wir haben hier keinen Geräteschuppen mehr, der alte ist Silvester vor drei Jahren abgebrannt. Keine Chance, einen neuen zu bekommen. Wer braucht schon einen Schuppen, wenn man dringend einen Laserdrucker kaufen muss. Dieses Haus stammt aus dem 18. Jahrhundert. Zusammen mit St. Hypokrit ist es das älteste Gebäude im Kiez. Der Keller geht über drei Etagen nach unten. Früher brauchte man so tiefe Keller anstelle eines Kühlschranks und um Leute zu verstecken, wenn man angegriffen wurde. Da unten habe ich meine Vorräte für den Garten untergebracht, Blumenzwiebeln, Rindenmulch und so etwas. Außerdem habe ich mir eine Werkstatt eingerichtet. Sind Sie fertig in der Turnhalle und im Hauptgebäude?«

Pachulke und Bördensen wechselten einen Blick.

Bördensen presste die Lippen aufeinander. »Wir würden diese Keller gerne mal sehen«, sagte er.

Sie folgten Jablonka eine steile Holztreppe nach unten in die Werkstatt. Ein halb zerlegter Overhead-Projektor stand auf einem Metalltisch.

»Ich versuche, das Ding wieder in Gang zu bringen. Bis wir in jedem Klassenzimmer einen Beamer haben, bin ich in Rente«, erklärte Jablonka. In einer Kiste lag Metallschrott, an den Wänden hing Werkzeug. Das schwere Geräte lag in einem Regal in der Ecke: Flex, Schlagbohrmaschine, Stich- und Kreissäge, alles was man so brauchte.

»Wird das nicht sehr kalt im Winter?«, fragte Bördensen.

»Konstant vierzehn Grad. Gemauerte Keller wirken wie Klimaanlagen. An vierzehn Grad kann man sich gewöhnen.« Jablonka nickte mit dem Kopf zur nächsten Treppe.

Eine Etage tiefer war der Gartenbedarf: Blumentöpfe, Säcke mit Erde, Flüssigdünger, Stützpflöcke, eine Rolle Maschendrahtzaun. Pachulke fragte: »Lagern Sie hier auch Ameisensäure?«

»Habe ich drüben im Hauptgebäude im Putzraum. Wir enteisen damit im Winter den Hof. Mit Salz würden die Fahrräder rosten. Aber hier, nein. Ohne Abzug wäre das auch zu gefährlich.«

»Und den Schlüssel zum Putzraum haben nur Sie?«

»Nein. Hier in der Schule arbeiten sechs Reinigungskräfte. Aber im Putzraum gibt es einen Schrank, zu dem nur ich den Schlüssel habe. Wieso fragen Sie?«

»Weil wir Polizisten sind«, sagte Pachulke. »Bewahren Sie sonst noch irgendwo Ameisensäure auf?«

Jablonka zögerte. »Ja, hier oben in der Küche. Zum Löten.«

»Was löten Sie denn?«

Ohne Antwort zu geben, stieg Jablonka die nächste Treppe hinunter.

Bördensen pfiff durch die Zähne. An drei Wänden zogen sich Regale mit Metallskulpturen bis unter die Decke. Es waren überwiegend Tiere: Schmetterlinge, Hunde, Hasen, Käfer

Fliegen, Ameisen und Spinnen. Außerdem gab es Karikaturen. Pachulke erkannte eine wenig vorteilhafte Darstellung der Direktorin ebenso wie Gruppen von Schulkindern, die beisammenstanden oder sich prügelten.

»Das ist dann also quasi Ihr Hobbykeller?«, fragte Bördensen.

»Ja, ich arbeite gerne mit Metall.«

»Und das Material finden Sie auf dem Bahngelände? Oder was für einen Grund haben Sie, dort dauernd herumzustiefeln?«, fragte Pachulke.

»Das Gelände ist eine einzige Müllhalde, ich sammle mir davon ein bisschen etwas ein.«

Jablonka stellte eine große Heuschrecke ins Regal. Seine rechte Hand schloss sich um die Skulptur. Beim Anblick der Tätowierung wusste Pachulke wieder, woher er den Hausmeister kannte. Damals hatte Jablonka in einem Kiosk gearbeitet und sich Fußballbildchen aus der Mülltonne geholt, die Kinder wegwarfen, weil sie sie doppelt hatten. Eines der Kinder hatte es sich dann anders überlegt und wollte seine Bilder wiederhaben. Jablonka hatte sich geweigert – Müll ist Müll, hatte er gesagt. Das Kind hatte gedroht, sich beim Besitzer des Ladens zu beschweren und Jablonka anzuzeigen, Jablonka war handgreiflich geworden. Das Kind hatte einen Nasenbeinbruch und Schürfwunden im Gesicht erlitten. Weil Jablonka kein Ersttäter war – handgreifliche Auseinandersetzung um einen Parkplatz zwei Jahre vorher – musste er für einige Zeit ins Gefängnis. Und jetzt war er hier am Hobrecht, immer noch der zwanghafte Müllsammler.

»Ich verstehe«, sagte Pachulke. »Müll ist Müll.«

»Sie wissen schon, dass das nicht erlaubt ist«, fügte Bördensen hinzu.

»Ich weiß nur, dass alle Welt im Überfluss lebt und man aus diesen Resten wunderschöne neue Sachen herstellen kann.«

»Und wenn Sie eines der Kinder bei der Schulleitung verpfiffen hätte, was hätten Sie dann gemacht mit ihm? Die Luft mal kurz abgedrückt, damit es die Klappe hält?« Bördensen trat so nahe an Jablonka heran, dass sich dieser an eines der Regale presste.

Pachulke berührte Bördensens Schulter. »Ist in Ordnung, Jens.« Zu Jablonka sagte er: »Haben Sie sonst noch jemand auf dem Bahngelände gesehen?«

Jablonka kratzte sich am Kopf: »Na, hier, Frau Morgenitz sammelt doch da immer ihre Kräuter.«

Pachulke nickte: »Wir würden gerne die Bestände der Ameisensäure kontrollieren. Und dann hätte ich noch eine Bitte: Haben Sie Ihr Bewerbungsschreiben an die Schule vielleicht als Kopie in Ihren Unterlagen?«

»Müsste ich haben«, knurrte Jablonka. »Sind wir hier unten fertig?«

Pachulke nickte.

In der Küche war die Ameisensäure an ihrem Platz in einem verschlossenen Schrank, ebenso im Putzraum im Hauptgebäude. Sie gingen hinüber in den Hof des Rosenhof-Gymnasiums. In seiner Wohnung suchte Jablonka die Bewerbungsunterlagen heraus.

»Ich mache mir davon eine Kopie, dann kriegen Sie Ihr Dokument zurück«, sagte Pachulke.

Als sie wieder im Hof standen, war es noch ein bisschen wärmer geworden. »Du kennst den Vogel«, stellte Bördensen fest.

»Stimmt«, sagte Pachulke. »Und deshalb weiß ich auch, dass er mit Davids Tod nichts zu tun haben kann. Und damit auch nichts mit den beiden anderen Kindern.« Er zeigte Bördensen das Bewerbungsschreiben.

Der überflog es und schüttelte den Kopf. »Mit Metall kann er besser umgehen als mit Worten.«

»Eben. Jablonka kann kaum einen vernünftigen Satz formulieren. Er hat den Brief an David nicht schreiben können, nicht, wenn er es allein war. Und ich gehe davon aus, dass unser Täter alleine handelt.«

42 Corinna Velbisch konzentrierte sich vergeblich auf die Sonntagszeitung. Fred war schon lange im Bett, völlig erschöpft von den Ereignissen der vergangenen Tage. Sie hatte ihre Schwester Lina ins Bett gebracht, vorgelesen und sich dann dazugelegt. Kurz darauf atmeten die beiden Mädchen gleichmäßig und tief. Corinna mochte aufgeweckte Kinder, schlafende aber auch.

Was dieser Polizist alles wissen wollte, als ob es nicht schon schlimm genug für die Kinder war, wurden sie jetzt auch noch von der Polizei vernommen. Dieser Pachulke verdächtigte doch nicht etwa ihre Tochter. Und dann auch noch die Frage nach Heidi. Hier im Haus flatterten die Nerven, sobald das Telefon nur ging. Eigentlich war diese Urlaubsreportage über das Freud-Museum in dem kleinen Städtchen Příbor interessant, aber in ihrem Kopf rumorte es so, dass sie keinen Satz bis zum Ende lesen konnte.

Sie legte die Zeitung weg und ging ans Fenster. Auf der kleinen Terrasse standen die über den Winter grau angelaufenen Gartenmöbel. Es regnete Dreck, und trotzdem atmete sie freier hier als jemals sonst in ihrem Leben. Andere mochte es in diese Stadt verschlagen haben, doch Corinna war hierher geflohen und hatte es nicht eine Sekunde bereut. Und dann hatte man sich gefunden, über die Kinder auf dem Spielplatz, in der Schlange im Supermarkt, in der Buchhandlung. Zu einem Freundeskreis waren sie geworden, hatte Corinna bis letzten Sonntag gedacht, aber vielleicht war es doch nur eine Interessengemeinschaft.

Als Corinna fünfzehn gewesen war, war der Vater ihrer besten Schulfreundin ganz überraschend gestorben. Auch in den Tagen der Trauer war sie dort ein- und ausgegangen wie ein Geschwisterkind. Mit den Leuten hier konnte sie sich nicht nach einem Jahr an den Tisch setzen, als sei sie eine Stunde weg gewesen.

Almut. Sie musste unbedingt mit Almut reden. Immer hatte sie sich an ihrem sonnigen Gemüt gewärmt, und bis jetzt hatte sie sich nicht getraut, Almut zu besuchen. Das lag an Almuts harscher Reaktion auf der Trauerfeier, aber auch daran, dass Corinna darauf wartete, dass ihre Mutter starb. *Stirb doch endlich, damit ich meiner Freundin kondolieren kann, weil ihr Sohn ermordet wurde.* Was für ein schrecklicher Satz. Was für eine schreckliche Zeit. Und die Armbrusters, die den Herzfehler von David bekämpft hatten mit allem, was möglich war, die kleine Fachmediziner geworden waren und ausrechneten, wie lange sie den Copyshop offen halten mussten, um den nächsten Kuraufenthalt zu bezahlen …

Wenn Fred so schnell rannte, wie sie konnte, kam sie zu Corinna und rief: *Schau mal, wie schnell mein Herz schlägt.* Corinna schämte sich nicht dafür, dass ihre Tochter am Leben und gesund war. Aber vielleicht schämte sie sich dafür, dass sie sich nicht schämte. Dass sie glücklich war, dass ihre Kinder lebten. Dass der Kelch des Bösen an ihnen vorübergegangen war.

Draußen zeigten sich überall die ersten Knospen und Blumen. Die Zierkirschen und Osterglocken sprachen den viel zu schnell beendeten Leben der Kinder Hohn. Corinna hatte keine besonderen Vorlieben, in welchem Monat sie hätte sterben mögen, eigentlich passte keiner so recht. Aber der Tod im Frühling erschien ihr besonders ungerecht.

Das Telefon läutete, es war schon fast elf. »Guten Abend«, sagte sie, wie immer, wenn jemand um diese Uhrzeit anrief. Sie hörte zu und nickte. »Eingeschlafen heute um halb neun. Das ist gut.« Sie räusperte sich. »Jetzt sind wir mutterseelenallein, Schwesterherz.«

43

»Also, Herr Dorfner, die Regeln hier in Hobrecht sind einfach. Erster Fluchtversuch: Spezialschuhe mit verbundenen Schnürsenkeln. Zweiter Fluchtversuch: an die Heizung gekettet. Der dritte Fluchtversuch wird dann mit einem bedauerlichen Unfall enden. Die Pausen, um Ihre Notdurft zu verrichten und Nahrung zu sich zu nehmen, sind von zwölf bis dreizehn Uhr und von fünfzehn bis sechzehn Uhr und um achtzehn Uhr. Hausmeister Jablonka wird sie in die Mensa und wieder zurückbringen sowie die Leibesvisitationen vornehmen. Normalerweise verhängen wir derartige Dienste für Kinder, die in die Hefte ihrer Mitschüler Grimassen zeichnen oder ihre Hausaufgaben vergessen. Ihr Auftritt am vergangenen Dienstag war einer der Momente, in denen ich bedauere, dass Australien keine Strafkolonie mehr ist. Und jetzt zu Ihrem Aufgabenfeld.« Heidrun Tarp wies mit der Hand auf eine lange Reihe eng stehender Metallregale, in denen große Kartons standen, die einen sehr verdreckten Eindruck machten. »Das hier«, sie griff wahllos in einen Stapel lose liegender Ordner hinein, »ist unser sogenanntes Schularchiv. Eigentlich ist es ein Haufen Altpapier. Denn wir wissen nicht, was drin ist. Alle Kartons sind unsortiert. Zu diesem Zweck gibt es hier drüben«, sie zeigte auf ein leeres Regal, »einen Stapel mit Faltkartons. Ihre Aufgabe ist einfach: Sie sortieren die Akten und anderen Dokumente nach Jahren. Maßgeblich ist das Jahr, aus dem das jüngste Dokument in einer Akte stammt, bei alten Schulbüchern das Erscheinungsjahr. Sämtliche Personalakten – Lehrer, Schüler, sonstige – werden alphabetisch sortiert. Hier ist ein Beispielalphabet«, die Direktorin reichte Dorfner einen Zettel, »mit dessen Hilfe Sie die alte Handschrift entziffern können. Dort in der Ecke sind Latexhandschuhe, damit Sie sich durch die Schimmelkulturen in den Akten keinen Ausschlag zuziehen, dicke Filzstifte, außerdem eine Flasche Wasser und eine Tüte mit leckeren Reiswaffeln, die von unserem letzten Wärmedämmungsprojekt übrig geblieben ist. Versuchen Sie, Ihren Körper an den Pausenrhythmus zu gewöhnen. Es geht hier ja auch um das Erlernen von Selbstdisziplin. Ich freue mich nicht auf die Zusammenarbeit mit Ihnen in den nächsten fünf Wochen. Trotzdem viel Erfolg.«

Die Tür fiel ins Schloss, und Dorfner war allein. Er setzte sich auf einen Hocker und schlug die Akte auf. *Faschingsball Lehrer 1959* stand auf dem Innendeckel. Er las ein mit Schreibmaschine geschriebenes, humorvolles Gedicht auf die Mitglieder des Kollegiums. Dann kamen Fotos: Piraten und Piratinnen, ein dicker Mann mit einem Arm stellte wohl den Hauptmann von Köpenick dar, eine Frau in Frack und Kneifer mit einem angemalten Oberlippenbärtchen und ein Polizist.

Dorfner ließ den Ordner sinken. Er erinnerte sich daran, als er das erste Mal als Polizist auf einen Faschingsball gegangen war. Er war sieben gewesen, und am Ende hatten ihn die Indianer und Cowboys gemeinsam verhauen. »Der Feind meines Feindes ist auch mein Feind, weißer Bruder«, hatte Klaus Rottner, der Klassenprügler gesagt. Und Ute Nehrig, die Squaw vom Dienst, hatte Dorfner mit der flachen Seite des Tomahawks den Hintern malträtiert. Noch immer spürte er die prickelnden Schmerzen auf seinem Gesäß, als das kalte Plastik ein ums andere Mal seine Haut berührt hatte. Es schauderte ihn bei dieser Erinnerung. Später war er dann als SEK-Mann gegangen, als GSG9-Mann, jede Spezialeinheit hatte er durchgemacht, sich über Versandhäuser und obskure Militarialäden die Uniformen besorgt. Er lebte seinen Traum, als er mit der Polizeiausbildung anfing. Aber jetzt war der Traum zu Ende. Hier gab es keine Uniform für ihn und kein Fenster, nur halb zerfallene Kartons mit stinkendem alten Papier. Seufzend stand er auf, faltete einen der neuen Kartons zusammen und schrieb in großen Ziffern *1959* darauf. Dann hievte er den ersten alten Karton vor seinen Hocker.

Warum war er hier? Weil er ein Misserfolg war, weil er sich an seinem Beruf vergangen hatte. Eine einsame Träne tropfte auf das Gesicht des Polizisten auf dem Faschingsball, und hastig wischte Dorfner das Foto trocken. Er hatte lange nachgedacht, als er im Polizeipräsidium seine tausend Sätze zu Papier gebracht hatte. Er würde sich ändern. Er würde sich neu erfinden. Er würde sein Männerbild hinterfragen und sein Kommunikationsverhalten. Er würde empathisch sein, selbst wenn es ihm egal war, was der andere gerade fühlte. Er hatte sich immer eine strenge Lehrerin gewünscht, eine, die ihn richtig rannahm, ihm Disziplin beibrachte, kein Pardon kannte. Diese Schuldirektorin kam diesem Ideal schon recht nahe. Später einmal würde er von dieser Zeit sagen können: *Es war hart, aber es hat mir geholfen.* THE Dorfner war tot, NEW Dorfner betrat die Bühne. Bis es so weit war, musste er sein Publikum dem Streber Stiesel überlassen.

»Wer kann mir helfen, wo sehe ich die emporgereckten Finger?«

Stiesel klatschte in die Hände, als wollte er die 6 b zum Endspurt antreiben. Das Klassenzimmer der 6 b, in dem Dorfner die Facetten des Nahkampfs gegen eine Übermacht von zwanzig erläutert hatte, war einmal durchgeputzt und aufgeräumt worden. Nur die Löcher in der Decke zeigten an, wo die Warnschüsse eingeschlagen waren. Die Kinder hockten auf Würfelhockern aus Pappe und hatten Klemmbretter auf den Knien. Wieder und wieder reckten sie die Finger in die Höhe.

»Ja, du Kevin, was würdest du tun?«

Kevin Knott sagte: »Ich würde versuchen, Hilfe zu organisieren. Zu jemand hingehen und sagen: Hilf mir, bitte!«

»Ausgezeichnet Kevin, vielen Dank. Und wenn ihr spät unterwegs seid? Wenn ihr nachts um halb zwölf vom Nachhilfeunterricht zurückkommt und ganz allein im U-Bahn-Wagen sitzt?« Stiesel nickte Sophie Bürger zu, die ihre schwarzen Reitstiefel trug. »Ja, Sophie.«

»Ich würde immer versuchen, in einem Wagen zu sitzen, wo noch andere Leute sind«, antwortete das blonde Mädchen. »Oder wenigstens im ersten Wagen, gleich hinter dem Fahrer.«

»Sehr gut. Oder was noch?«

»Pfefferspray«, sagte Fred, ohne sich vorher gemeldet zu haben.

Stiesel schüttelte den Kopf. »Wir haben doch gesagt, wir machen von Waffen nur im allerhöchsten Notfall Gebrauch. Und dieser Fall ist noch lange nicht eingetreten.«

»Außerdem kriegst du noch gar kein Pfefferspray, du bist nämlich erst elf«, war Robert Bittner aus der letzten Bank zu hören.

»Aber meine Mama weiß, wie man Pfefferspray herstellt«, erwiderte Freya Morgenitz. »Und ich würde mein Pfefferspray sofort an Fred verleihen, aber an dich nicht.« Sie drehte sich um und streckte Robert Bittner die Zunge heraus.

»Bitte, Kinder«, mischte sich Frau Liepert, die Klassenlehrerin ein, »benehmt euch. Wir wollen nicht die nächste tätliche Auseinandersetzung erleben. Außerdem ist die Stunde fast zu Ende. Ihr solltet die Gelegenheit nutzen, um Herrn Stiesel noch ein paar Fragen zu stellen.«

Kevin Knott meldete sich wieder. »Haben Sie schon mal einen Entführer überwältigt oder eine Geisel befreit?«

Stiesel schüttelte den Kopf. »Ich arbeite bei der Kriminalpolizei, da geht es mehr darum, Spuren zu finden, die ein Täter hinterlassen hat.«

Als Nächstes kam Freya Morgenitz an die Reihe. »Wer ist stärker: Sie oder Herr Dorfner?«

»Oh, tja«, Stiesel verhaspelte sich und kicherte, »das ist, also ich bin natürlich nicht so groß wie Kollege Dorfner, aber ich bin Schwarzgurtträger, und ich denke, es ist viel besser, dass er und ich zusammenarbeiten, anstatt aufeinander loszugehen.«

»Kann Herr Dorfner nicht für immer in dem Keller bleiben?«, fragte Sophie Bürger.

Stiesel schüttelte den Kopf. »Nein. Weißt du, auch wenn jemand einen Fehler gemacht hat, bekommt er bei uns die Chance auf einen neuen Anfang. Ihn den Rest seines Lebens dort festzuhalten wäre eine viel zu harte Strafe für ihn.«

»Und werden Sie uns dann beschützen, wenn er wieder draußen ist?«, fragte Fred.

»Ja, das würde mich auch interessieren«, fügte Frau Liepert schnell hinzu. »Kann man ihm verbieten, sich der Schule auf mehr als hundert Meter zu nähern?«

»Niemand muss sich Sorgen machen. Herr Dorfner steht jetzt da unten vor einer großen Herausforderung, aber er wird gestärkt und geläutert aus diesem Lebensabschnitt hervorgehen.«

Die letzte Wortmeldung hatte Fred. »Wenn Sie bei der Kripo sind, wann werden Sie den Mörder von Cem und David endlich finden? Wir sind alle Kinder, und wir sitzen hier wie in einer Schaufensterauslage. Soll es noch ein Opfer geben?«

»Tu doch nicht so«, sagte Robert. Er lümmelte quer über seinem Pult und deutete mit beiden Fingern auf Fred. »Weiß doch jeder, dass du in der letzten Woche drei Plätze gutgemacht hast. Du glaubst doch wohl nicht im Ernst, dass Anna wiederkommt. Die liegt längst fünf Meter unter der Erde irgendwo im Siegespark.«

»Was ist denn in dich gefahren?«, fragte Fred. Ihre Stimme zitterte. »Du bist doch vermutlich der Letzte auf der Liste. Also hast du auch Plätze gutgemacht. Aber du würdest die Leute einfach zu Tode langweilen, um sie umzubringen, denn nichts kannst du besser. Anna ist übrigens nicht tot, sie lebt. Das wirst du schon noch sehen.« Fred winkelte den rechten Arm ab und schlug mit der linken Hand auf ihren Bizeps. Ihre Faust zielte in Roberts Richtung.

»Fred und Robert, das reicht jetzt.« Frau Liepert war schnell an Freds Pult herangetreten.

»Ich wette mit dir, dass dir nichts zustößt und du wie ein Wunder immer zur richtigen Zeit am richtigen Ort bist«, schrie Robert. »In Zukunft sollte *dir* niemand den Rücken zuwenden.«

»Wir werden den Mörder finden«, rief Stiesel in den Schlussgong hinein, aber seine Worte gingen in dem einsetzenden Tumult unter.

44

Zabriskie und Bördensen saßen im Labor der Spurensicherung, erwartungsfroh wie Kinder am Weihnachtsabend auf das, was Anton Löffelholz berichten würde. Das Objekt, auf das sich ihre Hoffnungen richteten, der kleine Fitzel Plastik aus dem Mund von Cem Pollinger, lag in einer Petrischale auf dem Labortisch.

Jetzt kam Löffelholz, Plinks Assistent, herein und knipste eine Lampe an. Das Licht ließ den Fitzel aufleuchten. Der Star dieses Vormittags.

Während Löffelholz ein Blatt mit den wichtigsten Informationen ausgab, dozierte er bereits: »Es handelt sich um ein kleines Stück aus einer sogenannten Umweltplastiktüte, die auf der Basis von Maismehl hergestellt wurde. Maismehl ist neben Zuckerrohr ein beliebter Rohstoff, um Plastiktüten herzustellen. Diese Tüten werden vor allem in Bio-Supermärkten eingesetzt, mittlerweile finden sie aber auch größere Verbreitung. Dieses Stückchen«, er deutete mit seinem Kugelschreiber auf das Beweisstück, »wurde von dem Jungen aus der Tüte herausgebissen, die ihm über den Kopf gezogen wurde. Es war kein gezielter Versuch, sich zu befreien, ich folge hier den Ergebnissen der gerichtsmedizinischen Untersuchung von Tenbrink, sondern ein unkontrolliertes Zusammenpressen der Kiefer, vermutlich durch den Schock. Wahrscheinlich hat er kurz zuvor Luft geholt, dabei geriet eine Falte der Tüte zwischen seine Zähne und er hat ein Stück herausgerissen. Zu klein, um die Tüte zu zerstören, aber groß genug, um für uns diesen Hinweis zu hinterlassen.«

»Der uns welche Informationen verschafft?«, fragte Bördensen.

»Dass es Mord war«, erwiderte Pachulke. »Wenn Tenbrink das Tütenfetzchen nicht gefunden hätte, hätte er die Kohlenmonoxid-Vergiftung bestätigt.«

»Pech für den Mörder«, stellte Bördensen fest, »aber führt uns die Tüte zu ihm?«

Löffelholz schüttelte den Kopf. »Die Hersteller von diesen Tüten arbeiten alle mit dem gleichen Rezept. Wenn wir einen Spritzer Benzin auf der Kleidung finden, können wir nicht sagen, ob es Aral oder Shell war.«

45

Pachulkes Gesprächspartner an diesem Nachmittag war Daniela Morgenitz. *Honigmond* hieß der Laden. Das Schaufenster war in hellen Tönen gehalten, Braun, Gelb und Orange dominierten. Im linken Schaufenster lagen Gläser in einem Regal, dessen Fächer Sechsecke waren. *Honig aus dem eigenen Bezirk*, verkündete ein großes Poster. Vier Stoffbienen lächelten auf die Straße hinaus, aber ihre Stachel waren gezückt. Im anderen Schaufenster gab es Salbentöpfe und -tuben, Seifen und Teedosen zu sehen. Dekoriert war dieses Fenster mit einem Wiesenstrauß in einer großen Bodenvase. Pachulke ahnte, dass er nicht zur Zielgruppe dieses Ladens gehörte, aber die Dekoration gefiel ihm.

Drinnen roch es schwer und süß. Nach Honig natürlich, nach Seife auch, aber es lagen viele andere Aromen in der Luft, die er nicht ohne weiteres zuordnen konnte. Wie bei einer raffiniert abgeschmeckten Suppe. Auch nach hinten gab es zwei große Fenster, die Verkaufsräume hatten Licht von drei Seiten.

Daniela Morgenitz stand auf einer kleinen Trittleiter und sortierte gerade Kartons mit Badezusatz in ein Regal. Als Pachulke gegen einen Putzeimer trat, warf sie einen Blick über die Schulter. »Guten Tag, Herr Kommissar. Bitte stolpern Sie nicht, ich habe eben noch einmal durchgewischt. Was führt Sie denn zu mir? Sind Sie einer von den siebzehn Prozent der Männer über fünfunddreißig, die der Körperpflege einen höheren Stellenwert geben als der Autopflege?«

»Vielen Dank für das *Über fünfunddreißig*. Kommt der Honig wirklich aus dem Bezirk?« Pachulke deutete mit dem Daumen hinter sich Richtung Schaufenster.

»Na, zu achtzig Prozent, möchte ich sagen. Meine Bienenvölker haben ihre Stöcke hier im Garten. Ich kann ihnen nicht vorschreiben, wo sie hinfliegen, aber hier im Bezirk gibt es mehr als genug Pflanzen, um jedes Jahr einige Hundert Gläser zu produzieren. Blütenrein ist er natürlich nicht, aber darauf kommt es auch nicht an. Dafür ist er von hier. Vielleicht waren die Bienen auch auf Ihrer Terrasse.«

»Leider bin ich nicht wegen Ihres Honigs gekommen. Letzten Freitag habe ich in der James-Hobrecht-Schule Fahrradunterricht gegeben, und ein Kind hat sich leicht verletzt, weil der Lenker abgebrochen ist. Das Fahrrad gehörte Anna Winter, dem Mädchen, das im Park verschwunden ist. Sie hatte es einer Freundin geliehen. Der Lenker war angesägt und sollte vermutlich genau dann brechen, wenn Anna mit dem Fahrrad auf der Straße unterwegs war.«

Daniela Morgenitz schüttelte den Kopf. »Wer macht denn so etwas? Anna hätte ums Leben kommen können.«

»So sehen wir das auch. Wir werten das als Mordversuch.«

»Mord? An einem elfjährigen Mädchen?«

»Woher wissen Sie, dass Anna elf ist?«

»Wie bitte?« Daniela Morgenitz runzelte die Stirn. »Ach so, na weil ich in dem Auswahlkomitee des Rosenhof-Gymnasiums sitze. Wir haben alle die Bewerbungsunterlagen zu Hause liegen und hatten uns gestern noch einmal für die Endauswahl zusammengesetzt.«

»Und Anna hatte sich auch beworben?«

Daniela Morgenitz stieg die Leiter hinunter und gab Pachulke die Hand. »Ja, viele Schüler aus der Hobrecht-Schule bewerben sich bei uns. Jedes Jahr werden es mehr. Und nicht immer zu ihrem Vorteil.«

»Wie meinen Sie das?« Pachulke lugte in den Eimer. Dort lagen ein Paar Haushaltshandschuhe, ein sorgfältig ausgewrungener Putzlappen und eine Flasche mit Putzmittel.

»Nun, unsere Schule genießt einen sehr guten Ruf. Die Kinder aus der Hobrecht-Schule wohnen zwar alle in der Nähe, aber es geht nicht um den kürzesten Schulweg oder um die größte Auswahl beim Nachtisch in der Schulkantine. Es geht darum, dass unsere Schüler das leistungsorientierte Umfeld am Rosenhof-Gymnasium annehmen und dass sie sich für Insekten interessieren.«

»Hätte Anna Winter eine Chance gehabt?«

Daniela Morgenitz lächelte, aber sie machte einen Schritt zurück. »Jetzt bringen Sie mich in Verlegenheit. Es geht schließlich um ein laufendes Auswahlverfahren.«

»Bei mir geht es um Mord und versuchten Mord.«

»Um Mord?«

»Ja, an Cem Pollinger.«

»Aber es hieß doch ...«

»Wir waren da wohl etwas vorschnell. Erst sah es nach einem Unfall aus. Aber dieses angesägte Fahrrad ändert unsere Perspektive. Insofern wäre es sehr nützlich, wenn Sie mir eine Einschätzung geben könnten.«

»Verstehe, Mord ist natürlich etwas anderes.« Daniela Morgenitz verstaute den Eimer und brachte einen Karton mit, den sie auf die Theke stellte. »Nun, wenn Sie mich fragen, dann hätte man die Aufnahme neuer Kinder auf eine siebte Klasse mit höchstens fünfzehn Schülern beschränken sollen. Das hätte ein optimales Betreuungsverhältnis ergeben und die Schule entlastet.«

»Das bedeutet, die Kinder aus der Hobrecht-Schule, die auf der Warteliste stehen, haben alle keine Chance.«

»Wenn es nach mir ginge, nein. Die hätten sich anderweitig umsehen müssen. Man tut den Kindern ja auch keinen Gefallen, wenn man sie auf eine Schule schickt, auf der sie pausenlos überfordert werden. Außerdem gibt es dieses Jahr eine Reihe exzellenter Kandidaten. Bei unserem Abend der offenen Tür haben wir mit interessanten Bewerbern aus der ganzen Stadt Gespräche geführt. Da sind Kinder von Entomologen dabei, Jungs, die seit Jahren ihre eigenen Stabheuschrecken versorgen. Ein Mädchen arbeitet ehrenamtlich im Naturhistorischen Museum.« Daniela Morgenitz öffnete den großen Pappkarton mit einem Tapeziermesser und holte viele kleine Kartons daraus hervor.

»Und Cem Pollinger hätte auch keine Chance gehabt. Obwohl er sich für die Umweltbelange so einsetzt.« An der Wand hingen präparierte Schmetterlinge in flachen Holzboxen hinter Glas. Einen riesigen blauen Falter erkannte Pachulke, die anderen sahen fremd aus.

»Umwelt ist das eine, Insekten sind das andere.« Daniela Morgenitz seufzte. Wahrscheinlich hatte sie dieses Gespräch hundertfach mit enttäuschten Eltern geführt. »Es gibt ausgezeichnete Schulen mit einem Umweltschwerpunkt. Auch Cem hätte den sehr komplexen und umfassenden Anforderungskanon nicht erfüllt. Aber das ist bloß meine Meinung. Wir sind ein fünfköpfiges Gremium. Und es ging sehr kontrovers zu.«

»Das heißt, die anderen Leute im Auswahlausschuss sehen das weniger streng als Sie.«

»Es gibt Leute, die agieren mit einem gewissen Maß an Inkonsequenz. Das gibt dem Rosenhof mehr Handlungsspielräume in schul- und bezirkspolitischen Fragen, aber den wirklich geeigneten Schülern tut man damit keinen Gefallen. Und den ungeeigneten auch nicht.«

»Hat man schon einmal versucht, Sie zu bestechen?«

Daniela Morgenitz lachte laut auf. »Dutzende Male. Wenn ich die Kartons mit Champagner zusammenzähle, die ich in den letzten zehn Jahren geschenkt bekommen habe, hätte ich ein fürstliches Besäufnis ausrichten können. Aber die gehen immer sofort zum Laden der Obdachlosenhilfe. Gegen Quittung natürlich. Manchmal war es wirklich schwierig, sich den Verlockungen zu widersetzen. Vor einigen Jahren hat sich mal der Sohn eines Zimmermanns beworben. Der hat sich eine Vogelspinne zugelegt und gehofft, damit kann er Eindruck schinden. Dabei sind Spinnen nicht mal Insekten. Jedenfalls, damals war dieser Zaun zum Park hin an einigen Stellen schadhaft.« Sie machte eine Geste in Richtung des Gartens. »Die Firma des Vaters hat in einer Nacht einen neuen Bretterzaun komplett mit Tür hier hochgezogen. Kleiner Zettel dran: *Eine offene Tür und ein offenes Ohr wäre uns der schönste Dank.*«

»Den konnten sie nicht zur Obdachlosenhilfe geben.« Pachulke glaubte sich verhört zu haben. »Und was haben Sie gemacht?«

»Anzeige erstattet und auf Wiederherstellung des ursprünglichen Zustands geklagt.« Daniela Morgenitz trug den großen Karton zum Papiermüll.

»Und der Junge?«

»Der Junge hat erst eine Schreinerausbildung gemacht und danach das Fachabitur. Jetzt studiert er Architektur.«

»Wissen die Eltern von der Hobrecht-Schule, dass sie bei Ihnen keine Chance hätten?«

»Nein, aber einige ahnen es.« Die Morgenitz lächelte müde. »Die ersten sechs bis acht auf der Warteliste kommen bestimmt wieder durch. Jedes Mal sind es mehr, die man nicht dabei haben sollte. Wir ersticken im Mittelmaß. Die Eltern sehen das natürlich anders. Und dann klagen sie sich ein. Auf der Grundlage von Kapazitätsverordnungen. Da gibt es keine sachliche Handhabe mehr, sich die Kinder vom Hals zu schaffen.«

»Kapazitätsberechnungen?« Pachulke stand jetzt an einem der rückwärtigen Fenster und sah in den Garten hinaus. Hinter einem hellen Bretterzaun lag der Siegespark.

»Die kennen Sie nicht? Schätzen Sie sich glücklich.« Sie schüttelte den Kopf und packte den ersten kleinen Karton aus. Ein neuer Duft breitete sich aus. Durchdringend, aber nicht unangenehm. »Also, nehmen wir an, Sie betreiben eine Ganztagsschule und richten eine Kantine ein. Aus feuerpolizeilichen und anderen Gründen werden Räumlichkeiten für Massenspeisung immer zehn bis fünfzehn Prozent größer gebaut als für die berechnete maximale Auslastung. Auch eine Kantine, die brechend voll ist, hat immer ein paar freie Plätze. Das ist quasi Fluchtreserve. Die Eltern, die ihr Kind um jeden Preis auf einer Schule unterbringen wollen, bringen solche bautechnischen Parameter ins Spiel und unterlaufen damit die fachliche Entscheidung des Auswahlgremiums. Wie groß ist der Pausenhof, wie viele Toiletten sind vorhanden? Wie viele Exemplare eines Pflichtschulbuchs gibt es in Bibliothek und Lehrmittelsammlung? Wenn sie vor Gericht plausibel machen können, dass es Überkapazitäten gibt, hat die Klage Erfolg und das Kind geht auf die Schule, von der die Eltern träumen.« In den Kartons lagen runde Stücke, die separat eingepackt waren. Dem Geruch nach war es Seife. »Stellen Sie sich vor, Sie sind ein Schuldirektor und lassen Ihren Schulhof verschönern. Dazu stellen Sie ein paar Bänke auf. Es gibt eine Richtlinie, wie viele Banksitzplätze pro hundert Schüler bereitgestellt werden sollen. Weil ein bisschen Geld übrig ist, werden vier Bänke mehr aufgestellt. Dadurch entsteht Überkapazität. Bei einer Oberschule mit den Jahrgangsstufen sieben bis zwölf wird die berechnete Überkapazität durch sechs geteilt. So viele Schüler muss die Schule dann in der Eingangsphase aufnehmen.«

»Das ist ja völlig irre.« Pachulke stieg der Seifenduft in die Nase. Das roch zwar sehr gut, trotzdem hatte er das Gefühl, als würden seine Nasenschleimhäute anschwellen.

»Es ist irre. In einer anderen Schule hat der Schulleiter persönlich einige Toiletten zubetoniert, um die Klage auszuhebeln.« Daniela Morgenitz lachte.

»Hatte er Erfolg?«

»Im Prinzip ja. Die Lorbeeren hat sein Nachfolger eingeheimst, er selbst wurde wegen Sachbeschädigung entlassen.«

»Sie sagten, die Eltern würden um jeden Preis versuchen, ihre Kinder aufs Rosenhof zu bringen. Schließt das auch Gewaltakte ein?«

»Drohungen und Einschüchterungen in jedem Fall. Ob ein angesägtes Fahrrad eine Drohung ist oder ein Mordversuch … Da haben Sie eine sehr spezifische Sicht. Aber ausschließen würde ich es nicht. Doch eigentlich meinte ich mit meiner Bemerkung Champagner und Bretterzäune.«

»Und Ihre Kollegen sind auch immun gegen Bestechung? Wer ist denn noch in dem Gremium?«

»Direktor Vogeler hat den Vorsitz und entscheidet bei Stimmengleichheit. Manchmal wird eben der Bock zum Gärtner.« Unter der Theke holte Daniela Morgenitz mehrere Körbchen hervor und verteilte die Seifenstücke darin.

Hatte ihre Bemerkung über Vogeler spöttisch geklungen? Pachulke war sich nicht sicher.

»Dann ist noch Frau Kellinghusen als Fachbereichsleiterin dabei, Jablonka, der Hausmeister, als Vertreter der sonstigen Mitarbeiter und der Geistliche von St. Hypokrit.«

»Ein Geistlicher sitzt im Auswahlausschuss. Warum das?«

»Weil hierzulande in jedem Gremium, das mit Schule zu tun hat, ein Pfaffe sitzt.«

Pachulke lugte aus dem hinteren Fenster in den Garten hinaus. Da gab es eine kleine Remise, auf der Wiese standen ein paar schwarze Würfel aus Holz. Bienen krabbelten darauf herum, flogen weg, landeten und krochen hinein. »Wie sind Sie denn dazu gekommen, Kosmetika zu verkaufen?«

»Tja, ich hatte das Falsche studiert, dann war dieses Haus frei, wir sind oben eingezogen. Ich habe einfach damit angefangen, auf gut Glück. Erst fremde Sachen verkauft, dann meine eigenen Produkte kreiert. Hier riechen Sie mal, Thymianseife.« Sie wickelte eine Seife aus dem Papier und hielt sie Pachulke hin.

Der schnüffelte daran und hob die Augenbrauen. Vielleicht der passende Duft für *Das Rheingold* in der Badewanne, zumindest die erste halbe Stunde, sonst schrumpelten die Finger so ein. »Finden Sie den Thymian an den S-Bahn-Gleisen?«, fragte er und legte das Seifenstück auf die Theke.

»Nein, dort finde ich Huflattich und Salbei.«

»Haben Sie am Dienstag auch Huflattich und Salbei gesammelt?«

»Am Dienstag? Moment Mal, das war der Tag, an dem unser Neubau eröffnet wurde. Da war ich lange in der Schule und bin dann am frühen Abend noch einmal losgezogen. Wieso?«

»Das war der Abend, an dem Cem ums Leben gekommen ist.«

»Ach so, verstehe. Und jetzt verdächtigen Sie mich?« Daniela Morgenitz kicherte. Vor ihr standen jetzt sechs Körbchen mit sechs verschiedenen Seifen. Aus einer Schublade holte sie Kärtchen aus fester Pappe und einen Filzstift.

»Haben Sie jemanden auf den Gleisen gesehen, als Sie da unterwegs waren?«

Daniela Morgenitz zog die Stirne kraus. »Ja, der Pfarrer war dort.«

»Auf dem Gelände?«

»Ja, direkt zwischen den Gleisen.«

»Und die Kräuter, wo sind die jetzt?«

»Hinten im Schuppen, zum Trocknen ausgelegt.«

»Und was machen Sie daraus?«

»Erkältungsbonbons. Salbei gegen Halsweh, Huflattich gegen Husten. Wollen Sie die Seife mitnehmen?«

»Aber nur gegen Bezahlung. Sonst muss ich sie im Obdachlosenladen abgeben«, sagte Pachulke und zückte sein Portemonnaie.

46

Der Musiksaal des Rosenhof-Gymnasiums war ganz oben unter dem Dach. Nach der Pause strömten die Kinder herein, und alle nahmen ihre Plätze ein. Am Fenster stand ein Konzertflügel, es gab eine Marimba, ein Paar Congas und verschiedene weitere Perkussionsinstrumente. Einige Schüler hatten ihre eigenen Instrumente mitgebracht, andere holten sich eines aus den großen Schränken. An den Wänden hingen Plakate von berühmten Opernhäusern: die Met in New York, die Scala in Mailand, Wien, Bayreuth, Sydney. An der Wand vorn, gleich neben dem Pult der Lehrerin, hing eine große Strichliste mit den Namen aller Schüler. Boris holte sich einen Triangel aus dem Instrumentenschrank und setzte sich auf dem mehrstufigen Halbrund, das für die Musiker reserviert war, in die letzte Reihe. Frau Retzkow, die Musiklehrerin, wollte es nicht, dass man vor sich hin klimperte, wenn man nicht dran war, und weil man einen Triangel nicht stimmen musste, übte Boris nur den einen Schlag, den er am Schluss des Stücks auszuführen hatte. Ein kurzes Ping, für das er zweimal in der Woche eine Doppelstunde höchster Anspannung zu durchleben hatte. Denn da Frau Retzkow immer sehr viel auszusetzen hatte, dauerte es meistens neunzig Minuten, bis sie das Ende des Stücks erreichten und er zu seinem Einsatz kam.

Hektor hatte den Kontrabass ausgepackt und spielte ein paar Läufe. Jason stöpselte die E-Gitarre ein, stimmte von unten nach oben durch und schlug probeweise ein paar Akkorde an, während er beobachtete, ob ihm jemand dabei zusah. Daphne spielte mit gerunzelter Stirn ein paar Tonleitern auf dem Cello, während sie sich mit Iris abstimmte. Die rieb an ihrer Querflöte, damit sie warm wurde und der Ton nicht mehr nach unten rutschte. Philomena und die anderen Mädchen, die den mehrstimmigen Gesangspart übernommen hatten, schnitten Grimassen und machten Atemübungen, um den Mund zu lockern. Einige standen beisammen und sangen sich die Passagen mit den schwierigeren Intervallen vor.

Alle anderen waren mit Klavier, Geigen und Bratschen, Kontrabass und verschiedenen Blasinstrumenten beschäftigt.

»Bitte Ruhe!« Frau Retzkow klopfte mit ihrem Dirigentenstab auf das Pult, und augenblicklich wurde es still.

»Guten Morgen, Klasse. Wir wollen die Stunde heute intensiv nutzen, denn was ihr beim letzten Mal abgeliefert habt, das können wir nicht einmal auf dem Schulfest präsentieren. Ihr müsst mehr Spielfreude entwickeln, sonst wird das nichts. Wir nehmen das Stück jetzt ohne Gesang einmal durch, ihr im Chor summt eure Passagen leise mit. Man darf euch nicht hören, ihr müsst euch selbst hören. Ich zähle zwei Takte vor: eins, zwei. Eins, zwei, drei, vier.«

Der Bass schlug zusammen mit dem Klavier einen Akkord an, dieser blieb stehen, ostinate halbe Noten, ein Dreiklang, der das Gerüst des Stücks bildete. Geigen, Bratschen und Flöte spielten zwei Viertel- und zwei Achtelnoten, worauf das Cello und die übrigen Bläser mit einer Sechzehntelgruppe, zwei Achteln und einer Viertelnote antworteten. Das wiederholte sich zweimal, dann stieg leise summend der Chor ein, der die Hauptmelodie trug.

Frau Retzkow unterbrach und schüttelte den Kopf. »Klavier und Bass, ihr schleicht euch so rein. Bitte gleich eine klare Ansage: Wir sind da. Wir sind jung. Wir machen unser Ding. Nicht so halbherzig. Flöte und Streicher, nicht so fett, so breit, das ist ja nur der Auftakt, außerdem dient das Orchester dem Chor. Nehmt euch zurück. Cello, Oboen, Saxofone, ihr schleppt. Das ist der erste Sechzehntellauf, und ihr schleppt schon. Was wollen wir am Ende spielen, Largo? Noch mal. Mit ganz viel Spielfreude. Eins, zwei. Eins, zwei, drei, vier.«

Mit summendem Chor und klingendem Spiel kämpften sich die Kinder durch die Noten, blätterten gemeinsam um, um die erste Melodie noch einmal aufzunehmen, die letzten Takte erklangen und dann –

»Triangel, wo warst du denn? Das war dein Einsatz! Du kannst uns doch hier nicht im Stich lassen. Du bist Teil eines Teams.«

Der Triangel fiel polternd zu Boden. Boris schreckte auf. »Ist die Stunde schon vorbei?«

»Boris, du bist wirklich ein Penner.« Philomena schüttelte den Kopf so heftig, dass ihre schwarzen Haare flogen. »Du hast ja wirklich nicht viel zu tun, nur diese eine Note, diesen einen Ton am Ende. Reiß dich doch mal zusammen.«

»Boris gibt alles, aber es reicht nicht.« Iris drehte am Mundstück ihrer Querflöte, sie stimmte durchgehend während der ganzen Probe. »Komm, Boris. Du kannst doch bis vier zählen, mehr musst du nicht machen. Eineinhalb Stunden lang bis vier zählen.«

Frau Retzkow nahm einen Stift und machte bei Boris auf der Liste einen Strich. Zu den Klarinettisten und Saxofonisten sagte sie: »Ihr kriegt auch jeder einen Malusstrich, ihr habt wieder geschleppt. Cello, das war in Ordnung diesmal. Jetzt mit dem Chor. Und wieder Spielfreude. Eins, zwei. Eins, zwei, drei, vier.«

Der Chor mit Philomena und vier anderen Mädchen legte los, aber Frau Retzkow schüttelte den Kopf. »Also wisst ihr, das klingt alles so ausgelutscht und abgeschmackt, wie ihr das singt. Ihr hört euch an, wie ein viertklassiger Alleinunterhalter, der die Kundschaft in Stimmung bringen soll, damit sie Wärmedecken kaufen. Es geht um euch, ihr müsst euch in dieses Lied einfühlen. Cello, wer singt dieses Lied?«

»Ein Mädchen.«

»Genau, und was für ein Mädchen?«

»Eine Schulabbrecherin, die schlecht in Mathe ist«, ließ sich Boris vernehmen.

Hektor schüttelte den Kopf. »Wenn du deinen Einsatz versaust, musst du nicht auch noch originell sein, Boris.«

»Sie ist rothaarig«, sagte Iris. »Und das steht für ihren Individualismus. Einen Individualismus, dem wir alle nacheifern können, indem wir dieses Lied spielen.«

»Sehr schön, also noch einmal. Und jetzt will ich euren Individualismus spüren.« Frau Retzkow ging wieder zur Strichliste. »Oboe, es tut mir leid, aber du schleppst. Sechzehntelläufe fliegen einem nicht zu. Da heißt es üben, üben, üben.« Sie klopfte auf ihr Pult. »Eins, zwei. Eins, zwei, drei, vier.«

Diesmal spielten sie sich weit in das Stück hinein. Boris nickte auf den ersten Schlag jedes Taktes wie ein an Hospitalismus leidender Zirkusbär.

Dann hob Frau Retzkow die Hand. »Chor, ich muss doch sehr bitten. Das ist schlicht Müll, was ihr hier abliefert.« Sie ging zur Liste und setzte noch ein paar Strafstrichlein hinzu.

Philomena ballte die Faust. Retzkows elende Kollektivbestrafungen. Weil sie nicht hörte, *wer* falsch sang.

Frau Retzkow fixierte die Schüler. »Ihr müsst immer dieses Mädchen im Kopf haben. Wofür steht sie denn?«

»Für eine unbeschwerte Kindheit«, sagte Philomena.

»Sie macht, was ihr gefällt«, sagte Jason und schlug einen Akkord mit einer großen None an.

»Nicht klimpern, Gitarre.« Frau Retzkow machte einen Strich auf der Malusliste bei Jason. »Was hat das Mädchen denn bei sich zu Hause?«

»Ein Äffchen und ein Pferd«, sagte Hektor.

»Eben. Chor, ihr habt es gehört. Also, dann nehmen wir uns diese Passage noch einmal vor. Aber sie darf sich nicht anhören, als läge da ein totes Schwein auf dem Sofa. So fett, so schwer, so hässlich. Ab Takt achtundvierzig. Ihr seid unbeschwert. Ihr habt Spielfreude. Eins, zwei. Eins, zwei, drei, vier.« Schon nach einem Takt kam die nächste Unterbrechung. »Nein, nein, nein. Oboe, du schleppst auch bei den Viertelnoten. Du musst mehr tun. Von nichts kommt nichts. Häng dich für heute ans Cello, aber beim nächsten Mal muss das sitzen. Chor, ihr kriegt ja die Zähne gar nicht auseinander. Das ist eure Hymne an die Freiheit. Euer Lied für die Welt. Groß und Klein lädt das Mädchen ein. Das kann doch nicht so schwer sein. Das muss man hören. Und bei *Wir machen uns die Welt* leichter, viel leichter. Reißt euch zusammen. Arbeitet die Synkopen mehr heraus. Ein kleines Mäd-chen hopst durchs Le-ben und macht was ihr ge-fällt. Es heißt *hoppsassa*, nicht *Der Plumpsack geht um*. Und noch einmal. Mit Spielfreude. Spielfreude ist Lebensfreude.«

Wieder blätterte die Klasse synchron ihre Partitur um. Und wieder nahten die letzten Takte. Nach *zu uns ein* verklang der letzte Zupfer des Kontrabasses, und alle warteten auf das kleine Ping am Ende. Boris saß auf seinem Stuhl, der Triangel und der Schlägel lagen auf seinem Schoß. Mit dem Kopf lehnte er an der Wand, und als es ganz still geworden war, konnte man hören, dass Boris schnarchte.

»Seit Boris Triangel spielt, weiß ich, warum es Instrumente gibt, die Idiophone heißen«, sagte Jason, während er die Gitarre im Koffer verstaute.

Philomena faltete ihre Noten zusammen und steckte sie in ihre Tasche. Laut genug, dass Boris es hören konnte, sagte sie zu Jason: »Klassenbuckel treibt mich in den Wahnsinn. Er ist einfach zu nichts zu gebrauchen.«

»Erst rottet er unsere Ameisen aus, dann bringt er Frau Retzkow so auf die Palme, dass sie uns allen drei Malusstriche verpasst. Der müsste eigentlich Einzelunterricht nehmen, bevor er uns alle in den Abgrund reißt.« Hektor ließ die Bügel am Koffer des Kontrabasses zuschnappen und schüttelte den Kopf.

»Ey, Klassenbuckel, weißt du, dass du uns richtig ankotzt«, rief Iris Schmitt durch den ganzen Musiksaal. »Mein Stoffteddy könnte diesen Triangel besser spielen als du. Warum nimmst du dir nicht ein paar Tage frei, ich kann deine Visage nicht mehr sehen.«

Boris saß regungslos auf seinem Stuhl und starrte aus dem Fenster. Sein Bauch berührte die Rückenlehne.

Ohne sich umzudrehen, sagte er: »Ich kann deine Visage auch nicht mehr sehen, Iris. Du hast keine Ahnung, wie man sich schminkt. Deine Flöte war komplett verstimmt, und du bist so eine taube Nuss, dass du das nicht mal hörst.«

Iris Schmitt schnappte nach Luft, aber Daphne stand schon bei Boris. »Denk dir nichts dabei, wenn du der Paganini des Triangel wärst, Iris hätte was zu motzen. Was ist los, warum bist du so müde?«

Boris hatte dunkle Ringe unter seinen Augen. »Ich suche etwas, was ich unbedingt finden muss.«

»Ja, das kenne ich. Pubertät heißt dieser Zustand.«

»Nein, es geht um Leben und Tod.«

»Wie ich gerade sagte, Pubertät eben.«

Iris stopfte ihre Querflöte in ihre Tasche. Mit knallrotem Kopf rauschte sie davon. Philomena, die mit finsterem Blick die Malusliste studiert hatte, stürzte hinterher.

Daphne sagte zu Boris: »Wenn du emotional unausgeglichen bist, solltest du vielleicht eine Hormonbehandlung machen, oder noch besser eine Therapie. Wenn du jetzt mit fünfzehn eine Therapie machst, musst du keine dummen Fragen beantworten, wenn du zwanzig bist. Ob du deinen Eltern vielleicht nicht wichtig genug warst, weil sie dir keine Therapie bezahlt haben und so einen Mist. Ansonsten empfehle ich dir mehr Schlaf und zum Frühstück kalten Tomatensaft. Du bist deine wichtigste eigene Ressource, Boris. Du musst nachhaltig mit dir umgehen.«

»Ich weiß nicht, wie du das auf die Reihe kriegst.« Boris kratzte sich am Kopf und gähnte. »Du bist so ehrgeizig, aber du weißt immer, wann du genug hast. Ich würde das auch gerne können: wissen, wann es mit dem Ehrgeiz reicht.«

»Ich wüsste nicht, wann du jemals in deinem Leben ehrgeizig gewesen bist. Insofern wäre das der zweite Schritt vor dem ersten.«

»Du verstehst gar nichts.« Boris schüttelte den Kopf. »Es geht um Leben und Tod.«

Auf dem Heimweg ließ sich Boris Zeit. Zu Hause erwartete ihn niemand, nur ein gut gefüllter Kühlschrank. Erst schlich er mit hängenden Schultern vor sich hin. Dann fing er an, in Synkopen zu hopsen: Arsch-mit-Ohren, Lo-ser-typ, das war der Stoff aus dem seine Lebensfreude gemacht war. Klas-sen-buckel. Während er hopste, sah er auf den Boden. Als er mit dem anderen Jungen zusammenstieß, war er völlig überrascht. Die beiden verknäulten sich auch dem Bürgersteig. Der Junge war nicht so alt wie Boris, aber kräftig. Er rammte Boris seinen Fuß in den Bauch. Boris hielt das erst für ein Versehen. Der andere wollte sich wohl freistrampeln. Dann traf ihn ein zweiter Tritt im Bauch, und Boris rappelte sich hoch: »Bist du bescheuert? Hör auf mich zu treten.«

»Wer ist hier bescheuert, du Blindfisch?« Der andere Junge stand in den Knien federnd vor Boris. Er hatte eine grüne Comicfigur auf seinem T-Shirt und schob das Kinn nach vorn. Eine ungefähr zwölfjährige Kampfmaschine, die Boris mit zusammengekniffenen Augen musterte.

»Bitte entschuldige, es tut mir leid. Ich war in Gedanken.« Boris streckte die Hand aus. Der Junge mit dem Hulk auf dem T-Shirt schlug ein, dann verzerrte sich sein Gesicht zu einem Grinsen. »Was ist denn das für ein Händedruck, du Warmduscher.« Er drückte so fest zu, dass die Finger zusammengequetscht wurden, und Boris zuckte zusammen.

»Au, hör auf, du Psycho. Hör auf, mir wehzutun.«

»Weichei nehme ich am liebsten zum Frühstück, aber am Nachmittag zur Not auch.« Der kleine Hulk erhöhte den Druck. Boris konnte jeden Knochen einzeln spüren. »Wenn *ich* auf dem Bürgersteig unterwegs bin, hast *du* dich gefälligst vom Acker zu machen. Verstanden?«, blaffte er Boris an.

Boris nickte. Er bekam seine Hand nicht raus aus dieser Eisenklammer.

»Du gehst aufs Rosenhof?«, fragte der Hulk, ohne seinen Griff zu lockern.

»Ja, autsch. Lass mich doch los, bitte.«

»Hätte nie gedacht, dass es dort solche Loser gibt. Ich wette, du bist der Klassenarsch. Stimmt doch, Klassenarsch?«

Boris hatte genug von diesem Tag. Mit einem gurgelnden Schrei machte er einen Schritt auf seinen Gegner zu und schob ihn durch seine schiere Masse ein Stück zurück. Dann griff er blind in das wütende Gesicht und drehte Hulk die fleischige Nase um.

Jaulend vor Wut brachte der seine Faust auf dem Wangenknochen von Boris an. Durch den Schwung nach vorn musste er die Hand von Boris loslassen. »Das wirst du bereuen, Klassenarsch.« Diesmal schlug er mit der flachen Hand zu, dass es klatschte.

»Ich bereue nichts«, stieß Boris hervor und rieb sich die Hand.

Er schob die Schulter vor. Mit zwei schnellen Schritten schubste er Hulk zu Boden. Dann warf er sich auf den Jungen und schlug auf die Monsterfresse ein, bis ihm die Knöchel wehtaten. Auch die Comicfigur auf dem T-Shirt bekam ihre Tracht Prügel. Hulk riss die Hände und Ellbogen hoch, und als Boris einmal besonders weit ausholte, bockte er wie ein Rodeopferd. Boris fiel hintenüber und landete auf dem Bürgersteig.

Hulk sprang auf, trat Boris zweimal aufs Knie, schnappte seinen Schulrucksack und rannte, was das Zeug hielt, in Richtung Siegespark davon. Ganz zum Schluss drehte er sich noch einmal um. »Wir sehen uns, Klassenarsch!«

Boris betastete seine Wange, die bereits anschwoll. Als er aufstand, spürte er einen stechenden Schmerz im Knie. Er holte seine Tasche. Ein Schulheft lag im Straßenstaub. Boris fand darin einen Namen mit Adresse. Er steckte das Heft in seine Tasche. *Wir sehen uns, Robert Büttner. Früher, als du glaubst.* Auf einmal mehr oder weniger kam es jetzt auch nicht mehr an.

47

Dorfner stand auf und streckte die Arme über dem Kopf aus, dass es knackte. Es war noch nicht elf, und er hatte schon keine Lust mehr. Zuletzt hatte er Bewerbungsschreiben von Musiklehrerinnen aus den zwanziger Jahren entdeckt. Es waren Dutzende von Briefen in der alten runzligen Handschrift, die er allmählich entziffern konnte. Der Inhalt der Briefe war ihm aber herzlich egal.

Er machte ein paar Kniebeugen. Wenn er hier rauskam, würde er sechs Kilo mehr wiegen. Er zog sein Hemd hoch. Durch jahrelanges Feintuning war es ihm gelungen, mit seiner Muskulatur Höhenreliefkarten der wichtigsten deutschen Mittelgebirge auf seinem Bauch abzubilden. Ein guter Weg, auf einer Party zwanglos ein Gespräch mit einer Frau anzufangen.

»Hunsrück«, sagte Dorfner und holte tief Luft. Seine Muskeln kontrahierten, und oberhalb seines Nabels zeichnete sich der Erbeskopf ab. Er würde diese Gabe verlieren, wenn er hier wochenlang festsaß. Musste er eben abends ins Fitnessstudio. Er ging zu der Kiste mit den Bewerbungsschreiben und packte beherzt zu. Diesen Stapel würde er vor der Mittagspause noch durcharbeiten. Er legte den Stapel auf einen Klapptisch, den er in einer Ecke gefunden hatte.

Bewerbungen, noch mehr Bewerbungen, dann änderte sich die Farbe der Ordner. Die Buchstaben waren krakeliger. Dorfner nahm einen Ordner und versuchte sich an dem Wort, das auf dem Deckblatt stand. *Zucht ... Zuchtregeln.* Die waren früher Selbstversorger gewesen. Nein, das hieß *Züchtigungsregeln.* Das betraf Dorfner gewissermaßen in seiner täglichen Arbeit. Er schlug die Akte auf: *Die Schläge mit dem Stock sollen in folgenden Fällen verabreycht werden. 1. Jegliche Ungebührlichkeyt gegen die Direction und das Lehrpersonal.*

Was war denn da noch in diesem Karton? Dorfner holte einen weiteren Stapel Akten aus der Kiste. Ganz unten lag eine Rolle. Sie war mit einem Band zusammengeschnürt, das mit einem Siegel zusammengehalten wurde. Dorfner suchte sich einen Platz mit mehr Licht. In einer verblichenen Schrift stand da: *Die Napel… die neapolitanische Gegend.* Nein, die Reihenfolge stimmte nicht. *Die napoleonischen Gänge unter der Siegesnadel. Ausgezeichnet ... Aufgezeichnet und beschrieben, wie er sie vorgefunden von Johannes Habicht.* Dann stand da noch eine ellenlange Berufsbezeichnung: *Regenerierungsbademeister. Regierungsbaumeister.* Moment mal, das war doch ... Aus einem Regalfach holte Dorfner ein dickes Buch, die Festschrift zur Hundertjahrfeier der Schule. Ganz vorn war das Foto einer Plakette abgedruckt: *Zum Gedenken an den Regierungsbaumeister James Hobrecht.* Johannes Habicht am Arsch. Die Karte stammte aus dem Nachlass von diesem berühmten alten Sack, von dem Dorfner noch nie etwas gehört hatte. Nach dem war die Schule benannt worden. Und diese Karte zeigte, wie es im Innern des Hügels aussah, in dem dieses Mädchen verschwunden war. Wenn Dorfner diese Anna finden würde, dann würde er rehabilitiert werden, dann wäre alles wieder gut.

Als Jablonka eine Stunde später kam, um Dorfner in die Kantine zu führen, lag die Karte versteckt unter einem Regal in der hintersten Regalreihe. Dorfner hatte das Siegel erbrochen. Er ließ sich bereitwillig in die Kantine führen, aber in Gedanken war er schon bei seinem nächsten großen Coup. Er würde die verschwundene Anna wiederfinden, und wer weiß, vielleicht gab es im neuen Schuljahr eine Dorfner-Schule in Kreuzberg.

48

Boris saß in der letzten Reihe auf seinem Platz, seine Wangen glühten. Deutsch war nicht gerade sein Lieblingsfach. Er wusste, dass die anderen über seine lädierte Wangen mit den Striemen lästerten.

»Na, Klassenbuckel, ein paar auf die Fresse gekriegt?«, fragte Iris, als Boris sich noch gar nicht mal hingesetzt hatte. Als Hektor das Klassenzimmer betrat und Boris erblickte, ballte er die Fäuste und lief rot an. Er schien wütend auf Boris zu sein, sagte aber kein Wort.

Schließlich kam Herr Pradesh herein, und widerwillig erstarben die kleinen Bosheiten, die man Boris zuraunte. Herr Pradesh war klein, dunkelhäutig, und er hatte schwarze Haare, die glänzten wie das Fell eines Otters. Er kam aus Bangalore in Indien, und über Sprachkurse im Goetheinstitut, verschiedene Stipendien und die Bekanntschaft einer Germanistikstudentin aus Göttingen, mit der er mittlerweile vier Kinder in die Welt gesetzt hatte, war er der deutschen Sprache so nahegekommen, dass er sie seit vier Jahren am Rosenhof unterrichtete. In diesem Jahr plagten sie sich durchs 20. Jahrhundert. Heute ging es um die Bedeutung europäischer Einflüsse am Beispiel des Surrealismus.

Herr Pradesh deutete auf Jason. »Kannst du bitte noch einmal die wesentlichen Aussagen von Breton in seinem surrealistischen Manifest zusammenfassen?«

Jason räusperte sich und schob seine Brille ein Stück nach oben. »Sehr gerne, Herr Pradesh. Es geht um die Bedeutung des Traums als Ressource für die künstlerische Arbeit ebenso wie für die Bewältigung täglicher Situationen. Wörtlich sagt Breton: *Kann nicht auch der Traum zur Lösung grundlegender Lebensfragen dienen?* Und er sieht die Chance darin, absichtsfrei, ohne die großen Gebäude des Rationalismus zum Erfolg zu kommen.«

»Und was ist, wenn der Traum ein Alptraum ist? Was lernen wir dann daraus für unser Leben?« Boris redete schon wieder, ohne sich zu melden und rutschte dabei unruhig auf seinem Stuhl hin und her.

Jason drehte sich nicht einmal um. »Halt doch einfach die Klappe, wenn du's nicht verstehst? Wenn Breton sagt, er will mit Revolvern so viel wie möglich in die Menge schießen, zerbrichst du dir den Kopf darüber, ob er einen Waffenschein hat. Aber das ist nicht der Punkt. Der Punkt ist, möglichst viele Fettsäcke umzulegen. Das ist ein Bild, ein Bild für die künstlerische Befreiung, für die Individualität.«

»Für deinen persönlichen Erfolg meinst du. Wann hast du in deinem Leben schon einmal etwas gegen Erniedrigung und Verdummung getan?« Boris konnte es nicht mehr hören, dieses abgewichste Gelaber. Jason hatte bestimmt einen Coach, der ihm beibrachte, wie man mit der Brille spielte. Und wie man gelangweilt dreinsah, wenn man selbst gerade nicht reden konnte.

»Möchte mal wissen, was Jason dir getan hat«, sagte Hektor. »In Musik pennst du ein, jetzt kannst du den Rand nicht halten. Für mich ist es übrigens ein Alptraum, wenn Stärkere sich über Schwächere hermachen, so wie du.«

Boris fuhr herum. Hektor. Der musste ihn gesehen haben. Aber Boris hatte sich doch nur verteidigt.

»Hektor, das ist ein schwerer Vorwurf«, sagte Herr Pradesh. »Würdest du das bitte erläutern?«

»Geh Triangel üben, Klassenbuckel«, sagte Philomena mit kalter Stimme. »Wenn du die Welt retten willst, dann rette uns erst einmal vor dir und hau einfach ab.«

»Leg dich in den Wald und füttere die Ameisen«, rief Iris. »Wir holen dich dann in drei Wochen ab und stellen dich in die Sammlung.«

»Iris, dich würden sogar die Ameisen verschmähen. Wer will sich denn von Kajal und Lippenstift ernähren?«

Daphne drehte sich zu Boris um und legte den Finger auf den Mund.

Aber Boris war schon aufgestanden. »Wisst ihr, was euer Problem ist?«, stieß er zwischen den Zähnen hervor. Er atmete schwer.

»Du! Du bist unser Problem!« Iris klang schrill, als das aus ihr herausplatzte.

Boris ging darauf nicht ein. »Dass ihr keine Ahnung vom Leben habt. Weil ihr keine Ahnung vom Sterben habt. Aber das kann sich schneller ändern, als euch lieb ist.« Boris griff sich seine Tasche und humpelte mit gesenktem Blick an Herrn Pradesh vorbei. Die Tür knallte, dass die Terrarien klirrten. Draußen musste Boris langsam laufen. Dieser Robert hatte ihn richtig böse am Knie erwischt. Und in den nächsten Tagen hatte Boris doch so viel vor.

49

Pachulke wanderte einmal um St. Hypokrit herum. Ein Bau aus dunklem Backstein, die Steine im oberen Drittel des Turms waren heller. Da hatte es vor einigen Jahren Renovierungsarbeiten gegeben, er erinnerte sich an das hohe Gerüst. In einem kleinen Anbau befand sich die Wohnung von Elmar Sutter.

Als dieser öffnete, schien er nicht überrascht, den Polizeibeamten zu sehen. »Ach, Sie sind sicherlich wegen dieser entsetzlichen Todesfälle hier. Wie kann ich Ihnen helfen?«

Im kleinen, etwas zu warmen Wohnzimmer waren die Wände mit Fotos aus Bekleidungskatalogen behängt. Dicht an dicht zeigten sie ausnahmslos Jungen in Schlafanzügen oder Unterwäsche, einige waren mit einem Farbkopierer vergrößert worden. Pachulke blies die Backen auf und ließ sich in ein Ecksofa mit hellgrünem Mikrofaserbezug fallen.

»Das ist das einzige Hobby, das ich mir gönne«, sagte Sutter.

»Sie interessieren sich für Schlafanzüge?«, fragte Pachulke.

»Der Kirche geben, was der Kirche ist, das ist ein Grundsatz, nachdem sich leben lässt, finden Sie nicht? Im Übrigen hat hierzulande jeder das Recht, sich aus frei zugänglichen Quellen zu informieren. Das hier«, er zeigte auf seine Innendekoration, »ist alles legal.«

»Aber ein bisschen viel, finden Sie nicht?«

»Viel ist nicht immer gleich pädophil. Es ist erschreckend, wie vorschnell immer wieder geurteilt wird. Dabei sind wir in St. Hypokrit die Ersten, wenn es darum geht, die kleinen und großen Verfehlungen der Kirche klar zu benennen.«

»Zum Beispiel?«

»Zum Beispiel gibt es immer noch keine Vollwerthostien.«

»Was ich eigentlich von Ihnen wissen wollte ...« Pachulke schnupperte und nahm den leichten Weihrauchgeruch wahr. »Warum waren Sie am vergangenen Dienstag in Begleitung eines kleinen Jungen auf dem Bahngelände?«

»Oh, Maximilian ist schon acht. Er gehört zu den Erfahrenen der Gruppe. Wir nehmen gerade den Heiligen Franziskus von Assisi durch, und ich wollte ihm zeigen, wie es ist, zu den Tieren zu predigen.«

»Gibt es in Ihrer Jugendgruppe eigentlich auch Mädchen?«

»Mädchen?« Das Wort stand in der Luft, deplatziert wie ein Kinderwagen auf der Autobahn. »Wer braucht denn Mädchen, wenn er Jungen haben kann?« Zum ersten Mal war bei Sutter ein Anflug von Verlegenheit zu sehen.

»Stimmt es, dass Sie in den Klassen in der Hobrecht-Schule ein Bibelquiz durchführen, bei dem immer die Jungen gewinnen?«

»Ach was, das ist mir noch gar nicht aufgefallen. Aber das kann sein. Wissen Sie, die Jungen sind einfach, wie soll ich sagen, engagierter, hingebungsvoller. Mädchen dagegen ...« Er zuckte mit den Schultern.

»Ist Ihnen etwas aufgefallen, als Sie am Dienstag auf den Bahngleisen gepredigt haben?«

»Es gibt keine Ratten mehr da draußen.«

»Das haben wir auch schon gemerkt«, knurrte Pachulke. »Was noch?«

»Da waren noch andere Leute unterwegs. Frau Morgenitz, die stellvertretende Vorsitzende des Elternbeirats. Sie hat Kräuter gesammelt.«

»Das verstehe ich nicht. Frau Morgenitz hat mir erklärt, sie sei die Vorsitzende.« Pachulke blinzelte in die Nachmittagssonne, die trotz der zugezogenen Vorhänge den Raum in helles Licht tauchte.

»Ja, früher war sie das.« Sutter warf einen zerschnittenen Bekleidungskatalog in einen großen Korb, in dem sich das Altpapier befand. »Aber letztes Jahr gab es diesen bedauerlichen Zwischenfall.«

»Einen Zwischenfall?«

»Ja, Frau Morgenitz hat einem Kind den Zugang zur Schulbücherei verwehrt. Dabei ist sie leider handgreiflich geworden.«

»Sie hat ein Kind verprügelt?«

»Nein, am Kragen gepackt und gebeutelt.« Sutter verstaute Klebestift und Schere in einem großen Sideboard aus hellem Holz.

»Und warum?« In Pachulke stieg die Hitze auf.

»Weil sie fand, dass Leon für das Rosenhof nicht geeignet ist.«

Pachulke nickte. »Sie ist sehr streng bei der Auswahl, nicht wahr?«

»Oh, streng sind wir alle, wir haben bloß unterschiedliche Kriterien. Frau Morgenitz und der Direktor haben vor allem das Wohl der Schule, ihr Profil, ihr Portfolio im Blick. Das Große und Ganze. Frau Kellinghausen, Herr Jablonka und ich achten mehr auf die individuelle Persönlichkeit der Bewerber.«

»Mädchen oder Junge zum Beispiel.«

»Zum Beispiel.« Elmar Sutter räusperte sich. »Ein bisschen

war dieser Auftritt auch von Direktor Vogeler provoziert. Er wusste, dass Frau Morgenitz manchmal überreagiert. Und er wollte ihre Position schwächen.«

»Das sind ja richtige Intrigen.«

Elmar Sutter lächelte leise. »Ach wissen Sie, wer einmal zwei Jahre zum Vatikan abgeordnet war, kann sich über Amateure immer herzlich amüsieren, aber es ist nicht dasselbe.«

Die innenpolitische Lage im Rosenhof-Gymnasium war für Pachulke nur von untergeordneter Bedeutung. Es ging ja um die toten Kinder aus der Hobrecht-Schule. »War noch jemand auf dem Bahngelände?«

»Ja, dieser Buchhändler, der Dauerraucher.«

»Was hat er da gemacht?«

»Er ist in einem dieser alten Stellhäuschen verschwunden, was nichts heißen will. Die Kinder und ich haben uns auch eines dieser Häuschen hergerichtet.«

»Wenn es mit dem Predigen mal länger dauert?«

»Wenn wir übernachten. Es gibt dort Matratzen, Spiegel an der Decke, Seidenpyjamas, Massageöl. Alles, was man für eine zünftige Jugendfreizeit braucht.«

»Ich hoffe, Sie spielen nach den Regeln.«

»Es gibt nur eine Regel, Herr Kommissar: Solange alle schweigen, machen wir, was wir wollen. Das hat in den letzten zweitausend Jahren zu unserer vollsten Zufriedenheit funktioniert.«

»Reden ist Silber, Schweigen ist Gold?«

»Richtig, hier die Silberlinge des Verrats, dort das goldene Herz von Kindern, denen man beigebracht hat zu schweigen.« Elmar Sutter geleitete seinen Besuch zur Tür. »Denken Sie doch mal nach, Herr Kommissar. Wir wollen unsere Kinder frisch und geschmeidig. Wenn man ein Kind gut versorgt und zum Schweigen anhält, kann man sich über Jahre hinweg daran erfreuen. Ein totes Kind steht in krassem Widerspruch zu unseren Bedürfnissen und Interessen. Wichtig ist, dass niemand Fragen stellt. Und auch Sie werden keine Fragen stellen, nicht wahr?«

»Gibt es für Ihre Jugendarbeit eine Altersgrenze?«

»Das Amt eines Jugendseelsorgers ist biologischen Grenzen unterworfen, da kann man nichts machen.« Elmar Sutter seufzte. »Was ich damit sagen will: Ich hätte die beiden Jungen niemals umgebracht. Ich kann ihnen kein Haar krümmen. Dass dieses pferdegesichtige Mädchen vom Erdboden verschluckt wurde, war allerdings ein Geschenk Gottes. Was vielleicht bedeutet, dass das, was wir tun, ihm wohlgefällig ist.«

50

Als sie am Südkreuz aus dem Zug stiegen, waren Fred und Corinna todmüde. In aller Frühe waren sie nach Leipzig aufgebrochen und hatten eigentlich schon am Nachmittag wieder zurück sein wollen. Doch die Beerdigung von Corinnas Mutter hatte natürlich länger gedauert. Später zum Kaffee waren dann noch Freunde von Heidi gekommen, die kondolieren wollten. Und es hatte ja auch gutgetan, mit Heidi zu reden.

Jetzt war es Abend, und Corinna wollte gleich Lina abholen, die schon gestern bei Tim übernachtet hatte. Fred wollte nur noch ins Bett.

Schon bevor sie in ihre Straße einbogen, roch es nach Rauch. Ein Feuerwehrauto stand direkt vor dem Haus.

Hand in Hand rannten sie den Feuerwehrmann, der die Absperrung bewachte, fast um.

»Was ist denn passiert?«, schrie Corinna.

»Es hat gebrannt. Gehen Sie bitte weiter.«

»Das ist unser Haus«, sagte Fred.

Corinna zückte ihren Personalausweis.

»Ach so. Na, dann kommen Sie mal mit.« Der Feuerwehrmann hatte einen Schnauzbart und trug einen goldenen Ohrring. Er hob das Absperrungsband und führte Corinna und Fred in den Garten.

Der hellblaue Anstrich für die Außenfassade, den sie sich vor drei Jahren vom Munde abgespart hatten, war mit einer schwärzlichen Schicht überzogen. Von der Haustür stieg eine dünne Rauchsäule auf. Es war eine massive Eichentür. Der Schreiner der Genossenschaft hatte sie vor knapp hundert Jahren mit einem üppigen Weintraubenornament verziert. Einmal im halben Jahr kam jemand vorbei und wollte diese Tür kaufen. Jetzt sah sie aus wie eine verkohlte Scheibe Knäckebrot.

»Die Tür ist hinüber und das Sofa auch, aber sonst ist drinnen nur Wasser und Rauch«, sagte der Feuerwehrmann und sicherlich meinte er es tröstlich.

Nur? Corinna watete zu ihrem Sofa, aus dem eine widerlich stinkende, verschmurgelte Skulptur geworden war. Sie stiefelte in die erste Etage, Fred folgte ihr auf dem Fuß, ohne ein Wort zu sagen. Auch oben hingen die Rauchschlieren in der Luft. In der Küche, die nach hinten rausging, roch es etwas weniger schlimm, die Einrichtung war hier unzerstört.

Der Einsatzleiter trat zu ihnen herein. Auf seiner Brille waren kleine Wassertröpfchen. »Sie haben Glück gehabt. Ihr Häuschen ist klein, aber kräftig gebaut. Es hat eine Weile gedauert, bis das Feuer durch die Tür gekommen ist. Deshalb konnten wir das meiste retten.«

»Wann hat das Feuer denn begonnen?«, fragte Corinna.

»Daran arbeiten wir gerade. Wahrscheinlich so zwischen halb sechs und halb sieben heute Morgen. Um 7.44 Uhr hat uns ein Nachbar alarmiert, ein Herr Lorenzen.«

Der alte, neugierige Lorenzen, der in den ersten Jahren, nachdem sie das Haus gekauft hatten, immer gemault hatte, weil sie keine Vorhänge hatten. Lorenzen wohnte auf der linken Seite, Familie Damaschke auf der rechten. Ein Hoch auf schnüffelnde Nachbarn. Da war dann wohl eine Flasche Schnaps fällig.

»Halb sechs haben Sie gesagt?« Corinna brachte die Frage kaum heraus.

»Nageln Sie mich bitte nicht fest.« Der Feuerwehrmann hob die Hände wie zur Abwehr. »Da ist ein Zeitzünder, hier im Efeu versteckt. Die Spurensicherung der Kripo wird sich das ansehen.«

Ein Zeitzünder. Dann hatte der Brandsatz schon dagelegen, als sie heute Morgen das Haus verlassen hatten. Um halb sechs schliefen sie normalerweise alle noch tief und fest. Aber heute waren sie so elend früh aufgestanden, um den ersten Zug nach Leipzig zu erwischen. »Wäre der Rauch denn tödlich gewesen, oben in den Zimmern?«

»Kann gut sein, Rauchvergiftung das geht sehr schnell.«

Corinna musste sich mit beiden Händen am Küchentisch abstützen. Der Einsatzleiter stellte zwei Stühle zurecht, Fred brachte ihrer Mutter ein Glas Wasser. Corinnas Knie zitterten unkontrolliert. »Die wollten dich«, flüsterte sie Fred zu.

Jemand klopfte ans Küchenfenster. Corinna zuckte so zusammen, dass sie das Glas fallen ließ. Draußen stand Frau Damaschke mit einer Thermoskanne und zwei Bechern.

»Wir sind ja so froh, dass Ihnen nichts passiert ist. Das da drin«, sie deutete auf das Wohnzimmer, »das sind nur Dinge.«

»Ja, Dinge«, murmelte Corinna. Die geliehenen Bücher aus der Staatsbibliothek hatte sie gestern noch hoch in ihr Schlafzimmer geräumt. Die wären sonst auch in Rauch aufgegangen. Nach einem heißen Becher Tee hörten Corinnas Beine auf zu zittern. Frau Damaschke saß jetzt auch am Küchentisch und erzählte davon, wie 1972 der Weihnachtsbaum gebrannt hatte. »Und seitdem – nur noch Elektrokerzen.«

Corinna griff zum Handy. »Hallo, Jenny, hier ist Corinna. Ist bei euch alles in Ordnung?«

Tims Mutter am anderen Ende der Leitung lachte. »O ja, es gibt Nudeln mit Spaghettisoße. Wir machen ein paar Fotos von den beiden für euch.«

Corinna hatte es schon erlebt, wenn die zwei Kleinen in ihren Hochstühlchen gemeinsam um die Wette futterten und sich in einer Sprache unterhielten, die nur sie verstanden. Aber sie konnte sich nicht mehr daran erinnern. Lina und Tim hatten doch hier in dieser Küche gesessen. Und später auf dem Sofa eine Packung Vollkornkekse verdrückt. Dieses verbrannte Monstrum hätte sie am liebsten noch heute Abend auf die Wiese gestellt. Und da fiel ihr Cem ein. Der hatte auch einmal auf dem Sofa gesessen und über Methoden ökologischer Schneckenbekämpfung doziert. Und David und Anna ...

»Hallo, Corinna, ich kann dich nicht hören.« Jenny klang ein kleines bisschen besorgt.

»Oh, ja, ich ... ich habe auch gar nichts gesagt. Hör mal, kann Lina heute noch einmal bei euch übernachten?«

Jennys Stimme wurde leiser. Sie sprach zu ihrem Übernachtungsgast. »Lina, willst du heute noch einmal hier übernachten?«

Corinna konnte das Jubelgeheul von Tim und Lina hören und musste lachen. »Super, vielen Dank. Und könnte Fred eventuell auch bei euch schlafen?«

»Fred, ja natürlich. Sie soll das ›Mensch ärgere dich nicht‹ mitbringen.«

Das Spieleregal hatte getropft von oben bis unten. Corinna schüttelte den Kopf. »Jenny, bei uns hat es gebrannt, als wir in Leipzig waren.«

»Gebrannt, um Himmels willen.« Jennys Stimme überschlug sich.

»Man hat versucht, unser Haus anzuzünden. Kannst du dir das vorstellen?«

»Wer macht denn so was? Es ist doch nicht ... Von wo rufst du an?«

»Wir sitzen in unserer Küche. Alles ist ein einziger Saustall. Die Tür ist verbrannt, überall Rauch. Wahrscheinlich war es der, der Cem und David umgebracht und Anna entführt hat. Ich hab solche Angst um Fred ...«

»Thomas holt Fred ab, mach dir keine Sorgen. Sie kann so lange bleiben, wie sie will. Bringt eure Hütte erst mal wieder in Ordnung. In zwanzig Minuten?«

Corinna schlich mit bleischweren Beinen nach oben in Freds Zimmer. Die Schulsachen, das Bettzeug, alles stank nach dem Rauch. Aber im Wäschetrockner im Bad waren frische Kleider. Sie packte eine Tasche. Dreimal Unterwäsche, Zahnbürste und Zahnpasta, ein Schlafanzug, eine Jeans, das T-Shirt mit dem Totenkopf. Herr Möhre war bereits mit Lina gereist.

Ein Taxi hielt vor dem Haus und Thomas Petersen stieg aus. Er trug eine verbeulte Lederjacke und eine Schirmmütze mit dem Logo einer Autowerkstatt in Halensee. Corinna und Fred kamen über den Rasen gelaufen, und Thomas rief wie ein Hotelboy, der einen Gast ausruft: »Taxi für Frau Fred Velbisch.«

Fred brachte ein Lächeln zustande und kroch auf den Rücksitz.

»Kopf hoch, Corinna«, sagte Thomas. »Wir bringen einfach unseren Sperrmüll vorbei, und ihr sucht euch die schönsten Sachen aus. Wenigstens musst du dir wegen dem Rosenhof keine Sorgen mehr machen. Habt ihr alles besprochen mit der Trulla vom Auswahlkomitee?«

Manchmal sprach Thomas in Rätseln, aber es dauerte ja auch noch einige Jahre, bis sein kleiner Tim auf die Schule kam. »Ja, haben wir schon längst. Wir warten nur noch darauf, dass …«, *weißer Rauch* aufsteigt, hätte Corinna beinahe gesagt, »… dass das endlich vorbei ist. Die Warterei und das alles.« Und die Morde.

Die beiden Rücklichter bogen an der nächsten Ecke ab. Jemand tippte Corinna auf die Schulter. Es war der Feuerwehrmann von der Absperrung. »Die Frauen von der Spurensicherung und der Kripo sind jetzt da.«

Ich kann es kaum erwarten, dachte Corinna. Endlich wieder jemand, der Fred verdächtigt, drei ihrer Klassenkameraden um die Ecke gebracht zu haben.

51

Zabriskie sah aus dem Fenster und sah den Schwänen im Urbanhafen hinterher. Es waren fünf. Zabriskie, Pachulke und Doktor Adam, die Ärztin von Veronika Mertens, saßen in einem Schwesternzimmer in der obersten Etage des Urban-Krankenhauses und lauschten den Ausführungen des Zoologen von der Freien Universität.

»Mandibel«, sagte Doktor Kühn und klickte zweimal mit dem Kugelschreiber.

»Mandiwas?«, fragte Pachulke. Vor ihnen auf dem Tisch lag ein gekrümmter weißer Stock, so lang wie ein Bleistift. Eine Krankenschwester kam herein, musterte die Runde, trug etwas im Kalender ein und setzte eine altertümliche Kaffeemaschine in Gang.

»Mandibel heißen die Kauwerkzeuge bei Insekten. Das hier …« Doktor Kühn deutete auf den Gegenstand, den Doktor Adam aus der Schulter von Veronika Mertens entfernt hatte.

»Das hier ist eine Mandibel beziehungsweise ein Bruchstück davon. Insekten tragen diese Kauwerkzeuge paarweise. Sie sind ein umgebildetes Beinpaar. Als Paar heißen sie Mandibeln.«

Zabriskie nahm den gekrümmten Stab vorsichtig in die Hand. »Das hier«, sie hielt Doktor Kühn das Objekt unter die Nase, »das hier soll das Kauwerkzeug eines Insekts sein? Sie sind ja vollkommen …«

Pachulke sagte schnell: »Konnten Sie das Insekt identifizieren?«

»*Acanthaclisis baetica.* Es handelt sich um eine Art des Ameisenlöwen. Der Ameisenlöwe ist die Larve der Ameisenjungfer. Charakteristisch ist seine Art zu jagen. Er baut im sandigen Geläuf einen Trichter und setzt sich unten in dessen Spitze. Nur die Kauwerkzeuge ragen heraus. Betritt eine Ameise den Trichter, schießt sie der Ameisenlöwe mit Sandkörnern ab. Die Ameise verliert den Halt und rutscht in das geöffnete Maul des Tiers. Es ist eine der ungewöhnlichsten Jagdmethoden im gesamten Tierreich. Wer andern eine Grube gräbt, ernährt sich ausgewogen.«

»Wie meine Patientin Frau Mertens«, ergänzte Doktor Adam, »die heute Morgen das Bewusstsein wiedererlangt hat.«

»Das heißt, dieses Zeug, das meine Jeans zerfressen und meinen Hintern ruiniert hat …«

»… ist das Verdauungssekret des Ameisenlöwen. Zusammen mit den Maxillen bilden die Mandibeln eine Röhre, durch die der Verdauungssaft in die Beute eingespritzt wird. Danach wird das Tier leer gesaugt.« Kühn steckte sich den Kugelschreiber hinters Ohr.

»Die Ratten«, sagte Pachulke.

Kühn nickte.

Zabriskie drehte sich um und befühlte ihren Hintern. »Igitt-igitt. Und warum ist dann diese Brühe in diesem Gang zu finden?«

Doktor Kühn kratzte sich sein schütteres schwarzes Haar. Er war wahrscheinlich erst Anfang dreißig, aber das viele Denken hatte seine Stirn immer höher werden lassen. »Das kann bedeuten, dass er an dieser Stelle etwas verdaut hat. Oder versucht hat, etwas zu verdauen.«

Zabriskie blickte auf das Wasser. Die Schwäne waren weg. Verschwunden zwischen zwei Wimpernschlägen. Sie wandte sich an Kühn. »Sie meinen dieses Mädchen?«

Doktor Kühn nickte. »Das wäre möglich. In den Arm von Frau Mertens wurde Verdauungsflüssigkeit eingespritzt, die Trichter in Kreuzberg und am Kollwitzplatz waren beide Jagdtrichter. Das Tier ist hungrig, es will essen.«

Zabriskie stand auf und lief im Zimmer auf und ab. »Das kann ja wohl nicht wahr sein, dass da draußen, so ein … Monster unterwegs ist. Wie groß ist denn dieser Ameisenlöwe?«

»Das kann ich Ihnen leider nicht sagen«, sagte Kühn und klickte seinen Kugelschreiber. »Normalerweise werden Ameisenlöwen bis zu fünfundzwanzig Millimeter groß, aber Sie sehen ja selbst, dass allein schon dieses Stück hier zehnmal so groß ist. Und das hier ist nicht die ganze Mandibel. Man kann aufgrund der Krümmung gewisse Extrapolationen vornehmen, aber sich festzulegen ist schwierig. Ich würde sagen, fünfzig Zentimeter groß ist das Tier mit Sicherheit. Also deutlich größer als die Durchschnittsratte.«

»Die Trichter hatten einen Durchmesser von zirka acht Metern. Kann man daraus Rückschlüsse ziehen?«, fragte Pachulke.

»Nein.« Kühn steckte den Kugelschreiber in die Tasche seines Hemdes. »Es gibt kleine, fleißige Ameisenlöwen, die für ihre Verhältnisse riesige Trichter bauen, und große, die es etwas gemütlicher angehen lassen. Daraus kann man keine Rückschlüsse ziehen.«

»Wie oft frisst ein Ameisenlöwe?« Zabriskie nahm sich eine Handvoll Erdnüsse.

»Das kommt auf das Wetter an. Und auf die Qualität der Nahrung.« Doktor Kühn nahm den Kugelschreiber in die andere Hand und klickte zweimal.

»Sagen wir, wenn er so zwei bis drei Ratten aus Freilandhaltung verputzt hat, wie lange hält das vor?« Zabriskie lutschte das Salz von der letzten Erdnuss.

»Wie gesagt, ich kann Ihnen da keine Prognosen abgeben. Dass er in so kurzer Zeit zweimal zugeschlagen hat, lässt vermuten, dass er sehr hungrig ist. Ameisenlöwen können wochenlang fasten wie alle Insekten.«

Pachulke legte den Zeigefinger an die Stirn. »Was bedeuten könnte, dass Anna Winter noch lebt.«

»Das wäre möglich, ja.« Kühn fing an, auf seinem Notizblock herumzukritzeln. »Der Beutezug in Kreuzberg ging schief, also versucht er es im Prenzlauer Berg.«

»Und die Säure?«, fragte Zabriskie.

»Ihm ist das Wasser umsonst im Mund zusammengelaufen«, sagte Doktor Adam.

Kühn und Adam tauschten einen Blick. »Wissen Sie, was mir Kopfzerbrechen bereitet, ist die Größe«, sagte der Zoologe.

»Ach wirklich«, sagte Zabriskie.

»Nein, nicht wegen des Sicherheitsaspekts, das ist Ihr Ressort. Aber eigentlich werden Insekten ab einer gewissen Größe von ihrem eigenen Panzer erdrückt. Bei den Sauriern war das Hirn zu klein, für Insekten ist es die Muskelmasse im Verhältnis zum Körper. Das heißt, entweder wir haben es hier mit einem Ameisenlöwen in Leichtbauweise zu tun, zumindest diese Mandibel enthält kein Aluminium, sondern besteht aus dem üblichen Material.«

»Oder?« Zabriskie ging der dozierende, leiernde Ton von Doktor Kühn allmählich auf die Nerven.

»Oder dieser Ameisenlöwe ist mit Muskelaufbaupräparaten so lange vollgepumpt worden, bis Muskelkraft nicht mehr der das Wachstum limitierende Faktor war.«

»Und wer macht so etwas?«, fragte Pachulke.

»Als Zoologe würde ich sagen, jemand, der Ameisen jagen will. Oder Termiten. Jemand, der Holzhäuser renoviert, zum Beispiel. Es gibt ja Schädlingsjagd mit Tieren: Falken, die ganz gezielt Tauben jagen. Oder die Katze, die die Mäuse fängt.«

»Oder der Löwe, der sich die Ratten holt«, sagte Pachulke.

Zabriskie trat wieder ans Fenster. Sie blickte hin und her, als könnte sie das Monster erspähen. »Können Ameisenlöwen fliegen?«, fragte sie.

»Ameisenlöwen sind flugunfähig und leben auf dem Boden oder im Boden. Aber ein Ameisenlöwe ist kein erwachsenes Tier.«

»Vorsicht, Bambi-Effekt«, sagte Zabriskie. »Sie überrumpeln durch Niedlichkeit.«

»Er ist nur die Larve. Nach einer Weile verpuppt er sich und wird zur Ameisenjungfer. Diese ist flugfähig. Sie hat ein Doppelflügelpaar ähnlich einer Libelle.«

»Ameisenhinz und Ameisenkunz.« Zabriskie schüttelte den Kopf. »Und Frau Ameisenjungfer, die ist nicht zufällig Vegetarierin?«

»Leider nein, im Gegenteil. *Acanthaclisis baetica* ist eine besonders aggressive und räuberische Art. Quasi der Raptorsaurus unter den Ameisenlöwen.«

»Heute ein Hai auf sechs Beinen …«, sagte Pachulke.

»… morgen eine fliegende Tötungsmaschine«, ergänzte Zabriskie. »Ich kann es kaum erwarten.« Ein Schwan landete auf dem Wasser und schob eine kleine Bugwelle vor sich her.

Pachulke fragte: »Wann verpuppen sich Ameisenlöwen denn für gewöhnlich?«

»Das kann bis zu zwei Jahren dauern, aber hier ist der biologische Entwicklungsrhythmus nachhaltig gestört. Der hier verpuppt sich vielleicht in sechs Monaten. Oder nie.«

»Und wo wäre der optimale Ort, um sich zu verpuppen?« Pachulke steckte den Kugelschreiber ein, den Kühn auf den Tisch gelegt hatte.

»Eine sandige warme Stelle, ohne direkten Lichteinfall.«

»Was mögen Ameisenlöwen denn gar nicht?« Zabriskie würde sich wappnen.

»Direktes Licht, Wasser und Feuchtigkeit, vielleicht auch Druckwellen, denn sie reagieren auf Druckreize.« Kühn suchte den Kugelschreiber.

»Gibt es noch etwas, was Sie uns auf den Weg geben möchten?«

»Ich habe in Italien im vergangenen Jahr eine neue Art des Myrmeleo entdeckt. Wenn einer von Ihnen die Jagd nicht überleben sollte, werde ich den Ameisenlöwen nach ihm oder ihr benennen. Viel Glück.«

»Wäre es möglich«, wandte sich Pachulke an Doktor Adam, »mit Ihrer Patientin zu reden?«

»Ja, für ein paar Minuten geht das sicherlich. Aber sagen Sie nichts zu ihrem Arm, sie fragt jeden danach.«

»Was ist mit ihrem Arm?«, fragte Zabriskie.

»Nachdem mein Kollege die Verdauungssubstanz eindeutig zugeordnet hat, konnten wir sehr spezifisch reagieren. Es gibt die Möglichkeit, Knochenwachstum durch Korallenpräparate zu stimulieren. Aber die Chancen sind gering. Frau Mertens wird eine Prothese bekommen.«

Veronika Mertens lag in einem Einzelzimmer. Die Vorhänge waren zugezogen, um das Sonnenlicht abzudämpfen. Der Arm der Patientin war bandagiert und lugte aus einem ärmellosen Krankenkittel hervor. In der Nase hatte sie einen Schlauch, auf dem Rücken der rechten Hand einen zweiten.

»Die Kriminalpolizei möchte mich sehen. Das ist ja eine Überraschung. Haben Sie das Schwein schon erwischt, Herr Kommissar?« Veronika Mertens drückte einen Knopf, und die Rückenlehne in ihrem Bett stellte sich auf.

»Welches Schwein meinen Sie denn?«, fragte Pachulke höflich. Hatte die Frau das Tier gesehen? Irgendetwas musste sie mitbekommen haben, wenn sie mit dem Kopf voran in den Trichter gerutscht war.

»Den Spielplatzbetreiber natürlich, der mir und meiner Familie das angetan hat. Ich kann Ihnen sagen, mein Mann bereitet schon die Klagen vor. Und Dirk kennt Anwälte, die lassen keinen Stein auf dem anderen. Vielleicht machen wir auch eine Sammelklage daraus. Das ist ja lebensgefährlich, in diesem Bezirk. Dieser Spielplatz wird geschlossen, das geht schneller, als Sie *laktosefreier Pink Grapefruit Litschi Flavored Moccachino tall to go* sagen können. Und der Bezirk muss zahlen, bis er blutet. Traumatherapie für Sigrun-Genoveva und Notker-Frodo, die mit ansehen mussten, wie ihre eigene Mutter beinahe in einem Höllenschlund verschwunden ist, eine Haushaltshilfe für mich, die sich insbesondere adäquat um unsere Dielenböden kümmert, eine Physiotherapeutin. Und Schmerzensgeld für mich, jawohl.«

»Das freut mich ja, Frau Mertens, dass Ihre Lebensgeister allmählich zurückkehren.« Doktor Adam drückte einen anderen Knopf, und die Rückenlehne senkte sich wieder. »Sie werden Ihren Kampfesmut brauchen in den nächsten Wochen und Monaten.«

»Worauf Sie sich verlassen können, Frau Doktor. Wir gehen bis zum Europäischen Gerichtshof für Menschenrechte, wenn es sein muss.«

»Frau Mertens, konnten Sie erkennen, wer oder was Sie in den Schlund des Trichters gezogen hat?«, fragte Zabriskie.

»Natürlich nicht. Ich hatte in diesem Augenblick nur Sorge um meine Kinder und habe mich nach ihnen umgesehen. Haben Sie Kinder?«

Zabriskie schüttelte den Kopf.

»Das habe ich mir schon gedacht. Dann können Sie das auch nicht verstehen. Das geht tiefer als alles andere.«

»Noch tiefer als dieser Krater, in den Sie fast gerutscht wären?« Zabriskie verzog keine Miene.

Pachulke fügte schnell hinzu: »Vielleicht beruhigt es Sie, zu erfahren, dass der Spielplatz und eine Reihe weiterer Buddelkisten nach Ihrem Unfall unverzüglich aus Sicherheitsgründen gesperrt wurden.«

»Das ist ja wohl das Mindeste.«

Zabriskie sah zu Boden. Pachulke hatte vergessen zu erwähnen, dass es sich um ehemalige Bombenkrater handelte.

Veronika Mertens wandte sich zu Pachulke. »Sie sind hoffentlich nicht hier, um mir mein Klagerecht für ein paar Krümel abzuschwatzen. Todkranke Mutter wird von Bezirksbeamten auf dem Siechbett in die Mangel genommen. So weit kommt's noch.« Zu Doktor Adam sagte sie: »Dieses Bett hier ist übrigens ziemlich unbequem. Sie haben nicht zufällig eine Matratze gefüllt mit ungeschältem Reis aus der Provinz Lào Cai. Für meinen empfindlichen Rücken ist das das Einzige, was wirklich hilft.« Zu Pachulke sagte sie: »Lào Cai liegt in Vietnam, ein zauberhaftes Land. Und die Menschen sind so freundlich und so bescheiden. Eine unverbrauchte Herzlichkeit, die man in Deutschland leider viel zu selten findet.«

Zabriskie ballte die Faust und machte einen Schritt auf das Bett von Veronika Mertens zu. Sie wollte dieser Frau gern etwas von der unverbrauchten Herzlichkeit des Vietcongs erzählen.

Doktor Adam trat dazwischen und zupfte die Bettdecke zurecht. »Wenn Sie keine weiteren Fragen mehr haben, dann sollten wir der Patientin jetzt wieder etwas Ruhe gönnen«, sagte sie zu Pachulke.

»Und Sie haben gar nichts wahrgenommen in diesem Krater?« Pachulke versuchte es ein letztes Mal.

»Nein, ich habe Sand in die Augen bekommen, eine ganze Ladung voll. Und unten in der Erde hat es gefaucht oder gezischt. Ich hab spontan gedacht, ein Rohr ist undicht geworden und hat die Buddelkiste unterspült. Aber das werden unsere Gutachter alles noch herausfinden.«

»Sie weiß nichts«, sagte Pachulke, als er und Zabriskie wieder auf dem Flur standen.

»Sei nicht unfair, Pachulke. Allein schon ihre profunde Kenntnis von Vietnam. Die weiß alles«, sagte Zabriskie.

52

Robert Bittner holte tief Luft. Das Gespräch mit Frau Tarp war glimpflicher abgelaufen, als er befürchtet hatte. Ja, es war rücksichtslos gewesen, Fotos zu veröffentlichen, die zeigten, wie seine Klassenkameradin Anna gerade hilflos nach unten rutschte. Ja, es wäre schön gewesen, wenn er die Schulleitung vorher ins Vertrauen gezogen hätte, dann hätte man die Fotos vielleicht auch weltweit anbieten können. Widerwillig zwar, aber angesichts der Pläne mit dem Computerraum auch nicht gänzlich unwillkommen. Nein, die Schulleitung war nicht nachtragend. Sie begrüßte die unternehmerische Eigeninitiative von Robert und wusste es zu schätzen, dass er einen Teil seines Honorars für den Computerraum spenden würde. Das Gespräch hatte länger gedauert, wegen der vielen Ermahnungen und gut gemeinten Ratschläge. Dann fing Robert eben später mit dem Aufwärmen an.

Robert griff seine Sporttasche fester und eilte durch das Treppenhaus, in dem es wie eh und je nach Bohnerwachs roch. Er trat aus dem Gebäude und strebte dem Hoftor zu. Er überspurtete einen Fünftklässler, der zu den Fahrradständern trottete und völlig vertieft in die Musik in seinem Kopfhörer war, und rannte weiter zur U-Bahn.

Der U-Bahnhof Platz der Luftbrücke gehört zu den schmalsten auf der Linie 6. Und der neu eingebaute Lift ließ noch weniger Platz. Robert pflügte sich durch die Menge der Wartenden bis an das Ende des Bahnsteigs, dort, wo gleich das Ende des Zuges stehen würde. Natürlich hatte die U-Bahn Verspätung. Leider akzeptierte der Trainer das nicht als Entschuldigung. Nichts akzeptierte er als Entschuldigung. Nicht einmal beim S-Bahn-Zusammenbruch im vergangenen Jahr hatte sich der Trainer was anhören wollen. Also musste Robert in Alt-Mariendorf die Treppe hochstürmen und einen Sprint hinlegen, oder damit leben, dass er die nächsten beiden Spiele nicht einmal im Aufgebot stehen würde.

Der Bahnsteig platzte aus allen Nähten. Nicht nur die ihrem Feierabend entgegenlechzenden Schülerinnen und Schüler von zwei Schulen in unmittelbarer Nähe tummelten sich hier. Es warteten auch Schüler, die offenbar zu Besuch in der großen Stadt waren. Dazwischen standen die Mariendorfer und Lichtenrader, die nach Hause in die südlichen Bezirke fuhren.

Einer der Lehrer der auswärtigen Schulklassen ruderte mit den Armen und ermahnte seine Schützlinge, hinter dem weißen Strich zu bleiben: »Und Friedrichstraße steigen wir aus. Bleibt bitte beisammen.« Die fuhren also nach Mitte.

Einige spitzten vorwitzig in den Tunnel hinein, wo alles noch still blieb. Der Zug kündigte sich dadurch an, dass er eine Luftsäule vor sich her schob, es zog dann wie in einem Kamin, und mehr als einmal hatte es jemandem, der nicht aufgepasst hatte, ein Stück von der Zeitung aus der Hand gerissen oder die am Kiosk gekauften Postkarten hinunter auf die Gleise geweht.

Robert war genervt. Es war zu eng hier, und der blöde Zug war immer noch nicht da. Aus lauter Langeweile fingen Robert und ein paar Jungs, die auch Richtung Alt-Mariendorf fuhren, eine kleine Rangelei an. Mit angelegten Schultern knufften sie sich erst ein bisschen und dann noch ein bisschen mehr. Niemand achtete auf eine dunkel gekleidete Person, die sich langsam und behutsam ihren Weg durch das Menschenknäuel bahnte.

Robert erhöhte die Schlagzahl. Das war zwar alles rein freundschaftlich, aber von diesem Knilch mit den vorstehenden Schneidezähnen ließ er sich nicht einfach einen feisten Schubser in den Bauch geben. Der ging auf eine Schule, die beim letzten Ranking zehn Plätze hinter Hobrecht gestanden hatte. So. Robert setzte einen kurzen Schlag. So musste das sein. Der kleine Junge mit den vorstehenden Schneidezähnen schlug mit dem Rücken gegen eine Tür, die zu einem Bereich im Bahnhof führte, der dem Personal vorbehalten war. Er stieß ein Uff aus. Die Tür schepperte laut in ihren Angeln, so dass ein paar Erwachsene sich umdrehten und die Stirn runzelten. Klar, die wollten natürlich, dass man stramm stand wie ein Verkehrsschild und sich nicht von der Stelle rührte. War doch nur Spaß. Auch die verschleierte Frau, die auf den anderen Zug zu warten schien, starrte Robert an. Das war doch eine Frau? Ja, klar, wer sonst trug ein schwarzes wallendes Gewand und einen Schleier. Trotzdem stimmte etwas nicht an diesem Bild. Da waren diese Schuhe, Sneakers, Sportschuhe. Und lugte unter diesem Burnus oder Burka oder wie das Ding hieß nicht der Saum einer Hose hervor?

Robert blieb die Luft weg. Der kleine Junge stand vor ihm, mit der rechten Faust hatte er Robert eine vor den Latz gegeben. Robert machte einen Ausfallschritt nach hinten, aber da stand seine Sporttasche. Aus der U-Bahn-Röhre in Richtung Alt-Mariendorf hörte Robert ein fernes Singen. Wind kam auf. Robert wedelte mit den Armen und stolperte fast über seine eigenen Beine. Er taumelte und riss den Kopf nach hinten. Über ihm waren die Muster aus Staub und Ablagerungen an der Decke des U-Bahnhofs. Das ölige Schwarzbraun eines Gewitterhimmels, aus dem alles Licht gewichen war. Der Wind aus dem Tunnel frischte auf. Hinter ihm spürte er etwas Glattes Rundes. Das war ein Rohr oder eine Brüstung, die Sicherheit verhieß. Robert stützte sich ab. Seine Knie zitterten. Das war nicht lustig. Das würde dieser Knilch büßen. Hier und jetzt. Er suchte den Bahnsteig ab und war erstaunt, als plötzlich die verhüllte Frau vor ihm stand. Robert wollte sich an ihr vorbeidrängen, aber die Gestalt wich nicht aus, sondern gab ihm mit der rechten Hand einen leichten Stoß vor den Brustkorb. Roberts zitternde Knie gaben nach, und die Schwerkraft forderte ihren Tribut. Er schrie. Seine Füße kickten ins Leere. Robert stürzte auf das Gleis. Und dann kam der Zug und nahm Robert mit. Und der tosende Sturm, der durch den U-Bahntunnel tobte, zerfetzte Robert in viele kleine Teile.

Weitere Tote waren an diesem Tag nicht zu beklagen. Die Polizei evakuierte den Bahnhof, ehe die in Panik hin und her wogende Menge sich selbst zermalmte. Als sich die Leute zerstreuten, konnte die Polizei auch den kleinen Jungen mit den vorstehenden Schneidezähnen vernehmen. Er hatte eine Platzwunde am Kopf und konnte das Opfer identifizieren. Über den Hergang befragt, kam der Junge immer wieder ins Heulen.

»Ich war's nicht, ich war's nicht. Wir haben nur gespielt, es war der Schwarze Mann!«, war alles, was aus ihm herauszubekommen war.

Als es sich bis zu Pachulke herumsprach, dass es einen Fahrgastunfall mit einem Schüler aus der Klasse 6 b der Hobrecht-Schule gegeben hatte, setzte er sich sofort mit den Verkehrsbetrieben in Verbindung. Er konnte bei der BVG erreichen, dass der U-Bahnhof unbefristet totalgesperrt wurde. Drei Stunden nach dem Tod von Robert Bittner standen Pachulke, Zabriskie, Plink und Tenbrink auf dem U-Bahnhof Platz der Luftbrücke. Der Unglückszug war rückwärts aus dem Bahnhof herausrangiert worden.

Pachulke trieb die Helfer in ihren weißen Schutzanzügen zur Eile an. »Ich will hier jeden Fitzel haben, der etwas mit einem Menschen zu tun haben kann. Alles: Kippen, Kondome, Zahnstocher.«

Große Scheinwerfer erleuchteten Schienen und Bahnsteig. Es war wie auf einem Filmset. Tenbrink und seine Helfer versuchten, sterbliche Überreste von Robert zu sichern. Auf dem gegenüberliegenden Gleis war Plink mit ihren Leuten und freiwilligen Helfern der BVG zugange. Wie die Goldsucher drehten sie jeden Schotterstein um, bis sie zum Betonboden der Röhre vorgestoßen waren und der Belag in großen Körben auf dem Bahnsteig stand.

»Wie sieht's aus?«, fragte Pachulke Plink.

»Wir sind mit dem Gleis fertig«, sagte Plink. Sie hatte ihre rote Lockenpracht unter einem Haarnetz verborgen.

»Und gibt es etwas Besonderes?«

»Hier sind keine Mäuse. Normalerweise huschen sie davon, wenn man auf dem Gleisbett arbeitet. Nicht einmal frischen Mäusekot gibt es hier.«

»Seit wann?« Pachulke ging in die Hocke, damit Plink nicht so schreien musste.

»Hab ich den Menschen von der BVG auch schon gefragt. Er meint, seit etwa zwei Monaten, seit Anfang Februar wären die Mäuse verschwunden.«

Und seit einem Monat gab es keine Ratten mehr an den Yorckbrücken. Und vor einer Woche war ein elfjähriges Mädchen unter die Erde gerissen worden. Der Hai auf sechs Beinen legte ein immenses Tempo vor, was die Größe seiner Beutetiere anging. Was nichts heißen musste, wie Doktor Kühn erklärt hatte, weil diese Art eines Ameisenlöwen sich wahllos mit jeder Beute anlegte, auch wenn sie aus einer höheren Gewichtsklasse kam, Veronika Mertens zum Beispiel.

Tenbrink arbeitete in grünem Kittel, Gummistiefeln und Mundschutz auf den Schienen des anderen Gleises. Er schüttelte den Kopf, als Pachulke an der Bahnsteigkante auftauchte. »Bisher ist es nicht sehr viel, ein Teil des Oberkiefers, ein Fetzen von einem T-Shirt mit einer grünen Comicfigur, das geben wir an Kollegin Plink weiter. Ansonsten sehr viel Blut und Kleinstpartikel: Haut, Muskelgewebe, Knochen. Der Hauptteil vom Rumpf steckt in den Rädern des Wagens fest, den müssen wir herausschweißen lassen.«

Zabriskie saß mit Bördensen nebenan in einem Kontrollraum der BVG. Es war eine Welt hinter jener Welt, die sie als Passagierin seit Jahren durchwanderte. Auf der anderen Seite unscheinbarer Stahltüren befand sich eine weitverzweigte Infrastruktur. Die Tunnel führten nicht immer von A nach B, sondern auf manches unbekannte Nebengleis. Auch im Kontrollraum gab es einen Spind mit einem Nacktfoto. Überall stieß man auf Spuren menschlicher Intelligenz. Die beiden Beamten überprüften das Kontrollvideo. Immer wieder huschte eine schwarze Gestalt in Einzelbildschritten über den Bildschirm, bis ihre Hand den Brustkorb des toten Jungen berührte.

»Sie will ihn halten«, sagte Bördensen.

»Nein, sie schubst ihn«, widersprach Zabriskie. »Wozu hätte sie sonst diesen Kittel an?«

»Vielleicht ist es wirklich eine Muslima, die es mit der Angst zu tun gekriegt hat, als alles in Aufruhr geriet.«

»Nein, kuck dir das an.« Zabriskie ließ den Film zwei Sekunden weiterlaufen. »Das ist eine einzige durchgehende Bewegung. Auf den Jungen zu und dann ohne anzuhalten direkt zur Treppe, ehe die Panik losbricht. Wenn sie den Jungen hätte retten wollen, hätte es eine Schrecksekunde geben müssen. Aber das war so geplant. Es sollte wie ein Unfall aussehen.«

Sie sprang zurück auf den Anfang, wählte eine höhere Auflösung und ließ die Szene in Normalgeschwindigkeit ablaufen. Und noch einmal mit einem Viertel der Geschwindigkeit.

»Da ist was«, sagte Bördensen beim fünften Durchlauf. »Am Saum von diesem Überwurf. Fahr den Film noch ein Stück weiter, höchste Auflösung.«

Zabriskie korrigierte die Einstellung und starrte auf die Sequenz. Da war die Hand: die Luftaufnahme einer riesigen Flussmündung. Die fünf Finger flossen am Handgelenk zum Strom des Arms zusammen. Dann kam der Saum des Kleides ins Bild, der weißliche Arm wurde verschluckt vom Nachtschwarz des Umhangs. Und dort, wo der Saum schwarz und weiß nahtscharf trennte, war er: ein dunkler Fleck. Zabriskie stoppte den Film. »Das hier.«

»Genau. Was ist das?« Bördensen fixierte den Punkt.

»Ein Muttermal«, schlug Zabriskie vor.

»Könnte sein, aber es sieht dreidimensional aus.« Bördensen klang nicht überzeugt.

»Eine Warze.«

»Schon eher.«

»Ein Knopf.«

»Du meinst, das Kleidungsstück hat Ärmel zum Abknöpfen? Auch möglich. Jedenfalls brauchen wir davon eine digitale Bildanalyse vom Labor. Wobei diese Funzel«, Bördensen meinte den tragbaren Bildschirm, »gar nicht so schlecht ist. Mal sehen, was uns Radulescu dazu sagen kann.«

Zabriskie nickte. Radulescu war der Bildexperte der Spurensicherung. Wieder ein Todesfall, der auf den ersten Blick auch ein Unfall hätte sein können. Zabriskie dachte an das, was Martin Armbruster über Robert erzählt und was der kleine Junge mit den vorstehenden Zähnen ausgesagt hatte. Dieser Tod passte maßgeschneidert zu dem Rüpel Robert.

53

»Entschuldigung, bin ich hier richtig bei den Leuten, die den Unfall in der U-Bahn gestern untersuchen?« Ein Junge stand in der Tür. Er war kräftig, mit hellen Haaren und einem Anflug von Sommersprossen. Bei seiner Jacke waren die Ärmel in blauem Leder abgesetzt. »Ich heiße Hektor Krug.« In der Hand hielt der Junge einen Game Boy oder etwas Ähnliches.

Bördensen und Stiesel saßen an ihren Schreibtischen. Stiesel inventarisierte den Inhalt der gelben Päckchen, die in Flemings Depot auf den Gleisanlagen sichergestellt worden waren, Bördensen sichtete Knopf- und Schmuckkataloge, um dem dunklen Fleck auf dem Überwachungsvideo sein Geheimnis zu entlocken. Das Video wurde gerade von Radulescu analysiert.

Bördensen winkte den Jungen zu sich heran. »Hier bist du genau richtig. Worum geht es denn?«

»Also, ich habe die Zeitungsberichte gelesen, da war die Rede von einem blutverschmierten T-Shirt, auf dem eine grüne Comicfigur zu sehen sein soll.«

Bördensen nickte einmal langsam. Da hatte wohl einer der Helfer aus den Reihen der BVG für ein kleines Bakschisch geplaudert. Wahrscheinlich hatte er sich sogar freiwillig gemeldet, um an den Tatort zu gelangen. Wenigstens waren das Video und der Name des Opfers unter Verschluss geblieben.

»Ein Junge aus meiner Nachbarschule trägt so ein T-Shirt«, erklärte Hektor. »Er geht in die Hobrecht-Schule, ich ins Rosenhof-Gymnasium, Tür an Tür sozusagen. Und er ist vorgestern von einem Schüler aus meiner Klasse verhauen worden.«

»Wie alt ist denn dein Mitschüler?«

»Fünfzehn, wie ich.«

»Und der geht auf einen Jüngeren los, das ist ja mies.«

»Ja, deshalb bin ich hier, ich petze nämlich normalerweise nicht. Aber das ist mir zu weit gegangen. Und Boris ist abgehauen, er war heute gar nicht in der Schule. Als er das letzte Mal in der Schule war, hat er so komische Bemerkungen gemacht?«

»Komische Bemerkungen?«

»Ja, dass wir alle zu wenig über den Tod wüssten und dass es manchmal ganz schnell gehen kann. So Zeug.«

»Wie heißt dein Mitschüler?«

»Boris, Boris Köhler.«

»Und die Anschrift?«

»Dudenstraße 24.«

»Dudenstraße 24. Moment mal ... Sag, Stiesel, Dudenstraße 24, das ist doch dieses Fitnessstudio.«

Stiesel sagte, ohne von seinem Bildschirm aufzusehen: »*Mucki-Zucki.* Maik Köhler heißt der Eigentümer.«

»Und Boris ist sein Sohn?«, fragte Bördensen Hektor.

Hektor nickte.

»Und Boris schiebt so eine Wut auf Elfjährige, dass er sie gleich auf offener Straße verprügelt?«

»Das kann ich nicht sagen, aber ... Boris ist eigentlich immer wütend. Ich glaube, er ist wütend auf die Welt gekommen.«

»Habt ihr ihn gemobbt, du und die Klasse?«

»Boris hat keine Freunde. Er macht uns allen das Leben schwer, versaut unsere Projekte und will um jeden Preis anders sein. Glauben Sie mir, es ist verdammt schwierig, Boris Köhler zu mögen.«

Boris machte einen weiteren Haken auf der Einkaufsliste. In aller Ruhe spazierte er durch die Regalreihen des Baumarkts.

Im Wagen lagen bereits ein Sicherheitshelm mit einer Stirnlampe, Batterien und Ersatzbirnen. Außerdem Fliegenpapier, drei Piezozünder, die man normalerweise für den Gasherd verwendete, Klebeband, eine Tube Ultrakleber für höchste Belastungen, einige Metallstangen, Draht, Energiesparleuchtkörper, Grillanzünder. In der Gartenabteilung besorgte er zwei Multifunktionsstangen, an deren Spitze man einen Laubrechen oder einen anderen Aufsatz anbringen konnte. In der Kleiderabteilung fand er einen Overall aus säurebeständigem Material, der ihm einen kleinen zeitlichen Vorsprung verschaffen würde, für den Fall der Fälle. Der Overall war ihm zu groß, aber das war egal. Er würde Ärmel und Beine einfach auf die passende Länge abschneiden. Den Overall kaufte er gleich zweimal, einmal zum Wechseln. Boris wusste nicht, wie lange seine Expedition dauern würde. Bei den Arbeitsschuhen suchte er lange und entschied sich dann für ein paar Hochschäfter mit kombiniertem Klett- und Reißverschluss. Es waren Damenschuhe, aber darauf kam es nicht an. Er durfte sich nirgendwo verhaken, durfte den Schuh auf keinen Fall verlieren. Er wollte möglichst viel Körperfläche bedecken und musste immer fluchtbereit sein. Und kampfbereit. In der Campingabteilung besorgte er noch sechs Dosen Sprühpflaster, Müsliriegel, eine Trinkflasche und einen Rucksack für Wochenendausflüge, größer als der Tagesrucksack, den er dabeihatte, und kleiner als ein Campingrucksack. Dann ging er zur Kasse.

Der Mann warf einen Blick auf die Ausrüstung. »Junge, Junge, was hast du denn vor?«

»Ich muss ein paar Raubtiere beseitigen«, erwiderte Boris knapp. Bevor hier endgültig die Hölle losbrach, musste er handeln. Er packte seine Erwerbungen in die Rucksäcke. Jetzt brauchte er noch Nylonstrümpfe. Dazu wollte er das nahe gelegene Kaufhaus aufsuchen. Das war anonymer.

54

Nach dem Gespräch mit Hektor hatte Bördensen Pachulke informiert. Eine Stunde später standen sie zusammen mit Stiesel und Zabriskie vor dem Grundstück Dudenstraße 24. Rechts befand sich ein frei stehendes Einfamilienhaus, ein weißer Villa-Flachbau mit schwarzen Fensterrahmen und einem Dachgarten. Daneben war das Fitnessstudio *Mucki-Zucki. Wir machen Ihren Muskeln Beine*, stand in roten Klebebuchstaben auf der langen Fensterfront.

Pachulke erläuterte seinen Plan. »Es geht hier zwar nur um einen fünfzehnjährigen Jungen. Aber vermutlich hat er drei andere Kinder umgebracht, eines verschleppt und auf ein fünftes einen Brandanschlag verübt. Möglicherweise plant Boris Köhler gerade ein Massaker an seinen Mitschülern im Rosenhof-

Gymnasium. Wir müssen vorsichtig sein.« Bördensen, Stiesel und Zabriskie nickten.

»Stiesel, du sicherst die Hecke und das Gartentor hinter dem Grundstück. Bördensen, du bist im Garten und bewachst die rückwärtige Front. Halte auch kleine Fenster im Auge, ein Junge findet vielleicht Schlupflöcher, die uns verschlossen sind. Ich läute an der Tür. Zabriskie parkt vorne an der Ecke und greift ein, wenn er sich trotz allem an uns vorbeigemogelt hat. Noch Fragen?«

»Wer ist im Haus?«, fragte Zabriskie.

»Das wissen wir nicht«, entgegnete Pachulke. »Hier ist auch der Geschäftssitz der Köhlers. Vielleicht gibt es Büromitarbeiter oder Hausangestellte.«

Als die anderen auf ihren Plätzen waren, läutete Pachulke. Ein melodiöser Gong ertönte. Einige Zeit war es still, dann erklangen Schritte, wie Stöckelschuhe auf Stein. Im nächsten Moment stand eine Frau in der Tür. Sie trug eine bunt bedruckte Bluse, und von ihrem Hals baumelte eine Brille mit einem breiten Gestell. »Sie wünschen?«

»Guten Abend, Pachulke, Kriminalpolizei. Sind Sie die Mutter von Boris Köhler?«

»Ramona Köhler, wirklich und wahrhaftig. Ist etwas passiert?«

»Möglicherweise. Ist Ihr Sohn zu Hause?«

»Das weiß ich nicht, ich war hinten im Büro.« Sie trat ein paar Schritte ins Haus zurück und rief: »Boris, da ist jemand von der Polizei für dich.«

Eine Warnung, vielleicht sogar abgesprochen? Das war nicht vorgesehen im Plan. Pachulke zückte den Durchsuchungsbeschluss und rannte in das Haus hinein. Er durchquerte einen weitläufigen Küchen- und Esstrakt, kam in ein Wohnzimmer und entschied sich dann für den kleinen Durchgang rechts, der schmaler als eine Normtür war. Am ersten Zimmer drückte er die Klinke herunter. Es war leer. An den Wänden hingen Poster von Insekten: ein Ameisenhaufen wie im Klassenzimmer, ein blauer Schmetterling wie bei Daniela Morgenitz im Laden.

Zu den Juwelen der Tierwelt Ecuadors gehört auch dieser Morphofalter, las Pachulke.

Hinter ihm trippelte es im Gang. »Was wollen Sie denn von meinem Sohn?« Ramona Köhler stand in der Zimmertür und runzelte die Stirn.

»Wann haben Sie Boris zuletzt gesehen?« Pachulke warf einen flüchtigen Blick auf den überquellenden Schreibtisch, aber eine Verbindung zwischen Boris und den toten Kindern sah er zunächst nicht.

»Heute beim Frühstück, wie immer.«

Pachulke sah Frau Köhler in die Augen. »Boris war heute nicht in der Schule. Gestern hat er nach einem Streit mit seinen Klassenkameraden die Schule vorzeitig verlassen. Hat man Sie darüber nicht informiert?«

»Ich habe den Anrufbeantworter noch gar nicht abgehört. Es war so viel zu tun mit der Eröffnung von unserem neuen Studio in Lankwitz.«

»Außerdem steht Ihr Sohn in dem Verdacht, drei Schüler der benachbarten Hobrecht-Grundschule umgebracht und weitere Schüler attackiert zu haben.«

Frau Köhler riss die Augen auf und legte die Hand vor den Mund. Dann lachte sie. »Boris, niemals. Der kann keiner Fliege was zuleide tun.«

»Kinder sind keine Fliegen«, erwiderte Pachulke. Hinter Ramona Köhler klopfte es an die Scheibe. Es war Bördensen auf der Terrasse.

»Ist das Ihr Kollege? Warten Sie, ich mache ihm auf.« Ramona Köhler betätigte den Schub-Zug-Mechanismus der Glastür, und gleich darauf stand Bördensen im Zimmer.

»Ist er weg?« Bördensen sah sich hektisch um, als habe er das Beste schon verpasst.

»Frau Köhler, wenn Sie Ihren Sohn decken, gefährden Sie möglicherweise das Leben anderer Kinder.«

»Boris hat mir heute Morgen gesagt, er geht heute auf eine Exkursion.«

»Mit der Schule?«

»Davon bin ich ausgegangen, ja.« Ramona Köhler schloss die Balkontür. »Boris regelt das alles sehr selbständig.«

»Hatte Ihr Sohn ein Haustier?« Bördensen zog hinter der Tür eine halbvolle Tüte Aquariensand hervor.

»Nicht dass ich wüsste. Aber ich bin eigentlich selten in seinen Räumen.«

»Er hat noch mehr Zimmer?«

»Ja, hier ist das Bad und gegenüber sein Wohnzimmer.«

Bördensen öffnete die Tür zum Wohnzimmer. Darin stand ein Sofa mit dem passenden Tisch, am Fenster befand sich ein Schreibtisch, daneben ein Metallschrank. Es gab eine zweite Tür zum Balkon, rechtwinklig zu der, durch die Bördensen die Wohnung betreten hatte.

Der bückte sich und holte eine Glasscherbe unter der Heizung hervor und hielt sie Ramona Köhler unter die Nase. »Sind Sie ganz sicher? Kein Terrarium oder etwas Ähnliches?«

»Nein, mein Sohn hat doch keine Geheimnisse vor mir. Sie können gerne auch alles durchsuchen.« Ramona Köhler zog die Schreibtischschubladen auf und beförderte zwei kleine Schlüssel ans Tageslicht. »Die dürften für den Schrank hier sein. Das sind die Sachen für die Schule.« Sie öffnete den Schrank. Darin standen Ordner und Schulbücher.

»Ich koche erst einmal Kaffee. Dass Sie Boris des Mordes verdächtigen, müssen Sie mir genauer erklären.«

Als sie davongestöckelt war, rief Pachulke Zabriskie und Stiesel. Kurz darauf standen die beiden an der Balkontür. Die Klappkisten für die bevorstehende Durchsuchung hatten sie gleich mitgebracht.

Später in der Wohnküche beim Kaffee sagte Ramona Köhler: »Ich muss gestehen, mein Mann und ich hatten zuletzt wenig Zeit für Boris.«

»Über welchen Zeitraum reden wir denn, wenn Sie *zuletzt* sagen?«, fragte Pachulke.

»Seit wir unser drittes Studio in Charlottenburg eröffnet haben, ging alles Schlag auf Schlag. Das war vor sechs Jahren.«

»Vor sechs Jahren? Und seitdem ist Boris auf sich allein gestellt?«, fragte Pachulke. Er traute seinen Ohren nicht. Seit er neun war, hatte Boris diese Hölle namens Schule mit sich allein ausgemacht. Schade, dass der Kaffee ausgezeichnet und nicht grauenvoll schmeckte. Dann wäre es ihm leichter gefallen, dieses Verhalten entsetzlich zu finden.

»Nein, natürlich ist er nicht auf sich allein gestellt.« Ramona Köhler schenkte Stiesel noch einmal nach. »Wenn er von der Schule nach Hause kommt, steht das Essen für ihn schon im Kühlschrank. Mein Mann geht regelmäßig am Wochenende mit ihm ins Fitnessstudio. Wir haben einen Nachhilfelehrer, mit dem versteht sich Boris richtig gut. Und auch mit Frau Boghossian, die hier zweimal die Woche saubermacht. Nur natürlich nicht die Zimmer von Boris. Da ist er eigen. Die putzt er selbst.«

Zabriskie nahm sich einen Zuckerwürfel. Pachulke musste innerlich grinsen. Das war ihr Nervenfutter bei schwierigen Vernehmungen.

»Boris ist unser einziger Sohn«, fuhr die Köhler fort. »Als ich Maik, meinen jetzigen Mann, kennengelernt habe, hatte der sich bereits sterilisieren lassen.« Sie warf einen Blick in die Kaffeerunde und schüttelte den Kopf: »Zu viert laufen Sie hier auf wegen meinem Boris, Sie sind ja nicht ganz bei Trost. Das muss ein schreckliches Missverständnis sein.«

Bördensen stand auf. »Ich sehe mir das Zimmer einmal an. Danke für den vorzüglichen Kaffee.«

»Boris interessiert sich sehr für Tiere«, sagte Zabriskie fest. »Hat er auch mit Tieren experimentiert?«

»Boris hat ein Händchen für Insekten und Getier, schon immer gehabt. Er hat Marienkäfer gezüchtet, die sich im Garten über die Blattläuse hergemacht haben, Heuschrecken. Vor zwei Jahren hatte er eine seltene Tarantelart, die hat er dann dem Aquarium im Zoo geschenkt, weil das Exemplar dort im Haus eingegangen ist. Vielleicht war er wirklich sehr allein. Vielleicht war die Stabheuschrecke so eine Art Liebesersatz. Aber dass Boris Kinder umbringt, das ist völliger Quatsch, glauben Sie mir. Ich kenne meinen Sohn.«

Bördensen kehrte in die Küche zurück. »Können Sie uns erklären, was das ist?« Er hielt eine runde Dose in der Hand, die so groß war wie ein Büropapierkorb. In großen, dynamisch geschnittenen Lettern stand von schräg unten nach oben *Granulazeps forte* darauf geschrieben.

»*Granulazeps forte*, das ist ein Muskelaufbaupräparat, das wir in unseren Studios exklusiv vertreiben. Wir stellen den Muskelaufbau ins Zentrum unseres Fitnessangebots. Und das hier ist eine sinnvolle Ergänzung im Speiseplan für zeitgemäßes Körperbewusstsein.«

»Wie lange futtert man denn an so einer Packung?«, fragte Stiesel.

»Das hier ist mindestens eine Jahresration für einen engagierten Freizeitsportler. Das tun Sie sich teelöffelweise auf Ihr Müsli oder auf Ihr Gemüse. Immer dann, wenn Sie Substanz aufbauen wollen, ohne viel essen zu müssen. Solche großen Mengen sind für Trainingslager oder Fitnessstudios, die ihren Gästen etwas anbieten wollen.«

»Und warum ist die Packung dann leer? Wo sind denn die Sportler, die das weggefuttert haben?« Bördensen klopfte mit der flachen Hand auf den Boden der Dose.

»Und das hier, was ist das hier?« Zabriskie deutete auf ein Brandloch, so groß wie ein Zweieurostück.

Ramona Köhler setzte ihre Brille auf und beugte sich vor. »Das hat jemand angekokelt, ein Feuerzeug hingehalten. Die Kante von dem Loch sieht verbrannt aus.«

»Oder verätzt«, sagte Zabriskie und streckte der Köhler ihren Hintern entgegen. Stiesel konnte gar nicht anders, als das Hinterteil seiner Kollegin anzustarren. Pachulke staunte wieder einmal über die Fähigkeit der nonverbalen Kommunikation, die Zabriskie besaß.

»Wenn Ihr Sohn so ein großer Forscher ist, führt er doch bestimmt Aufzeichnungen über seine Experimente. Gibt es da irgendwo Protokolle, Notizbücher, dergleichen?« Nachdem er die Dose gefunden hatte, war Bördensens Jagdinstinkt geweckt.

»Bei Boris ist das alles auf dem Computer. Den können Sie gerne mitnehmen. Sie können alles mitnehmen. Ich bin mir sicher, dass mein Sohn mit dem Tod dieser Kinder nicht das Geringste zu tun hat.«

»Sie wäre nicht die erste Mutter, die für ihren Sohn kaltblütig lügt. Wahrscheinlich weiß sie, wo er ist«, sagte Bördensen, als sie wieder im Auto saßen. Bördensen fuhr, Stiesel teilte sich mit Zabriskie die Rückbank, Pachulke saß auf dem Beifahrersitz und sah aus dem Fenster.

Zabriskie schüttelte den Kopf. »Vielleicht hat sie recht. Vielleicht sind es zwei Fälle. Da gibt es Boris, der sich mit Insekten beschäftigt, weil er den Mitmenschen nichts abgewinnen kann. Und da gibt es jemanden, der Kinder aus der Hobrecht-Schule umbringt.«

»Es ist eine Tatsache, dass wir alle kinderlos sind«, sagte Pachulke. »Ich war zwar in der Klasse von Boris, und Frau Kellinghusen hat mir einiges über die verzwickte Situation von ihm erzählt, aber die Kinder sind mir fremd geblieben. Ich kann ihr Gewaltpotenzial schlechter einschätzen als das eines Erwachsenen. Ich werde morgen mit Zabriskie noch einmal in die Klasse gehen. Vielleicht können die Schüler das Bild korrigieren, das Ramona Köhler von ihrem Sohn gegeben hat. Sie wird ihren Sohn niemals beschuldigen, das muss sie auch nicht. Trotzdem kaufe ich ihr ab, dass sie ihn für unfähig hält, einen Mord zu begehen.«

»Nachdem sie sich sechs Jahre lang nicht um ihn gekümmert hat«, sagte Bördensen und fädelte sich in die Abbiegerspur ein.

»Und wo ist Boris?«, fragte Stiesel. »Das interessiert mich viel mehr als Frau Köhlers mütterliche Befindlichkeiten.«

»Mich interessiert, welches Kind als Nächstes ermordet werden soll und ob wir diesmal schneller sind als der Mörder«, sagte Pachulke. »Der Anschlag auf Fred Velbisch ist gescheitert. Gibt es noch andere Kinder, die sterben sollen? Und probiert der Mörder es noch einmal bei Fred?«

55

Der Freitag war der letzte Schultag, bevor die Anmeldefrist für das Rosenhof-Gymnasium ablief. Hauptkommissar Pachulke war nervös. Deadline, was für ein martialischer Begriff. Heute Nachmittag würden die verbliebenen Kinder der Klasse 6 b der Hobrecht-Grundschule nach Hause gehen und dann hoffentlich bis Montag keinen Fuß mehr vor die Tür setzen. Er und Zabriskie kamen unangemeldet zur Stunde von Frau Kellinghusen.

Die Lehrerin begrüßte die beiden Ermittler mit angespannter Höflichkeit und dunklen Ringen unter den Augen. Dass aus ihrer Klasse ein Schüler verschwunden war, weswegen die Kripo auftauchte, schien ihr mächtig zuzusetzen. Pachulke wandte sich an die ganze Klasse.

»Wie vermutlich alle schon wissen, wird seit gestern euer Mitschüler Boris Köhler vermisst. Wie wir von einem Zeugen erfahren haben«, Pachulke streifte Hektor Krug mit einem Blick, »hat er nach einem Streit hier in der Klasse auf dem Nachhauseweg einen Schüler der Hobrecht-Grundschule angegriffen. Seit gestern Morgen war er danach auch nicht mehr zu Hause. Wir möchten mit euch gerne darüber reden, wo sich Boris aufhalten könnte. Außerdem bräuchten wir eine Einschätzung von euch. War dieser Angriff eine einmalige Sache, oder hat er das öfter gemacht? Traut ihr ihm andere Gewalttaten zu?«

»Boris Köhler war die größte Nervensäge unter der Sonne. Ich traue ihm jede Schlechtigkeit zu«, rief Iris Schmitt und wartete danach auf eine Reaktion. Philomena nickte einmal sehr langsam, aber sonst bewegte sich niemand in der Klasse.

»Und du?«, fragte Pachulke Jason Hark.

Jason las diesmal kein Buch unter der Bank, sondern hörte zu, während er das Kinn in die Hand stützte. »Boris ist kein aufbrausender Typ, wenn Sie das meinen. Aber er ist ein Rechthaber. Und er weiß nicht, wo sein Platz ist. Hier in der Klasse nicht, und wahrscheinlich auch sonst nicht. Dass ihm nach diesem Auftritt gestern der Kragen geplatzt ist, wundert mich überhaupt nicht.«

»Wo ist denn sein Platz in der Klasse und sonst?«, fragte Zabriskie. »Ganz unten?«

Daphne meldete sich zu Wort. »Es gibt hier eingespielte Mechanismen. Manche hier pflaumen Boris ohne Grund an, manche haben es auf ihn abgesehen. Er ist einer, der eher einsteckt, als auszuteilen. Aber seit die Ameisen gestorben sind, ist es schlimm gewesen für ihn.«

Die Blicke aller Schüler wanderten zu den Terrarien. Es waren nur noch drei.

»Und dabei«, Daphne warf einen langen Blick auf Iris Schmitt, die ebenso lange zurückstarrte, »gibt es Hinweise, dass Boris für den Tod der Ameisen nichts kann. Orpheus, Ariadne und Ajax aus der Arbeitsgruppe von Boris haben den Aufsatz von einem Forscher aus Cambridge in einer Fachzeitschrift gefunden. Er hat die Lärmempfindlichkeit von Ameisen untersucht, um akustische Sperrgürtel gegen Insektenbefall zu entwickeln. Es besteht eine hohe Wahrscheinlichkeit, dass die Ameisen durch die quietschende Kreide zu Tode gekommen sind. Das Terrarium von Boris' Gruppe stand ganz vorn an der Tafel. Seit zwei Wochen steht das Terrarium von Diana, Melanthus, Antigone und Perseus ganz vorn, und gestern waren auch darin die Ameisen tot. Das ist zwar ein weiterer Schlag für unseren Erfolg in dem Wettbewerb, aber wir sind ohne Grund auf Boris losgegangen.«

»Das kann das Quietschen sein, muss aber nicht«, sagte Iris. »Außerdem ist Boris in jedem Fach ein Loser.«

»Genau das ist er nicht«, sagte Hektor. »In Biologie ist er der Beste, besser als du, auch wenn dir das nicht passt. Auch wenn er nicht reden kann wie ein Wasserfall. Biologie hat ihm Balance gegeben, das war sein Heimspiel. Aber seit letztem September ist er nicht mehr bei sich. Ich habe ihn angezeigt, weil der Junge, den er verprügelt hat, unter die U-Bahn gekommen ist. Boris hat Drohungen gegen uns ausgestoßen, und gegen den Jungen. Ich war mir nicht sicher, was ich tun sollte. Aber ich will nicht, dass noch ein Kind stirbt, nur weil ich den Mund gehalten habe.«

»Hat Boris jemals einen von euch tätlich angegriffen?«, fragte Pachulke.

Allgemeines Kopfschütteln.

»Ihr habt sicher mitbekommen, dass in der Grundschule nebenan noch weitere Kinder zu Tode gekommen sind. Traut ihr es Boris zu, dass er Kinder umbringt, weil er hier von euch pausenlos attackiert wurde?«

»Boris hatte es immer schwer, und seit sein Kumpel am Ende des letzten Schuljahrs weggezogen ist, saß er allein. Vielleicht hätte er die Klasse wechseln sollen, aber das wollte die Schulleitung nicht wegen des Wettbewerbs.« Hektor wechselte einen Blick mit Frau Kellinghusen und die schlug die Augen nieder. »Aber einen oder gar mehrere Morde an kleinen Kindern, niemals. Eher hätte Boris seine eigenen Sachen kaputt gemacht.«

»Dieser Kumpel von Boris, wie heißt der?« Pachulke richtete die Frage an alle.

»Leon Brauweiler«, sagte Daphne.

»Die Brauweilers sind nach Pankow gezogen, denen war das hier nicht anspruchsvoll genug«, fügte Philomena Morgenitz hinzu. »Die Oberschule in der Gated City.«

»Haben sich Boris und Leon weiterhin getroffen?«

»Keine Ahnung«, sagte Jason Hark. »Boris hat nicht darüber geredet.«

»Und wir haben ihn nicht gefragt«, sagte Daphne.

Pachulke nickte Hektor zum Abschied kurz zu. Sie hatten den Namen des einzigen Vertrauten, den Boris vielleicht je gehabt hatte.

56

»Ich hab was gefunden«, sagte Stiesel. Er hatte sich in seiner gleichmütigen und geduldigen Art durch den Papierkram von Boris gewühlt, bis er eine Erfolgsmeldung vorweisen konnte.

Bördensen verstand diese Gemütsruhe nicht. Vielleicht rührte sie daher, dass Stiesel Yoga machte. Bördensen juckte es in den Füßen. Das Bahngelände abzusuchen zum Beispiel: an der frischen Luft, immer in Bewegung, zwischen Drahtverhau und alten Steinen halb verweste Ratten einzusammeln, das wäre sein Ding gewesen. »Was hast du denn gefunden?«, fragte er Stiesel mit mäßigem Interesse.

»Hör dir das an: *17. September. Heute ist der schlimmste Tag meines Lebens. Ich könnte sie alle umbringen. Ich werde sie alle umbringen.* Das ist ein Computerausdruck von vor drei Wochen. Von der nächsten Zeile sind nur verschmierte Schemen zu sehen, der Druckvorgang wurde abgebrochen oder das Blatt aus dem Drucker herausgerissen. Aber die Datei heißt ›Massaker‹, und das ist Seite eins von hundertsiebenundzwanzig Seiten.« Stiesel reichte das Blatt zu Bördensen herüber.

Bördensen überflog die Notiz. »Wo hast du das gefunden?«

»In einem Ordner mit Rechnungen. Boris Köhler hat im letzten halben Jahr ständig eingekauft, mehrere Terrarien und Zubehör in einem Spezialladen für Insekten am Mehringdamm. Lauter lateinische Namen. Die könnte ich raussuchen. Oder ich gehe gleich zu dem Laden.«

»Geh nur zu dem Laden, aber nimm dir vorher den Laptop vor.«

Stiesel ging zu den Kisten mit den beschlagnahmten Habseligkeiten von Boris und holte sich den Laptop an seinen Schreibtisch. Er schaltete ihn ein, aber statt dem Passwortfenster erschien sofort die Benutzeroberfläche. Auf dem Desktop gab es einen Ordner. Er hieß »Massaker«, und der war nun passwortgeschützt. Stiesel probierte »1234«, »Boris«, »Massaker« und »Passwort«, jeweils in Groß- und Kleinschreibung. Dann zuckte er die Achseln und holte sich einen anderen Ordner. Das Leben war ein einziger Zufallsfund.

»Vielleicht kann uns dieser Leon mit dem Passwort für Boris' Computer weiterhelfen«, sagte Zabriskie zu Pachulke, der den Wagen lenkte. Stiesel hatte sie eben angerufen und ihr die Information über den unvollständigen Computerausdruck und den Laptop weitergegeben.

Tervetuola – Herzlich willkommen stand auf einem großen Transparent, das über die Straße gespannt war. Pachulke zeigte seinen Dienstausweis, und der Wagen überquerte die Grenze zu *Suomi City*, im unvergleichlich humorvoll-schlagfertigen Jargon der Einheimischen auch spitzzüngig-augenzwinkernd als *Finn City* tituliert. Darauf musste man erst einmal kommen.

Auf einem abgesperrten Gelände in der Nähe von Schloss Schönhausen lebten mittlerweile mehr als zehntausend Finnen. Ein großer Handyhersteller hatte seine wichtigste Produktionsstätte hierher verlagert, und ein expansiv orientierter Energieversorger pflasterte die brandenburgische Prärie mit Windrädern voll. Sie fuhren auf der *autotie* entlang. »Das heißt Hauptstraße«, sagte Zabriskie, die permanent an ihrem Telefon herumspielte. »Wir müssen an der *lehtikuja* rechts abbiegen, das heißt Allee.«

Pachulke setzte den Blinker und bog in eine baumlose Straße ein. »Sieht verdammt nach Allee aus«, murmelte er.

»Das Straßenschild hat gestimmt.« Zabriskie war unbeirrt. »Die Schule befindet sich dann in der letzten Straße rechts, in der *umpikoja*.«

»Und das heißt?«

»Sackgasse.«

In der finnischen Schule gab es eine deutsche Klasse. Die finnischen Lehrpläne, das finnische Lernumfeld und die finnische Mathematik waren begehrt. Mit Händen und Füßen fragten sich Pachulke und Zabriskie zum richtigen Klassenzimmer durch.

»Guten Tag, wir kommen von der Kriminalpolizei und hätten gerne mit Leon Brauweiler über Boris Köhler gesprochen. Leon Brauweiler, der ist doch vom Rosenhof-Gymnasium hierhergekommen?«

»Haben Sie schon mit der Schulleitung gesprochen? Sie können nicht so einfach unsere Kinder vernehmen.« Die Lehrerin gab sich reserviert. Sie trug ein Kleid, das mit großen Mohnblumen bedruckt war.

»Wir waren schon unten im *sihteeristö*, im Sekretariat«, erklärte Zabriskie. »Wir ermitteln in einem Mordfall. Es ist einigermaßen dringend.«

»Ich verstehe, das ist etwas anderes. Leon, kannst du bitte Leon aus der Bibliothek holen?«

Ein Junge stand auf und verließ das Klassenzimmer.

Die Lehrerin wandte sich an einen anderen Jungen. »Leon, möchtest du bitte den beiden Beamten eine Tasse Tee kochen?«

Ein anderer Junge begab sich zu einem kleinen Tisch, auf dem ein Wasserkocher, Teebeutel und Tassen standen.

»Für mich bitte Pfefferminziuleiki«, sagte Pachulke.

»Piparminttu«, verbesserte der Junge, ohne eine Miene zu verziehen.

»Heißen alle Kinder Leon in dieser Klasse?«, fragte Pachulke.

Die Lehrerin schüttelte mit dem Kopf. »Nein, außer den drei Leons heißen alle völlig unterschiedlich. Es gibt Leopold, Leolo, Leo, Leonidas, Leogang, Leonce, Leonhard, Leonasmus, Leonardo, Lego und Leopard. Und dann natürlich die Mädchen: Leonie, Leonore, Leopoldina, Leona, Leopatra, Leomaria und Leolinda. Ganz individuell.«

Die Tür ging auf und zwei Jungen kamen herein.

»Hallo Leon«, sagte Pachulke.

»Guten Tag«, sagten die beiden Jungen.

»Bist du Leon Brauweiler?«, fragte Pachulke den Jugendlichen, der neu dazugekommen war. Der nickte. Er hatte Haare bis zu den Schultern, sehr feine, fast mädchenhafte Gesichtszüge, und um seine Lippen spielte ein kleines Lächeln.

»Es geht um deinen Freund Boris Köhler, er ist verschwunden. Wahrscheinlich ist er in Schwierigkeiten.«

Der dritte Leon brachte den Tee.

»Was ist denn mit Boris?«, fragte Leon Brauweiler. Es war unklar, welche Gefühle er für seinen früheren Banknachbarn empfand.

»Er hatte Streit mit der Klasse«, sagte Zabriskie.

»Das wundert mich nicht. Die hatten es auf ihn abgesehen.« Das Lächeln verschwand.

»Hattet ihr Kontakt in letzter Zeit?«

»Wir haben ab und zu telefoniert.«

»Wann das letzte Mal?«

»Vor drei Wochen ungefähr. Er hat gesagt, einige im Rosenhof würden bald ihr blaues Wunder erleben. Seit Monaten hat Boris schon was vor. Deswegen haben wir uns auch nicht mehr getroffen. Er ist immer zu beschäftigt.«

»Warum bist du vom Rosenhof weggegangen?«

Leon Brauweiler kratzte sich am Kopf. »Das haben meine Eltern so entschieden. Die fanden, ich hatte einen zu schweren Stand im Rosenhof.«

»Sind die anderen in der Klasse auch auf dich losgegangen?«

»Nein, die nicht. Ich bin mit allen gut ausgekommen, und ich war ein Puffer für Boris. Aber Frau Morgenitz hatte es auf mich abgesehen.«

»Die Vorsitzende des Elternbeirats? Warum das denn?«

Das Lächeln kehrte zurück. »Ich hab keine Ahnung. Weil ich in diesem Auswahlausschuss der Kandidat von jemand anderem war? Weil ich mich mehr für Musik als für Hirschkäfer interessiere? Aber sie wurde abgewählt als Vorsitzende. Weil sie auf mich losgegangen ist. Sie hat mich angeschrien, mich gepackt und geschüttelt. Weil ich angeblich die Rosen überdüngt hatte. Aber das war nur ein Vorwand. Sie dachte wirklich, ich zerstöre das Schulniveau.«

»Und hier, wie ist es hier?«, wollte Zabriskie wissen.

»Anders, aber gut. Angeschrien hat mich hier noch keiner.«

»Wir haben auf dem Laptop von Boris einen Ordner gefunden, der mit einem Passwort geschützt ist. Er heißt ›Massaker‹. Hast du eine Idee, wie das Passwort lauten könnte?«

»Gesagt hat er es mir nicht, aber probieren Sie es mal mit ›meinistdierache‹.«

»Mein ist die Rache?«, echote Pachulke.

»Ja, alles klein und zusammen. Das hat er bei unserem letzten Telefonat geantwortet, als ich ihn gefragt habe, was er vorhat.«

»Und das hast du nicht weiterverfolgt?«

»Nein, er wollte mit seinen sogenannten Klassenkameraden

etwas klären. Und das habe ich ihm von Herzen gegönnt. Das sind ganz traurige Gestalten.«

»Auch Daphne?«

»Daphne?« Leons Mund wurde ein schmaler Strich. »Die ist die Schlimmste von allen.«

Die Schüler der deutschen Klasse der finnischen Schule in Pankow lauschten mit angehaltenem Atem. Auch die Lehrerin hatte sich hingesetzt und hörte dem Wortwechsel zu.

»Hat Boris je davon gesprochen, dass er Kinder in der Hobrecht-Schule nicht leiden kann?«

»In der Schule nebenan? Nie.« Leon sah Pachulke direkt in die Augen.

»Boris ist abgetaucht«, sagte Zabriskie. »Wo würde er sich verstecken, was meinst du?«

Leon drehte eine seiner blonden Strähnen mit dem Zeigefinger zu einer Spirale. »Er hat sich eine ganze Weile mit dem Siegespark beschäftigt. Diese Geschichte mit dem Schatz in der Dorfkirche.«

»Dönerow?«, fragte Zabriskie.

»Ja, genau. ›Viele Wege führen nach Dönerow‹, hat er gesagt. Aber das war im ersten Jahr im Rosenhof. Sonst gab es immer nur Insekten für ihn.«

»Negativ«, sagte Stiesel. Zabriskie hatte ihm gerade telefonisch den Vorschlag von Leon Brauweiler für das Passwort durchgegeben. »Groß und klein, zusammen, mit Binde- und Unterstrich, nichts passt. Manchmal leben sich gute Freunde auch auseinander.«

»Wo bist du?«, wollte Zabriskie wissen.

»Auf einer Bank auf dem Mehringdamm, mit Boris' Laptop auf dem Schoß. Aber eigentlich bin ich auf dem Weg zu dem Insektenladen, in dem Boris eingekauft hat.«

Als Stiesel *Hugo's Kerbtier-Paradies und Das* betrat, mussten sich seine Augen erst an das Halbdunkel gewöhnen. Ein alter Mann legte mit einer Pinzette einen Käfer in ein Terrarium. »Lebendfutter«, sagte er zu seinem Besucher.

»Stiesel, Kriminalpolizei. Kennen Sie vielleicht einen Jungen namens Boris Köhler?«

»Boris. Klar kenne ich den. Ist ihm etwas zugestoßen? Hugo Kerkowiak mein Name.« Die Pinzette in Kerkowiaks Hand zitterte unmerklich.

»Entweder das, oder Boris ist drauf und dran, jemandem etwas anzutun.« Stiesel holte einen Stapel mit Abrechnungen aus einer Umhängetasche. »Er hat groß bei Ihnen eingekauft in der letzten Zeit. Können Sie mir erklären, was er hier seit letztem September gekauft hat?«

Kerkowiak knipste eine Schreibtischlampe an und studierte die Rechnungen. »Das hier«, er zeigte auf einen Beleg, »sind Ameisenlöwen. Eine ganze Menge.« Er machte mit schweren Druckbuchstaben einen Vermerk. »Und das hier«, er schrieb wieder etwas auf, »das sind Ameisen als Futter.« Er blätterte durch die anderen Belege. »Ein Terrarium, Sand, Pflanzen, Wärmelampen, noch ein Terrarium. Was ich nicht verstehe ...« Er studierte die Belege noch einmal. »Boris hat keine Futterameisen mehr gekauft. Womit hat er dann seine Ameisenlöwen ernährt?«

»Der letzte Beleg ist von Anfang Dezember. Glatt vermiffelter Ringflansch, Schraubspreizhalter, was ist das?«

»Das sind Einzelteile.« Kerkowiak fuhr sich durch die grauen Haare. »Boris wollte einen Futterautomaten bauen. Wahrscheinlich ist er mit seinen Eltern über Weihnachten weggefahren. Trotzdem ist das merkwürdig. Wenn er die Tiere regelmäßig füttert, kommen die gut zwei Wochen ohne Nahrung aus.« Kerkowiak verglich verschiedene Belege.

»Das verstehe ich nicht«, sagte Stiesel. »Wenn er kein Futter mehr gekauft hat, wozu brauchte er dann einen Futterautomaten?«

»Da müssen Sie ihn wohl selbst fragen.« Kerkowiak gab die Belege zurück. »Wir kennen uns schon eine ganze Weile, aber zuletzt gab Boris mir Rätsel auf. Vorigen Herbst war er fast jede Woche da, dann hat er kurz vor Weihnachten noch eine Großbestellung für das neue Jahr angemeldet. Und gleich nach

Neujahr hat er gesagt, das braucht er nicht mehr, und die ganze Bestellung storniert. Das war ein bisschen ärgerlich. Es war eine Importsache, sehr viel Papierkram.«

»Was hat er denn bestellt?«

»Südamerikanische Blattschneiderameisen.«

»Sind die was Besonderes?«

»Die werden bis zu dreißig Millimeter groß, also dreimal so groß wie unsere üblichen Ameisen. Außerdem haben sie besonders kräftige Beißwerkzeuge, weil sie ja Blätter schneiden.«

»Mandibeln«, wagte Stiesel einzuwerfen.

Kerkowiak blinzelte leicht. »Blattschneiderameisen dürfen in Deutschland nur unter besonderen Sicherheitsvorkehrungen gehalten werden, weil sie einem anderen Ökosystem entstammen.«

»Und Ameisenlöwen?«

»Ameisenlöwen gibt es an jeder Ecke hier, an jedem sandigen Waldrand.«

»Auch«, Stiesel musste auf einem Zettel nachsehen. »Auch *Acanthaclisis baetica*?«

»Auch die, ja.« Kerkowiak lachte. »Sie sind der erste Polizist, der sich einen Spickzettel mitnimmt. *Acanthaclisis baetica* unterscheidet sich von anderen Ameisenlöwen dadurch, dass er nicht nur Trichter baut und auf Beute wartet, sondern aktiv jagt. Sie steuern ihre Beutetiere direkt an. Was hat das alles mit Boris zu tun?«

»Das darf ich Ihnen im Moment leider nicht sagen. Wann haben Sie Boris zum letzten Mal gesehen?« Stiesel war gekränkt. Als er im Polizeipräsidium losging, hatte er den Namen noch auswendig gewusst.

»Letzten Sonntag habe ich ihn zum letzten Mal gesehen«, sagte Kerkowiak. »Als ich früh in meinen Laden bin, um die Taranteln zu füttern, kam Boris gerade vom Tanzen zurück.«

»Vom Tanzen?« Stiesel warf einen unauffälligen Blick über seine Schulter. Er hatte keinen Bedarf an Taranteln.

»Ja, er war in einem Club am Hermannplatz. *Nachtfalter* heißt der. Was ich nicht verstehe ist, dass er Gummistiefel anhatte. Aber die Mode ändert sich eben. Zu meiner Zeit hat man Lackschuhe getragen, wenn man ausging.«

Stiesel packte die Rechnungen mit Kerkowiaks Anmerkungen ein und holte den Laptop aus seinem Rucksack. »Der hier gehört Boris«, sagt er. Auf dem Bildschirm erschien die Startoberfläche. »Es gibt hier einen Ordner mit dem Namen ›Massaker‹. Wir haben ein Stück Papier gefunden, eine Art Tagebuchauszug vom 17. September, in dem davon die Rede ist, dass viele sterben werden.«

»Und Sie wissen sicher, dass Boris das geschrieben hat, was auf diesem Papier steht?« Kerkowiaks Stimme wurde auf einmal streng.

»Nein, aber die Datei, also der Text, trägt auch den Namen ›Massaker‹. Und der Ausdruck war in dem Ordner mit diesen Belegen.«

Kerkowiak zupfte an seiner Unterlippe herum.

»Wir brauchen das Passwort.«

»Ich habe keine Ahnung. Boris hat es mir nicht gesagt.«

»Aber Sie kennen ihn recht gut. Wenn Sie Boris wären und ein Passwort wählen müssten, einen Begriff, der ihm etwas bedeutet, der mit dem zu tun hat, was er vorhat … Was würden Sie wählen?«

Kerkowiak zupfte immer noch an seiner Unterlippe herum. »Myrmeleo«, sagte er schließlich.

»Können Sie das bitte buchstabieren?« Stiesels Zeigefinger schwebte schon über der Tastatur.

»M-y-r-m-e-l-e-o.« Kerkowiaks Stimme wurde immer leiser, während er Buchstabe für Buchstabe aussprach.

Stiesel drückte die Enter-Taste, der Computer blinkte, und ein Verzeichnis öffnete sich. Stiesel fand die Datei »Massaker«. Sie war am Vortag um kurz vor sechs Uhr morgens zum letzten Mal geändert worden. Boris hatte geschrieben, gefrühstückt und war dann verschwunden.

Stiesel öffnete »Massaker«.

17. September. Heute ist der schlimmste Tag meines Lebens. Ich könnte sie alle umbringen. Ich werde sie alle umbringen.

»Ich habe Boris verraten«, sagte Kerkowiak leise.

»Nein, Sie helfen uns, ihn und andere zu schützen.« Stiesel packte den Laptop ein. »Wie sind Sie auf das Passwort gekommen?«

»Myrmeleo ist der lateinische Name für Ameisenlöwe.«

»Leo«, sagte Stiesel. »Ach so.«

Als Pachulke und Zabriskie aus Suomi City zurückkamen, hatte Stiesel Boris' Tagebuch mit der Bezeichnung »Massaker« bereits in vier Kopien ausgedruckt.

Auch Bördensen wusste Gutes zu berichten. »Boris wurde gestern gesehen. In einem Kaufhaus in Tempelhof. Er ist der Verkäuferin aufgefallen, weil er sehr lange in der Umkleidekabine geblieben ist, ohne etwas zu kaufen. Sie hat dort grob abgeschnittenen Drillichstoff gefunden, Ärmel und Beine von einem Overall vermutlich. Außerdem hat Boris Nylonstrümpfe gekauft.«

»Nylonstrümpfe«, sagte Zabriskie, »das klingt nach Banküberfall.«

»Und Boris ist da ein Beleg aus der Tasche gefallen. Er hat im Baumarkt eingekauft. Die haben den Beleg gefaxt, das Original bringt eine Streife vorbei«, schloss Bördensen den Bericht ab.

»Er legt keinerlei Wert auf eine Tarnung«, sagte Zabriskie. »Das kann bedeuten, dass er eine Entscheidung sucht.«

»Oder dass er sich vollkommen unschuldig fühlt«, murmelte Pachulke.

57

»Ach, hier treibst du dich herum.«

Fred zuckte zusammen, als Sophie Bürger sie so anherrschte. Sie hatte gerade das Ergebnis des Spendenlaufs am Schwarzen Brett studiert. Es war viel mehr zusammengekommen, als sie erhofft hatten, das war beinahe eine gute Nachricht. Und jetzt stand Sophie neben ihr und schlug ihre Stiefel an den Hacken zusammen. »Ich treibe mich überhaupt nicht herum, ich gehe hier zur Schule. Was ist denn in dich gefahren?«

»Hab gehört, bei euch hat's gebrannt.«

»Ja, es war ein Alptraum, ich wohne bei Freunden, Mama bei den Nachbarn.«

»Ist praktisch, dass ihr gar nicht da wart, als es gebrannt hat. Dann konnte euch auch nichts passieren.«

»Ja, wir waren in Leipzig auf der Beerdigung … Was soll das denn heißen? Meine Oma ist gestorben.«

»Soso, deine Oma. Du hast doch nicht mal einen Vater.« Sophie verschränkte die Arme vor der Brust.

»Die Mutter meiner Mutter. Sag mal, geht's dir noch gut?«

»Freya meint, du hast dich vom Acker gemacht, damit du nicht die Nächste bist.«

»Aber ich wäre beinahe die Nächste gewesen. Unser Haus ist fast abgebrannt. Es sieht aus wie im Schweinestall.«

»Das könntest du natürlich auch vorgetäuscht haben«, sagte Sophie.

»Was?« Fred schlug die Hände vors Gesicht und wich einen Schritt zurück.

»Du hast selbst mehr als einmal gesagt, dass du alles tun würdest, um aufs Rosenhof zu kommen. Weil du deine Mutter glücklich machen willst.«

»Aber ich habe meine Noten gemeint, die freiwillige Mitarbeit in den Arbeitsgemeinschaften, so was.«

»Alles hat ja wohl eine ganz klare Bedeutung. Alles. Mit Anna warst du auf dem Trampolin, bevor sie verschwunden ist, David hat mit dir geredet, als du am Zieleinlauf Aufsicht gemacht hast. Und an Cem hast du dich pausenlos rangeschmissen.«

»Und was ist mit Robert? Habe ich mich an den vielleicht auch rangeschmissen? Der war ein Kotzbrocken.«

»Langsam wird der Kreis von denen, die profitieren, überschaubar. Der Mörder ist unter denen, die übrig bleiben.« Sophie trat wieder einen Schritt auf Fred zu. Sie ballte die Fäuste.

»Ja, du zum Beispiel«, stieß Fred hervor.

»Ja, ich. Und ich werde übrig bleiben. Mich kriegst du nicht.« Sophie rannte davon.

Es war schon spät am Nachmittag, aber Fred hatte keine Lust, nach Hause zu gehen. Was momentan zu Hause war. Sicher, Jenny und Thomas waren furchtbar nett und furchtbar hilfsbereit. Aber einen Platz, der ihr gehörte, hatte Fred dort trotzdem nicht. Jeden Tag lief sie an ihrem Grundstück vorbei, und der Rauchgestank schnürte ihr die Kehle zu. Am Montag erst sollte ihr eigenes Zimmer wieder bewohnbar sein.

Ihre Mutter machte Überstunden, und auch Fred blieb so lange wie möglich in der Schule. Normalerweise konnte sie es am Freitag kaum erwarten, wegzukommen. Wie vollkommen still es um diese Zeit im Gebäude war. Bis sie die Schritte hörte. Das konnte Hausmeister Jablonka sein, aber der musste heute Lampen im Neubau vom Rosenhof anbringen. Wer war da noch in der Schule? Wer würde gleich um die Ecke biegen und Fred ganz allein vor dem Schwarzen Brett stehen sehen? Der Brandstifter? Derjenige, der David in den Tod getrieben hatte? Fred packte ihre Tasche und lief, so schnell sie konnte, in den Keller hinunter. Dort gab es Nischen und Schränke, in denen sie sich verstecken konnte. Sie lauschte und es schien, als rauschte ihr Atem unablässig in den Ohren wie ein Orkan. Sie schloss den Mund und war ganz leise. Die Schritte waren nicht mehr zu hören. Vielleicht war es die Direktorin gewesen, die blieb immer länger am Freitag.

Da – da waren sie wieder, die Schuhe scharrten auf den Steinen. Wer immer da ging, hatte sich umgedreht und die Richtung gewechselt. Und jetzt kam er die Treppe hinunter. Fred rannte durch den Kellergang. Sie schlupfte unter einem der alten Rohre hindurch, die quer zu den Gängen liefen und spähte zurück. Da war ein Schatten. Er kam auf sie zu. Fred bog in einen Seitengang, der mit alten Schränken zugestellt war. Es war kaum ein Durchkommen. Und wieder bog sie ab, diesmal nach links. Sie probierte eine Schranktür. Abgeschlossen. Alle Schränke waren abgeschlossen. Sie lauschte.

Klack-klack-klack, die Schritte waren gut zu hören. Jetzt ging die Zeitbeleuchtung aus. Fred rannte zum Ende des Ganges, schlug sich das Knie an. Sie humpelte weiter und wollte nach rechts abbiegen, um eine Treppe zu finden, die zum Ausgang führte. Aber vor der Treppe stand ein riesiger Schrank. Im Dunkeln konnte Fred die Schritte noch deutlicher hören. Da war eine Tür. Durch den Türspalt kam ein Lichtschein. Sie trat ein und schloss die Tür hinter sich. Ihr gegenüber stand der verrückte Polizist, der das Klassenzimmer demoliert hatte. Dorfner. Er trug einen Kampfanzug aus leichtem schwarzen Stoff und war gerade dabei, ein Messer an seinem Stiefelschaft zu befestigen.

»Hilfe«, flüsterte Fred. »Da draußen ist der Mörder.«

Mit einem Sprung war Dorfner an der Tür, mit einem Schritt im Gang. Er leuchtete mit seiner Stablampe in die Dunkelheit. Eine schwarz verhüllte Gestalt sprang hinter einem Schrank hervor und rannte davon. Klack-klack-klack machten die Schuhe, und die dunkle Gestalt bog um die Ecke.

»Stehen bleiben oder ich schieße!«, brüllte Dorfner.

»Nicht schießen!«, schrie Fred. »Das sind Gasrohre!«

Dorfner senkte die Waffe und ging zurück ins Archiv. »Was machst du denn hier?«, fragte er Fred. »Du solltest doch schon im Wochenende sein.«

»Unser Haus ist angezündet worden, vermutlich von dem, der die anderen Kinder umgebracht hat. Deshalb bleibe ich in der Schule, solange ich kann.« Sie betrachtete Dorfner von oben bis unten. »Und Sie? Sie haben doch Hausarrest und dürfen sich gar nicht bewaffnen.« Ihr Blick fiel auf eine Rolle Papier, die auf einem Beistelltisch lag. Ihre Augen wurden groß. »Die Hobrecht-Karte! Angeblich war sie ja im Krieg zerstört worden.« Fred nahm die Rolle in die Hand. »Und Sie haben sie gefunden!« Sie musterte Dorfner scharf. Vielleicht war er doch ein guter Polizist.

»Finger weg.« Dorfner nahm Fred die Karte weg. »Ich bringe dich jetzt nach oben, und dann gehst du gefälligst nach Hause. Das hier ist kein Kinderkram.«

»Aber Jablonka kommt um sechs. Wenn Sie nicht da sind, werden Sie gefeuert.«

»Das Risiko nehme ich in Kauf.« Dorfner stellte sich kerzengerade hin. »Es geht hier um ein Menschenleben.«

Fred klatschte in die Hände. »Sie wollen Anna suchen, hurra! Sie glauben auch, dass Anna noch lebt. Ich komme mit.«

»Auf gar keinen Fall. Du verschwindest jetzt. Sofort.«

»Ich schreie jetzt das ganze Haus zusammen, ich rufe Jablonka an.« Fred zückte ihr Handy. »Bitte, nehmen Sie mich mit. Ich will Anna schon suchen, seit sie verschwunden ist. Und Sie sind der Erste, der glaubt, dass sie noch lebt. Der wirklich daran glaubt. Bitte.«

»Aber du hast doch gar keine Waffen.«

»Aber ich bin klein. Ich kann mich durch enge Spalten zwängen. Wir können uns abwechseln beim Tragen, wenn wir Anna gefunden haben. Sie ist bestimmt ganz müde.« Fred zog die Kartenrolle zu sich heran. »Wo werden wir einsteigen?«

»Das … äh, das weiß ich noch nicht so genau. Ich wollte mich erst orientieren.«

»Na, dann los. Orientieren wir uns.« Fred nestelte bereits an der Schnur.

Etwas später lag die Karte ausgerollt auf dem Boden. Fred hatte eine Lupe in ihrer Schultasche, und beide inspizierten die hauchfeinen Linien.

»Also hier ist das Denkmal«, sagte Dorfner. Sie knieten auf dem Boden und schauten auf die Karte. Dorfner fuhr mit dem Finger nach Westen »Und hier ist diese Kirche.«

»St. Hypokrit, genau«, sagte Fred. »Und hier ist ein Haus. Wo heute die Schule steht, war früher nur ein Haus. Und es gab einen Gang zur Kirche.« Sie starrte Dorfner an. »Die alte Hausmeisterwohnung. Da hat früher einer gelebt, der hatte mit der Brauerei zu tun: Landvogt. Genau, das war das Haus vom Landvogt. Von Braumeister Landvogt.«

»Und hier sind noch weitere Gänge.« Dorfner deutete auf Linien, die von dem dickeren Strich zwischen Kirche und Hausmeisterwohnung abzweigten.

»Da fangen wir an.« Fred stand auf.

»Bist du dir sicher?« Dorfner rollte die Karte zusammen.

»Irgendwo müssen wir ja anfangen.« Fred wollte so schnell wie möglich unter die Erde, bevor Dorfner es sich anders überlegte. »Die Leute vom Technischen Hilfswerk haben im Süden alles abgesucht. Anna muss irgendwo anders sein. Los geht's, Herr Dorfner.«

»Du kannst ruhig Dorfner zu mir sagen.«

Kurz darauf liefen sie mit Schultasche und Wanderrucksack über den Hof, als hätten sie einen Besichtigungstermin für das Hausmeisterhäuschen.

»Was immer wir tun, ist vollkommen legal«, schärfte Dorfner Fred ein. »Nichts entlarvt einen schneller als ein schlechtes Gewissen.«

Dieser verrückte Polizist weiß gar nicht, was ein schlechtes Gewissen ist, dachte Fred. Aber sie freute sich wie eine Schneekönigin, dass Dorfner sie mitnahm. Ein bisschen verrückt musste man sein, um nach Anna zu suchen. Ein bisschen verrückt vor Hoffnung.

Dorfner öffnete das Schloss zur alten Hausmeisterwohnung mit einer Scheckkarte und verschloss sorgfältig die Haustür. Je später man ihre Spur fand, desto besser. Kurz darauf hatten sie die Kellertreppe gefunden. Unten deckte Fred sich aus Jablonkas Werkzeugbestand ein: Taschenlampe, Klappspaten, Hammer. »Große Waffen sind zu schwer für mich«, erklärte sie Dorfner.

Im dritten Keller kamen sie nicht weiter. Es gab sehr viele Metallskulpturen, aber keine Tür.

»Scheiße, vielleicht ist die Tür schon vor langem zugemauert worden.« Dorfner klopfte mit der Faust die Wände ab.

»O nein, vielleicht gibt es was zu diesem Gebäude auf Wikipedia. Schauen Sie doch mal auf Ihrem Handy nach.«

Dorfner schüttelte den Kopf. »Hier unten gibt es keine Verbindung.«

Fred schluckte. »Kann ich meiner Mutter noch schnell eine SMS schicken? Die macht sich sonst Sorgen.«

»Ausgeschlossen, die hetzt uns sofort die … meine Kollegen auf den Hals.«

»Aber sie stirbt vor Angst. Sie stirbt immer vor Angst.«

Dorfner seufzte. »Also gut, aber bitte keine genauen Angaben, nur ein Lebenszeichen.«

Fred nickte. »Kann ich mal Ihr Handy leihen?«

»Wieso, du wolltest doch eben Jablonka anrufen.«

Fred zuckte mit den Schultern: »Trick.«

Sie ging hoch. Oben in der Küche tippte sie mit zitternden Fingern: *Liebe Mama, mach dir keine Sorgen. Mir geht es gut, ich komme bald wieder. Deine Fred.*

Aus dem Keller ertönte ein Knall, dann gab es ein schrecklich schabendes Geräusch. Fred stürzte die Treppe hinunter.

Dorfner strahlte. »Ich habe die Tür gefunden. Dieser Jablonka hat das Regal genau so aufgestellt, dass man die Fugen nicht sieht.«

Hinter dem Regal kam eine alte Holztür mit einem riesigen alten Schloss zum Vorschein.

»Und der Schlüssel ist vermutlich bei Jablonka.« Freds Magen krampfte sich zusammen. Das konnte unmöglich das Ende der Suche sein.

»Ich könnte mit ein paar Gramm Plastiksprengstoff die Angeln lösen«, sagte Dorfner und klopfte auf seinen Rucksack.

Fred zeigte ihm den Vogel. »Damit der Gang dahinter gleich einstürzt. Lassen Sie mich mal sehen.« Sie untersuchte die Metallskulpturen von Jablonka, die umgekippt auf dem Boden lagen. Verwüsten war offenbar eine von Dorfners großen Leidenschaften.

»Na, wer sagt's denn«, sagte sie nach einer Weile. Sie zeigte Dorfner einen metallenen Frauenkopf mit einem Dutt und einer spitzen Nase. »Frau Ebel, unsere Mathematiklehrerin. Sie ist ungefähr hundert Jahre alt.« Sie nahm die kleine Metallskulptur und bohrte die spitze Nase in das Schloss. »Nicht aufgeben, Frau Ebel, Sie stecken doch sonst ihre Nase in alles, was Sie nichts angeht.« Es klickte und die Tür schwang lautlos auf.

Dorfner pfiff durch die Zähne. »Auch noch geölt. Dann

kennt Jablonka diesen Gang.« Er runzelte die Stirn. »Das heißt, wenn die Verfolger erst einmal hier sind, werden sie uns bald haben.« Er leuchtete in die Finsternis. Der Gang war gemauert, aber die Decke senkte sich sehr schnell ab.

»Wir lassen die Tür angelehnt, falls wir nicht weiterkommen«, sagte er zu Fred.

Fred nickte und setzte einen Maulwurf aus Metall in den Türstock. »Frau Ebel nehmen wir mit«, sagte sie. »Vor der haben alle Angst.«

58

Als sie kurz vor vier von der Arbeit nach Hause kam, musste Corinna Velbisch sich erst einmal hinlegen, so kaputt war sie. Es waren nicht nur die langen Arbeitszeiten, die ganze Situation zerrte an ihren Nerven. Wenn sie bei den Damaschkes am Küchentisch saß, um eine Tasse Tee zu trinken, war gleich nebenan der verkohlte Türstock ihres Hauses zu sehen. Dauernd musste sie Handwerkern und Putzdiensten hinterhertelefonieren. Für ein Sofa war kein Geld da, es lief tatsächlich auf Jennys und Thomas' Sperrmüllcouch hinaus. Sie schlich hoch in das Gästezimmer der Damaschkes, legte sich aufs Bett und war sofort weg.

Als Corinna erwachte, war es kurz vor acht. Es war totenstill im Haus. Die Damaschkes waren ausgegangen, Abonnementkonzert. Wo war denn eigentlich Fred?

»Fred! Frederike!!« Corinna Velbisch durchsuchte das Haus ihrer Gastgeber. Hier war kein Mensch. Sie rannte zur Garderobe und holte ihr Handy aus der Handtasche. Als sie die SMS las, spürte sie ein Stechen im Herz. Um 17.32 Uhr war die SMS eingegangen. Sie stammte angeblich von Fred, aber Corinna kannte die Nummer nicht. Fred war entführt worden. Oder war sie schon tot? Und dieses Schwein hatte es nicht einmal für nötig gehalten, seine Handynummer zu unterdrücken. Sie rief zurück, aber natürlich kam nur ein *Vorübergehend nicht erreichbar*.

Corinna rief die Polizei an. Während sie auf die Beamten wartete, knirschte sie pausenlos mit den Zähnen.

Zabriskie war froh, dass sie diesmal nicht wieder eine Todesnachricht überbringen musste. Mit Corinna Velbisch hatte sie auch am Abend nach dem Brandanschlag gesprochen. Und jetzt war die Tochter verschwunden. Zabriskie ließ sich Frederikes Tagesablauf schildern und versprach, zur Schule zu fahren und dort mit Jablonka alles abzusuchen. Außerdem schickte sie die Handynummer, von der das letzte Lebenszeichen Frederikes gekommen war, zur Überprüfung an die Zentrale.

»Sie haben sicherlich große Angst um Ihre Tochter?«, fragte Zabriskie. Vielleicht wollte Corinna Velbisch über das reden, was ihr durch den Kopf ging, während sie hoffte, dass Fred nach Hause kam.

»Angst, ich? Wie kommen Sie denn darauf?«, schrie Corinna los. Sie war aufgesprungen und hörte nicht mehr auf zu schreien. »Es ist eine einzige pausenlose Angst. Angst, dass man sein Kind zu wenig liebt oder zu sehr. Dass man zu wenig liebevoll ist oder sein Kind nicht genug fordert. Dass man den Bedürfnissen nicht gerecht wird oder sich zum Sklaven seines Kindes macht. Dass ein Einzelkind ein Sozialidiot wird oder dass man Geschwisterkinder nicht ausreichend individuell behandelt. Dass man sein Kind ungesund ernährt oder dass es an dem Karottenschnitz erstickt, den man in die Pausenbox gelegt hat. Dass es unter seinem Vornamen leidet oder unter seinem Nachnamen oder daran, dass es keine weiteren Vornamen hat, weil alle anderen in der Klasse drei Vornamen haben. Dass es tot zur Welt kommt oder eines Morgens tot im Bett liegt, dass es auszieht und nie wiederkommt oder dass es hier wohnen bleibt, bis es dreißig ist. Dauernd ist da diese beschissene Angst, dem eigenen Kind nicht gerecht zu werden. Und jetzt ist es Freitagabend um halb neun, drei Klassenkameraden meiner Tochter sind ermordet worden, ihre beste Freundin ist verschwunden, man hat einen Brandanschlag auf sie verübt, und sie ist nicht da, wo sie sein sollte, nämlich hier. Ja, ich habe Angst. Überrascht

Sie das? Befriedigt Sie das?« Corinna stieß ein Fauchen aus und versetzte dem Zeitungsständer einen Tritt, dass die Fernsehzeitschriften der Damaschkes quer durchs Wohnzimmer flogen. Dann fing sie wieder an zu schreien.

Corinna Velbisch hatte so laut gefaucht, dass Zabriskie eine Weile brauchte, um zu realisieren, dass sie eine SMS erhalten hatte: *Die Handynummer gehört zum Handy unseres Lieblingskollegen Dorfner. Er steckt in Schwierigkeiten, nehme ich an. Stiesel.*

»Wir haben den Anschluss identifiziert«, sagte Zabriskie.

Aber Corinna Velbisch wandte ihr den Rücken zu und schrie das Fenster zum Vorgarten an.

»Wir haben den Anschluss identifiziert!!!«, brüllte Zabriskie.

Corinna Velbisch drehte sich um und wischte sich den Mund am Ärmel ihres Pullovers ab.

»Das Handy gehört meinem Kollegen Dorfner.«

»Dorfner?« Corinna Velbisch spuckte den Namen aus. »Ist das dieser Irre, der meine Tochter gefesselt in eine Ecke gesetzt hat?«

»Genau der«, sagte Zabriskie. »Der Irre, der gerne Zeugen foltert. Der sich nachts um drei den Wecker stellt, um zu testen, ob er es schafft, seinen Kampfanzug in sechzig Sekunden anzuziehen.«

Corinna Velbisch ließ sich ächzend auf die Couch fallen. »Und wie kommt er zu meiner Tochter?«

»Er soll Strafarbeit im Archiv der Hobrecht-Schule leisten. Wahrscheinlich ist ihm Fred da begegnet.«

»Stimmt, die stromert ja am liebsten durch die ganze Schule.« Ihre Stimme war heiser, aber sie hatte sich wieder beruhigt. Im nächsten Augenblick sprang sie hoch wie von der Nadel gestochen. »Bin gleich wieder da.«

Zabriskie hörte, wie in der ersten Etage eine Schublade aufgezogen wurde. Gleich darauf kam Velbisch zurück und hielt Zabriskie Freds Aufsatz über Hobrecht hin. »Dieser Hobrecht hat angeblich eine Karte vom Untergrund des Siegesparks angefertigt. Fred war besessen davon, diese alten Pläne zu finden. Sie dachte, so könnte sie herausfinden, wo Anna ist. Ich habe ihr verboten, zu dem Krater zu gehen.«

»Und Dorfner hat die Pläne gefunden.« Zabriskie schlug die Faust in die flache Hand.

»Und jetzt suchen beide nach Anna.« Corinna schüttelte den Kopf.

»Dorfner ist ein gut ausgebildeter, umsichtiger, verantwortungsvoll agierender …«

»Ein Irrer, ja, ich weiß. Wenn er Fred auch nur ein Haar krümmt, bringe ich ihn um.«

»Frau Velbisch, da wäre ich Ihnen gerne behilflich.«

An der Hobrecht-Schule suchte Zabriskie vergeblich nach Jablonka. Schließlich stellte sich heraus, dass er beim Lampenaufhängen von der Leiter gefallen war und sich den Fuß gebrochen hatte. Sie telefonierte sich bis zum Urban-Krankenhaus durch und stellte sicher, dass es sich um keinen weiteren Mordversuch handelte. Aber es lag kein Fremdverschulden vor.

59

17. September. Heute ist der schlimmste Tag meines Lebens. Ich könnte sie alle umbringen. Ich werde sie alle umbringen.

Pachulke lag auf dem Sofa, im Hintergrund ertönte Frescobaldi. Er wollte das Dokument, das Boris Köhler »Massaker« benannt hatte, heute Nacht noch durcharbeiten. Es wurde immer mehr. Boris Köhler war verschwunden, Fred war in die Fänge von Dorfner geraten. Ein Mörder lief immer noch frei herum. Jetzt musste er so viel wie möglich über Ameisenlöwen lernen, bevor es zur Jagd ging. Er las weiter.

Aber das braucht Zeit, das geht nicht über Nacht. Heute Morgen waren die Ameisen in unserem Terrarium tot. Wie das pas-

sieren konnte, weiß ich nicht. Dafür wussten alle anderen, wer schuld war. Jason, der Vielredner, Iris, die Schnepfe vom Dienst, und ihre treue Vasallin Philomena waren sich einig: Klassenbuckel war's.

Boris hatte sich in den nächsten Tagen bei Kerkowiak fünfzig Ameisenlöwen bestellt, die er systematisch mit unterschiedlichen Materialien angefüttert hatte: Wurst, Obst, rohes Eiweiß. Es gab immer wieder Verluste, aber einen Monat später schien er die optimale Mischung gefunden zu haben.

12. Oktober. Seit einer Woche ist kein Tier mehr gestorben. Die Mischung macht's. Die optimale Ernährung hat drei Komponenten: zwei Teile Granulazeps forte für die Basismuskulatur, zwei Teile Aminotau für die Schnellkraft, und bei Madame Monbijou, der Mutter von Tusse Philomena, hole ich mir Gelee Royal, ein Teil davon für jede Fütterung. Das stärkt den Bewegungsapparat und die körpereigenen Abwehrstoffe. Pro Tier reicht ein halbes Gramm am Tag.

Pachulke nahm den Laptop zur Hilfe. Aminotau war eine Flüssigkeit, die helfen sollte, die Konturierung der Muskeln besonders klar herauszuarbeiten. Auf den Fläschchen war ein Mann mit Stierkopf zu sehen. *Muskeln wie aus Stein gehauen*, versprach die Website des Herstellers. Weiter hieß es in Boris' Forschungstagebuch:

19. Oktober. Die Kolonie ist mit 17 Myrmeleo weiterhin stabil. Alle Tiere sind mittlerweile mehr als 50 % größer als die maximale im Handbuch angegebene Größe. Und die Fachwelt plappert seit Jahren dieses Märchen von dem Ersticken durch das eigene Gewicht nach. Dabei kommt es nur darauf an, entsprechend mehr Muskeln zu erzeugen. Jetzt können wir mit dem Training anfangen.

Boris hatte ein zweites Terrarium gekauft und die Kolonie geteilt. In den Terrarien hatte er kleine Parcours errichtet und auch das Jagdverhalten der Ameisenlöwen genau untersucht.

31. Oktober. Die Myrmeleo bewegen sich für gewöhnlich rückwärts fort. Wenn sie angreifen, schnalzen sie sich mit einer schnellen Bewegung um die eigene Achse, das geschieht wie aus dem Nichts. Dabei packen sie die kleine Diebsameise (2 mm) ebenso sicher wie die Rote Waldameise (9 mm), bei denen eine Fluchtreaktion vollkommen unterbleibt, wenn sie sich den Mandibeln gegenübersehen. Ich kann es gar nicht erwarten, die dumme Fresse von Iris Schmitt zu sehen, wenn meine Jungs hier in ihrem Terrarium aufräumen.

Sowohl die Lebensbedingungen – die Wärmelampen, Astwerk und Bodenbeschaffenheit, als auch die Anforderungen beim Training hatte Boris in den Wochen danach verfeinert. Dabei kam es zu weiteren Verlusten.

8. November. Acanthaclisis baetica wird seinem Ruf gerecht. Wenn man den Myrmeleo die Möglichkeit nimmt, Trichter zu bauen, jagen sie aktiv. Dabei lässt sich sogar arbeitsteiliges Jagdverhalten beobachten. Bei Zugabe eines Blauvioletten Laufkäfers (Carabus problematicus), der den Myrmeleo an Geschwindigkeit und Größe überlegen ist, setzt ein Kesseltreiben ein, bei dem zwei Tiere angreifen und vier weitere absichern und mit gezielten Sandsalven das Beutetier irritieren. Der Käfer wird nicht beim ersten Mal erlegt, sondern die Angriffe zielen darauf, ihm die Beine abzubeißen, um ihn laufunfähig zu machen.

12. November. Myrmeleo 13 lag heute tot in Terrarium 2. Er hat den Absturz vom Kletterast aus 18 cm Höhe nicht überstanden. Trotzdem darf die Kletterfähigkeit als bewiesen gelten. Die Ähnlichkeiten zum menschlichen Verhalten sind unübersehbar. Erst bei entsprechend guter Grundversorgung entsteht die Fähigkeit zu echtem Sozialverhalten (Jagd) oder Lernen (Klettern).

16. November. Ich habe einen Parcours aus verschiedenen Unterlagen errichtet. Die Myrmeleo sind weder auf Sand noch Geröll angewiesen, um sich zielgerichtet in beide Richtungen zu bewegen oder ihre charakteristische Sprungbewegung auszuführen. Auf einer Glasplatte scheitern sie, ebenso wie auf Porzellan. Aber egal ob Sandpapier (Körnung 40 und 160), Filz, Sperrholz, Beton, Luftpolsterfolie oder Fichtennadeln, jede unebene Oberfläche bietet genügend Halt. Auffällig ist, dass sie Nylonstrümpfe grundsätzlich meiden. Eine in einen Nylonstrumpf verpackte Rote Waldameise wurde trotz zweitägigen Nahrungsentzugs von Myrmeleo 1, 8 und 9 verschmäht. Flieht die Ameise im Parcours auf den Nylonstrumpf und bleibt dort sitzen, bricht Myrmeleo die Verfolgung ab. Dagegen wurde eine in einem Plastikbeutel 10 Zentimeter unter der Oberfläche versteckte Ameise durch den Bau einer Röhre gezielt angesteuert, das Plastik mit Verdauungssekret zerstört und die Ameise verzehrt.

Pachulke ging in die Küche und machte sich ein paar Wurstbrote, dazu Cornichons, Kapern, Oliven. Diese detaillierten Metzeleien zwischen Kleinstlebewesen machten unglaublich hungrig. Genau wie die Obduktionen. Wahrscheinlich war er deswegen übergewichtig. Mit einem Zahnstocher in der Hand las er weiter.

28. November. Es ist vollbracht. Die mittlerweile 12 Myrmeleo sind jetzt alle größer als jeder jemals in freier Wildbahn beobachtete oder gezüchtete Myrmeleo. Alle haben eine Größe von 38 bis 44 Millimetern. Ohne die Grabungstätigkeit sind die Tiere staubfrei, und die Details lassen sich gut erkennen. Die Tiere haben Borsten, die Sinnesorgane für Erschütterung sind. Die Stigmen sind Atmungsorgane, die an der Seite des Rumpfes sitzen wie Belüftungsklappen einer Klimaanlage. Es gibt Zapfenaugen, von denen ein Paar auch nach hinten sehen kann, quasi ein Rückspiegel. Und jedes Tier hat seine eigene Färbung, wie bei Meerschweinchen oder Katzen. Es wird Zeit, dass ich ihnen Namen gebe. Und es wird Zeit, dass ich die Operation Massaker in die Wege leite. Meine Mutter sagte heute, es gäbe bald eine große Überraschung für mich. Ich freue mich vor allem auf meine Überraschung für die Streberin Daphne und den Leisetreter Hektor, der mir nichts Böses will, aber immer das Maul hält, wenn Klassenbuckel wieder Tritte einstecken muss. Und wenn dann keine mehr von diesen verdammten Ameisen mehr lebt, wenn die kleinen Biester vernichtet worden sind, dann reichen wir MEINE Myrmeleo als Wettbewerbsbeitrag ein. Außer Konkurrenz. Aber vorher dürfen sie noch ein bisschen wachsen und trainieren. Im neuen Jahr schlagen wir zu.

29. November. Das darf nicht sein. Wir fahren in die Weihnachtsferien. Weil wir so wenig Zeit hatten in letzter Zeit, hat Mama gesagt. Zwei Wochen. Das ist lieb von euch, dass ihr euch an mich erinnert, nachdem es jetzt dreizehn Mucki-Zuckis in der Stadt gibt, aber für mich zählt jeder Tag. Ich muss das Optimum aus den Tieren herausholen.

2. Dezember. Es gibt keine Chance, diesem Urlaub zu entgehen. Aber ich habe eine Lösung gefunden. Ich werde einen Futterautomaten bauen. Dafür kommen alle Tiere vorübergehend in ein Terrarium. Und im anderen baue ich den Futterautomaten. Ich werde noch heute alle Einzelteile bei Kerkowiak bestellen.

17. Dezember. Ich habe das Problem gelöst. Wenn Myrmeleo seine Kauwerkzeuge ausfährt, macht er eine spreizende Bewegung, ehe er zupackt. Damit drückt er zwei Bügel am Futterautomaten auseinander, die ein Ventil öffnen, aus dem die Nahrung tropft. Ich muss die Mischung etwas flüssiger ansetzen, also mehr Aminotau zugeben, aber gegen mehr Schnellkraft ist nichts einzuwenden.

18. Dezember. Eine Katastrophe, nein, eigentlich nur halb. Die Myrmeleo haben sich kannibalisiert. Ich hätte daran denken müssen, Überbevölkerung und Aggression, das war gedankenlos. Sieben haben überlebt. Und diese sieben sind in einer Nacht um ca. 10 Millimeter gewachsen. Sie sind jetzt fast

60 Millimeter groß. Und der Futterspender funktioniert einwandfrei. Alles im Griff, alles im Plan.

19. Dezember. Ich habe mich entschlossen, die Myrmeleo mit jenen Kürzeln zu belegen, die für Aminosäuren verwendet werden. Kein Myrmeleo hat es verdient, Philomena oder Iris zu heißen. So heißt der Abschaum dieser Welt. Der Größte heißt jetzt Glu. Der Gefräßigste, der so schnell springen und klettern kann, heißt His. Er ist schwarz gefärbt. Pro sitzt am liebsten still unter der Wärmelampe. Leu hat viele Punkte, die aussehen wie Sommersprossen. Ser ist der fast Weiße, der mich mal in den Finger gebissen hat. Arg kann am besten klettern. Val hält sich eher abseits von der Gruppe und jagt auch meistens allein: Glu, His, Pro, Leu, Ser, Arg und Val. Die besten Freunde, die ich jemals hatte. Das Schönste, was ich je zustande gebracht habe. Nach Weihnachten werde ich sie Leon vorführen. Der ist schon beleidigt, weil ich mich nie melde. Und dann werden sie würdige Gegner bekommen. Eine Horde Atta mexicana habe ich bei Kerkowiak bereits bestellt. Happy New Year, Iris, Philomena, Daphne, Hektor und Jason.

Pachulke musste erneut das Internet bemühen: Glutaminsäure, Histidin, Prolin, Leucin, Serin, Arginin und Valin hießen die Aminosäuren. Die meisten hatten eine Rolle beim Muskelaufbau. *Atta mexicana* waren die Blattschneiderameisen, die Boris nie abgeholt hatte. Warum nur? Er schlug die nächste Seite des Berichts auf.

Boris wartete geduldig bis drei Uhr früh, jenem Zeitpunkt in der Nacht, an dem die wenigsten Leuten unterwegs waren und es am dunkelsten war. Im dichten Gestrüpp in der Nähe der Siegesnadel hatte Boris sein Quartier aufgeschlagen. Als alle Liebespärchen und Drogendealer verschwunden waren, kroch er langsam hervor und schlich zur Siegesnadel hinüber. Hinter der Gedenkplatte, die an die Schlacht von Großbeeren erinnerte, verbarg sich eine Tür, die ins Innere des Denkmals führte. Eine enge Wendeltreppe führte hinunter in die Erde.

In seiner Zeit als Experte für den Untergrund des Siegesparks hatte sich Boris auch für die inoffizielle Schließ- und Sperrkultur der Stadt interessiert, die Vierkantschlüssel, mit denen man einen U-Bahn-Waggon zerlegen konnte, die Konstruktion eines Zylinderschlosses, die Sicherungskästen auf der Straße, die aufklappbaren Böden der Briefkästen und vieles mehr. Das Türchen an der Siegesnadel war so leicht zu öffnen wie bei einem Adventskalender.

Als Boris die hundertsechsunddreißig Stufen nach unten gestiegen war, konnte er sein Knie kaum bewegen. Dort, wo Robert Bittner ihn getreten hatte, war etwas aus dem Leim gegangen. Boris öffnete auch die nächste Tür mit dem Vierkantschlüssel. Er blickte hoch in den Nachthimmel, ein fahlblauer Fleck zwischen den Metallstreben des Denkmals. Dann schloss er die Tür hinter sich und knipste seine Lampe an.

»Hier, kittykittykitty. Hier, kittykittykitty.«

60

Als sie aus dem Auto gestiegen war, hatte sie noch ein schlechtes Gewissen gehabt und ihrer Mutter betont fröhlich hinterhergewunken. Aber in dem Moment, als sie in den Stall kam, der Geruch von Stroh und Pferden sie umfing, war Sophie froh, sich durchgesetzt zu haben.

Ihre Mutter hatte ihr auf der Fahrt eine kleine Gardinenpredigt gehalten: Sie solle kein Risiko eingehen, die Bewerbungsfrist laufe bald ab, es dürfe nicht auch noch sie erwischen. Aber Sophie musste raus bei diesem schönen Wetter. Und ihre Mutter hatte das auch eingesehen.

Sophie war froh, dass sie Corvus noch bekommen hatte, als sie gestern angerufen hatte. Corvus war ein zuverlässiges Übungspferd. Die Stute war meistens von den Wochenendgästen belegt, Kinder, die einmal im Monat, einmal im Urlaub, vielleicht sogar nur einmal im Leben auf einem Pferd sitzen wollten. In den letzten beiden Jahren war Sophie mehr hier in Mariendorf im Stall gewesen als zu Hause, aber das sechste

Schuljahr hatte eine große Portion von ihrem Freizeitkontingent abgeschnitten. Von den Noten hing ab, ob – wie es ihr Vater formulierte – Sophie ihr eigenes Pferd reiten oder die Pferde anderer Leute bewegen würde.

Sie führte die pechschwarze Corvus vom Halbdunkel im Stall auf den sonnigen Reitplatz, der auf drei Seiten von einer Hecke geschützt wurde, damit man den Lärm von der großen Straße nicht hörte. Um die Verspannungen loszuwerden, begann sie mit ein paar Runden Leichttrab.

Die Auseinandersetzung mit Fred gestern tat Sophie leid. Sie hatte völlig überzogen. Vor allem die Bemerkung über Freds nicht vorhandenen Vater war gemein gewesen. Sophies Eltern waren immer für sie da, oft schafften sie es sogar beide gleichzeitig, da zu sein, um am Wochenende gemeinsam etwas zu unternehmen. Und wie unterschiedlich sie vorlasen. Die gleiche Geschichte, aber die Stimmen klangen ganz anders, die Worte bekamen eine ganz andere Bedeutung, eine andere Farbe. Das war schön. Es war schön, dass ihre Eltern unterschiedlich waren und beide für sie da waren.

Sie würde sich bei Fred entschuldigen, am besten gleich heute noch am Telefon. Aber sie hatte Angst gehabt. Als Sophie die Geschichte von der Brandstiftung gehört hatte, konnte sie die ganze Nacht nicht schlafen. Als hätte ihr Freds Entkommen gezeigt, wie eng das Glück und die Katastrophe beieinander lagen. Und dann noch die bösen Bemerkungen von Freya. Wer ihr das wohl eingeredet hatte? Wahrscheinlich Philomena, was für eine Zicke. Sophie Bürger hörte zwar oft das Gegenteil, aber sie war froh, ein Einzelkind zu sein. Und sie war deswegen ganz bestimmt nicht verhaltensgestört.

Sie zügelte Corvus. Es lief nicht richtig heute, Pferd und Reiterin waren nicht im Rhythmus. Was kein Wunder war, denn sonst achtete Sophie akribisch auf ihre Haltung: Fersen nach unten, Stiefelspitzen nach innen, aus den Oberschenkeln aufstehen, nicht aus den Steigbügeln. Heute drehte sich alles um Fred, und sie trabte Larifari. Ein paar Sprünge noch, sie wollte sich entspannen, keine Rekorde brechen. Sophie ritt einen

Halbkreis und steuerte das blaue Gatter an, das keinen Meter hoch war. Corvus sammelte sich zum Sprung, aber als sie in der Luft waren, zuckte die Stute zusammen und riss den Kopf zurück. Das Pferd landete völlig schief. Sophie versuchte, mit Zügel, Schenkeln und Gewicht gegenzusteuern, aber anstatt wegzurutschen, stieg Corvus auf die Hinterläufe und stieß ein jaulendes Wiehern aus. Sophie verlor das Gleichgewicht und stürzte aus dem Sattel. Ihr linker Fuß verhakte sich im Steigbügel und als sie über die weiche Streu geschleift wurde, dachte sie noch: *Glückfred.* Als ihr Kopf gegen einen Kreuzoxer knallte, dachte Sophie Bürger nichts mehr.

Jens Bördensen hockte auf seinem Balkon. Vor ihm lag die ausgedruckte Datei »Massaker«. Heute war Samstag, heute hatte er frei. Aber Pachulke wollte, dass er sich die Aufzeichnungen von diesem durchgeknallten Rotzbengel durchlas.

Nachdem er die Aufzeichnungen bis Weihnachten gelesen hatte, hielt Bördensen Boris Köhler zu allem fähig. Was auch daran lag, dass er sich vor Krabbeltieren ekelte. Spinnen fing er im Putzeimer und spülte sie in die Toilette, Wespen erschlug er, obwohl sie unter Naturschutz standen. Dass es jemanden gab, der dreistellige Beträge ausgab, um Blattschneiderameisen in seiner Nähe zu wissen, erschien ihm abartig. Und wer abartig war, konnte auch kleine Kinder umbringen, zumindest theoretisch. Unvoreingenommenheit dem Sachverhalt gegenüber hatte der Mensch auf dem Seminar *Psychologie des Ermittlers* gepredigt. Jens Bördensen knurrte leise und nahm sich die nächste Seite vor.

2. Januar. SIE SIND WEG! SIE SIND ABGEHAUEN!! ENTKOMMEN!!! Als wir endlich zurück waren, bin ich gleich in mein Zimmer gerannt, und da war die Katastrophe. Das Terrarium lag zerbrochen am Boden. Von meinen Myrmeleo keine Spur. Sie müssen es vom Tisch geschubst haben. Warum habe ich es auch auf eine Tischdecke gestellt? Sie haben den Futterautomaten mit Säure zerstört. Wahrscheinlich ist His zum

Spender hochgekrabbelt und hat ihn geknackt. Vorher müssen sie den Kletterast verschoben haben. Es ist ein Jammer, dass ich keine Kamera aufgestellt habe. Aber nehmen wir das als Generalprobe. In acht Wochen habe ich die nächste Truppe beisammen, Myrmeleo 2.0.

3. Januar. Es ist alles schlimmer, als ich gedacht habe. Beim Wegräumen der Scherben habe ich mich am Verdauungssekret verätzt. Die haben richtig rumgesabbert. Und dann habe ich die Kiste mit dem Granulazeps forte entdeckt. Leer. Sie haben unten ein Loch reingebissen und die ganze Kiste leer gefuttert. Sieben kleine Tierchen, jedes sechs bis acht Zentimeter groß, verschlingen den Jahresvorrat eines professionellen Kraftathleten. Sie müssen völlig ausgehungert gewesen sein. Kenne ich von meinen Hungerattacken. Erst alles essen, was nicht niet- und nagelfest war, dann kommt der Wachstumsschub. Wie sind die hier bloß rausgekommen? Habe bei Kerkowiak angerufen und die Atta mexicana abbestellt. Muss erst nachzüchten.

Bördensen hatte dauernd das Gefühl, dass ihm etwas das Bein hochgekrabbelt kam. Hockte da auf dem Boden seines Balkons etwa ein Käfer? Bei einer Razzia im Zuhältermilieu hatte er einmal einen Kampfhund erschossen. Ein derartiger Einsatz wäre ihm lieber gewesen als die Jagd nach Insekten.

5. Januar. Habe Glu wiedergefunden. Er lebt und ist 12 Zentimeter groß. Er saß unter dem Gitter vor der Balkontür, an dem man sich die Schuhe abkratzen kann. Eine sinnlose Erfindung, aber schließlich ist es Frau Boghossian, nicht ich, die das saubermachen muss. Sie sind unter der Balkontür durch. Seit der Hebemechanismus der Tür klemmt, ist da ein Spalt. Meine Mutter und ihr Mann wollten das richten lassen, aber natürlich war wieder zu viel zu tun. Seit Oktober liegt da ein Dämmkissen, kein Problem, da rauszukrabbeln. Vielleicht sind sie sogar rausgesprungen. Kaum waren sie draußen, sind sie durch das Gitter gepurzelt. Das Laub war wie ein Sprungkissen. Sogar der dicke Glu hat's überlebt. Ich habe die Blätter herausgeholt, und in der Betonwanne unter dem Gitter ist ein Riss. Da sind sie durch. Glu war schon zu groß. Ich habe ihn mit Schutzhandschuhen zurück in das andere Terrarium gebracht. Er hat seine Größe binnen zwei Wochen verdoppelt und muss erst einmal fasten.

20. Januar. Die Schule ist blöd wie immer. Mir ist der Kampfeswille abhandengekommen, seit meine Freunde nicht mehr da sind.

Habe ein größeres Terrarium gekauft und neue Futterameisen, was Kerkowiak milde gestimmt hat. Glu ist jetzt 25 cm groß, obwohl er immer noch fastet. Ich habe einen Stoffteddy aus einem Secondhandladen besorgt und ihn an einer Drahtschlinge befestigt in das Terrarium gehalten. Glu hat ihn sofort geköpft. Er schien enttäuscht, dass er ihn nicht aussaugen konnte.

26. Januar. Heute habe ich im Garten eine ausgelutschte Maus gefunden. Das Fell war noch da, zwei winzige Zähnchen auch, alles andere war weg. Sie sind da draußen und jagen. Glu: 31 cm.

2. Februar. Glu sitzt apathisch in seinem Heim. Ihm fehlen seine Spielkameraden, ihm fehlt die Jagd. Ich könnte ihn so, wie er ist, in die Schule mitbringen. Aber ich will kein nettes Schulterklopfen, ich möchte meinen Platz in der Klasse neu bestimmen. Und das geht nur, wenn ich den anderen zeige, dass ich mich wehren kann.

8. Februar. Gestern Nacht ist Glu gestorben. Ich weiß nicht, ob er an seinem Gewicht erstickt oder an Schwermut eingegangen ist. Zum Schluss war er ein Zootier, eine lebende Trophäe. Aber darum geht es ja gar nicht. Bei seinem Tod wog er 2600 Gramm und hatte eine Größe von 48 cm. Ich habe ihn unter einer losen Bodenplatte auf der Terrasse verborgen. Irgendwann will ich mir den Panzer ins Zimmer stellen.

12. Februar. Meine Mutter hat heute erzählt, dass bei Fischers eine verstümmelte Taube im Garten lag. Kopf abgebissen und bis auf die Federn alles weg. Frau Fischer ist Stammgast im Studio nebenan. Der Garten liegt 500 Meter weit weg. Sie ha-

ben ihren Radius gewaltig erweitert. Kein Wunder, solange sie jagen, wachsen sie auch.

20. Februar. Heute in der Zeitung ein Bericht über einen toten Fuchs im Siegespark. Verstümmelt, nur noch das blutige Fell im Gebüsch, Fleisch, Innereien, alles weg. Die Polizei vermutete eine rituelle Schlachtung eines Teufelsanbeters. Schön wär's. Wen oder was werden sie als Nächstes angreifen? Hunde, Babys?

21. Februar. Ich muss sie finden. Als Wissenschaftler muss man Verantwortung für seine Schöpfungen übernehmen. Ich bin keinen Deut besser als ein Chemieunternehmen, das seinen Müll in den Fluss pumpt. Das Risiko trägt jetzt die Allgemeinheit.

Verantwortung, dieses Bürschchen sprach doch tatsächlich von Verantwortung. Bördensen wusste nicht, wen er mehr fürchten sollte. Diese Ameisenlöwen oder ihr Herrchen, der so einsam war, dass seine besten Freunde eine Handvoll Insekten waren. Bördensen würde dieses tote Vieh jedenfalls nicht von der Terrasse holen. Er wollte es nicht einmal sehen.

22. Februar. Ich bin mir sicher, dass sie im und am Siegespark untergeschlüpft sind. Jede Menge Lebendnahrung und Orte, die als Verstecke dienen können. Und dann die Gänge unter der Siegesnadel, der nie benutzte Bahnhof, die Kirche und ihre Gewölbe. Ich brauche Karten.

23. Februar. Gestern hab ich eine Tour durch die alte Landvogt-Brauerei gemacht. Die Keller sind beeindruckend. Heute gehe ich ins Archiv, um mir Kartenmaterial zu besorgen. Dafür muss ich die Schule schwänzen und die Unterschrift meiner Mutter fälschen. Das hätte ich mir auch nicht träumen lassen.

26. Februar. Heute wieder eine Tour durch die Brauerei gemacht. Es war eine große Gruppe mit vielen Touristen, ich habe mich in einen Nebengang verdrückt und bin gelaufen, bis ich an eine Gittertür gekommen bin. Die habe ich mit meinen Schlüsseln geöffnet. Auf der anderen Seite zweigen zwei

Gänge mit ovalem Durchmesser ins Erdreich ab. Der Aushub liegt verstreut im Gang, der von der Brauerei kommt. An dem ersten Abzweig habe ich eine ausgesaugte Ratte gefunden. Sie sind hier.

14. März. Ich kann nicht mehr. Ich war jetzt überall, einen Zugang zum Napoleonischen Geläuf habe ich entdeckt, das unterirdische Fort aus der Zeit der Befreiungskriege. Aber außer Pfützen von Verdauungssaft und leeren Ratten nichts. Sie sind wohl dauernd unterwegs. Wenn sie nicht jagen, gehen sie dahin, wo es warm ist, vielleicht zu einer Heizungsanlage. Aber wie komme ich an die Keller ran? Ich habe wahrscheinlich nur eine Chance, wenn sie sich verpuppt haben. Aber das kann dauern.

Bördensen legte die Aufzeichnungen beiseite. Ihm war so schlecht, dass er auf der Stelle nach unten ging und sich bei *Nordsee* eine Matjessemmel und beim Kiosk einen Fernet-Branca holte. Feuer musste mit Feuer bekämpft werden. Dann rief er Stiesel an.

61

Fred konnte frische Luft riechen. Sie öffnete die Augen. Am Ende des Ganges schien Tageslicht herein. Dorfner saß mit ausgestreckten Beinen neben ihr. Er steckte sich gerade ein Karamellbonbon in den Mund und bedeutete Fred, still zu sein. Er flüsterte ihr ins Ohr: »Wir sind bei dem Krater unter dem Spielplatz.«

»Hier ist Anna verschwunden.« Fred war sofort hellwach.

»Ja, aber sie ist nicht hier. Hier haben sie mit der Suche begonnen. Ich schlage vor, wir gehen zurück zu dem großen Abzweig und nehmen diesmal den Weg nach rechts. Der müsste uns Richtung Kirche führen.«

Fred nickte. »Je tiefer in die Erde, desto besser. Sie dürfen uns nicht erwischen, bevor wir Anna gefunden haben.«

»Du bist ein Genie«, sagte Philomena, und pickte eine Erdbeere von ihrem Frühlingsbecher.

Daphne nickte. »Ein Krater im Sand, und unser Insektenfreak vom Dienst ist verschwunden. Ich bin mir sicher: Boris ist da unten im Siegespark und sucht seinen Ameisenlöwen. Iris, du hast das noch mal überprüft?« Daphne nippte an ihrem Frappé. Hinter ihr fuhr bullernd eine S-Bahn in Richtung Lichtenrade.

Iris sagte mit schleppender Stimme: »Wenn man die Größe des Trichters auf dem Spielplatz im Siegespark auf den Ameisenlöwen bezieht, der ihn gebaut hat, dann könnte das Tier etwa sechzig Zentimeter lang sein.« Sie trank einen Schluck Salbeitee. »Boris hat den Größten.« Sie kicherte und musste niesen. »Den größten Ameisenlöwen.«

»Der unsere letzte Chance ist, den Wettbewerb noch zu gewinnen.« Daphne klopfte mit dem Finger auf den runden Kaffeehaustisch, an dem die drei Mädchen saßen.

»Wenn der neue Biologiesaal keine Ausstattung kriegt, werde ich wahrscheinlich die Schule wechseln«, sagte Iris.

»Daphne wird den Ameisenlöwen schon finden«, sagte Philomena.

»Und wenn Boris ihn nicht hergeben will?«

»Ich denke nicht, dass das ein echtes Hindernis darstellt. Außerdem geht es hier um die ganze Schule.« Daphne holte mit dem langen Löffel die Reste des Frappés aus dem Glas.

»Schade, dass ich nicht mitkommen kann.« Iris deutete auf ihre rote Nase.

»Nur die Ruhe. Du wirst gesund. Vielleicht kannst du unseren Ameisenlöwen schon morgen füttern und striegeln und ihn am Kinn kraulen.« Daphnes Hand machte kraulende Bewegungen unter dem Kinn von Iris, die quiekend zurückwich.

»Dann werde ich mal losziehen und der Polizei von unserem Verdacht berichten.« Philomena tupfte sich den Mund ab. »Je früher die auf Boris stoßen, desto ungestörter kann Daphne nach dem Ameisenlöwen suchen.«

Am späten Vormittag stand Zabriskie bei den Stahlskulpturen im Keller des alten Hausmeisterhäuschens. Pachulke hatte ihr von Jablonkas Kunstwerken erzählt. Die alte Tür stand offen. Sie fröstelte, als sich der Strahl ihrer kleinen Handtaschenlampe im Dunkel des Ganges verlor. Ihr wurde bewusst, dass sie in keiner Weise für diese Expedition ausgerüstet war. Zabriskie wollte Dorfner unbedingt zur Strecke bringen. Sie war sich nicht sicher, ob sie von der Schusswaffe Gebrauch machen würde, wenn sie dort im Dunkeln auf ihn traf. Wenigstens ins Knie, wenigstens einen Warnschuss würde sie abgeben, damit ein herabfallender Stein Dorfner für immer in die Berufsunfähigkeit versetzte. Aber wenn Fred in Dorfners Nähe war, würde das nichts werden mit dem Warnschuss.

Sie machte ein paar zögerliche Schritte in den Gang hinein und leuchtete auf den Boden. Der war gut befestigt, keine Spur von Säure oder toten Ratten. Hinter ihr fiel die Tür ins Schloss. Außerhalb des Lichtstrahls der Taschenlampe war es stockfinster. Langsam ging Zabriskie weiter und ließ das Licht ständig hin und her wandern. Einige Schritte weiter touchierte ihr Kopf die Decke. Sie ließ den Lichtstrahl nach oben fahren. Ein dicker Stein ragte aus dem Erdreich, die Decke senkte sich ab. Gebückt lief sie weiter. Schließlich kam sie an einen Abzweig. Die Röhre links erinnerte an den Gang, den sie mit Eyth vom Technischen Hilfswerk durchkrochen hatte. Sie steckte den Schaft der Taschenlampe in den Mund und warf eine Münze. Kopf. Sie kroch nach links. Abgerissene Wurzeln schlugen ihr ins Gesicht, lose Erde rieselte ihr in die Haare und in den Kragen ihres T-Shirts.

Sie hatte das Gefühl, die Röhre führte nach oben. Zabriskie ließ einen Speichelfaden aus ihrem Mund rinnen, um zu sehen, wohin ihn die Schwerkraft zog. Sie hatte sich nicht getäuscht.

Schließlich tauchte ein heller Punkt auf, der größer wurde, während sie weiterkroch. Und dann war da der Himmel. Hier war sie schon einmal gewesen. Sie stieg an die Erdoberfläche. Der Mann, der den Krater bewachte, fiel beinahe hinein, als ihm Zabriskie zuwinkte. Er trug sein verfilztes Haar in einem

Pferdeschwanz und stürzte sofort heran. »Kein Zutritt. Wo kommen Sie überhaupt her?«

Zabriskie zeigte ihren Ausweis vor. »Ist hier ein stumpf aussehender Mann mit einem Mädchen mit gefärbten Haaren vorbeigekommen?«

Der Aufseher schüttelte den Kopf.

Jetzt erkannte Zabriskie ihn. Es war der Kranführer. Eyth und seine beiden Kollegen wohnten also immer noch im Container. »Wenn Sie die beiden oder einen dicklichen Jungen mit wütendem Blick sehen, rufen Sie uns sofort an. Sagen Sie das auch Ihren Kollegen.«

Zabriskie klopfte sich die Erde aus dem Haar und aus der Kleidung, da fiel ein Papierkügelchen aus einer Falte ihrer Jeans. Es war das Papier von einem der Karamellbonbons aus der Polizeikantine, auf die Dorfner wahnsinnig scharf war. Er war hier am Trichter gewesen und wahrscheinlich umgekehrt. Sie bedauerte es, nicht den rechten Gang genommen zu haben. Wenn sie doch nur eine Karte gehabt hätte.

Auch ihr läutendes Handy musste sie von Krümeln befreien. Es war Pachulke. Er rief aus einem Reitstall in Mariendorf an.

»Das Pferd hat im Sprung gescheut. Zeugen sagen, dass es am Kopf getroffen oder geblendet wurde.« Pachulke stand auf dem Reitplatz neben dem Kreuzoxer, an dem sich Sophie Bürger das Genick gebrochen hatte.

Zabriskie zupfte Krümel, Steinchen und Dreck von ihrer Kleidung.

»Sie müssen den ganzen Boden hier untersuchen, alles, was nicht auf einen Reitplatz gehört, wird eingesammelt, wirklich alles. Bitte fangen Sie an dem blauen Hindernis an.« Pachulkes Anweisungen galten Engine Plink und Löffelholz, die sofort das blaue Gatter und seine nähere Umgebung überprüften. Zu Zabriskie sagte er: »Du gehst bitte sofort vom Platz. Was du dir vom Hemd popelst, irritiert uns nur. Befrag die Tierärztin, sie ist im Stall bei dem Pferd von Sophie.«

Pachulke spazierte um die Reitbahn herum. Von drei Seiten

war sie von einer Hecke umschlossen, die wie ein U geformt war. Sophie war genau in Richtung Mittelteil dieses U gesprungen. Pachulke besah sich die Hecke von der anderen Seite. Sie war dicht gewachsen, aber ohne Dornen. Wer hindurchspähte, hatte den perfekten Überblick über den Reitplatz.

Als Pachulke gegenüber vom blauen Hindernis stand, überprüfte er den Boden. Hier hatte jemand eine Weile gestanden. Immer die gleichen Fußabdrücke hatten ein Muster von planvollem Handeln und zufälligen Spuren im Sand hinterlassen. Er griff zum Handy. »Können Sie bitte mal um die Hecke herum kommen? Hier gibt es Fußabdrücke.« Am blauen Hindernis steckte Plink ihr Handy ein und packte ihren Spurensicherungskoffer zusammen. Sie spazierte um die Hecke. »Das sind ganz gewöhnliche Turnschuhe, Größe sechsunddreißig oder siebenunddreißig. Könnten zu einer Frau gehören«, sagte sie kurz darauf, während sie mit einer Lupe den aufgewühlten Boden überprüfte.

»Oder zu einem halbwüchsigen Jungen?«

»Jederzeit möglich. Im Labor kann ich mehr zum Hersteller und zum Alter sagen.« Plink packte ihren Koffer wieder ein. »Ich gehe und helfe Löffelholz.«

»Moment mal.« Pachulke trat ganz an die Hecke heran. Löffelholz stand neben dem Sprunghindernis. Mit einer Pinzette hielt er etwas gegen das Licht. Pachulke vermied es, auf die Fußabdrücke zu treten und lief zu Löffelholz. Plink folgte ihm.

»Das ist der Rest von einer Glaskanüle«, sagte Löffelholz.

Pachulke, Plink und Zabriskie standen am Rand der Reitbahn und betrachteten die hauchdünne Scherbe, die Löffelholz gefunden hatte.

»Zwei Schnittwunden hat das Pferd«, sagte Zabriskie. »Eine am Auge und eine am Nasenloch.«

»Sie meinen wohl Nüster«, korrigierte Plink.

»Außerdem hat es Fieber, sagt die Tierärztin.«

»Wie kann man mit einem Glasgeschoss ein Pferd treffen?«, fragte Pachulke.

»Druckluftgewehr oder Zwille«, sagte Plink.

»Das Gewehr ist präziser, die Zwille ist lautlos«, referierte Löffelholz. »Hier in dem Glas war etwas drin, da klebt Streu dran. An einer Flüssigkeit auf der Innenseite.«

»Plink, Sie müssen damit sofort ins Labor.« Pachulke deutete auf das Glaspartikel. »Zabriskie kann Löffelholz helfen.«

»Aber ich wollte doch Dorfner suchen«, sagte Zabriskie.

»Dorfner hat Zeit. Er ist als Polizist ein Alptraum, aber kein Mörder. Fred ist unter der Erde im Moment ganz gut aufgehoben. Der Mörder kennt die Stammplätze der Kinder sehr genau. David und die Panflöte, Cem und das Labor, Sophie und der Reitstall. Woher hat er diese Kenntnisse?« Pachulke rieb sich die Nase.

»Vielleicht gibt es mehr als einen Mörder, und der eine weiß alles über das eine und der andere alles über das andere Kind«, sagte Zabriskie.

»Das ist möglich, aber die Begehungsweise ist zu ähnlich. Ein Mord getarnt als ein Unfall.« Bevor er ging, warf Pachulke einen Blick auf das blaue Gatter. Niemand sah ihm an, dass es das Requisit in einem ausgeklügelten Mordplan gewesen war.

62

Stiesel hatte sich kaum von der Lektüre von »Massaker« losreißen können, als ihn Bördensens Anruf erreichte. Weil Bördensen sich vor Insekten ekelte, musste Stiesel jetzt einen toten Ameisenlöwen beschlagnahmen. Ramona Köhler öffnete ihm freudestrahlend die Tür. »Haben Sie meinen Sohn gefunden?«

»Nein, aber es befindet sich noch etwas auf Ihrer Terrasse, was ihm gehört.«

Die Köhler sagte kein Wort, als sie Stiesel zur Terrasse führte. Er spazierte ein paarmal auf und ab, bis er auf eine hohle Stelle traf. Mit einem Stemmeisen und zwei Keilen hob er die Platte vorsichtig nach oben. Im Terrarium saß Glu, der tote Myrmeleo. Der ganze Körper, auch die Beine, war mit Borsten übersät. Die Fühler bildeten einen stumpfen Winkel. Dort, wo sie am Kopf ansetzten, saßen zwei Höcker, die offenbar die Augen bildeten. Der gedrungene Hinterleib lief spitz zu. Er erinnerte an eine der fetten Amphoren, die im Pergamonmuseum in Metallhalterungen hingen, weil man sie nicht aufstellen konnte. Stiesel zog sich Arbeitshandschuhe an und hob das Terrarium aus seinem Versteck. Dann legte er die Platte zurück an seinen Platz.

Als er mit dem Ameisenlöwen durch das Wohnzimmer lief, stieß Frau Köhler einen Schrei aus. »Igitt, was ist denn das?«

»Einer der besten Freunde Ihres Sohnes, Frau Köhler. Können Sie mir bitte die Haustüre öffnen.« Das Vieh wog wenigstens drei Kilo. Ein kapitaler Bursche.

Nach telefonischer Rücksprache mit Pachulke brachte Stiesel den Fund nicht in die Asservatenkammer, sondern in Pachulkes Büro. Dann ging er zurück auf seinen Platz, um endlich den Bericht von Boris weiterlesen zu können.

19. März. Es ist 22 Uhr, bin gerade wieder von einer Exkursion zurückgekehrt, war fast sieben Stunden unterwegs. So weit im Norden war ich noch nie. Unter dem nordwestlichen Teil des Siegesparks gibt es tatsächlich Überreste von Dönerow. Man muss nur von der Gruft von St. Hypokrit den Weg genau nach Norden wählen. Irgendwann landet man in einem großen Kellergewölbe, vermutlich das alte Möbelhaus. Einen Schatz gibt es dort nicht, aber zwei leere Ratten und Verdauungssaft habe ich dort gefunden. Und weitere Gänge verlaufen dort, darunter einer, der Richtung Nordwesten tief in die Erde führt.

Stiesel runzelte die Stirn und machte sich eine Notiz.

20. März. Etwas ist geschehen, etwas was sich nicht mehr rückgängig machen lässt. Es macht schwindlig, den Lauf der Geschichte zu verändern, zumindest den Lauf einer Lebensgeschichte. Am vergangenen Sonntag hat sich ein Trichter in der Buddelkiste auf dem Spielplatz im Siegespark aufgetan. Ein elfjähriges Mädchen ist hineingefallen. Sie jagen Kinder. Meine Kinder jagen Menschen.

Natürlich habe ich jetzt Schuldgefühle. Aber ich habe immer Schuldgefühle, insofern ist alles so, wie es sein soll, wie es immer gewesen ist. Und wie immer lässt sich auch nichts mehr rückgängig machen.

21. März. Wieder eine Attacke auf einem Spielplatz, diesmal im Prenzlauer Berg. Das muss Val sein, der Dauerläufer und Einzelgänger. Wie schnell sie mittlerweile wohl sind? Braucht Val vom Siegespark zum Kollwitzplatz drei Stunden oder zwölf?

24. März. Ich war wieder in Dönerow. Mittlerweile durchschaue ich die unterirdische Welt des Siegesparks und seiner Umgebung besser. Jede Epoche hat ihr eigenes Gängesystem angelegt. Aus dem späten 18. Jahrhundert stammen die Keller unter dem Haus des Landvogts (Jablonka) und die Gruft unter der Kirche, vierzig Jahre jünger ist das Napoleonische Geläuf. Wieder vierzig Jahre jünger sind die Anfänge der Brauerei. Die Pumpstation östlich vom Park ist etwa hundertfünfzig Jahre alt. Aus den achtziger Jahren stammt der nie benutzte U-Bahnhof, von dem ein totes Gleis zum Mehringdamm führt. Der älteste Teil liegt dort, wo einst Dönerow war. Aber die Überreste des Möbelhauses sind brüchig. Ein Stein ist mir dort auf die Hand gefallen, und heute wollte Jason wissen, ob es bei mir in der Familie noch was auf die Finger gibt, wenn man vom Essen nascht. Da ich meistens allein esse, stellt sich diese Frage nicht. Aber was weiß Jason schon von meinem Leben?

Stiesel verglich die Beschreibung von Boris mit den Angaben, die Pachulke von Eyth vom Technischen Hilfswerk bekommen hatte. Der Gang zwischen Kirche und Schule und alles, was zu Dönerow gehörte, waren darin gar nicht erwähnt. Boris Köhler musste sich nächtelang unter der Erde herumgetrieben haben. Sein letzter Eintrag war zwei Tage alt und stammte vom Donnerstag.

28. März. Der Ausflug von Val bedeutet, dass der Siegespark als Revier zu klein geworden ist. Im Terrarium haben sie sich kannibalisiert, aber das ist jetzt nicht nötig. Sie werden sich über die ganze Stadt verteilen. Bevor das passiert, müssen sie sterben. Sie sollen auf keinen Fall in fremde Hände geraten, sie sind meine Kreaturen. Wenn sie jemand tötet, dann ich.

Nachdem Boris von daheim abgehauen war, hatte er sich entschlossen, seine Suche nach den Myrmeleo von Süden nach Norden durchzuführen. Deshalb hatte er die Tour an der ganz im Süden gelegenen Siegesnadel begonnen. Während seiner nächtlichen Erkundungstouren hatte er die Gänge zumindest notdürftig kartographiert und dabei auch Besonderheiten wie Hindernisse, Bodenbeschaffenheit und Fundstellen von Verdauungssekret (frisch, neu, alt) und leeren Ratten eingetragen. Jeden größeren überprüften Abschnitt verhängte er mit Nylonstrümpfen. In seinem Testparcours hatten die Myrmeleo das Nylon stets gemieden, auch, wenn sie sehr hungrig waren. Ob das immer noch galt, nachdem sie auch Säugetiere verzehrten, blieb abzuwarten.

Zusammengeheftet trug Boris die Kartenstücke mit sich herum. Das Napoleonische Geläuf war vergleichsweise stabil gebaut. Die Franzosen hatten zwischen 1806 und 1808 auf dieser einsamen Anhöhe in der Nähe der Stadt ein unterirdisches Fort errichtet. Das Gewirr aus Gängen, Kammern und Ausstiegen wurde zwar fertiggestellt, blieb aber unbenutzt. Dass die Siegesnadel an dieser Stelle stand, war kein Zufall. Man hatte das von den Franzosen genutzte Terrain symbolisch zurückerobert. Die leeren Ratten in diesen Gängen waren seit seinem letzten Besuch nicht bewegt worden, ein Zeichen dafür, dass die Myrmeleo nicht hierher zurückgekehrt waren. Um sieben Uhr morgens war er bereits vier Stunden unter der Erde. Er schlief drei Stunden in einem Raum, in dem er eine lebendige Maus gefunden hatte. Der Eingang war so schmal, dass keiner der Myrmeleo hatte hineingelangen können. Wahrscheinlich war es früher eine Vorratskammer gewesen.

Bis zum späten Nachmittag hatte er das gesamte Napoleonische Geläuf abgesucht. Von der tiefsten Etage, die wohl zehn Meter unter der Erdoberfläche liegen musste, führte ein Gang der Myrmeleo hinüber in die Brauereianlagen. Auch hier hatte sich nichts geändert. Auf allen vieren kroch Boris an den leer gesaugten Ratten vorbei, die langsam in Verwesung übergingen. Schließlich konnte er auch diesen Gang mit einem Strumpf verhängen. Das Napoleonische Geläuf war somit abgeschlossen.

Boris wollte sich gerade die nächste Rast gönnen und überlegte, ob er sich dazu hinter den Strumpf in den Gang zurückziehen sollte, als er einen Flecken von Verdauungssekret auf dem Boden entdeckte. Er war milchig, also nicht älter als eine Stunde. Boris folgte dem Gang, der ihn in einen Bereich der Brauerei führte, den er noch nicht kannte. Ab und zu blieb er stehen und wartete, bis sein Atem ganz still geworden war. Und irgendwann konnte er das Keuchen hören, das vom Ende des sich verbreiternden Ganges kam. Boris dimmte seine Helmlampe so weit es ging herunter und betrat einen runden Raum mit Ziegelwänden, in dem es immer noch säuerlich nach Bier roch. Links von ihm erkannte er einen gedrungenen Schatten, von dem die Fühler sich nach oben und die Mandibeln nach vorn abspreizten.

»Hallo Leu«, begrüßte Boris den Myrmeleo mit den vielen braunen Punkten, »du bist aber groß geworden.«

63

Die Arbeitshypothese lautete *Knopf*. Constantin Radulescu hatte die Aufnahmen des Überwachungsvideos aus dem U-Bahnhof Platz der Luftbrücke, in dem Robert Bittner ermordet worden war, aufbereitet. Sie waren vergrößert, gefiltert und retuschiert worden. Zabriskie und Radulescu waren sich einig, dass eine Hautveränderung – Muttermal, Warze oder dergleichen – ausschied. Sie suchten nach einem dunklen ovalen Gegenstand mit gestreifter Maserung. Der Stapel mit den Fotos lag auf Radulescus Schreibtisch unter dem Laptop von Boris Köhler. Den wollte er sich noch einmal vornehmen, wenn er sämtliche Datenbanken mit Kleidungsstücken durchsucht hatte.

»Entschuldigung, ich komme wegen diesem Jungen, den Sie suchen.« In Radulescus Tür stand ein junges Mädchen mit einem Nasenpiercing und dunklen strähnigen Haaren. »Boris Köhler, Sie suchen doch nach Boris Köhler, oder?«

»Ja, wir suchen Boris Köhler. Kennen Sie ihn?«

Das Mädchen nickte. »Ja, Boris und ich gehen in die gleiche Klasse im Rosenhof-Gymnasium, Philomena Morgenitz ist mein Name.«

Radulescu nickte kurz zurück und hoffte, dass es aufmunternd wirkte.

»Wir, also meine Freundinnen Daphne und Iris denken, dass Boris unterirdisch unterwegs ist und nach einem Ameisenlöwen sucht. Er hat einmal etwas von einem unterirdischen U-Bahnhof erzählt, der nie in Betrieb genommen wurde. Der sei groß genug, um dort Schafe weiden zu lassen.« Philomena trat an einen Stadtplan und zeigte auf eine Kreuzung zwischen Siegespark und Mehringdamm. »Ungefähr hier«, sagte sie.

Radulescu stand auf und steckte einen gelben Pin an die Stelle. »Und was sollen wir jetzt machen?«

Philomena zuckte die Schultern. »Ich dachte, Sie nehmen ihn vielleicht fest, weil er so komisch war. So aggressiv.«

Radulescu schüttelte den Kopf. »Wir ermitteln nicht gegen ihn, wir wüssten nur gerne, wo er ist. Und wir haben auch nicht die Leute, um in einem so großen Areal unterirdisch nach ihm zu suchen. Aber wir werden den Eingang zu diesem Bahnhof von der Streifenpolizei im Auge behalten lassen, vielen Dank.«

»Ist das alles?«, fragte Philomena.

»Ja, leider.« Radulescu zeigte auf seinen Schreibtisch. »Wir suchen immer noch nach dem Mörder von Robert Bittner.«

»Der Junge aus dem U-Bahnhof?«

»Genau der. Und heute Vormittag ist noch ein Kind ermordet worden. Eine Mitschülerin von Robert. Am helllichten Tag in einem Reitstall.«

Philomena griff sich an den Hals, als sie das hörte. Sie tastete nach einem Stuhl.

Stiesel kam ins Zimmer und schüttelte den Kopf. »Hast du dir diesen Bericht von diesem Boris mal durchgelesen, da stimmt etwas nicht mit den Zeiten.« Als er Philomena sah, blieb er wie angewurzelt stehen. »Guten Tag.«

»Eine Mitschülerin von Boris Köhler«, sagte Radulescu. »Sie hat uns auf den toten U-Bahnhof als möglichen Aufenthaltsort von Boris hingewiesen. Der Eingang ist direkt neben dem Siegespark.«

»Vielen Dank.« Stiesel deutete eine Verbeugung an, dann sagte er zu Radulescu. »Ich will mir das Gerät noch einmal ansehen.« Er griff nach dem Laptop auf Radulescus Schreibtisch. »Sehr fleißig, Ihr Mitschüler, wenn auch mit eigenwilligen Schwerpunkten«, sagte er zu Philomena.

»Eigenwillig ist gut. Steht in dem Laptop, ob er die Kinder umgebracht hat?« Philomena kämpfte mit den Worten.

»Hat er nicht. Er wollte die Ameisen umbringen, weil seine Mitschüler ihn gemobbt haben.«

»Aber wiederbringen, ich muss auch noch mal ran«, sagte Radulescu und deutete auf den Laptop.

Philomenas Blick fiel auf den Stapel mit den Standbildern vom Überwachungsvideo. Sie fing an zu keuchen und bekam einen Hustenanfall.

»Alles in Ordnung?«, fragte Radulescu. »Wollen Sie einen Schluck Wasser? Kripo ist nicht für jeden etwas.«

»Nein, nein, es geht schon. Nur dass so viele jungen Menschen, so viele Kinder gestorben sind, das ist schon schlimm.« Sie zeigte auf das Foto. »Was ist das denn?«

»Von der Überwachungskamera auf dem U-Bahnhof. Das Helle ist der Arm, der Robert Bittner vor die U-Bahn geschubst hat.«

»Und dieser ovale kleine Fleck?«

»Das wüssten wir auch gerne. Wir bereiten gerade eine öffentliche Fahndung vor.«

»Oh, dann werden Sie ihn ja wohl bald haben.«

»Das hoffen wir sehr. Der Mensch, der das getan hat, hat vier Kinder auf dem Gewissen.«

»Und Boris kann es nicht gewesen sein?«

»Boris hatte es nie auf Menschen abgesehen.«

64

Leu saß leise fauchend vor der Ziegelwand. Boris drehte seine Lampe Richtung Decke und stellte sie etwas heller. Diffuse Lichtquellen konnten die Myrmeleo nicht so ohne weiteres zuordnen. Sie mit einer Stablampe anzuleuchten, war bei den jetzigen Größenverhältnissen gleichbedeutend damit, zu sagen: Friss mich.

Leu mochte vom Schwanzende bis zu den Spitzen seiner Mandibel mittlerweile hundertundsechzig Zentimeter lang sein. Seit er Mitte September in Boris' Obhut gelangt war, hatte er seine Größe verhundertfacht. An seiner breitesten Stelle, kurz hinter dem Gelenk, das den Kopf mit dem Rumpf verband, war er ungefähr achtzig Zentimeter hoch. Die haarigen Beinpaare ragten zur Seite, zwei waren nach hinten, das dritte nach vorn ausgerichtet. Er war ungefähr so groß wie eines jener imposanten Zuchtschweine, die auf der Grünen Woche zu sehen waren. Nur tropfte den Schweinen kein ätzendes Verdauungssekret von den hoch aufragenden Kiefern. Dies und die Tatsache, dass das Schwanzende die Ziegel berührte, zeigten an, dass Leu in Jagdposition war. Längere Strecken legten die Myrmeleo rückwärts zurück, kurze Attacken mit den Mandibeln zuerst. Boris war ein potenzielles Beutetier.

Er stellte seinen Rucksack ab und holte einen Elektroblitz für Fotos daraus hervor, außerdem zwei Dosen Sprühpflaster. Eine kleine Plastiktüte steckte er in seine Hosentasche, die danach schwer und prall herunterhing. Dann verschloss er den Rucksack und trug ihn ein Stück in den Gang hinaus, durch den er gekommen war. Dort draußen schüttelte er auch die Sprühdosen auf. Er sprühte auf seinen Handrücken und nickte, als sich ein stabiler Film bildete.

Als er wieder in dem alten Bierkeller stand, trug er den Blitz in die Mitte des Raums. Er stellte ihn so ein, dass das Licht frontal die Augen von Leu treffen würde, und stellte den Timer auf fünfzehn Sekunden. Boris lief zur Seite und zählte lautlos bis fünfzehn. Für einen unglaublichen Moment erhellte der Blitz das ganze Gewölbe. Die Beißwerkzeuge, die Borsten, die Klauen an Leus Beinen und seine charakteristische Färbung brannten sich für immer in das Gedächtnis von Boris ein. Die Mandibel von Leu falteten sich zusammen und streckten sich nach vorn. Leu sprang nach vorn, doch seine Mandibeln schnappten ins Leere. Mit gezückten Sprühdosen rannte Boris auf ihn zu und versiegelte die beiden vorderen Atemlöcher auf Leus rechter Flanke. Ohne eines der Beine zu berühren, zog er sich zurück, machte einen großen Halbkreis und sprühte auf der anderen Seite auf Leu ein. Neben ihm machten die Mandibeln ihr charakteristisches schnarrendes Geräusch.

Als er sich dieses Mal zurückzog, stolperte Boris über ein mittleres Bein. Sofort drehte sich Leu in seine Richtung. Boris kroch auf dem Hintern zurück, bis er sich an der Wand aufrichten konnte. Dann griff er in seine Hosentasche und schleuderte die Packung mit Kugellagerkugeln vor Leus vorderes Beinpaar. Als der Myrmeleo die Kugeln unter seinen Klauen spürte, versuche er zurückzuweichen. Aber die Kugeln waren überall. Boris rannte an der Wand entlang, bis er genau gegenüber dem Schwanzende war. Leu machte unkoordinierte zuckende Bewegungen, von seinem Atem war nichts zu hören. Im Schein der Helmlampe bewegte sich das Pflaster wie eine Membran. Langsam wurde das Tier müde. Boris trat von hinten heran und verschloss die beiden letzten Stigmen. Er kroch zu seinem Rucksack hinaus in den Gang, ohne Leu aus den Augen zu lassen.

Es war ganz still. Ab und zu zuckte Leu mit den Beinen, und eine Kugel hopste über den unebenen Boden. Schließlich gab der Myrmeleo ein langgezogenes Pfeifen von sich, im Kopf zeigte sich ein Riss. Aus dem Gelenk, das Kopf und Rumpf verband, tropfte gelbliche Körperflüssigkeit. Dann platzte der

Kopf von Leu, und eine Fontäne aus Körpersäften spritzte gegen die Wand.

Boris weinte.

65

Dorfner und Fred verbrachten den Tag damit, den Gang, der von Jablonkas Wohnung zur Kirche führte, von Schutt und Geröll zu befreien. Der Polizist hatte ihr ein paar Latexhandschuhe und eine Lampe mit Helm gegeben, und sie schaffte Steine und Erde ohne Murren beiseite. Nur wenn sie auf einen leer gesaugten Rattenkadaver stieß, schrie Fred jedes Mal auf. Den Gedanken, dass sie vielleicht Anna ausgraben würden, ließ sie nicht zu.

Dorfner hatte sogar an Desinfektionsmittel gedacht, bevor sie sich zum Abendessen auf den Boden setzten. Dorfner beugte sich über den Rucksack und suchte nach dem Proviant, und Fred steckte ihm schnell einen Gegenstand in seine Jackentasche. Die Gruft von St. Hypokrit konnte nicht mehr weit sein. In der letzten halben Stunde war es immer wärmer geworden.

»Ist das schon das Höllenfeuer?« Dorfner fächelte sich abgestandene Höhlenluft zu.

»Dieser Geistliche hat in seinem Keller eine Sauna einbauen lassen, da geht er immer mit seiner Jugendgruppe rein«, sagte Fred. »Einige Jungs aus meiner Klasse waren da auch dabei, die haben mir vielleicht Sachen erzählt. Ich bin echt froh, dass ich ein Mädchen bin.«

Die Kirchengruft war ein weiter Raum mit abgebrochenen Säulen und einer Reihe von Nischen, wo in jeder ein Steinsarg stand. »Hier müssen früher auch Gottesdienste stattgefunden haben, das ist der Grundriss einer Kirche.« Er kaute vergnügt auf einem Streifen Bio-Pemmikan herum und genehmigte sich zum Nachtisch ein Karamellbonbon.

Fred nickte geistesabwesend. Sie verstand nicht, was das Christentum einmal gewesen war. An Ostern blies sie Eier aus, und an Weihnachten weinte Mama immer ein bisschen. Ansonsten gab es große Gebäude, die die meiste Zeit im Jahr leer standen, und diesen Sutter, der sich um seine Jungs kümmerte. »Gottesdienst?«, fragte sie, und ihre junge, hohe Stimme echote aus allen Winkeln der Gruft wider.

»Pst, hörst du das?« Dorfner flüsterte vor Aufregung.

Fred lauschte ins Dunkel hinein und hörte ein regelmäßiges pfeifendes Geräusch.

»Was ist das?«, fragte Dorfner und zog schon sein Maglite aus dem Gürtel.

»Vielleicht der Ofen von der Sauna.« Fred konnte das Geräusch nicht zuordnen.

Dorfner knipste die Stablampe an und ließ den Strahl durch die Gruft wandern. Das Licht blieb an einem haarigen mageren Bein hängen, das mit einer scharfen Klaue hinter einer Säule hervorragte und in einen gedrungenen Rumpf überging, der ebenfalls mit Borsten übersät war.

Fred hätte laut gekreischt, aber Dorfner hielt ihr den Mund zu. »Was immer das auch ist, es ist sein Hinterteil.«

Der Lichtstrahl zeigte auf ein Schwanzende, das wie der ganze Körper des Wesens in wulstige Segmente unterteilt war, wie Fahrradschläuche, die man aneinandergeklebt und aufgeblasen hatte.

Fred machte sich los. »Was ist das?«, fragte sie mit zitternder Stimme.

»Ich weiß es nicht, aber es ist nichts, was wir mit einem Taser nicht ruhigstellen könnten.« Dorfner leuchtete den borstigen Rücken entlang, der tiefschwarz gefärbt war. Aus dem Halbdunkel ragten vorn ein Paar Fühler auf. Von vorn kam auch das Keuchen.

»WAS ist das?« Fred graute vor dem Moment, da sich dieses Vieh umdrehen würde.

»Vielleicht führt er uns zu Anna«, sagte Dorfner, und seine Stiefelspitze berührte eine der kleinen Borsten an dem Bein, das sein Licht als Erstes aufgespürt hatte.

Aus dem Stand sprang das Tier in die Höhe, drehte sich in der Luft um hundertundachzig Grad und landete mit ausgestreckten Beißwerkzeugen vor Dorfner. Aus seinem Maul tropfte eine durchsichtige Flüssigkeit.

Fred schrie lauter als je in ihrem Leben zuvor.

»Ups«, sagte Dorfner.

Im Licht ihrer Helmlampe sah Fred, wie sich die Fresszange um Dorfners Hüften legte und der Polizist langsam hochgehoben wurde. Sie folgte der Bewegung. Diverse Augenpaare, die auf zwei dicken Zapfen auf dem Kopf des Tiers saßen, musterten Dorfner. Der Taser fiel klappernd zu Boden.

Als Fred merkte, dass das Vieh sie musterte, während Dorfner zwischen den Kiefern hin und her zappelte, hörte sie auf zu schreien.

»Wo ist Anna?«, sagte sie mit heiserer Stimme. Sie hob einen Ziegelstein auf und warf ihn gegen das Vorderbein des Tiers. »Wo ist Anna?« Sie war nicht in diese Gruft gekrochen, um beim ersten Ungeziefer den Rückzug anzutreten. Und Dorfner war gar nicht so irre. Er hatte Besseres verdient, als in der Mitte auseinandergebissen zu werden.

Das riesige Tier gab ein langgezogenes Zischen von sich, dann machte es eine Vierteldrehung und rannte mit Dorfner im Maul weg in eine Richtung, die Fred für Süden hielt.

Sie sammelte den Taser ein und steckte ihn in Dorfners Rucksack. Die Träger band sie sich so um den Bauch, dass sie den schweren Rucksack hinter sich her wuchten konnte. Nachdem sie den Kompass geprüft hatte, wandte sie sich nach Norden. Sie hoffte, Dorfner würde der Talisman etwas nutzen, den sie ihm in die Jackentasche gesteckt hatte. Dieser Polizist war wirklich auf jede erdenkliche Hilfe angewiesen. Wahrscheinlich war er deswegen bis an die Zähne bewaffnet.

Als Philomena in die Wohnung kam, waren nur ihr Vater und Freya da. Ihre Schwester wusste noch gar nichts davon, dass ihre beste Freundin Sophie tot war, und Philomena konnte es ihr einfach noch nicht sagen. Ihr Vater saß an seinem Schreibtisch. Wenn er nicht auf einer Tagung war, arbeitete er am Wochenende zu Hause.

»Ist Mama nicht zu Hause?«, fragte Philomena.

Wolfgang Morgenitz sah auf. »Die ist unterwegs, erledigt Sachen für die Schule.«

»Was macht sie denn?«

Wolfgang Morgenitz legte den Stift weg. »Das hat sie mir nicht gesagt, aber du weißt ja auch, dass am Montag die Bewerbungsfrist abläuft. Für sie die anstrengendste Zeit im Jahr.«

»Woran schreibst du gerade?« Philomena redete einfach weiter, ihr war immer noch so schwindlig wie im Polizeipräsidium.

»Ach, das …« Ihr Vater lächelte, denn Philomena fragte nicht oft nach seiner Arbeit. »Nur ein kurzer Geburtstagsgruß in einer Fachzeitschrift für einen Kollegen.«

»Wann kommt Mama denn wieder?«

»Das hat sie nicht gesagt, aber ich denke, spätestens zum Abendessen ist sie wieder da. Was willst du denn von ihr?«

»Ich muss sie etwas fragen. Wegen Frau Kellinghusen.«

Leise verließ Philomena die Wohnung. Sie wollte nicht mit Freya reden, Iris lag krank im Bett, Daphne war im Untergrund unterwegs. Der einzige Mensch, mit dem sie hätte reden wollen, war nicht da. Sie ging spazieren, erst ziellos, dann führte sie ihr Weg zum Jugendlabor in der Crellestraße. Dieses Ding auf dem Foto war der Verschluss eines Armbandes. Sie wusste, wem es gehörte, und hatte trotzdem Mühe, diese Tatsache in ihrem Kopf zuzulassen. Das konnte einfach nicht sein. Was sollte sie jetzt machen? Alles erzählen? Nein, vielleicht täuschte sie sich ja. Sie musste sich Rat holen. Sie musste mit ihrer Mutter reden.

Daphne hatte ihre Suche im toten U-Bahnhof begonnen. Da gab es zwar eine Gittertür, aber über die konnte man drüberklettern. Das Vorhängeschloss an einer weiteren Tür hatte sie mit einem Bolzenschneider aus der Remise von Philomenas Mutter, wo an Werkzeug, Imkerzubehör und Chemikalien kein Mangel herrschte, problemlos geöffnet. Am Fuß der staubigen Treppe roch es immer noch süßlich nach frisch ausgehärtetem Beton, auf dem der Ameisenlöwe seine Schleifspuren im Staub hinterlassen hatte.

Daphne folgte der Spur, aber schon bald wechselte der Bodenbelag von Beton zu Erde. Sie kroch durch einen ovalen Gang und hielt sich rechts, als sie auf eine Abzweigung stieß. Nach einer Weile kam sie zu einem hallenartigen Gewölbe, in dem sich Steinsarkophage befanden. Das musste die Gruft von St. Hypokrit sein. Sie setzte sich auf den Stumpf eines Pfeilers und löschte die Lampe an ihrem Helm, um Batterien zu sparen. Sie trank Wasser und machte ein paar Dehnungsübungen. Nach dem Weg auf allen vieren tat ihr jeder Muskel weh. Dann untersuchte sie ihre Umgebung. Sie spazierte die Reihe der Sarkophage ab, der Lichtstrahl fiel auf lateinische Inschriften, auf Wappen und in Stein geritzte Porträts.

In der hintersten Nische gab es keinen Sarkophag. Auf dem Boden lag ein länglicher Sack, geformt wie ein riesiger Rettich, die bläulich transparente Membran bewegte sich leicht unter Daphnes Lichtstrahl. Sie hatte eine Larve gefunden. Das Einzige, was sie irritierte, war die Größe. Sie hatte nicht damit gerechnet, bei der Suche nach einem Insekt ein Transportproblem zu haben. Damit hatte Boris also seine Wochen und Monate zugebracht. Er hatte dieses Prachtexemplar herangezüchtet. Na, wenn das für einen ersten Platz im Wettbewerb nicht reichte.

Daphne baute aus ihrem Pullover und ihrem Gürtel eine primitive Tragehalterung und wollte sie gerade unter die Larve schieben, als sie aus der gegenüberliegenden Nische ein schweres gleichmäßiges Keuchen hörte. Sie drehte sich um. Im Lichtkreis ihrer Lampe tauchten erst zwei Fühler und dann ein weißlicher Rücken auf. Daphne senkte die Lampe. Die Kauwerkzeuge waren auf sie gerichtet. Aus dem Kiefer des Ameisenlöwen tropfte eine klare Flüssigkeit.

»Ach was, noch einer. Boris, du alter Streber«, brummte Daphne. In Richtung des Insekts sagte sie: »Na, hast du Angst, ich könnte dir dein Geschwisterchen wegnehmen? Du könntest recht haben. Und dich hole ich in der zweiten Runde.«

Daphne zog sich hinter einen der Sarkophage zurück. Der Ameisenlöwe kroch auf sie zu. Die Kauwerkzeuge schabten scharf aneinander.

Boris zitterte von Kopf bis Fuß, er war schweißgebadet. Es gab zu Hause ein Foto, auf dem Leu auf der Kuppe seines Zeigefingers saß, kaum größer als ein Zentimeter. Und jetzt lag er da drüben mit weggesprengtem Schädel. Ein anderes Foto kam Boris in den Sinn. Das Mädchen, das im Trichter lag und dem Tod entgegenrutschte. Er fragte sich, wer da unten am Ende des Trichters mit weit aufgesperrtem Kiefer gesessen hatte, aber allein die Möglichkeit, dass es Leu gewesen war, rechtfertigte sein Handeln hier und jetzt.

Boris befestigte den Blitz an seinem Gürtel. Die Sprühdosen waren leer, er packte sie ganz nach unten und steckte zwei volle Dosen in die Seitenschlaufen. Leu war bis zu seiner Flucht beinahe handzahm gewesen, His, der schwarze Myrmeleo und Ser, der weiße, machten Boris viel größere Sorgen.

Von der Brauerei führte ein gerader Weg zur Kirche, ein weiteres Beispiel für die enge Verbindung zwischen Geistlichkeit und geistigen Getränken. Durch die Sauna dieses merkwürdigen Kirchenmannes war es dort immer schön warm, vor allem am Samstagabend. Es war ein idealer Platz, um eine der Puppen zu finden. Vielleicht hatte er Glück. Als er die runde Lagerhalle verließ, versperrte er mit einem Nylonstrumpf den Eingang des Ganges hinter sich. Es war kurz vor acht Uhr.

Der Gang ging stetig leicht abwärts, um die vollen Fässer problemlos zur Kirche rollen zu können. Als Boris bereits die längste Strecke des Weges hinter sich gebracht hatte, ertönte vor ihm ein Schrei. Da war noch jemand unterwegs. Wollten die ihn oder hatte jemand von seinen Haustieren Wind gekriegt? Er griff sich einen der Mehrzweckgriffe für Gartengeräte, an dessen Spitze er einen Piezozünder mit einem Hebelmechanismus gebunden hatte, und rannte zur Gruft. Wieder gellte ein Schrei durch den Gang.

Daphne hockte hinter einem Sarkophag, aus dessen Steindeckel ein stilisierter Käfer herausgearbeitet worden war. Aus ihrer Tasche holte sie eine Schiefertafel und ein Stück Kreide. Die Kreide zog sie quer über die Tafel. Ein martialisches Quietschen erfüllte den Raum. Der weiße Ameisenlöwe blieb stehen und pendelte mit dem Kopf. Dann wandte er sich ab.

»Ha, ha, reingefallen!«, rief Daphne.

Aber der Ameisenlöwe kam wieder auf sie zu, diesmal lief er rückwärts. Offenbar war das Quietschen zu ertragen, wenn er sich rückwärts näherte. Der Panzer passte auch genau zwischen die Sarkophage. Sie bildeten keinen Schutz, das Schwanzende und die hinteren Beine kamen unaufhaltsam näher. Das Tier schien genau zu wissen, wo Daphne war.

»Hilfe«, schrie sie und umfasste die Schiefertafel mit festerem Griff. Da brach die Kreide ab.

Aus einem Gang trat eine untersetzte, behelmte Gestalt mit einer Art Speer. Das war Boris!

Der weiße Ameisenlöwe wuchtete seinen Hinterleib zwischen zwei Sarkophagen hin und her. Daphne stolperte an den Sarkophagen vorbei. Boris riss sich den Blitz vom Gürtel, und die Gruft wurde für einen Moment gleißend erleuchtet. Danach sah Boris suchend umher. Hatte er sie hinter dem Steinsarg gesehen?

Der Blitz in seine Höckeraugen führte bei dem Ameisenlöwen zu einem Prioritätenwechsel. Das Tier sprang nach vorn, und während es zischend auf Boris zurobbte, spie es wieder Verdauungssekret aus. Boris zückte seinen merkwürdigen Speer. Klick, klick, Feuer. Eine kleine gelbe Flamme tauchte an der Spitze auf. Boris stieß damit nach vorn und sengte die Borsten von den Vorderbeinen. Das Tier lief auf ihn zu, und Boris duckte sich hinter eine Säule, über ihm hackten die Beißwerkzeuge ins Leere. Wieder brachte Boris die kleine Flamme nach vorn, und diesmal glühte das oberste Gelenk am vorderen Bein weiter, als Boris seine Waffe zurückzog.

Daphne nahm einen Ziegelstein und warf ihn auf eines der Höckeraugen. Der Ameisenlöwe schwankte hin und her und wandte sich wieder Daphne zu. Er schnappte nach ihr, aber sie duckte sich hinter einen Sarkophag. Boris nahm einen kleinen Klumpen und hielt ihn an die Flamme. Dann hieb er mit seiner Fackel wieder auf die Beine des Ameisenlöwen. Der fuhr herum, und mittlerweile brannte der Klumpen lichterloh. Der Ameisenlöwe riss sein Maul auf, und Boris warf den Brandsatz hinein. Daphne lugte hinter dem Sarkophag hervor.

Erst passierte nichts, vielleicht hatte die riesige Bestie das Feuer einfach verschluckt. Aber dann gab es eine Stichflamme, und der Kopf des Tiers loderte auf. Ein brennender Fühler landete vor den Füßen von Boris, und er stolperte zurück in die nächste Nische. Von dort kam er geradewegs auf Daphne zu. Die Beine des brennenden Ameisenlöwen zuckten konvulsivisch.

Daphne konnte nicht glauben, was sie gerade gesehen hatte. In Gedanken hatte sie schon ein Ameisenlöwengehege für den Schulhof entworfen. »Typisch Boris. Bist du dir eigentlich im Klaren darüber, was es für unsere Schule bedeuten würde, so ein Tier zu besitzen? Und dir ist das einfach egal.«

»Ser hätte dich gefressen, und dann wollte er mich fressen. Außerdem hast du doch den Stein geworfen.«

»Nur um ihn zu verjagen. Den hätte ich mir später geholt.«

»Du? Wieso du? Gar nichts holst du. Die Tiere gehören mir. Und was machst du überhaupt hier?«

»Solche besonderen Lebewesen gehören immer der Allgemeinheit, außerdem sind sie dir längst über den Kopf gewachsen. Ich bin hier, um diese zoologische Sensation für die Rosenhof-Schule zu sichern. Und ich habe etwas gefunden, was sich leichter transportieren lässt.« Sie zeigte Boris die Larve, während stinkender schwarzer Rauch vom brennenden Ser die Luft allmählich brenzlig machte.

»Das ist Pro«, sagte Boris. Er berührte vorsichtig die Membran und sah sich rasch nach allen Richtungen um.

»Du hast ihnen Namen gegeben?« Daphne fand, Pro war ein toller Name. Vielleicht konnte man den anderen Contra nennen. Pro und Contra im Rosenhof.

»Ja, Ser und Leu sind schon tot, jetzt ist Pro an der Reihe.« Boris klickte den Piezozünder.

Daphne verstellte ihm den Weg. »Du spinnst ja wohl. Dieses Tier kommt in unsere Schule. Damit gewinnen wir jeden Wettbewerb auf diesem Kontinent.«

»Daphne, diese Tiere haben ein Mädchen im Siegespark verschleppt und gefressen und eine Frau in Prenzlauer Berg schwer verletzt.«

»Na und, das ist doch nicht mein Problem, dass du deine Sorgfaltspflichten vernachlässigst. Rühr meine Larve nicht an.«

»Das ist nicht deine Larve. Geh mir aus dem Weg, Daphne. Hier sind noch drei Myrmeleo unterwegs, und einer ist ein richtiger Killer.«

»Drei was?« Daphne nestelte an ihrer Tasche herum.

»Myrmeleo ist der lateinische Name für Ameisenlöwe«, erwiderte Boris.

»Als gut, es sind ja deine Tiere. Aber lass mich wenigstens noch ein Foto von ihm machen, bevor du ihn tötest.« Daphne holte eine mit Sand gefüllte Plastikflasche aus ihrer Tasche, und ein satter Schlag gegen die Schläfe ließ Boris in die Knie gehen. Sein Speer mit Anzünder fiel ihm aus der Hand. Er warf Daphne einen ungläubigen Blick zu, sackte in sich zusammen und schlug mit dem Kopf gegen Daphnes Knie. Sie legte ihn vorsichtig auf die Erde und schob ihm den Rucksack in den Nacken. »Tut mir leid, aber das ging wirklich nicht anders. Du musst endlich mal lernen, Prioritäten zu setzen. Ich hole Hilfe, sobald es sich ergibt.« Sie besah sich den kleinen Kanister, den sie bei Philomena im Schuppen gefunden, ausgewaschen und mit Sand gefüllt hatte. *Nur für Notfälle*, hatte sie Philomena beruhigt, und jetzt war der Notfall eindeutig eingetreten. Warum eigentlich nicht Bienensäure? Daphne packte die Larve in ihre selbst gebastelte Schlaufe und machte sich auf den Rückweg zum toten U-Bahnhof.

»Hör auf zu zappeln«, sagte sie. Pro in seiner bläulichen Hülle war unruhig geworden.

66

Fred war Richtung Norden geflohen, bis sie nicht mehr konnte. Dorfners Rucksack zerrte sie hinter sich her. Dauernd blieb sie damit an Wurzeln und Bodenunebenheiten hängen. Dieses Monster hatte Anna verschleppt. Wie sollte sie nur mit so einem großen Tier fertig werden? Sie war ganz allein. Dieser Großkotz Dorfner hatte sich von dem Monster apportieren lassen wie ein Gummiknochen.

Schließlich kam Fred in eine große Höhle. Sie stolperte über Mauerstümpfe und andere Überreste von Bauwerken. Die Bauten hier waren gedrungener und enger als die Gruft von St. Hypokrit. Es roch muffig und alt. Das mussten die Überreste von Dönerow sein. Auch hier lag das eine oder andere Rattenfell herum, aber es waren weniger als im südlichen Bereich. Fred machte eine Rast und futterte sich durch Dorfners Vorräte: Pemmikan, Pemmikan und ein Karamellbonbon. Es war schon halb zehn, eigentlich war es toll, dass sie an einem Samstag länger aufbleiben durfte, aber lieber hätte sie mit Lina gekuschelt. Oder mit Anna. Fred rollte Hobrechts Karte aus, und als sie sah, wo sie heute schon gewesen war, merkte sie, wie müde sie war. Aber sie musste weiter.

Auf der Karte gab es einen langen Gang, der von der Westgrenze Dönerows nach Nordwesten führte. Fred kletterte über die Ruinen, bis sie den Eingang gefunden hatte. Er war schmal, und rechts davon lag ein großer runder Stein. Wenn sie diesem Gang folgte, könnte sie am Gleisdreieck vielleicht an die Oberfläche kommen und Hilfe holen. Aber vielleicht würde sie Anna ja finden, wenn das Monster gerade nicht in der Nähe war. Sie wollte die Karte gerade in den Rucksack packen, als ihr eine winzige handschriftliche Notiz auffiel, die neben dem Eingang zum Gang geschrieben war. Das Licht ihrer Lampe wurde langsam schwächer, und Fred kämpfte mit den Buchstaben. Schließlich hatte sie es beisammen: *Diesen Weg möge meiden, wem sein Leben lieb ist. Ungeheures und Gefährliches warten auf der anderen Seite.*

»Scheiße«, flüsterte Fred. Nichts wurde es mit ihrem Plan. Aber wenn das, was sie mit Dorfner erlebt hatte, nicht ungeheuer gefährlich war, was wartete da im Norden? Das Monster war nicht so oft hier gewesen, weil es hier viel weniger Felle als im Süden gab. Dort, wo es viele Felle gab, war das Monster. Und wo das Monster war, da war Anna. Also machte sie sich auf den Rückweg. Vielleicht konnte sie in der Gruft ein paar Stunden schlafen.

Je näher sie an die Gruft herankam, desto öfter stoppte sie und lauschte, ob sie wieder dieses schwere Keuchen hören konnte. Aber es war nur sie selbst, die sie hörte. Die Luft schmeckte immer mehr nach Rauch, und als sie die Gruft betrat, lag da ein schwelender Haufen, aus dem zwei borstige Beine herausragten. Das Monster war tot! Von Dorfner war nichts zu sehen.

Fred nahm den Taser in die Hand und trat näher an den verkokelten Rest heran. Merkwürdig, sie hätte schwören können, das Tier, das Dorfner aufgegabelt hatte, war schwarz gewesen. Jemand hustete, und Fred fuhr herum. Mit dem Taser im Anschlag – was war eigentlich ein Taser? – und geduckt lief sie in Richtung des Hustens.

Da hockte ein älterer Junge und lehnte mit dem Rücken an einen Sarkophag.

»Ich kenne dich«, sagte Fred. »Du bist der Junge, der vor ein paar Wochen mitten in der Nacht aus der Siegesnadel rausgekommen ist.«

»Ich kenne dich auch.« Der Junge hatte eine Beule über dem Auge, sein Hemd hing ihm aus der Hose, und er sah verweint aus. Neben ihm lag etwas, das aussah wie eine Harpune. »Du bist das Mädchen, das in der gleichen Nacht versucht hat, in den Krater hineinzuklettern.«

»Und leider bin ich erwischt worden. Ich habe meine Freundin gesucht. Anna ist in den Trichter gefallen. Ich heiße Fred.«

Der Junge nickte ihr zu. »Boris … Ach, das war deine Freundin. Das tut mir aber leid.«

»Sie *ist* meine Freundin. Anna lebt. Deshalb suche ich sie. Was machst du hier?« Als sie sah, dass der Stab neben Boris keine Harpune, sondern ein Anzünder am Stiel war, warf sie einen Blick auf das Häufchen Schlacke hinter sich. »Du hast das Monster angezündet! Wow, das ist ja total mutig von dir. Dann können wir ja in aller Ruhe Anna suchen.«

Boris schüttelte den Kopf. »Es sind noch drei, dreieinhalb Myrmeleo unterwegs. Wir müssen sie alle finden und töten, sonst werden sie weitere Menschen angreifen.«

»Woher weißt du das alles? Bist du ein Insektenforscher? Du siehst aber aus, als gehst du noch zur Schule.« Anna durchwühlte Dorfners Rucksack. »Möchtest du ein bisschen Bio-Pemmikan?«

»Schule, ja, aber die Myrmeleo, die Ameisenlöwen, gehören mir.« Boris befühlte die Beule an seinem Kopf.

»Dir? Das sind deine Tiere? Dann bist du schuld, dass Anna weg ist.« Fred konnte nicht glauben, dass diese Monster ein Herrchen hatten. »Was bist du nur für ein Vollpfosten.« Fred schlug mit dem Taser auf Boris ein.

»Es war keine Absicht.« Boris wandte sich ab. »Sie sind mir aus dem Terrarium entkommen, als sie noch viel kleiner waren.«

Fred ließ den Taser sinken. »Das heißt, du hast sie nicht auf Menschen gehetzt?«

»Niemals, Ameisen sollten sie töten, sonst nichts. Was ist das für ein Ding?« Boris deutete auf den Taser.

»Ein Taser. Hat mir der Polizist gegeben, mit dem ich hier runter bin. Der hat bei uns unterrichtet.«

»War das so ein Dicker, der über Fahrräder geredet hat?«

»Nein, nicht der Dicke. Der war auch da. Aber der mit mir hier unten war, ist vollkommen verrückt. Er hat unser Klassenzimmer zerlegt und alle Kinder gefesselt in eine Ecke gesetzt. Der Ameisenlöwe da drüben hat ihn weggeschleppt.«

»Bist du sicher? Als ich Ser gefunden habe, war von einem Polizisten nichts zu sehen.« Boris legte den Finger an die Stirn. »Welche Farbe hatte der Myrmeleo, der den Polizisten verschleppt hat?«

»Ich dachte zuerst schwarz, aber so wie das da drüben aussieht, war er wohl weiß.«

Boris schüttelte den Kopf. »Du hast dich nicht getäuscht.

Das hier ist Ser. Er war schon weiß, als er einen Zentimeter groß bei mir ankam. Der schwarze heißt His und ist der größte und gefräßigste von allen.«

»Armer Dorfner«, sagte Fred. »Er wollte Anna finden.«

67

Das Letzte, was Dorfner sah, als das schwarze Biest ihn davonschleppte, war das entsetzte Gesicht von Fred, die allein zwischen den Steinsärgen zurückblieb. Wenigstens hatte sie den Taser. Danach sah er erst einmal gar nichts mehr.

Das Tier pflügte durch einen der ovalen Gänge, als würde es von Furien gejagt. Dorfner zog die Knie an und steckte den Kopf zwischen die Arme. Er fragte sich, warum ihn das Tier nicht einfach verspeist hatte. Aber er wollte diese Entscheidung auch nicht hinterfragen.

Nach einer Weile ging das Vieh langsamer, und Dorfner versuchte sich zu orientieren. Schon länger hatten keine Wurzeln mehr auf seinen Kopf geschlagen, er hörte das Getrappel der haarigen Beine, auch schien der Weg die meiste Zeit nach oben zu führen. Dorfner befühlte seine Taschen. Vorn links in der Hose war eine Mini-Taschenlampe, vorn rechts war ein Karamellbonbon. Hinten rechts in der Jacke drückte etwas gegen seine Rippen, von dem er nicht wusste, was es sein könnte. Er fingerte den Gegenstand aus der Tasche und befühlte ihn im Dunkeln. Ein verbogenes Rohr, das an einer Stelle spitz abknickte. Die Skulptur von Frau Ebel begleitete ihn auf seiner Reise in die Nacht. Dorfner konzentrierte sich auf seine Umgebung. Die Luft roch säuerlich, doch von weit weg schien eine frische Brise zu kommen.

Plötzlich blieb das Tier stehen. Nichts war zu hören, bis auf das keuchende, pfeifende Atmen. Da setzte plötzlich ein langgezogenes Fauchen ein, das auf einem hohen Ton endete. Es klang wie ein Klageton. Dorfner nahm den gebogenen Metallgegenstand fest in die Hand und hielt die Taschenlampe in die Richtung, wo er die Augen vermutete. Er legte den Daumen auf den Anknipsschalter: Licht. Vor Dorfners Nase war ein warzenförmiger Höcker, auf dem mehrere Augen saßen.

Rasch schob er die Nase von Frau Ebel über eine der beiden Kiefernzangen, die ihn in eisernem Griff hielten, und bemühte das Hebelgesetz. Mit einem trockenen Krachen splitterte der Kiefer, und Dorfner fiel zu Boden. Der Strahl der Taschenlampe irrte durch den Raum, und kurz sah Dorfner ein weiteres Exemplar dieser Tierart. Es hatte Sommersprossen und war offenbar explodiert. Jedenfalls lag da der zerplatzte Kopf und ein Stück vom Rumpf. Dann hörte er das Fauchen. Er rappelte sich hoch und rannte um sein Leben.

Vor ihm lagen zwei Gänge. Vor dem einen, rechteckig im Querschnitt, hing ein dünnes schwarzes Stück Stoff, der Gang daneben war oval und schien frei zugänglich zu sein. Dorfner sprang hinein, landete auf allen vieren und kroch vorwärts, so schnell er konnte. Das war der Moment, an dem die teuren Wochenendseminare mit dem ehemaligen GSG9-Mann sich endlich auszahlten. Fragte sich nur, ob er das noch jemandem erzählen konnte. Das Tier war ihm auf den Fersen. Dorfner konnte es hinter sich hören. Der Gang führte nach oben, und dann blickte Dorfner mit einem Mal in den fahlen Nachthimmel. Er war wieder unter dem Trichter, dort, wo er mit Fred übernachtet hatte. Dorfner kletterte an die Oberfläche, so schnell er nur konnte.

Er stand am tiefsten Punkt des Kraters, die Buddelkiste und die Bäume des Siegesparks wurden vom Halbmond matt beleuchtet. Oben sah er einen Mann vor einem Container, der eine Zigarette rauchte.

»Hilfe, ein Seil, schnell.«

Der Mann fuhr herum. Als er Dorfner sah, eilte er in seinen Container. Kurz darauf kamen drei Männer und warfen Dorfner ein Seil zu. Er band es um, stieg über die Spundwand, legte sich flach auf den Sand und gab das Zeichen zum Hochziehen. In diesem Augenblick schoss das Tier in einem einzigen großen Sprung aus dem Loch in der Erde hervor und landete direkt neben Dorfner. Die Beißwerkzeuge hackten wie zwei Sicheln nach Dorfners Beinen. Dorfner rollte sich auf die Seite. Der einzige feste Halt, den er fand, war die weiche Bauchwulst des Tiers. Er nutzte seinen Schwung, und schon saß er auf dem Rücken des Tiers hinter dem Kopf.

Viel Zeit hatte er nicht. Er nahm die Skulptur, die Hausmeister Jablonka von Frau Ebel gefertigt hatte, in beide Hände, holte weit aus und rammte Frau Ebels spitze Nase in die schwarze Schädelplatte direkt vor ihm. Es knackte, und Frau Ebel und Dorfners Hände verschwanden in einer weichen, warmen Masse. Das Vieh unter ihm zuckte. Als Dorfner mit seinem zweiten Hieb Frau Ebel in das linke der beiden Zapfenaugen bohrte, gab das Vieh das gleiche Schmerzensgeräusch von sich, mit dem es den Tod seiner Mitbestie betrauert hatte. Seine Bewegungen wurden langsamer, und mit einem letzten Seufzer brach das Tier zusammen.

Dorfner kletterte vorsichtig herunter, blieb aus der Reichweite der Beißwerkzeuge und ließ sich von den drei Männern nach oben ziehen. Sand rieselte nach unten und bedeckte den Kopf des toten Tiers. Noch bevor er oben angekommen war, juckten Dorfner die Hände so schrecklich, dass er nur den Wunsch nach heißem Wasser und Seife verspürte. Auch Frau Ebel musste von ätzendem Schleim befreit werden. Die Skulptur hielt er fest umklammert.

»Hast du Zabriskie gesehen?«, fragte Pachulke Stiesel.

Stiesel las die Dokumente, die in dem Ordner »Massaker« auf Boris' Laptop waren. »Die ist in der Kantine und bastelt ein Voodoopüppchen für Dorfner.«

Im Aufzug läutete Pachulkes Handy. »Im Sandkasten sagen Sie? Ja, das ist wohl der sicherste Ort für ihn. Wir schicken eine Bezugsperson, die es kaum erwarten kann, ihn zu sehen.«

Als Dorfner aus dem Container des Technischen Hilfswerks kam, wollte Zabriskie ihm gleich mal als Erstes eine reinhauen. Dann sah sie seine bandagierten Hände und sein mit Striemen und Kratzern übersätes Gesicht. »Was ist denn mit dir passiert?«

Dorfner hob die Arme. »Das Gleiche, was mit deinem Hintern passiert ist. Ein bisschen Verdauungssaft. Direkt vom Erzeuger.« Er neigte den Kopf Richtung Krater. Als Zabriskie den toten Ameisenlöwen sah, schüttelte sie den Kopf. »Was in aller Welt ist das?«

Sie erkannte Eyth vom Technischen Hilfswerk zuerst nicht, als der auf Dorfner deutete. »Das Vieh hat Ihr Kollege ganz alleine erledigt. War wie beim Rodeo, und dann zack, zack, zweimal in den Schädel rein.«

»Und da hab ich dann wohl die Drüsen mit dem Verdauungssaft angestochen.« Dorfner zeigte seine Wundmale.

»Und die anderen fünf?«

»Es gibt fünf von dieser Sorte?« Dorfner wurde blass.

»Ja, natürlich. Ach so, du hast ja ›Massaker‹ nicht gelesen.«

»Ja, weil mich die Kollegen aus den Ermittlungen ausgesperrt haben, natürlich.«

»Fang hier nicht an zu schmollen, du Held. Nur weil du einmal das Richtige kaputt gemacht hast. Du bist und bleibst ein Sicherheitsrisiko auf zwei Beinen, Dorfner.« In schärferem Ton setzte Zabriskie hinzu: »Wo ist das Mädchen?«

Dorfner zuckte mit den Schultern. »Das Tier hat mich entführt.«

»Du hast Fred da unten allein zurückgelassen? Sag mal, bist du geisteskrank?« Zabriskie packte Dorfner bei den Schultern.

»Sie will unbedingt ihre Freundin finden. Sie wollte mich verpfeifen, wenn ich sie nicht mitgenommen hätte. Außerdem hat sie meinen Taser.«

»Deinen Taser? Dein Elektroschockerlieblingsspielzeug? Na, dann ist ja alles gut. So gut, wie es einem elfjährigen Mädchen in einem unterirdischen Labyrinth voller menschenfressenden Insekten eben gehen kann.«

»Das klingt so sinnlos negativ, wenn man es aus deinem Mund hört, Zabriskie.«

»Wo hast du sie zum letzten Mal gesehen?«

»In der Gruft, unter dieser Kirche, St. Hypokrit.«

Zabriskie packte Dorfner im Genick. »Na, dann kommse

mal mit, junger Mann. Das wirst du jetzt alles persönlich Frau Velbisch erklären. Und zur Belohnung darfst du danach noch mal runter.«

»Einer liegt unten in einem der Brauereikeller. Der ist explodiert.«

»Was? Ein anderer Ameisenlöwe ist auch tot. Warst das auch du, o Ameisenlöwenbändiger?« Zabriskie ließ Dorfner nicht los.

»Nein, der lag schon da. Das war ich nicht.«

Also machte Boris Jagd auf seine eigenen Kreaturen. Zabriskie pfiff durch die Zähne.

68

»Ich glaube, die Beule von dieser Daphne, die ist nicht so schlimm.« Fred zog den Schutzstreifen ab und drückte das Heftpflaster fest, das sie in Dorfners Rucksack gefunden hatte. »Aber deine sogenannte Mitschülerin, die ist richtig doof, nö. Det is 'ne richtige Doof-nö.« Fred lachte lauthals los, und auch Boris musste lachen, zum ersten Mal seit …

Er hatte vergessen, wann er das letzte Mal gelacht hatte. Als ihn der drei Zentimeter kleine Ser in den Finger gezwickt hatte und er die Kraft in seinen Mandibeln gespürt hatte. Und die Vorfreude, wie diese Mandibeln die Ameisen der anderen Schüler zermalmen würden. Jetzt lag Ser da drüben als ein rauchender Haufen, und die Freundin des Mädchens, das er auf dem Gewissen hatte, brachte ihn zum Lachen.

»Wie geht's dir?«, fragte Fred.

»Geht so«, sagte Boris. »Heißt du wirklich Fred?«

»Nein, eigentlich heiße ich Frederike. Das ist der scheußlichste Name der Welt, und meine Mutter hat ihn für mich ausgesucht.« Fred wühlte in Dorfners Rucksack herum und brachte einen Schlafsack zum Vorschein. »Also dieser Dorfner, manchmal hat er richtig gute Einfälle.«

»Du willst jetzt schlafen? Aber wir wollen doch deine Freundin finden.«

»Ja, aber ob ich jetzt hier einschlafe oder noch zwanzig Meter nach da drüben hin krieche, ist auch egal. Ich darf sonst nur an Silvester so lange aufbleiben.«

Boris sah auf seine Uhr. »Also gut, aber nicht länger als vier Stunden. Der Geruch von dem verbrannten Myrmeleo hält die anderen drei fern, aber das lässt irgendwann nach. Und ich möchte nicht im Schlaf überrascht werden.«

»Gut, vier Stunden.« Fred zog den Reißverschluss des Schlafsacks auf und breitete diesen über sich und Boris aus. Sie lehnte sich an einen Säulenstumpf und knipste ihre Helmlampe aus. Die Gruft unter St. Hypokrit fiel in finsterstes Dunkel.

»Und du heißt wirklich Boris?«, fragte Fred und gähnte.

»Nein, eigentlich heiße ich Boreas. Mein … also mein Erzeuger war … ist ein Professor für Altphilologie in Greifswald. Er hat den Namen festgelegt, und eine Woche nach meiner Geburt ist er abgehauen.«

»Boreas. Das klingt ja wichtig. Und dein neuer Vater …«

»Du meinst den Mann meiner Mutter.«

»Ja. Also, der Mann deiner Mutter, der ist nicht abgehauen.«

»Der ist nie da, weil er so viel zu tun hat.«

»Du hast quasi zweimal keinen Papa abgekriegt.«

»Kann man so sehen.«

»Das ist bei meiner Mama so ähnlich. Erst hat sie sich mit meinem Papa zerstritten, oder wie du das nennst: Er-zeu-ger.« Sie betonte jede Silbe, und es hörte sich an wie eine seltene, unheilbare Krankheit. »Und dann hat sich der Er-zeu-ger meiner Schwester mit ihr zerstritten. Männer sind solche Schisser manchmal.«

»Manchmal passt es eben nicht.«

»Ja, aber kann man das nicht vorher herausfinden, bevor man Kinder kriegt?«

»Tut mir wirklich leid wegen Anna.«

»Ist schon in Ordnung. Wenn bei mir in der Klasse diese Doof-nö und die anderen Ekelpakete sitzen würden, wäre ich wahrscheinlich auch auf komische Ideen gekommen. Außerdem hilfst du mir ja, Anna zu finden.«

Einen Moment lang war es still.

»Du hilfst mir doch?«

Boris räusperte sich. »Ja, ich helfe dir. Erst killen wir die Myrmeleo, dann retten wir Anna.«

»Danke Boreas. Gute Nacht.«

»Gute Nacht, Frederike. Danke.«

Fred knuffte Boris in die Seite, und bald schliefen sie ein.

69

»Hornisse.« Es ging schon auf Mitternacht zu, als Engine Plink mit rotgeränderten Augen in Pachulkes Büro kam und ihm einen ausgedruckten Befund auf den Schreibtisch legte.

Pachulke, der immer noch in Boris' »Massaker« las, sah auf. »Hornisse?« Er schüttelte den Kopf. »Der Junge hat zwar ein unglaubliches Talent, aber Hornissen hatte er in seinem Bericht nicht erwähnt. Sind Sie sicher?«

Engine Plink hob die Augenbrauen. »Wenn ich Zweifel hätte, würde ich Ihnen das mitteilen. Habe ich aber nicht. Die Substanz in den Glaskanülen stammt von *Vespa crabro*.«

»Die Tierärztin können wir heute Nacht wohl nicht mehr in den Stall bekommen?«

»Ich bin zwar keine Tierärztin, aber die Symptome von Corvus, Fieber, Lähmungen, Atemnot, passen auf einen Hornissenbiss. Und die Glasampullen haben die Nüstern verletzt, also ist das Gift in die Blutbahn geraten, relativ nahe am Gehirn.«

»Und wie ist das Gift ins Pferd gekommen?«

»Mit einem Druckluftgewehr oder einer Zwille vielleicht.«

»Wäre auch ein Blasrohr möglich?«

»Ja, wäre auch möglich. Wenn wir im südamerikanischen Dschungel leben würden.«

Pachulke fuhr auf. »Sagen Sie das noch mal.«

Plink blinzelte Pachulke an. Er hätte wohl längst ins Bett gehen sollen. »Wenn wir im südamerikanischen Dschungel leben würden.« Sie räusperte sich. »War's das für heute Nacht?«

»Ja, das war's. Vielen Dank.« Pachulke griff zum Telefon. »Ich brauche einen Haftbefehl.«

Es ging schon auf eins zu, als Philomena die Tür zu dem kleinen Garten aufschloss, in dem die Bienenstöcke ihrer Mutter standen.

Sie hatte sich dort eigentlich nur ausruhen wollen, aber in der Remise brannte noch Licht.

Als sie die knarrende Tür öffnete und den Raum betrat, fuhr ihre Mutter herum. Dann lächelte sie. »Philly, mein Schatz, was machst du denn so spät noch auf den Beinen? Kannst du nicht schlafen?«

»Ja, dass Boris wegen Mordes gesucht wird, ist schon aufwühlend.«

Ihre Mutter verstaute ein langes Etui unter der Werkbank. »Die Polizei wird ihn finden und seiner gerechten Strafe zuführen.« Sie wandte sich zu Philomena. »Eines zeigt diese Geschichte wieder einmal: Man kann bei der Auswahl der Schüler gar nicht vorsichtig genug sein.«

»Was war denn an Robert Bittner so schlecht?«, fragte Philomena. »Oder an Cem Pollinger?«

»Was soll denn diese Frage? Wie kommst du ausgerechnet auf die?« Sie standen sich auf Armeslänge gegenüber.

Philomena kaute auf ihrer Unterlippe, ehe sie ihrer Mutter in die Augen sah. »Ich war heute bei der Polizei. Ich wollte ihnen einen Tipp geben, wo sich Boris vielleicht aufhält. Und da habe ich Standbilder von einem Überwachungsfilm gesehen. Von dem Arm, wie er Robert Bittner vor die U-Bahn schubst.«

»Ja, und?« Philomenas Mutter legte ein paar Werkzeuge der Größe nach auf. Sie vermied Philomenas Blick.

»Hast du eigentlich dein Hochzeitsgeschenk von Papa noch?«

»Das Bernsteinarmband? Ja, selbstverständlich.«

»Und wann hast du das zum letzten Mal getragen?«

»Oh, das ist schon lange her. Ich trage doch seit Jahren immer den Emailleschmuck von Almut Pollinger. Worauf willst du eigentlich hinaus?«

»Da ist ein Knopf auf dem Überwachungsbild, der lugt unter dem Ärmel des Mörders hervor. Der sieht aus wie der Verschluss von deinem Armband, wie der Hinterleib einer Biene aus Bernstein.«

»Aber Kind, es gibt Tausende von Ketten dieser Art.«

»Gibt es nicht. Das war eine Einzelanfertigung für die schöne Imkerin.« Philomena lachte leise auf. Sie betrachtete das Imkerzubehör ihrer Mutter. Da waren der breitkrempige Hut mit dem Schleier und die Pfeife. »Und an dem Tag, an dem Robert vor die U-Bahn gestoßen wurde, war deine Emaillekette in der Reparatur.«

»Kind, willst du dich nicht hinlegen, du bist ja völlig aufgewühlt. Du hättest nicht allein zur Polizei gehen dürfen.«

»Am Tag, an dem der Neubau eingeweiht wurde, warst du da im Jugendlabor? Bei Cem?« Ein Fach über dem Imkerhut stand der Kanister mit Ameisensäure im Regal. Die brauchte man, um im Bienenstock die Varroamilbe zu bekämpfen.

»Nein, ich war doch den ganzen Tag in der Schule.«

»Aber als ich nach Hause gekommen bin, da waren deine Sandalen auf dem Schuhregal, und deine Sneakers waren weg. Und dabei hattest du die Sandalen extra passend zu deiner Kette angezogen, bevor du den kleinen Riss in einem Blatt entdeckt hast.« Philomena knirschte. »Warst du bei Cem, Mama?«

Ihre Mutter schwieg.

»Warum, Mama? Warum hast du vier Kinder umgebracht? Warum hast du Freyas beste Freundin Sophie beim Reiten getötet?«

Daniela Morgenitz richtete sich auf. »Weil dieses versnobte Gör vollkommen ungeeignet für das Rosenhof-Gymnasium ist. Weil ihre Eltern sie in einer Art und Weise verziehen, dass sich mir der Magen bei dem Gedanken umdreht, dass so jemand den nächsten Elternbeiratsvorsitzenden wählt.«

»Aber deswegen bringt man doch niemanden um.« Philomena warf einen Blick zur Werkbank. Darunter lugte das Blasrohr in seiner dunklen Hülle hervor.

»Aber was hätte ich denn machen sollen? Die ganze Zeit tue

ich nichts anderes, als bei der Auswahl der neuen Schüler auf Qualität zu achten. Ja, dazu gehört auch die sittliche Qualität. Jablonka sucht kräftige Gartensklaven, und Vogeler rechnet im Kopf das Spendenaufkommen durch, das von den Eltern zu erwarten ist. Meinst du vielleicht, Boris hätte es sonst geschafft? Du kannst ihn doch selbst nicht ausstehen.«

»Aber in Biologie ist er ein Ass!« Philomena zitterten die Knie. Sie musste sich an dem Regal festhalten. Die leeren Honiggläser klirrten.

»Aber in Biologie ist er ein Ass!«, äffte ihre Mutter sie nach. »Das sagt die Kellinghusen auch immer. Da braucht nur das letzte Stumpfhirn einen Kurs in Insektenkunde zu belegen oder drei Grashüpfer zu Hause stehen zu haben, schon heißt es, der sei ein Talent und ein Hoffungsträger.« Philomenas Mutter ballte die Faust. »Rosenhof ist kein Sammelbecken für die Halbguten. Wir wollen die, die richtig gut sind. Und Anna Winter ...«

»Du hast den ... Sandkasten ... unterhöhlt?« Philomena hatte Mühe, die Worte zu artikulieren.

»Ach was, nein. Für Anna war ein kleiner Fahrradunfall vorgesehen. Aber weg ist weg. Anna war unmusikalisch, vollkommen unmusikalisch. Und es ist so, jede Chorleiterin wird dir das bestätigen, die unmusikalischen Kinder ziehen die Talente nach unten. Und weil Anna hundert Meter Luftlinie vom Rosenhof wohnt, hätte sie sich eingeklagt. Das ist doch das Problem.«

Philomena wich einen Schritt zurück. Hatte ihre Mutter gerade gelächelt?

»Oder dieser Robert Bittner, der hatte einfach null Sozialkompetenz, tut mir leid. Stell dir den in deinem Alter vor, der grabscht doch jedes Mädchen in der Klasse an. So einer ist bald vorbestraft, und dann findet er seinesgleichen in der Parallelklasse, und schon ist es eine Bande, und die Ratings für den Rosenhof gehen in den Keller, und das, wofür man jahrelang geackert hat, geht wegen einer Schlägertype verloren. Vogeler hätte ihn mit Handkuss genommen, weil der Vater umsonst den Jahresbericht layoutet hätte. Ich frage dich, wo bleibt denn da die Fairness?« Daniela Morgenitz hatte sich warm geredet und dabei starr geradeaus auf die Sammlung von Flaschen und Kanistern über der Werkbank gesehen. Jetzt sah sie zu ihrer Tochter hoch. Philomena machte einen Schritt zur Tür der Remise.

»Wo willst du denn hin, Kind?«

»Ich wollte jetzt schlafen gehen.« Philomena versuchte, ihre Stimme ganz normal klingen zu lassen. So normal wie gestern.

»Ach, jetzt interessiert es dich auf einmal nicht mehr. Dabei geht es doch im Grunde um dich und um deine Chancen.«

»Um mich?« Philomena wusste, wie man mit grabschenden Jungs umging. Man musste sie nicht gleich vor die U-Bahn schubsen.

»Ja, um wen denn sonst? Etwa um mich?«

»Aber was hat den David mit meinen Chancen zu tun?«

»Erstens ist David Armbruster in meinen Augen ein Pflegefall. Ein herzkrankes Kind ist nie so leistungsfähig wie ein gesundes. Und zweitens bekommen kranke Kinder überproportional viel Aufmerksamkeit vom Lehrpersonal. Insofern bleibt weniger Zeit für die anderen Kinder übrig. Und ich will nicht irgendwann lesen müssen: *Schüler vom Rosenhof-Gymnasium erlitt Herzinfarkt.*«

»Nein, sondern lieber: *Schüler von der Hobrecht-Schule erlitt Herzinfarkt*«, zischte Philomena.

»Sprich bitte nicht in diesem Ton mit mir, ich hatte einen schweren Tag.« Daniela Morgenitz hob die Augenbrauen.

»Und Cem? Was war mit Cem? Warum hat der deinen Auswahltest nicht bestanden?«

Philomenas Mutter nahm verschiedene Werkzeuge in die Hand und suchte den passenden Haken für sie. »Cem hatte abstehende Ohren. Ja, da lachst du vielleicht drüber. Aber gutes Aussehen entscheidet über die Karriere, mach dir nichts vor. Das steht in jedem Bewerbungshandbuch. Und ich hab's den Pollingers auch gesagt im Vorgespräch: *Lasst eurem Sohn die Ohren richten, und er passt genau in unser Profil.* Da waren die beiden nicht mehr zu bremsen: *Unser Sohn sieht so aus, wie er aussieht*, Persönlichkeitsrecht, blablabala. Als ob Erziehung nichts mit Ziehen zu tun hätte, mit Die-Richtung-Vorgeben mit Fehlstellungen-Korrigieren. Die glaubten wahrscheinlich noch, wir müssten dankbar sein, dass sie Cem zu uns schicken wollten.«

»Du hast Cem Pollinger ermordet, weil er abstehende Ohren hatte?«, flüsterte Philomena. »Den Sohn einer Frau, bei der du seit zehn Jahren deinen Schmuck kaufst? Der du deine Lieblingskette zur Reparatur gebracht hast, zwei Tage, nachdem du ihren Sohn ermordet hattest?«

Ihre Mutter sah zu Boden. »Ja, du hast recht, das war nicht in Ordnung, das war ein Fehler. Es gibt eine Emaillewerkstatt in Lichterfelde, da hätte ich auch hingehen können, aber ich war zu faul. Der Laden hier ist gleich um die Ecke, ich …«

Philomena hielt sich die Ohren zu. »Genug jetzt, genug, das reicht mir. Ich habe genug gehört. Ich will jetzt gehen.«

»Gehen willst du? Das könnte dir so passen. Erst verpetzt du deinen Mitschüler und dann wohl die eigene Mutter, du undankbares Aas. Haben wir dir denn gar nichts beigebracht?« Mit einem schnellen Schritt sprang ihre Mutter auf Philomena zu. Sie schwang einen Klauenhammer über dem Kopf. Philomena machte einen Sprung zur Seite und riss die Tür der Remise auf. Der erste Schlag donnerte in die Holzwand. Philomena rannte nach draußen, da streifte der zweite Schlag ihren Kopf. Ihre Mutter wollte sie umbringen, auch noch umbringen. Sie drehte sich um und sah das Gesicht, aufgedunsen vor Wut. Mit ihrem unverletzten Arm schubste Philomena sie zurück in die Remise. Blut floss ihr in die Augen. Ihre Mutter knallte mit dem Hinterkopf gegen das Regal, dass die Glasflaschen mit den Chemikalien klirrten und der Imkerhut zu Boden fiel. Sie klappte zusammen. Die Tür der Remise krachte zu und Philomena floh in den Siegespark.

70

»Es sind noch vier Myrmeleo übrig. His, das ist der große Schwarze, der Dorfner verschleppt hat.«

Fred fand einen Müsliriegel in Dorfners unerschöpflichen Vorräten – er hatte wohl mit einer Woche unterirdischen Aufenthalts gerechnet – und brach ihn in zwei Hälften.

Boris biss einmal ab und sprach mit vollem Mund weiter. »Dann gibt es Arg, der am besten klettern kann, er sitzt vielleicht irgendwo oben, auf einer Treppe, einem Vorsprung oder so etwas. Und Val. Der war immer ein Einzelgänger.«

»Und der vierte?« Fred hatte ihren Müsliriegel schon verschlungen.

»Das ist Pro, der sich schon verpuppt hat. Ich habe die Puppe nur kurz gesehen, aber ich vermute, dass die Myrmeleontida bald schlüpft.

»Die was?«

»Die Ameisenjungfer. Das fertige Tier. Die Ameisenlöwen sind ja nur die Larven. Sie fressen pausenlos, damit in der Verpuppung ein fertiges Tier entstehen kann.«

»So ähnlich wie Raupe und Schmetterling.«

»Genau. Und auch die Ameisenjungfer kann fliegen.« Boris streckte sich. »Was vier Stunden Schlaf doch bewirken. Ich bin hellwach.«

»Und die Jungfer ist so gefräßig wie der Löwe?«

»Genau so. In Originalgröße jagen sie Schmetterlinge, die gerade an Blüten saugen. Aber die Ameisenjungfer, die aus Pro schlüpft, kann ein Schaf wegschleppen.«

Fred kratzte sich am Kopf. »Mir ist gestern aufgefallen, dass im Norden, in den Überresten von Dönerow, viel weniger von diesen scheußlichen Rattenfellen liegen. Wenn dieser Val alleine unterwegs ist, dann produziert er weniger Rattenfelle, ja? Könnte es sein, dass er dort ist, wo es weniger Rattenfelle gibt?«

»Waren die leeren Ratten frisch? Hast du dir mal eine näher angesehen?«

»Ich bin doch nicht verrückt.« Fred schüttelte sich. Warum konnte Boris nicht einfach ein Meerschweinchen haben, wie andere Kinder auch?

»Egal.« Boris setzte sich auf. »Ich glaube, du hast recht. Val ist auch mit an Sicherheit grenzender Wahrscheinlichkeit der Myrmeleo, der die Frau am Kollwitzplatz überfallen hat, also nördlich von hier.«

»Na dann, an die Arbeit.« Fred knipste ihre Lampe an und setzte den Helm auf. Boris hatte die Rucksäcke umgepackt, so dass sie den jetzt viel leichteren Rucksack von Dorfner auf dem Rücken tragen konnte. Er reichte zwar fast zum Boden, aber es war besser, als wenn sie ihn hinter sich her schleifen musste. Gemeinsam stolperten sie über den Weg, den Fred gestern schon gegangen war. Boris hatte neue Batterien eingesetzt.

Nachdem sie in Dönerow angekommen waren, ließen sie die Lichtstrahlen ihrer Lampen über die verfallenen Reste des im Dreißigjährigen Krieges zerstörten Dorfes gleiten.

»Wow, fast wie bei Harry Potter«, entfuhr es Fred.

»Sag bloß, du stehst auf Harry Potter?« Boris lachte kurz.

»Ich finde ihn toll. Er ist mutig und intelligent, und er hilft seinen Freunden, wenn sie in Gefahr sind.«

»Ja, so kann man das auch sehen.«

»Wie siehst du es denn?«

»Bevor er ein Jahr alt ist, steht fest, was er später im Leben machen wird. Am Ende ist er Beamter und hat den gleichen Job, der für seinen Vater vorgesehen war. Was für ein Leben. Außerdem hat er seine Eule auf dem Gewissen.«

»Harry ist eben nicht perfekt, das macht ihn nur überzeugender.« Fred überlegte einen Moment, dann fragte sie: »Und was macht der Mann deiner Mutter, wenn er dauernd so beschäftigt ist?«

»Er macht Fitnessstudios. Und sie machen ihn reich.«

»Und Fitnessstudios sind nicht so dein Ding?«

»Niemals. Ich will etwas mit Insekten machen.«

»Kammerjäger?«, fragte Fred.

»Nein, das hier ist ein Notfall. Etwas Wissenschaftliches.«

»Du willst, dass später einmal ein Käfer nach dir benannt wird?«

»Besser als ein Trimmgerät.« Boris leuchtete in eine Nische

hinein, die sich aber als Gang entpuppte. »Und was ist deine Mutter?«

»Die ist Erzieherin und studiert Psychologie.«

»So mit Couch und Brille?«

»Ohne Couch, mit Brille.«

»Die macht sich bestimmt Sorgen um dich.«

»Bestimmt, aber es ist alles so schnell gegangen. Als Dorfner abhauen wollte, konnte ich ihr nur eine kurze Nachricht schicken, und unter der Erde gab es keine Verbindung mehr. Und jetzt finde ich's viel zu aufregend, um einfach nach Hause zu gehen.«

»Wir müssen die Tiere finden und töten.«

»Müssen wir sie wirklich töten?«

»Ich will sie töten. Sie gehören mir, ich habe sie großgezogen, ich habe sie Tag und Nacht beobachtet. Bevor irgend so eine Todesschwadron hier mit dem Maschinengewehr dumm rumballert, mach ich das lieber selbst.«

Fred nestelte an Dorfners Rucksack herum. »Kann uns das hier weiterhelfen?« Sie zeigte Boris den Taser.

Boris pfiff durch die Zähne. »Stimmt ja, der Taser. Ich habe so was noch nie benutzt. Man kann Leute damit so unter Strom setzen, dass sie hilflos oder ohnmächtig werden. Ich habe bei den Myrmeleo nie mit Strom experimentiert, aber vielleicht kann man sie damit ablenken.« Er leuchtete den Boden ab. »Wir müssen nach frischem Verdauungssaft suchen. Wenn sie ausgehungert sind, fangen sie an zu sabbern. Der Saft ist klar, wenn er frisch ist. Nach einer Stunde wird er trübe, nach zwei Stunden wird er zähflüssig wie Joghurt. Nicht anfassen und nicht reinsteigen, es ist eine sehr aggressive Säure.«

»Je mehr ich über die Ameisenlöwen erfahre, desto besser verstehe ich, warum sie dir ans Herz gewachsen sind«, sagte Fred.

Sie konnten nicht überall aufrecht stehen, also krochen sie auf allen vieren durch die Hohlräume, die zwischen den Natursteinmauern geblieben waren, und suchten die Ruinenstümpfe nach Verdauungssaft ab.

»Hier gefällt es mir überhaut nicht«, sagte Fred nach einer Weile. »Nicht, dass irgendetwas hier unten schön wäre, aber es ist zusätzlich so eng.«

»Das hier scheint der Friedhof zu sein«, sagte Boris und deutete auf eine kleine Gruppe von Steinen, die senkrecht aus dem Erdboden aufragten.

»Und wo ist die Kirche?«, wollte Fred wissen.

»Man hat die Steine dazu verwendet, St. Hypokrit aufzubauen, ein paar Hundert Meter weiter südlich.« Boris sah auf seinen Kompass. »Hier war ich noch nicht, aber wenn wir hier nach Südosten weiterkämen, würden wir unterhalb der Pumpstation landen.«

»Hier ist es modrig und scheußlich, ich will woanders hin«, sagte Fred.

»Pst, da kommt einer. Hörst du das?«

Fred hörte das schwere Keuchen, konnte aber nicht einschätzen, wo der Ameisenlöwe sich befand. Boris und Fred duckten sich hinter einen Mauerrest. Boris knipste seine Lampe aus, aber Fred schaffte es nicht rechtzeitig. Als der Myrmeleo den flackernden Lichtschein sah, klappte er seine Mandibeln aus.

»Jetzt ist es eh egal«, sagte Boris und knipste seine Lampe wieder an. Er übergab Fred einen der beiden Stäbe, an denen vorn ein Piezozünder befestigt war. »Drücken und gedrückt halten. Ich locke Val hinüber in diesen Gang.« Er deutete auf einen schmalen Eingang, den sie beim Betreten von Dönerow passiert hatten.

»Aber in der Karte von diesem Hobrecht steht, dass man da auf keinen Fall rein darf«, flüsterte Fred.

»Eben drum.« Boris nahm den Beutel mit den Grillanzündern und verteilte sie in einer Linie zwischen sich und dem Myrmeleo auf Steine. Dabei rief er: »Du hast Hobrechts Karten gefunden?«

»Dorfner hat die gefunden. Er musste Strafarbeit in unserem Schularchiv machen, weil … Ach egal.«

Boris setzte den letzten Grillanzünder neben den Eingang des Ganges und entzündete mit seinem Piezostab die kleinen weißen Bruchstücke, die nach Benzin rochen. Val kam genau auf ihn zu. Als die Hälfte der Grillanzünder brannten, sah Boris im Flackerschein, dass dem Myrmeleo ein Stück vom Mandibel abgebrochen war. Val fauchte und drehte dann ab direkt auf Fred zu.

Boris sprang über die Grillanzünder und hielt den Piezostab an den Hinterlauf des riesigen Insekts. Val fuhr herum wie von der Tarantel gestochen. Boris gab Anweisungen: »Immer mit der Flamme in die linke Seite pieken. Lass ihn nicht nach links ausbrechen. Halte ihn parallel zum Feuer.« Er konnte Fred nicht sehen. Val zuckte und bewegte den Kopf nach rechts in Richtung der züngelnden Grillanzünder und dann wieder nach links, weil es ihm wohl an den Fühlern zu heiß wurde. Mit einem Mal schnappten seine Mandibeln nach Boris, und er setzte sich in Bewegung. Boris rannte los. Nicht zu schnell, damit Fred noch mitkam, aber auf keinen Fall zu langsam. Vals Klauen kratzten über die Steinstümpfe von Dönerow. Boris spürte, wie hungrig das Tier sein musste. Die Expedition zum Kollwitzplatz hatte ihm kein Futter beschert.

Der Durchgang kam näher. Links von Val konnte Boris Fred erkennen. »Immer von schräg hinten«, rief er, »sonst springt er vielleicht zur Seite. Du machst das großartig.«

»Im Urlaub darf ich manchmal Kühe in den Stall treiben«, schrie Fred zurück.

Boris suchte zwischen den Grillanzündern nach einem Ort, auf dem er sich hätte abrollen können, aber alles sah zu steinig aus. Also musste er nach oben wegspringen. Das würde ihn in gefährliche Nähe zu den Mandibeln bringen, von denen schon der Verdauungssaft tropfte.

»Ich kann nicht mehr«, schrie Fred.

»Wir haben es gleich geschafft. Noch fünf Sekunden. Vier – drei – zwei – eins – jetzt.« Er sprang über die gelben Flammen hinweg, die Mandibeln sausten an seinem Rücken vorbei. Als er mit seinem rechten Bein schon festen Grund unter sich hatte, schnitt das Beißwerkzeug des Myrmeleo noch in seine Wade. Boris stürzte, doch er sah aus dem Augenwinkel, wie Val in dem schmalen Gang verschwand, und stieß einen heiseren Jubelschrei aus.

»Husch, husch ins Körbchen«, rief Fred dem Ameisenlöwen hinterher. Dann eilte sie zu Boris. »Du bist verletzt«, sagte sie.

»Nur ein Kratzer.« Boris musterte seine zerfetzte Hose, die von Verdauungssaft durchtränkt war. Er stand auf, humpelte zu dem Durchgang und leuchtete in die Öffnung. Fred stand neben ihm. Nach einem kurzen Absatz fiel der Gang schräg ab. Im Licht der Lampe glänzte der Boden. »Sieh dir das an«, sagte Boris staunend.

»Was ist das?«, fragte Fred.

»Vielleicht polierter Granit. Sehr hart und sehr glatt.«

Das schien Val auch bemerkt zu haben. Aus dem Gang drangen pausenlos schabende Geräusche, aber anscheinend stand der Myrmeleo mit seinen vorderen Beinpaaren schon auf der Schräge und konnte sich nicht mehr zurückziehen. Bald hörten sie einen langgezogenen Seufzer, und dann rutschte Val ganz langsam wie in Zeitlupe nach unten. Er riss den Kopf hoch, und die Mandibeln schabten an der Decke entlang. Das kratzende Geräusch wurde leiser, dann war es still.

»Kommt er zurück?«, wollte Fred wissen.

»Das halte ich für ausgeschlossen«, erwiderte Boris. »In Moriabit leben Wesen, für die ist so ein ein Meter fünfzig großer Ameisenlöwe nicht viel mehr als die längste Praline der Welt.«

71

Als es Daphne gelungen war, die zappelnde Puppe aus dem toten U-Bahnhof ins Freie zu bugsieren, war sie schweißgebadet. Doch kaum war die Puppe an der Erdoberfläche angekommen, wurde sie noch wilder. Daphne gelang es, mit zwei Halsbändern und zwei Hundeleinen wieder die Kontrolle über das eigensinnige Insekt zu gewinnen. Allerdings war es nur ein Teilerfolg, denn die Puppe hopste und schnalzte und zerrte unnachlässig in immer die gleiche Richtung: nach

Süden. »Also gut«, schrie Daphne. »Du kriegst deinen Willen. Ich komme einfach mit, und wenn du dich ausgetobt hast, bringe ich dich zur Schule.« Sie gab den beiden Leinen Spiel, und die Puppe rollte und schob sich in den Siegespark. Dort strebte sie weiter nach Süden. An einer Gabelung wollte die Puppe einen besonders steilen Parkweg nach oben einschlagen, und Daphne wäre auch bereit dazu gewesen, doch da hörte sie ein Stöhnen. Sofort zog Daphne die Leine etwas fester.

»Hilfe«, flüsterte jemand. Auf einem kleinen Rasenstück mit dem Gesicht zur Seite lag eine Gestalt. Daphne erkannte sofort das T-Shirt und die weiße Windjacke.

»Philomena«, sagte sie, und ihr Mund wurde trocken.

»Hilfe«, flüsterte Philomena wieder. »Kopf … geschlagen … meine Mutter.«

»Philly, ich kann jetzt nicht, ich hab den Ameisenlöwen, und wenn ich nicht achtgebe, dann haut er mir ab. Ich rufe deine Mutter an, okay.« Sie fummelte ihr Handy aus der Tasche und wollte schon die Schnellwahltaste drücken.

»Nein … nicht … Mutter.« Das letzte Wort stieß Philomena mit aller Gewalt hervor.

In diesem Moment bekam Daphne vom Schwanz der Puppe eine derartige Ohrfeige, dass sie diese loslassen musste. Sofort rollte und hopste die Puppe davon, den steilen Weg bergan.

Daphne war das Handy davongeflogen, es lag direkt neben Philomenas Arm. Sie drückte es ihr in die Hand und sagte: »Wir sehen uns, ich muss mich beeilen.« Dann stürzte sie der Puppe hinterher.

Auf dem kleinen Plateau, das die Siegesnadel umgab, holte sie die Puppe wieder ein. Diese zappelte immer noch wie wild, rührte sich aber nicht mehr vom Fleck.

»Wirst du wohl jetzt ruhig sein.« Mit dem losen Ende einer Hundeleine zog Daphne der Puppe eins über. Die bläuliche Haut platzte, und ein Bein stak aus der weißen Larvenhülle heraus.

»O nein, du schlüpfst doch wohl nicht ausgerechnet jetzt«, schrie Daphne. Aber da platzte die Haut bereits an einer anderen Stelle auf, und ein paar silbrige, noch ganz verklebte Flügel, kamen zum Vorschein.

Mit ihren Vorderbeinen streifte die Ameisenjungfer die Hundehalsbänder ab. Aber Daphne gab nicht auf. Sie nahm die Hundeleinen und schlang sie um das hintere Beinpaar der Ameisenjungfer. »Dann wirst du eben Zügel tragen müssen. Und jetzt auf, auf in die Rosenhof-Schule. Wir haben es nicht mehr weit.« Sie musste sich ducken, denn als die Ameisenjungfer ihre Flügel ausbreitete, hätte sie Daphne damit beinahe einen Nasenstüber verpasst.

Im Osten färbte sich der Himmel schon hell. Die Flügel bekamen einen rosigen Schimmer. Dann hob die Ameisenjungfer ab. Der Ruck hätte Daphne beinahe die Arme ausgekugelt, doch sie ließ nicht los. »Pro, bleib hier. Du gehörst mir. Du gehörst unserer Schule.« Pro stieg empor und zog Daphne mit sich in die Höhe. Über ihrer Schulter konnte sie den Siegespark sehen. Dann blickte sie nach vorn. Das Panorama der Stadt tat sich im Morgenlicht vor ihr auf.

Die Ameisenjungfer überflog den ganzen Park Richtung Norden. Als sie das schwarze Band des Landwehrkanals erreichte, drehte sie ab Richtung Osten, der aufgehenden Sonne entgegen. Am Rosinenbomber, der an der Fassade des Technikmuseums herabhing, flogen sie so nah vorbei, dass Daphne ihn hätte berühren können. Sie spürte, wie ihre Finger langsam taub wurden.

Als sie die Haltestelle der Hochbahn Möckernbrücke überflogen, setzte die Ameisenjungfer zum Schaukelflug an, nahm eine Kurve nach links, dann wieder nach rechts. Dann beschleunigte sie und flog größere Kurven. Immer heftiger wurden die Bewegungen, immer schneller flog das Insekt. Daphne wurde seekrank. Vielleicht hatte sie sich zu viel zugemutet. Bei einer scharfen Rechtskurve konnte Daphne sich nicht mehr halten und musste loslassen. Mit einem gellenden Schrei in die Tiefe. Bevor sie aufschlug, sah sie einen gelben Hochbahnzug, der gerade in den Bahnhof Prinzenstraße einfuhr.

Befreit von ihrer Last, schlug die Ameisenjungfer ein paarmal mit ihrem Doppelflügelpaar und steuerte auf den Bahnhof Kottbusser Tor zu, wo späte Partyheimkehrer auf die Hochbahn warteten. Sie klappte ihre Kauwerkzeuge aus.

»Können Sie mir bitte sagen, was Sie von meiner Frau um halb fünf Uhr früh wissen möchten? Meine Kinder schlafen noch.« Professor Morgenitz schimpfte wie ein Rohrspatz, und auch der farblich zum Pyjama abgestimmte Bademantel gab seinem Wesen keine heitere Note.

Pachulke blieb unbeirrt: »Ihre älteste Tochter Philomena liegt im Krankenhaus, sehr wahrscheinlich, weil Ihre Frau sie mit einem Hammer erschlagen wollte.« Dorfner und Zabriskie hatten Philomena gefunden, nachdem sie den Spielplatz verlassen hatten. »Und außerdem wüssten wir gerne, warum Ihre Frau vier Schüler der Hobrecht-Schule ermordet und versucht hat, zwei weitere umzubringen. Wenn Sie uns deshalb jetzt das Arbeitszimmer Ihrer Frau zeigen würden.«

Morgenitz brummte vor sich hin, als er Pachulke und Stiesel durch die Wohnung führte. In einer Ablage neben dem Schreibtisch fanden die Ermittler die Dossiers der Bewerber für die Aufnahme ins Rosenhof-Gymnasium. Pachulke schlug die Akte für Cem Pollinger auf. Darin war ein Fragebogen abgeheftet, den Cem vor einigen Monaten handschriftlich ausgefüllt hatte. Pachulke las:

Frage 7: *Was ist dein Lieblingsort? Wo hältst du dich am liebsten auf?*

In akkurater Schrift stand da: *Am liebsten bin ich im Jugendlabor in der Crellestraße. Ich kann dort schon alleine Experimente machen. Selbständig zu arbeiten ist mir sehr wichtig. Später einmal will ich Umwelttechniker werden.*

Pachulke fand den Ordner zu Sophie Bürger: *Am liebsten reite ich in Mariendorf im Reit- und Fahrzentrum. Ich bin völlig gelöst und frei, wenn ich auf einem Pferd sitze Am liebsten möchte ich in meinem Leben nichts anderes machen.*

»Da unten«, sagte Stiesel. Aus dem Fenster des Arbeitszimmers sahen sie Licht in der Remise.

Als sie die Holztür öffneten, schlugen ihnen beißende Dämpfe entgegen. Pachulke zerstörte die Fensterscheiben der Remise, worauf sofort das wütende Gesicht von Morgenitz in seinem Bademantel oben im Geviert des Fensters erschien. Daniela Morgenitz lag vor der Werkbank, ein fast leerer Kanister mit Ameisensäure neben ihr. Sie musste mit dem Kopf gegen das Regal geschlagen sein, worauf der Kanister mit der Säure zu Boden gefallen und ausgekippt war.

Man brachte sie ins Krankenhaus, aber der Rettungssanitäter sah sehr besorgt aus, als er hörte, wie lange sie dort schon gelegen hatte.

»So etwas«, sagte er zu Pachulke, »verursacht meist irreparable Schäden.«

72

»Du musst unbedingt zu einem Arzt«, sagte Fred, die sich einen Latexhandschuh übergezogen hatte und Boris die Wunde mit dem Trinkwasser auswusch. Jetzt war die Flasche leer.

»Und was ist mit Arg? Und mit Anna?«

»Bitte beachte die Reihenfolge«, sagte Fred und schnitt die säuredurchnässte Hose mit einer Schere ab.

»Anna und Arg, bitte entschuldige.« Boris warf einen skeptischen Blick auf sein Bein. »Wir gehen jetzt zur Pumpstation und holen uns frisches Wasser.«

»Und wenn wir Arg nicht finden, gehst du in ein Krankenhaus, versprochen.«

Boris nickte.

Bald standen sie in einem Kellergeschoss mit vielen Säulen. Über ihnen rauschte das Wasser, sie mussten brüllen, wenn sie sich verständigen wollten. Sie stiegen eine Metalltreppe empor. Weiter oben wurde es heller und kühler.

»Hier ist irgendwo eine Klimaanlage«, brüllte Boris. Sie bogen um die Ecke. Die kühle Luft kam aus einem großen Gebläse. Darunter lag ein Berg von leeren Ratten.

Etwas weiter auf dieser Etage stießen sie auf eine Tür mit der Aufschrift *Notausgang*.

Boris fummelte den Ring mit seinen Vierkantschlüsseln aus der Hosentasche, aber er zitterte so sehr, dass er das Schlüsselloch nicht mehr traf. Er sank zu Boden und hatte Schweiß auf der Stirn.

»Boris, sag doch was. Ich suche jetzt Wasser.« Fred nahm die Wasserflasche in die Hand und lief zurück zur Treppe.

In diesem Moment kam Arg um eine andere Ecke gebogen. Als er Boris auf dem Boden sah, klappte er die Mandibeln aus.

Fred ließ die Wasserflasche fallen, rannte zu dem Berg mit den toten Ratten und warf dem Ameisenlöwen eine Ratte nach der anderen an den Kopf. Das Insekt bewegte sich rückwärts und spießte nach einer Weile eine Ratte auf.

Fred lief zurück zu Boris, nahm den Taser von seinem Gürtel und drückte den größten Knopf, den sie finden konnte. Ein blaues Licht beleuchtete das Display, links konnte man die Reichweite einstellen, rechts die Stärke. Fred entschied sich für vier Meter und die stärkste Feuerkraft. Sie hob den Taser und zitterte am ganzen Leib. Feuer. Die Drähte zischten, und die Widerhaken landeten auf Args Rücken. Sofort ließ das Insekt die Ratte fallen und bewegte sich auf Fred zu. Sie betätigte den Impulsknopf. Arg sprang in die Höhe und streckte alle Beine von sich. Er schlug den Kopf hin und her, offenbar hatte er große Schmerzen. Wieder schickte Fred einen Stromschlag zu dem Tier, wieder sprang Arg von der Wucht des Impulses getroffen in die Luft. Diesmal rutschte er in die Nähe des Geländers und blieb liegen. Der dritte Schlag schickte Arg eine Etage nach unten. Fred wurde der Taser aus der Hand gerissen.

Boris schlug die Augen auf: »Das sind ganze Ratten. Er wollte noch mal fressen, bevor er sich verpuppt.«

Fred stieß eines der toten Tiere mit dem Fuß an. Boris hatte recht. Die Tiere waren nicht ausgesaugt, sonder prall und voller Fleisch. Sie ging zurück zu dem Vorratsberg. Zwischen den toten Tieren sah sie eine Hand.

»ANNA!«, schrie Fred. Sie schaufelte die toten Tiere mit

bloßen Händen zur Seite. Bald tauchte ein völlig verdrecktes T-Shirt auf, das einmal blau gewesen war, und eine Mütze aus Lackstoff.

»Anna! ANNA!« Fred zog die leblose Figur zwischen den Ratten hervor und brachte sie bis zur Tür.

Als Boris Annas abgemagerte Beine in den Nylonstrümpfen sah, wusste er, warum die Myrmeleo das Mädchen verschmäht hatten.

»Anna, ANNA, WACH AUF!« Im Licht ihrer Helmlampe sah Fred, dass Anna blinzelte.

Olaf Matzek, BVG-Mitarbeiter seit langen achtzehn Jahren und Zugführer des Zuges der Linie U 1 ab Kottbusser Tor um 3.38 Uhr Richtung Wittenbergplatz, sah in seinen Rückspiegel. Niemand steckte sein Bein oder ein Genitale aus der Türöffnung, niemand kotzte schnell noch seine Fried Noodles auf den Bahnsteig. Keine Messer, keine abgebrochenen Flaschen, keine Exhibitionisten. Nur eine Fuhre gut gelaunter Großstadtjugend, die zum Nollendorfplatz wollte, um dort zu feiern oder zu reihern.

Die Türen schlossen sich, und der Zug fuhr an. Als Matzek nach vorn schaute, sah er einen schwarzen Rüssel und ein Paar Facettenaugen, die sehr schnell größer wurden. Es gab einen Knall, und als er die Augen wieder öffnete, troff gelblicher Schleim von der Windschutzscheibe seines Führerstands. *Ich liebe diesen Job*, dachte Matzek.

Vom jähen Ende der Ameisenjungfer bekamen die beiden frisch Verliebten, die in der hintersten Ecke der Liegewiese des Prinzenbads Zärtlichkeiten austauschten, nichts mit. »Erst lecker schmusen, dann schön ficken und dann eine Runde nackt schwimmen, ehe es hell wird«, so hatte er es vorgeschlagen, als sie am Landwehrkanal entlang spaziert waren. Sie hatte begeistert zugestimmt, dann waren sie über den Zaun geklettert. Bis auf die Unterwäsche hatten sie sich schon entkleidet, als sie plötzlich einen gellenden Schrei vernahmen und ein Gegenstand genau neben ihnen ins Becken einschlug. Gleich darauf tauchte ein Kopf auf der Wasseroberfläche auf, und ein Mädchen japste mit letzter Kraft: »Hilfe.«

Der Mitarbeiter der Kreuzberg Kraftwerk Service Genossenschaft ließ sich einen Beleg von der BVG ausstellen: *Grund für die Verspätung: Betriebsstörung durch Insekt* stand auf dem Zettel, und um sicher zu gehen, hatte er sich das in *sehr großes Insekt* verbessern lassen. Als er in der Pumpstation am Siegespark in Keller IV den Filter tauschen wollte, war er schockiert, drei Kinder dort zu finden, von denen zwei dringend ärztliche Hilfe brauchten.

73

»Weißt du Boris, ich wusste schon immer, dass du ein Egotaktiker bist. Du bist doch nur froh, dass du die Kinder nicht umgebracht hast und jetzt fein raus bist. Du hast deinen Job beim MIT sicher, ja, du brauchst gar nicht so scheinheilig zu schauen. Wenn du solche Tiere einmal großziehen konntest, dann kannst du das auch noch ein zweites Mal. Du wirst Professor, da kannst du dir sicher sein. Professor für Insektenkunde. Aber was wird aus uns, frage ich dich? Was wird aus der Schule?«

Die Tür ging auf, und eine Krankenschwester schob ein Bett herein. »Sie dürfen nicht so viel reden, junge Frau. Sie müssen sich schonen. Und texten Sie Ihren Zimmergenossen nicht pausenlos zu. Er braucht ebenso Ruhe wie Sie. Und drittens sollen Sie die neue Patientin nicht aufwecken. Sie hat eine schwere Kopfverletzung und steht unter Schock. Ihre Mutter hat die Kinder aus der Hobrecht-Schule umgebracht.« Die Schwester parkte das Bett in der freien Nische neben dem Bett von Boris und ging hinaus.

Boris wandte den Kopf um eine Vierteldrehung nach links.

»Kannst du was sehen?«, fragte Daphne von der anderen Seite. »Ich finde, das Bett sollte besser neben meinem stehen.

Wenn hier jemand ein paar aufmunternde Worte geben kann, bin ich das. Du bist doch im Grunde der volle Depri. Und besonders sprachbegabt bist du auch nicht.«

Boris stützte sich auf seinen Ellbogen und sank zurück in sein Kissen. Wieso hatten sie ihn nur mit Daphne auf ein Zimmer gelegt? War es überhaupt erlaubt, dass Mädchen und Jungen sich ein Krankenzimmer teilten?

»Wer ist es, nun sag schon? Eine Mutter als Mörderin möchte ich ja nicht haben.«

»Es ist Philomena.«

»Das ist nicht dein Ernst. Also, das hätte ich ja nicht gedacht. Obwohl, findest du nicht, dass sie immer schon übertrieben ehrgeizig gewesen ist?«

»Daphne.« Aus dem Bett neben Boris kam ein Flüstern.

»Ja, Philly, meine Liebste?«

»Daphne, halt's Maul.«

Die Tür ging auf, und Fred kam herein. Sie trat zu Boris ans Bett und sah sich um. »Sind das die Kotzbrocken, die dich immer drangsaliert haben?«

Boris nickte. »Zwei davon. Es gibt noch mehr.«

Fred setzte sich zu Boris auf die Bettkante. »Ich war gerade bei Anna. Sie liegt über den Gang. Sie hat zwölf Kilo abgenommen und träumt pausenlos von Ratten oder von Myrmeleo«, dieses Wort sprach sie sehr sorgfältig aus, »aber sonst geht es ihr gut. Ich geh jetzt nach Hause. Aber ich komme morgen wieder. Danke, Boreas, dass du mir geholfen hast, Anna zu finden.«

»Danke Frederike, dass du mir geholfen hast, meine Monster zu töten.«

»Sie gehörten uns«, seufzte Daphne.

»Kotzbrocken, du hältst dich da raus«, sagte Fred. »Lass Boris in Zukunft in Ruhe.«

74 Pachulke lief vom Krankenhaus nach Hause. Er brauchte frische Luft, die Ameisensäure kratzte in seiner Kehle. Vom Siegespark bis zum Lietzensee läuft man zwei Stunden, wenn man es nicht eilig hat. Als Pachulke vor dem Haus stand, in dem er wohnte, war die Sonne längst aufgegangen.

Auf der Schwelle zur Eingangstür kniete Fitz, der Hausmeister, und streute ein weißes Pulver aus. Fitz hob den Kopf. »Nanu, Herr Kommissar, so früh schon auf den Beinen?« Er deutete auf die Türschwelle. »Ich mache das extra so früh, damit ich niemand in die Quere komme.«

»Was wird denn das, wenn es fertig ist?«, wollte Pachulke wissen.

»Unter der Tür gibt es ein Ameisennest. Wir müssen den Boden aufstemmen, den Stock ausräuchern und das Loch verschließen. Bis es so weit ist, halten wir sie in Zaum. Sonst machen die sich im ganzen Haus breit. Backpulver, altes Hausmittel.« Er schüttete den Rest des Tütchens in den Türwinkel, leckte sich die Lippen und öffnete das nächste. »Kleine Biester«, sagte er. »Aber wir lassen uns was einfallen.«

»Tja, im Ausrotten macht uns keiner was vor, das können wir gut.« Pachulke gab sich so jovial wie möglich, aber er traf den Ton nicht ganz.

Hausmeister Fitz verzog den Mund. Mit gerunzelter Stirn sah er zu Pachulke hoch. »Ich mach das doch für Sie und die anderen Mieter. Sie sollen sich hier wohlfühlen.«

Pachulke nickte. »Ich weiß. Wir sind alle Altruisten.«

ENDE

Rob Alef

Rob Alef, 1965 in Nürnberg geboren, ist freier Rechtshistoriker und schreibt Satirisches für das Magazin *Eulenspiegel* und die *taz*. Lebenserfahrungen sowie ein gewisses Unbehagen an der Jurisprudenz – so sagt er über sich selbst – haben ihn dazu bewogen, seinen ursprünglichen Beruf als Volljurist aufzugeben und stattdessen freiberuflich zu arbeiten und obendrein Krimis zu schreiben: »›Aufklärung‹ heißt das *missing link*, als Überführung des Verbrechers ebenso wie als Versuch, sich aus der selbstverschuldeten Unmündigkeit zu befreien.« Rob Alef ist in Berlin-Schöneberg polizeilich gemeldet, wo er schläft, kocht und Figuren ersinnt, die manchmal sterben müssen.

Bibliografie

Kriminalromane: *Bang Bang stirbt* (2005); *Das magische Jahr* (2008); *Kleine Biester* (2011)

Ausführliche Informationen zum Autor und zu seinen Büchern finden sich auf Rob Alefs Homepage: *www.robalef.de*

Im Rotbuch Verlag erschienen

Fariba Vafi
Kellervogel
Roman

160 Seiten · 2. Auflage · Klappenbroschur
ISBN 978-3-86789-191-2 · 14,99 €

Eine poetische Reise in den Iran

Eine Stadt im Iran, voller Stimmen und Gerüche. Eine junge Frau wird von ihrem Ehemann bedrängt, nach Kanada auszuwandern. Als Amir sie verlässt, bleibt sie mit ihren zwei Kindern zurück. Mit aller Macht versucht sie, die Anforderungen des Alltags und die Gespenster der Vergangenheit zu bewältigen: die Konflikte mit der zänkischen Mutter, den einsamen Tod des Vaters, die Erniedrigungen durch den Ehemann.